녹즙 배달원 강정민

김현진 장편소설

한겨레출판

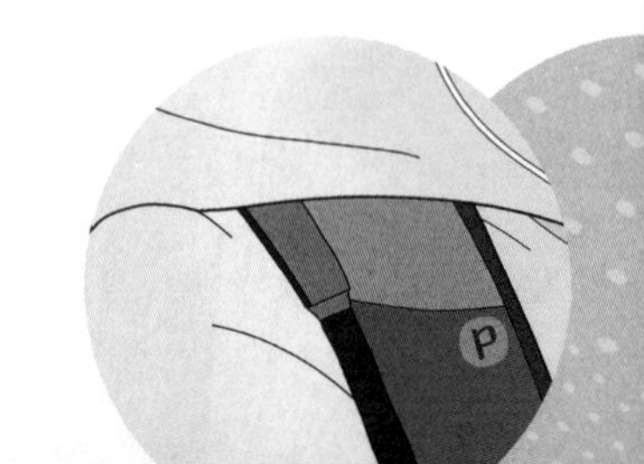

차례

프롤로그

특별하게 좌절감이 드는 날이면, 너의 황금빛 광채를 보지 않고는 못 견디겠어. 물론 너는 비용이 많이 드는 연인이지. 하지만 너는 나를 있는 그대로 받아주고, 나를 비난하지도 않아. 오늘은 너의 그런 무던함이 무척이나 그리웠어. 내가 무슨 이야기를 하건, 무슨 짓을 했건, 수더분하게 받아주는 너. 나는 많은 걸 바라는 여자는 아니야. 어떻게 너에게 행복까지 바라겠니. 그저 나를 마비시켜주는 것만으로 충분해. 심장 깊숙한 곳에서 고통이 올라올 때마다 너는 내 사소하지만 커다란 아픔을 다독여주고 나는 그것이면 충분한, 너무나, 쉬운 여자.

식당 이모가 가져가라고 쥐여준 카스 유리컵, 오늘 네

자리는 여기다. 이제 냉장고에서 맥주를 데려오자. 방정맞게 움직였다간 탄산이 확 올라와서 낭패를 보게 되니까, 조심스러운 걸음으로 한 발자국, 두 발자국. 너와 네 친구들과 함께할 때만 꺼내는, 행주로 정성 들여 닦은 조그만 접이식 탁자 위에, 네가 안전하게 착륙할 수 있도록 온 신경을 기울여서. 아, 당연히 소주도 모셔 와야지.

냉장고 문을 다시 여니, 옹기종기 앉아 나를 기다리는 아이들이 많기도 하다. 가장 먼저, 우유와 섞어 얼음을 띄우면 기분을 화사한 커피 맛으로 만들어주는 베일리스와 눈이 마주친다. 걱정 마, 다이어리에 적어뒀다가 잊지 않고 우유를 사 올게. 오, 그 옆에 앉은 예쁜이는 너로구나, 예거마이스터. 고카페인 음료와 잘 섞으면 감기약 향이 나는, 호불호가 많이 갈리는 타입이라 너를 마셔본 사람 중 열에 아홉은 질색하지. 물론 나는 흠뻑 빠져버리고 마는 나머지 한 명—넌 술이라면 과학실의 알코올램프까지 입에 댈걸, 하고 말하는 민주의 목소리가 들리는 것 같다—이고. 아, 저번에 사 온 사케도 있구나. 너 역시 내가 많이 사랑한다. 그렇지만 너는 안주를 꽤 가리는 까다로운 아이잖니. 적어도 돼지고기를 심심하게 양념해서 숙주와 달달 볶아 내놓는 성의 정도는 있어야 너와의 뜨거운 밤이 가능할 테지만, 오늘은 프라이팬을 들기도 싫은 날이거든. 그러니 다음에 만나. 내 마음 알지, 사랑해!

어디 보자, 4리터짜리 레드와인도 당당히 한자리를 차지하고 있구나. 사람들은 대형마트에서 2만 원이면 살 수 있는 너를 싸구려 와인이라 부르고, 그대로 마시기보다는 꿀이니 시나몬 스틱이니 잘게 썬 오렌지니 하는 것들을 넣고 팔팔 끓여 뱅쇼 같은 그럴싸한 음료로 둔갑시킬 계산뿐이지만, 나는 있는 그대로의 너를 사랑해. 도수 5퍼센트 와인 따위, 술인지 과일주스인지 어정쩡한 얼굴을 하고 있는 애들은 질색이야. 그렇다고 발효 중에 브랜디를 넣어 도수를 올린 포트와인 같은 건 내가 감당할 수 있는 값이 아니고, 도수가 10퍼센트나 되면서 참한 가격으로 데려올 수 있는 네가 너무 좋아. 그렇지만 잠시 기다려줘. 너와 좋은 시간을 보내려면 아무래도 필요한 게 있단 말이지. 바로 치즈. 그런데 하필 냉장고 구석에 항상 처박혀 있는, 오래돼서 딱딱하게 굳어버린 것마저 똑 떨어지는 바람에. 부탁이니 치즈가 준비될 때까지 조금만 기다려주렴.

그래서 오늘은 소맥, 너와 시간을 보내기로 결정했어. 그냥 냉장고에서 오래 묵은 아무 반찬, 심지어 신김치 쪼가리만 곁들여도 나를 기꺼이 포근하게 안아주는 너. 참으로 소박한 연인이지만 마구 따랐다간 거품이 아무렇게나 섞여서 쓰디쓴 맛이 나지. 너를 잘 모르는 사람들에게 그런 취급을 받는 것이 나는 늘 안타까워. 진짜 너를 만나려면 아주 조심스러운 작업이 필요해. 손목의 스냅을 아주 부드럽고도 정확하게 구사할 것.

맥주는 컵에 새겨진 cass라는 글자까지만 닿게, 성급하지 않게, 하지만 너무 소심하지도 않도록, 손목에 주의를 기울여 따르는 것을 정말 잊어서는 안 돼. 잠시 기다렸다 투명한 소주를 살며시 따르고, 신중하게 잔을 돌려 섞어줘야 해. 그러면 두 액체가 휘말리면서 아주 짧은 승강이를 벌이다 곧 황금색 기포를 뱉어내지. 나는 이 광경에 언제나 홀려. 서른 해를 넘게 살며 수없이 너와 어울렸지만, 너는 늘 나를 황홀한 기분으로 만들어. 거품이 가라앉을 때 조심스럽게 잔을 들면, 쌉쌀한 너와의 입맞춤이 그 어떤 경험보다도 나를 짜릿하게 만들어줘.

나도 알고 있어, 너와의 열애가 나를 망친다는 것을. 하지만 끝까지 나를 버리지 않은 건 너뿐인데 어떻게 헤어질 수 있겠어. 내가 지금처럼 한심한 신세일 때도 너는 결코 나를 비웃지 않지. 부드럽게 나를 감싸는 너의 키스가 나를 천천히 무너뜨릴 거라는 걸 알아. 하지만 지금 당장은 네

품에 몸을 맡기지 않고는 견딜 수가 없어. 아무도 이해 못 한다 해도, 나는 아무 상관 없어. 이 사랑이 언젠가 나를 죽일 거라는 것도 알지만.

*

어떤 사람들은 나를 알코올중독자라고 부른다. 나도 부정하지는 않는다. 나에게 훈계하는 사람들은 술은 딱 기분 좋을 때까지만 적당히 마셔야 해, 하고 말하지만, 그 '적당히'가 결코 불가능하다는 것을 모른다. 알코올중독자들에 대해서 개뿔도 아는 게 없으니까. 심지어 자기 자신에 대해서도.

모든 사람에게는 결핍이 있다. 눈에 보이지 않지만 갓난애 때부터 갖고 있다. 처음에 그것은 조그만 구멍이지만, 나이가 들고 세상을 알게 될수록 점차 커지고, 그렇게 되면 찬 바람이 몰아칠 때 너무 시리기 때문에 모두 그것을 막을 무언가를 바삐 구하러 다니게 된다. 이를테면 이런 것들.

웬만한 외제 차를 봐도 무덤덤한 발레파킹 담당 직원마저 한숨을 쉴 정도로 멋진 자동차, 연예인도 한참을 대기해야 한다는 헬스클럽에서 PT를 받은 다음 찍은 보디 프로

필, 버트런드 러셀의 수학 논문집, 할머니가 물려주신 빈티지 샤넬백, 제3세계 아이들에게 코딱지만큼 기부되는 공정무역 커피, 남자친구에게 생일 선물로 받은 반클리프아펠 목걸이, 절대 성형'수술'이 아닌 '시술', 백옥처럼 아름다운 이름이 붙은 주사 등등, 우리가 상상하며 동경할 수 있는 모든 것들.

이런 것들을 투입하면 구멍이 잠깐 채워질 때도 있지만, 슬프게도 크기가 좀 줄어들 뿐 절대 사라지진 않는다. 누가 구멍을 필사적으로 메우려는 모습을 보면 사람들은 자신도 같은 신세라는 걸 깜빡 잊고 손가락질하며 웃는다. 그러다 똑같이 삽질하는 제 모습을 깨닫고는 하얗게 질리지. 그중에서도 알코올중독자 혹은 알코올의존증 환자란, 아아, 어려운 말은 집어치우고 우리 주정뱅이들이란, 구멍을 채우기 위해 술을 넣고 또 넣는 사람들. 우리가 가진 구멍은 흉측하고 추하고 더럽기 그지없다. 뭐라고 할까, 마치 치킨집과 피아노 학원과 분식집과 공부방, 백반집이 공용으로 쓰는 오래된 상가 화장실의 수챗구멍 같은, 아무도 청소하려 하지 않는 곳.

더럽고 컴컴한 어둠이 아가리를 벌리고 있는 이 수챗구멍엔 온갖 오물이 하수구로 매끈하게 내려가지 못하고 끈덕지게 버티고 있다. 이를테면 희고 검은 머리카락, 이게 왜 여기 있지 싶은 구불구불한 음모, 푸르게 썩어가는 냅킨 끄트머리, 며칠 묵은 닭 뼈, 토사물 속에 있었던 라면 줄기. 그런데 이 서글픈 구멍에 알코올을 살살 따르면, 어느 순간 얇은 막이 생겨나 불쾌한 것들이 풍기는 악취를 막아준다. 간혹 주정뱅이와 구멍이 완벽하게 분리될 때도 있다. 그럴 때 우리는 너무나 행복하고 마음이 안온해져서 그만 큰 소리로 외치고 싶어진다. 바로 이렇게. **아, 다 사라졌어. 구멍 같은 건 이제 없어. 나는 구원받았어!**

물론 그건 착각. 구멍을 가리고 있던 막은 비눗방울보다 빠르게 사라지고, 주정뱅이들은 애가 타서 계속 구멍에 술을 붓는다. 대부분 이 단계에서 잠깐 내가 중독자인가 하고 의심하게 되는데, 그런 생각을 할 정도면 이미 어엿한 알코올중독자다. 그러나 불투명하고 따뜻한 막을 소환하고 싶은 열망에 비하면 중독자라는 딱지 따위는 아무것도 아니기에, 스스로에게 거짓말을 중얼거리게 된다. **내가 원하면 언제든지 끊을 수 있어. 나는 술을 즐길 뿐이지 중독된 것은 아니야.**

거짓말, 거짓말, 거짓말. 나도 알고 남도 다 아는 거짓말. 술을 배운 지 얼마 안 됐을 때는 곱고 포근하며 허망하기가 시폰 커튼 같은 막을 쉽게 소환할 수 있다. 하지만 구멍에 술을 들이붓는 횟수가 잦아질수록 소환의 성공률은 낮아지고, 마치 알코올중독자를 약 올리려고 작정한 것처럼 막이 보일 듯 말 듯 보이지 않을 때는 매분 매초가 지옥이다. 그걸 보기 위해 치러야 할 대가 역시 점점 많아진다. 낯선 침대에서 깨어나는 일이 잦아지고, 어쩌다 파출소에서 깨어나는 일까지 겪는다. 보통 이쯤에서 친구를 몇 잃는다.

우리 같은 사람은 생각보다 많다. 혹시 한국에 알코올중독자가 얼마나 많은지 아는가? 무려 세계 2위다. 거기에다 자신이 알코올중독자인지 자각하지 못하는 주정뱅이가 많기로는 1위. 믿거나 말거나지만, 충격이다. 주정뱅이란 술을 진탕 마시고 거리를 휘젓고 다니면서 행인들에게 불쾌감을 자아내고 온몸에서 악취를 풍기는 사람일 거라는 편견 때문인지, 이런 통계를 보면 대부분의 사람이 놀란다. 그러나 대개의 중독자들은 의외로 평범하다. 착실하게 살면서 주어진 업무를 성실히 해내고 사람들과 별문제 없이 무난하게 어울린다. 그들은 당신 회사의 늘 젠틀한 상사일 수도 있고, 출근길에 항상 마주치는 단아한 인상의 여성일 수도 있으며, 누가 봐도 바른 생활을 하는 모범 청년일 수도 있다. 당신에게 아직 들키지 않았을 뿐. 그들은 평범한 애주가로 보일 것이다. 그렇게 애써 '애주가'라는 단어 뒤에 숨지만, 알코올에 집착하는 우리들은 애주가와 달리 술을 조절할 능력이 없다. 알코올중독자의 자살률은 일반인보다 네 배에서 열 배가 높다는 연구 결과가 있다. 오죽하면 물에 빠져 죽은 사람보다 술에 빠져 죽은 사람이 더 많다는 경구가 있을까. 우리들에게 결말은 세 가지밖에 없다고 한다. 죽는 것, 병원에 격리되어 여생을 보내는 것, 회복되는 것. 나는 어느 카드를 뽑게 될까.

1화

어쩌다 녹즙 배달

모니터에 내 이름이 떴다. 나는 강정민이지만 진료 순서를 알려주는 모니터에 뜬 글자는 강X민. 다른 사람들 역시 김X철, 유X인, 이런 식으로 한 글자씩 감추어준다. 개인정보보호법이 엄격해지기 전에도 이 병원은 언제나 그랬다. 그건 우리가 부끄러운 사람이기 때문일 테다. 여기는 보건복지부에서 지정한 시 외곽의 알코올중독 전문병원이다. 두 블록 떨어진 곳에는 소년원이 있다. 그 아이들도 우리 병원을 보며 자신이 '혐오시설' 구역에 있음을 눈치챌 것이다.

벌써 외래진료를 받은 지 3년 정도 되었지만 나와 알코올의 사이는 좀처럼 멀어지질 않는다. 내 친구 민주는 네가 그 병원에 가는 건 술을 더 마시기 위해서야, 하며 늘 놀려댄다. 부끄럽지만 사실이기에 변명을 늘어놓게 된다. 난 끊으려고 노력하고 있어. 병원에도 정기적으로 간단 말이야. 내가 얼마나 애쓰고 있는지 알아? 진짜 술 끊으려고 약도 먹는다니까? 정말이야!

조그마한 진료실은 의자 두 개, 책상 하나, 커다란 글씨의 농협 달력 빼고는 아무것도 없어 살짝 삭막하다. 오늘은 그전까지 만나던 의사 대신 낯선 이가 앉아 있다. 하얀 얼굴에 금테 안경을 쓴 남자 의사. 새로 온 모양이다. 그에게도 이내 이 병원의 다른 의사들이 모두 짓고 있는 표정이 깃들 것이다. 지금은 할 수 없이 주정뱅이들이나 상대하고 있지만 나는 여기서 이러고 있을 사람이 아니야, 뭐 그런 결의에 가득 찬 표정. 내가 의사라도 우리 같은 사람을 상대하고 싶지 않을 것이다.

그는 차트를 보다가 내게로 시선을 돌린다. 저 엄청 긴 차트, 내가 어떤 주정뱅이인지 차곡차곡 기록되어 있는 차트. 나를 민망하게 만드는 종이 더미.

저번 담당의 선생님이 다른 곳으로 옮기셔서 제가 이제부터 강정민 씨 담당입니다. 앞으로 잘 부탁드리고요. 제가 강정민 씨

를 처음 뵙는 거라 차트만으로는 알 수가 없을 것 같네요. 앞으로 파트너십을 키워나가야 하니 오늘은 개인적인 질문 좀 많이 드릴게요. 진료 시간이 길어질 수 있는데 괜찮으시겠어요?

내가 무슨 힘이 있습니까. 아무도 나 따위의 인생에 별 관심 없는데 오히려 고맙죠. 얼마든지 하세요. 고개를 끄덕이자 의사는 옅게 미소를 지은 뒤 차트와 노란색 메모장을 책상 위에 가지런히 놓는다.

올해 나이가 어디 보자, 서른둘 되시네요. 하시는 일은 뭔가요?

새벽부터 점심때까지는 그…… 저기.

녹즙 배달이요?

의사가 안경을 고쳐 꼈다.

네, 녹즙 배달이요. 지금 1년 좀 넘었어요.

젊은 분이 하기에는 좀 드문 일 아닌가요?

저도 원래는 평범하게 회사 다녔거든요. 그러다 일도 영 마음에 안 들고, 어릴 때부터 꼭 하고 싶은 일이 있어서 그만뒀어요. 그런데 어쩌다가…… 좀 빚이 생겨서. 재취직은 워낙 어렵고 당장 먹고는 살아야 하니까 일거리를 찾다가 녹즙 회사 구인 전단지를 보게 된 거죠.

아, 그러니까 빚이 생겼다고요? 큰돈인가요?

크다면 크고…… 1000만 원 정도예요.

부모님은 도움을 안 주시나요? 지금 누구랑 살고 계시죠? 어쩌다가 그렇게 되셨는지 여쭤봐도 될까요?

저 혼자 사는데 부모님 도움은 전혀 기대하기 어려워요.

차라리 아침드라마처럼 재벌 할아버지가 찾아와 눈물을 쏟으며 "네가 내 유일한 혈육이니 내 재산을 모두 다 물려주마" 하고 말하는 일이 차라리 더 현실적일걸요.

혼자 사신 건 언제부터죠? 술을 드시기 시작한 건 언제부터고요?

3년 전부터요. 술은…… 대학 재학 중에.

대학생부터라고요. 차트를 보니 그때는 독립하셨을 때가 아니네요? 가족들과 특별히 불화할 만한 이유가 있었나요?

제가 혼자 살게 된 걸 과연 '독립'이라는 근사한 단어로 부를 수 있을까요. 긴급 대피, 혹은 비상탈출에 가깝지 않을까요. 가족들과의 불화? 내 쪽에서야 그걸 불화로 여긴다 해도, 다른 가족구성원들은 인정하지 않을걸요. 살 맞대고 사는 가족끼리 좋을 때도 있고 나쁜 때도 있는 거지, 저 계집애는 누굴 닮아서 저렇게 성질이 별날까. 이렇게 생각할 게 뻔해요.

*

혹시 앤드루 와일스라는 이름을 들어본 적이 있는지? 나이 지긋한 영국의 수학자로, 물론 이 사람은 나와 달리 자타가 공인하는 천재이긴 하지만 이 점은 잠시 제쳐두기로 하자, 그는 어린아이였을 때부터 하늘의 별처럼 많은 천재 수학자들이 몇천 년 동안 도전했지만 누구도 풀지 못했던 '페르마의 마지막 정리'를 풀고 싶었다. 수학 교수로 일하며 퇴근 후 매일 저녁 다락방에 올라가 $X^n+Y^n=Z^n$이라는 단 하나의 수식에 일생을 바쳤고, 끝내 어린 시절의 꿈을 이루었다. 나에겐 다락방은 없지만 반지하가 있다.

여느 여자아이들처럼 나 역시 왕방울만 한 눈이 얼굴의 절반을 차지하는 순정 만화를 보면서 자랐다. 동네마다 있던 책 대여점에서 살다시피 했고, 인터넷이 활성화되면서 '웹툰'이라는 새로운 장르를 만나게 되었다. 내가 집에 하나뿐인 데스크톱컴퓨터에서 그 당시 인기를 누리기 시작했던 생활툰, 그러니까 작가 자신의 일상을 소소하면서도 섬세하게 다룬 웹툰의 스토리텔링에 감탄하며 "작가님 이번 화도 너무 재미있어요"라고 댓글이라도 달라치면, 오빠라고 하나 있는 인간은 게임을 해야겠다며 곱게 말로 하는 법 없이 매번 내 머리를 쥐어박고 허리께를 발로 차면서 컴퓨터 앞에서 나오라고 했다. 발로 차인 내 허리에 멍이 들어도 엄마는 그 흔한 호랑이연고 한번 발라주기는커녕 매우 일관성 있게 나를 탓했다. 오빠가 게임을 하는 건 공부하다가 스트레스가 쌓여서 잠깐 머리를 식히는 것이었지만, 내가 웹툰을 보는 건 공부도 안 하고 허황한 그림 나부랭이나 보며 시간을 낭비하는 거였기 때문이다.

엄마는 요즘 남녀 차별이 어디 있느냐고, 자신은 딸이라고 차별해서 키운 적이 결코 없노라며 지인들에게 자랑스럽게 말하곤 했다. 엄마가 라면을 끓여서 오빠의 3분의 1만 내게 주는 것도 단지 내 몸매 관리를 위해서랬다. 찬밥이라도 한술 말아보려고 헛된 시도를 했다간 돼지 되려고 작정했느냐며 등짝을 매섭게 얻어맞았다. 오빠가 과외를 받고 싶어 했을 때 엄마는 내가 겨우 4개월 다닌 미술 학원을 그만두게 했다. 낙서나 하는 것에 지금까지 돈 들인 것도 아까웠는데 차라리 잘됐다니 할 말이 없었다. 엄마는 경상도 사투리로 내가 그림 그리는 것을 늘 '호작질'이라고 했다. 다들 똑같은 앞치마를 입고 아이스크림을 빨면서 실습실로 돌아와 아그리파니 뭐니, 아주 옛날에 살았던 사람들의 석고상이나 그리는 것이 뭐가 재미있느냐면서(완전 재미있는데요). 호작질이라는 단어는 왜인지 구걸질이나 서방질처럼 낙서보다 훨씬 저급하고 천박하며 모욕적으로 들렸다. 어쨌든 나는 실기에 큰돈 들이는 일 없이 그 호작질로 미술대학에 합격했다. 1년 전 입시에 실패한 오빠 귀에 행여 들릴세라 엄마는 작은 목소리로 나를 야단쳤다. 그걸로 먹고살 수나 있겠냐며 여자는 그저 안정적인 직업이 최고라느니, 동네 누구 언니, 엄마 친구 누구 딸도 그렇게 성실하게 벌어 한 재산 만들어 시집간 것을 보라느니, 그러니 인근 간호대학에 진학하라고 회유하며 설득하며 협박하며 갖은 방법을 다 동원했으나 호작질을 너무나 하고 싶었던 나는 그 말을 한 귀로 흘렸다.

원군이 필요했던 엄마는 아빠를 데려왔다. 아빠는 집안일에 그다지 관심이 없었던 사람이라, 호작질이든 뭐든 자기가 하고 싶은 걸 하면 되지 않느냐고 태평스럽게 말했다. 그리고 태평한 걸음걸이로 집 밖에 나갔던 그 양반은 사실,

10여 년 전까지 중소기업에 다녔지만 인력 감축으로 해고 당한 이후로는 뭐랄까, 한국 남자들이 어김없이 일생에 최소 한 번 이상 반드시 감염되고야 마는 일종의 풍토병 '사업병'을 앓고 있는 상태였다. 이번엔 꼭 된다, 이건 꼭 되는 아이템이다, 입에 침이 마르도록 이야기하고 다녔지만 아무에게도 믿음을 사지 못하는 양치기 소년일 뿐이었다. 간혹 엄마가 당신이 이 집에서 도대체 하는 일이 뭐냐면서 달려들면 며칠 대리운전을 해서 돈을 벌어 오긴 했지만, 아빠는 엄마가 원하는 대로 달마다 꼬박꼬박 월급을 건네는 가장이 되기엔 이미 늦어버린 사람 같았다.

아빠보다 그나마 경제관념이 있었던 엄마—아마 아빠보다 경제관념이 없기란 거의 불가능에 가까울 것이다—는 꽤 여러 가지 일을 했다. 마트에서 캐셔로 꽤 오래 일했고 선거가 있을 때마다 선거 도우미 알바를 했으며, 계주를 맡아서 곗돈을 모으기도 했다. 또 틈틈이 백반집이나 돈가스집, 뜨개방, 양품점, 옷가게 등 각종 친구 가게를 봐주기도 하며 야무지게 살았다. 하지만 내가 엄마의 강렬한 희망이었던 간호학과를 버리고 어릴 때부터 꿈꾸던 만화가, 그러니까 웹툰 작가가 되기 위해 만화과를 택한다고 하자 엄마는 등록금을 단 한 푼도 대줄 수 없다고 선언했다.

아마 진짜로 오빠 등록금으로 쓸 돈밖에 없었을 것이다.

그래서 나는 스무 살 청춘을 학자금대출자, 즉 빚쟁이로 시작했다. 학교에 가보니 대학을 어렵게 다니는 사람은 나 말고도 아주 많았다. 부모님이 대학 입학 기념 선물로 뽑아준 자가용을 타고 다니는 아이들마저 자기 집도 겉만 휘황할 뿐 형편 어려운 소시민이라면서, 당장 움직일 수 있는 현금도 없는데 지금 팔 것도 아닌 아파트 때문에 소득이 10분위로 잡혀서 장학금도 못 받는다며 정부 욕을 했다. 어쨌거나 대학에 가서 좋았던 것은 이제 호작질을 실컷 할 수 있었다는 거였다. 하지만 세상에, 그림을 잘 그리는 아이들이 어찌나 많은지, 정말 천재 같은 아이를 보면 안 그래도 좁은 속이 더 좁아져서 밥도 안 먹히는 날까지 있었다. 재학 중에 웹툰 작가로 데뷔하는 아이들까지 있었는데, 그런 친구들은 대개 원래부터 그림 솜씨 못지않게 글재주가 있거나 자신과 마음이 맞는 글 작가를 만난 행운아였다. 나도 한때는 장대하면서도 감동적이며 읽는 이의 눈시울을 붉히게 하는 웹툰 스토리를 짜보려고 했지만 어릴 때부터 글이라면 일기 한두 줄 쓰는 것도 머리에 쥐가 났던 터라, 아무리 모니터를 노려봐도 새하얀 화면에서 커서만 깜빡깜빡 점멸할 뿐이었다.

오빠는 삼수를 해서 그리 대단치는 않은 대학의 경영학과에 들어갔고, 엄마는 그래도 '인서울'이라고 감격했다. 그 겨울 거위 솜털이 잔뜩 든 패딩을 오빠에게 사 입히면서 엄마는 남자는 입성이 초라하면 사람이 초라해 보인단다, 하고 몇 번이고 되뇌었다. 그때 나도 모르게 흘끔 거울 속의 내 모습을 훔쳐보았는데 꽤나 빈티가 났다. 그렇다고 별로 항의할 마음도 없었다. 부모와 자식 사이는 제비뽑기 같은 것임을 나는 알고 있었다. 그다지 좋지 못한 제비를 뽑아 나와 잘 맞지 않는 사람들과 가족이 되었을 뿐이다. 어차피 나는 이 집을 탈출할 생각이었다. 서울의 위성도시 중에서도 가장 먼 곳에 있는 집에서 학교를 다니느라 길에서 서너 시간을 버려야 하는 상황도 너무나 힘들었다. 나는 집을 떠나야겠다고 마음먹고 휴학을 몇 차례 하면서 학원 아르바이트나 공모전으로 돈을 아득바득 모았다. 집을 구하러 돌아다니다 보니 곰팡이가 화려할수록 월세는 쌌고, 다행히 나는 비위가 좋았다. 그렇게 반지하 월세방을 하나 구했다. 엄마에게는 심부름이나 자잘한 살림을 해주는 대가로 선배 작업실에 얹혀살기로 했다고 둘러댔다.

학교와 거처가 가까워지자 길에서 버렸던 시간을 온전히 작업에 쓸 수 있었고, 장학금과 일러스트 공모전을 연달아 휩쓸자 학교 사람들은 혼자 다 해먹었다며 부러워했다. 머리가 멍할 때까지 실기를 하고, 다른 과목 공부를 하고, 공모전에 낼 호작질을 하고 새벽녘에 잠을 청하면 머리가 너무 오래 돌린 컴퓨터 하드디스크처럼 지나치게 과열되어 있었다. 편의점에서 사 온 소주 한 병, 맥주 한 병으로 소맥 한 잔을 말아서 마시고 잠들기 시작한 게 그때 즈음이었을까, 기억이 잘 나지 않는다. 마치 어떤 사람을 사랑하게 된 순간을 육하원칙으로 정밀하게 설명할 수 없는 것처럼. 어쨌든 나는 유독 값비싼 예대 등록금을 이고 지고서 대학 생활을 시작했지만, 끝나갈 때가 되자 어찌나 독살스럽게 살아냈는지 빚이 거의 남아 있지 않았다. 이런 씨발, 다 때려치워버릴까, 생각할 때마다 나를 잡아준 게 소맥이었다는 것을 인정할 수밖에 없다.

그리고 그때 즈음에야 비로소 나는 알게 되었다. 그동안 틈만 나면 그려온 내 만화가 그토록 재미가 없었던 이유를. 가끔 친구들에게 습작을 보여주며 어떠냐고 물어보면 모두 그림은 괜찮은데, 하고 말을 얼버무렸다. 내가 그런 질문을 할 때마다 친구들은 얼마나 난감했을까. 그렇다. 내가 몇 해 전부터 홀딱 빠져서 보던 생활툰은 그림이 뛰어나서 인기가 있는 게 아니었다. 거기서 그려지는 일상이 매력적이기 때문이었다. 다시 말해 히트를 친 작가들은 삶 자체가 매력 있는 사람들이었다.

내 일상을 그대로 만화로 그린다? 생활툰의 단골 소재인 가족을 떠올려보자. 이왕 호작질로 대학 갔으면 미술 학원에 취직해서 밤 12시까지 얼굴이 누렇게 뜬 고3 아이들을 가르치고 돈 좀 벌어 오라고 달달 볶는 엄마, 집에 내놓는 생활비 말고도 저에게 용돈 좀 찔러주기를 은근히 기대하는 오빠, 감염이 통 낫질 않아 매년 분기별로 새로운 사업병에 걸리는 아빠. 아니, 무슨 주인공이 가족들에게 구박받는《나의 라임오렌지나무》나《홍당무》를 그릴 것도 아니고……. 그럼 부모한테 비밀로 하고 자취하는 이야기는 어떨까. 곰팡이가 마티스의 그림처럼 불가사의한 무늬로 벽을 가득 채운 방, 재활용 쓰레기 버리는 날을 기억하지 못해서 빈 소주병과 맥주병이 굴러다니는 바닥, 이 모든 꼴을 공모전이다 뭐다 해서 지친 얼굴로 바라보는 나. 이런 생활을 만화로 그려 보여준들, 도대체 누가 내 삶에 공감해준단 말인가?

내가 한류드라마의 주인공처럼 연하남에 재벌남이 줄줄이 따르는 매력적인 캐릭터였다면 연애에 대한 소재라도 얻을 수 있을지도 모르겠다. 학부 때 술자리에서 접근하는 선후배들이 아주 없지는 않았지만, 나의 관심은 오로지 술뿐이었다. 이유가 뭐라고 정확히 설명할 수는 없지만 가끔 가슴이 따끔따끔하게 아파 올 때 그걸 아주 효율적으로 진정시켜주는 것은 사람보다 술이라는 걸 깨달았으니까. 졸업생 선배가 사는 술자리에는 얌체라고 욕을 먹을지언정 절대 빠지지 않고 엉덩이를 들이밀었다. 택시비가 없으니 대중교통 막차 시간에 맞춰 아쉽게 일어서야 했지만, 심장의 고통이 둔해지는 것을 느끼며 지하철의 차가운 기둥에 이마를 댄 채 생각하곤 했다. **아아, 이래서 사람들이 술을 마시는구나.**

*

재학 중에 웹툰 작가로 데뷔하진 못했지만 성과가 아주 없진 않았다. 교수님들은 내가 뭘 그려 올 때마다 고개를 끄덕이며 그림이 평타는 친다, 하며 씨익 웃고들 했는데, 그건 우리 학교에서는 상당한 칭찬에 속했다. 그래서 나는 거기에 매달리는 수밖에 없었다. 재치나 글솜씨가 있는 것도 아니고, 생활툰의 주인공이 될 만한 매력적인 생활을 하고 있는 것도 아니니 그만큼 그리는 일에만 몰두했다. 동기나 선후배들이 하나씩 웹툰 작가로 데뷔할 때마다 장이 꼬이는 듯한 기분으로 더더욱 태블릿을 붙잡고 늘어졌다. 모파상이 그랬다던가, 친구들이 하나씩 성공할 때마다 마음의 어느 한 부분이 조금씩 죽어가는 것 같았다지.

3학년에서 4학년이 되면서 다들 수런수런 앞날을 이야기하기 시작했다. 집안이 좀 받쳐주는 친구들은 소위 '파인아트'를 하기 위해 일찌감치 유학길에 올라 부러움을 샀고, 그렇지 못한 대부분을 위해 취업 설명회가 열렸다. 의외로 우리가 할 수 있는 일은 많았다. 전집 그림책의 삽화, 학습만화 어시스턴트, 애니메이션 채색……. 꿈에 그리던 일은 아니었지만, 시궁쥐처럼 겨우 먹고살 수 있는 정도에 만족할 수 있다면 선택지야 많았다. 세상은 요즘 애들 눈높이만 높다고 비난하면서 우리더러 자꾸 시궁쥐로 살라고 윽박질렀다. 우리는 모두 고개를 숙이고 납작 엎드린 채로, 혹시나 냄새가 날까 봐 머리와 몸을 박박 닦으면서, 얌전한 시궁쥐가 되자고 다짐했다.

그러던 어느 날 조교의 연락을 받았다. 평소에 나보고 평타는 친다고 자주 말하던 교수님이 나를 찾는다고 했다. 헐레벌떡 달려가보니 나와 아는 사이는 아니었지만 제법 성공적인 게임 스타트업을 창업했다고 알려져 '졸업생 특강'이라는 1학점짜리 과목에 강사로 몇 번 초청된 적이 있는 선배가 와 있었다. 교수님은 선배에게 나를 일러스트레이터로 데려가면 어떻겠느냐고 물었다. 선배는 호탕하게 웃었다.

"교수님 추천이면 뭐 포폴 같은 거 볼 것도 없지요. 우리 후배님, 언제부터 출근할 수 있어?"

오…… 오늘부터요. 나도 모르게 말이 튀어나왔다. 과 사람들이 이력서를 50군데 넣었네 100군데 넣었네, 하고 시름하며 머리를 쥐어뜯던 걸 하도 봐서 그런 모양이었다. 우리 후배님, 시원시원하네. 맘에 든다! 빛의 속도로 나를 취직시킨 교수님은 인자하게 웃었다. 너, 가서 평타는 쳐야 한다.

취직은 순조롭게 하셨네요. 그런데 회사에서 음주량이 확 늘었어요. 회사 생활에 무슨 문제가 있었나요?

회사에 가서 나는 평타는 쳤던가. 글쎄, 아마 그랬던 것 같다. 교수님께서 신뢰하는 제자가 운영하는 유망한 스타트업이고, 호작질로 평타는 치는 내가 거기서 승승장구할 것이라고 기대해주시는 것은 고마웠지만, 스승의날 같은 때 연락을 드릴 때마다 회사가 얼마나 성장세를 타고 있는지, 내가 당신의 기대처럼 잘나가고 있는지 물어보시면 늘 모호한 말로 답할 수밖에 없었다. 네, 교수님. 전 괜찮습니다. 단지 특정 신체 부위를 부자연스러울 정도로 도드라지게끔 못 그리고 섹시한 표현도 잘 못하는 바람에, 모두들 제게 여체의 진정한 아름다움을 알아야 한다며 온갖 19금 자료를 잔뜩 가지고 온답니다. 게다가 감사 인사를 바라는 눈빛으로 저를 바라보는데, 하나도 고맙지가 않아서 미치겠어요. 이젠 그 자료들을 둘 곳도 없어요. 음란이냐 예술이냐, 뭐 이런 식상한 테마가 넓지도 않은 제 책상 위에서 싸우고 있는 모양새죠.

교수님께서 아끼셨던 선배는 대표라 바빠서 그런 건지 보고도 못 본 체하시더군요. 제가 남자를 '꼴리게' 하는 그림을 그리려면 먼저 색기를 풍길 줄 아는 성숙한 여인이 되어야 한다고 말하는 사람들 틈에 저를 밀어 넣고도요. 제가 무슨 디오니소스의 여신도라도 된 것처럼 회식 때마다 미친 듯이 탬버린을 치게 하고요. 여기서 몇 년을 보내면서 제 호작질 솜씨가 늘었는지는 모르겠으나 술은 확실히 늘었습니다. 그런데 말이에요. 젊은 여성에게 색기를 가르치려면 본인들도 최소한의 색기를 지니고 있어야 하는 게 아닌가요? 아니면 제가 색기를 키울 수 있을 만한 상대를 데려다줘야 하는 것 아니겠습니까? 그런 최소한의 상도덕도 모르는 사람들 사이에서 제가 어떻게 색기를 키우겠습니까?

물론 교수님께 이런 이야기를 할 수는 없었다. 교수님의 낙천적인 바람과는 달리, 여기는 근로기준법을 이것저것 어기는 블랙 기업이랍니다, 하고 일러바칠 수도 없었다. 이곳에서 일하는 4년 동안 노동절에 쉬어본 적은 한 번도 없었다. 아직 갈 길이 먼데 그런 것을 일일이 챙기다가 언제 회사가 발전하겠냐는 것이다. 야근비를 식권 한 장으로 때우려 들던 것도 창업 2년 만에야 겨우 개선되었다. 그러나 퇴직금 제도는 여전했다. 1년은 열두 달인데, 우리는 연봉을 13으로 나눠서 월급을 받았다. 연봉 안에 퇴직금이 포함되어 있으니 연봉에서 퇴직금을 뺀 금액을 임금으로 지급한다는 얘기였다. 아주 흔해빠진 불법이었다. 교수님이 자기가 아끼는 제자를 불러다 혼내줄 것도 아니고, 이런 말을 해봤자 손해 보는 것은 나일 게 뻔했다.

평생 그래왔던 것처럼 나는 꾹 참고 말없이 회사를 다녔고, 평타를 치고 계속 쳐서 2년이 되지 않아 메인 일러스트레이터가 되었다. 그러니까, 내가 그리는 캐릭터가 회사의 얼굴이 된 것이다. 팬들도 꽤 생겼고, 연봉도 적지 않았다. 시궁쥐 생활을 벗어난 것이다. 가끔 연락하는 대학 시절의 친구들은 부러워서 배까지 아프다며 우스갯소리를 했지만, 나는 녹아서 흘러내리는 아이스크림이 아까워 차마 버리지 못하는 아이처럼 웹툰 작가라는 꿈을 여전히 놓지 못하고 있었다. 꾸역꾸역 회사 일을 하면서도 이럴 시간에 마음잡고 웹툰 한길만 판다면 나도 앤드루 와일스처럼 어린 시절의 꿈을 이룰 수 있지 않을까, 하는 생각이 조금씩 머릿속에서 자라났다.

막연했던 생각은 점점 더 구체화되었다. 월급통장은 왕년의 화려한 재테크 실력을 들먹이며 큰소리를 친 엄마에게 맡겨놓고, 4년 정도 완전 허리를 졸라매면 1억까지는 안 되어도 꽤 모일 것이고, 그러면 지금보다는 곰팡이가 좀 덜하고 작업실을 겸할 만한 작은 전세방을 구할 수 있을 것이다. 남은 돈은 만화가로 데뷔할 때까지 생활비로 쓰자. 아끼고 아끼면 어떻게든 될 것이다. 이 원대한 계획을 이루기 위해선 회사가 치사하고 더러워도 버텨서 돈을 모으는 수밖에 없었다. 비록 휴학은 몇 번 했지만 아직 젊은 스물일곱, 나는 자신감에 부풀어 있었다.

급여는 괜찮은데 사내 환경이 문제였던 거군요.

흰 티셔츠에 멜빵이 달린 핫팬츠를 입은 자그마한 여성 캐릭터, 일명 '여캐'를 만든다고 하자. 그래픽팀과 기획팀이 모여 회의를 한다. 메인 여캐는 특히 중요하다. 툭 까놓고 이야기하면 '꼴려야' 한다. 그런데 대놓고 꼴리면 천박해 보이니 '은꼴'을 주문한다. 은근히 꼴리게, 고급스러운 섹시, 대놓고 드러내지 않는 색기. 이런 어마어마한 과업이 내 빈약한 능력에 달려 있었다. 시안으로 나온 여캐의 가슴은 충분히 빵빵하지만, 뭔가 꼴리는 게 없다. 뭐가 문제일까. 신 대리가 손을 든다.

"유두가 좀 더 도드라져야 되지 않을까요?"

"캐릭터가 노브라라는 이야기 아니야? 심의도 있는데."

"브라를 했지만 유두가 워낙 탱탱해서 감춰지지 않는 거죠. 그런 설정이 더 섹시하지 않습니까?"

"듣고 보니 그 말도 그럴듯하네. 유두의 생명력, 그것도 이 캐릭터의 바이탤리티를 잘 나타내는 요소가 되겠어."

"저도 그게 괜찮은 것 같은데요."

"그래, 그러면 강정민 씨."

유두를 좀 더 도드라지게 해보라, 자료를 보고 묘사에

신경을 쓰라는 지시에 나는 알겠다고 답한다.

“그리고 또 뭐가 있을까? 김 과장, 할 말 있으면 말해봐.”

“이게 지금 뒷모습인데 여캐가 허리를 틀어서 이쪽을 보고 있는 구도잖습니까?”

“그렇지?”

“제가 회의 들어오기 전에 N사, L사 메인 캐릭터 일러스트를 다 조사해보고 왔는데요. 이 정도로 메인으로 부각되는 일러스트면 훨씬 더 섹시하게 표현을 하더라고요.”

“트윈 테일, 핫팬츠. 가슴 그것도 아까 얘기했고. 트렌디한데. 더 섹시해질 여지가 있나?”

“지금은 뒷모습, 그러니까 힙을 보여주고 있는데, 흠…… 흠흠, 거기에 더해서 도끼 자국을 확실히 보여주는 겁니다. 유저들 눈길을 확 사로잡을 수 있게요.”

“지금 강정민 씨 그거 무슨 말인지 못 알아들어.”

회의실에 킬킬대는 웃음소리가 나지막이 울려 퍼진다.

“좋아, 그쪽으로 가기로 하고, 강정민 씨한테는 신 대리가 책임지고 좀 따로 알려줘.”

우리 게임 고렙 무기 중에 도끼가 있긴 한데…… 유두를 도드라지게 하고 도끼로 뭘 어쩐다고? 신 대리는 어디서 났는지, 늘 사무실에 개인적으로 간직하고 있던 건지 순식간에 남성잡지 〈맥심〉을 열 권쯤 가져와 내 책상 위에 턱, 하고 내려놓았다. 그리고 엎드린 자세로 이쪽을 바라보고 있는 여성 모델들을 하나하나 가리키며 '도끼 자국'이 뭔지 설명하기 시작했다. 이내 그가 말하는 게 뭔지 알 수 있었고, 뭔가 아는 척할 기회가 있으면 절대 놓치지 않는 그의 이마에 도끼 자국을 내주고 싶다는 생각을 멈출 수가 없었다.

다 일 때문이라는 핑계는 그럴듯하다. 어디야 안 그렇겠냐마는, 게임 업계도 성을 잘 포장해 팔아야 한다. 레벨이 올라갈수록 남캐는 멋진 갑주를 입히고 위압감이 느껴지는, 아주 남자다운 모습을 디자인한다. 플레이어가 하루 벌어 하루 먹고사는 50대 아저씨든, 라면으로 끼니를 때우면서 방 밖으로 나가지도 않는 히키코모리든, 이 게임 안에서는 최고의 강한 남자다. 하지만 여캐는 레벨이 올라갈수록 옷을 벗긴다. 덜 벗겼다간 큰일 난다. 유저들에게서 왜 섹시하게 만들지 않느냐는 항의 전화가 수없이 온다. 직원들한테 무슨 선택권이 있겠는가. 게임 배경 중에는 얼어붙은 동굴이나 눈이 쌓인 숲 같은 곳이 적지 않다. 그런 데서도 여캐는 홀딱 벗고 있어야 한다. 나는 어쩔 수 없이 그림을 그리면서 어휴, 춥겠다…… 하고 혼잣말을 하곤 했다.

이후로도 신 대리는 메인 캐릭터의 아름다움을 살려야 한다면서 성인용 애니메이션까지 가져온 적이 있었는데, 나는 이것이 열정적인 업무 태도인지 열정적인 성희롱인지 구분이 가지 않아 꽤 힘들었다. 불행히도 나에게 여체의 진정한 아름다움을 알려줘야 한다는 사명감을 가진 직원은 신 대리 한 사람만이 아니었다.

이러니 세상에, 제가 술 없이 어떻게 견딜 수 있었겠어요, 선생님.

업무가…… 굉장히 힘들었겠군요. 회사 다니면서 부쩍 음주량이 는 이유가 업무 스트레스 때문이었군요?

듣던 중 반가운 소리다. 네네, 그런 셈이죠.

그런데 그게 다 술 마실 핑계라는 걸 잘 아셔야 합니다. 사실 본인도 알고 계실 거예요. 회사는 왜 그만두셨죠?

아까도 말씀드렸지만 원래 그만둘 계획은 있었거든요. 회사 일 말고 개인 작업을 하고 싶어서, 돈이 모일 때까지만 눈 딱 감고 꾹 참으면서 회사 다닐 생각이었거든요.

그럼 돈이 충분히 모여서 그만두신 건가요?

그건 아니고요…….

그럼 왜 그만뒀는지 이야기해주실 수 있나요? 혹시 술 때문인가요?

아, 그게, 제가 상사 머리에 술병을 휘둘렀더니 박살이 나서…….

박살 났다고요? 머리가?

아뇨, 깨진 건 술병이고, 그 사람은 머리를 두 바늘 꿰맸다던가…….

그냥 콱 죽었으면 좋았을 텐데.

왜 그러셨어요?

그게, 회사가 남초이다 보니 회식 때마다 제가 자연스럽게 고기를 굽고 노래방에서 탬버린 담당도 했거든요. 뭐 이런 건 다 괜찮은데…… 자꾸 여직원들을 슬쩍슬쩍, 원치 않는 터치를 한다 그래야 하나요. 왜 그런 사람 있잖아요. 우연히 닿았다고 하기에는 굉장히 찜찜하고, 하지 말라고 정식으로 문제를 제기하기에는 되게 애매하게 더듬어서 이 인간 지능범이구나 싶은 사람. 그게 저희 팀 프로젝트 매니저였어요. 윗사람들한텐 입안의 혀처럼 잘하고요. 한 서너 번 슬쩍 터치를 당하니까 진짜 화나는

데, 사람들한테는 얘기도 못 하고 계속 홧술만 마셨어요. 근데 회식 때 죽어도 옆에 앉아서 자꾸 건드리는 바람에, 그러니까 사람들 말이……

기억 안 나세요?

그게, 그날은 홧술을 워낙 많이 마셔서…… 둘 중에 하나만 하면 제가 간신히 참아요. 터치만 하거나, 제 그림이 안 꼴린다고 시비만 걸거나. 그런데 그날따라 프로젝트 매니저가 아무도 못 보게 한쪽 손으로 제 허리를 더듬으면서 그러는 거예요. 제가 남자를 참 모르게 생겼다고, 남자를 겪어봐야 남자를 홀리는 맛을 알고, 그래야 좋은 그림을 그린다고. 제가 그 말 듣고 열받은 건 기억나거든요. 근데 벌떡 일어나서 매니저 뒤통수를 갈겼다는 건 기억이 잘 안 나요.

필름 끊기는, 그러니까 블랙아웃 증상을 자주 겪으세요?

아, 네, 약간……?

그거 굉장히 안 좋은 신호인 거 아셔야 합니다. 사실 본인도 알고 계실 거예요. 블랙아웃이 계속되면 환각을 볼 수도 있어요. 그런 경험은 없으시죠?

네, 아직 환각까지는……

그렇죠, 환각을 볼 정도면 지금처럼 일상생활을 못 하실 테니까요. 그렇지만 블랙아웃이 잦아지다가 내 눈에는 분명히 보이는

데 다른 사람은 안 보인다고 한다, 이런 증상 호소하시는 분들이 있다는 건 아셔야 해요. 어쨌든 그것 때문에 퇴사 권유를 받으신 건가요?

권유는 아니고 제가 자진해서 사표를 썼어요. 그 프로젝트 매니저가 저보고 형편도 안 좋을 텐데 권고사직으로 처리해줄까, 하고 으스대길래 필요 없다고 큰소리칠 때까진 참 좋았어요. 그런데 나가지 말라는 만류 한번 없이 순식간에 사표 수리가 되더라고요. 그래도 메인 일러스트레이터였고 4년 넘게 근무했는데 이렇게 허무하게 회사 생활이 끝날 줄은 몰랐죠.

그러니까 결국은, 술 때문에 그만두신 거네요.

뺨이 확 달아오른다. 네, 그렇고말고요. 아무렴요.

근데 지금 취업 준비를 한다고 하셨잖아요. 일이 그간 잘 안 풀렸나 보죠?

그게, 말씀드리자면 긴데요.

어차피 오늘은 환자분 파악하기 위해서 할애하는 시간이니 부담 갖지 않으셔도 됩니다. 술, 끊으셔야죠.

의사는 나를 파악하고 싶다고 했지만 나는 나 자신을

파악하고 싶지 않다. 나 자신이 어떤 인간인지 알아봤자 좋은 일이 뭐가 있단 말인가. 의사에게 들키고 싶지 않다. 내가 의학용어로 말하자면 '양가감정'을 지니고 있다는 사실을. 술을 끊고 싶다. 그렇지만 두렵다. 술을 끊으면 도대체 무슨 낙으로 산단 말인가. 끊고 싶으면서도 끊고 싶지 않다. 끊고 싶다. 그렇지만 끊고 싶지 않다.

2화

판촉의 기술

아침 일찍부터 띠링, 하고 스마트폰 메일 알림음이 울렸다. 긴장되는 제목의 메일이다. "귀하의 입사 지원 결과를 알려드립니다". 지금 바로 열기엔 가슴이 너무 두근거려서, 지사에 전화해서 출고 변경분 체크부터 하기로 한다. 요즘 같은 세상에 앱 같은 걸로 관리할 만도 한데, 일일이 전화를 걸어 말로 수정 요청을 하는 게 처음엔 이해가 안 됐지만 지금은 익숙해졌다. 정오 전에 보고해야 출고 변경분이 정확히 떨어지니 지금 당장 전화를 걸지 않으면 오류 물량을 내가 죄다 떠안아야 한다. 몇백 원짜리라면 모를까, 평균 2000원 가까이 하는 상품이 서너 병만 손실 나면 많지도 않은 수당에서 돈 만 원 깨지는 건 순식간이라 제때 얼른 처리해야 한다. 손님 쪽에서 연차나 출장 여부를 내게 미리 알리지 않았으면 내가 물어내지 않아도 되지만, 들은 것을 내가 깜빡 잊어 그 사람 몫으로 출고된 상품은 고스란히 내 책임이 된다.

"네, 지사장님, 전데요, 정민이요. A사 19층 h님 주2 화목 알플로 변경, 15층 l님은 주3 종대로 바꾸래요. 주2는 그대로 명대. 13층 j님은 주3 케혼, 주2 흑마 넣으랍니다. 아, 오늘 신규 있어요. 3층 연구소 o님 010에 6642에 xxxx번이구요, 주5 과채 넣으래요. 그리고 주2 드시는 M중학교 b선생님 임시로 내일만 당소 넣으래요. 저 이제부터 오후 아르바이트 있어서 위성교육 못 갈 것 같아요. 죄송해요. 네, 들어가세요."

통화는 지령처럼 간단히 끝난다. 알플은 알로에플러스, 종대는 종합녹즙 150밀리리터, 명대는 명일엽 150밀리리터, 케혼은 케일혼합, 흑마는 흑마늘이고 과채는 과일과 채소 한가득. 당소는 당근 120밀리리터. 일명 돌미도 있다. 그건 돌미나리즙. 신선 녹즙이라 불리는 녹즙은 속이 쓰리게도 쉬이 상하지만, 흑마늘이나 쑥, 울금 같은 건강즙으로 분류하는 것들은 한 번 발효시킨 제품이라 유통기한이 꽤 길어 이걸 먹는 손님들을 남몰래 편애한다. 위성교육은 모든 배달원들이 화요일과 목요일에 일을 끝낸 다음 지사에 모여서 본사로부터 TV로 받는 교육을 말한다. 신제품에 대해 배울 때도 있고, 뜬금없이 백 살이 된 창업주의 인생에 대한 영상을 볼 때도 있다. 창업주가 그렇게 나이를 많이 잡숫고도 혼자 살면서 농사를 짓고 있다니, 이 사람이야말로 우리 제품이 건강에 좋다는 증거 그 자체니까 공부해두라는 걸까. 판촉에 대한 열정을 고취하려는 세일즈 강사가 등장해 열변을 토하기도 한다. 교육이 끝나면 다 함께 중국집에서 점심을 먹고—물론 비용을 각자 부담한다—유동 인구가 많은 곳에 파라솔을 세우고 시음 팩을 나눠 주면서 거리 판촉을 해야 한다. 나는 이력서를 계속 내고 있는 몸이라 어디서든 연락이 오면 바로 튀어 가 면접을 봐야 하고, 생계 때문에 그림 아르바이트도 한다는 걸 지사 식구들이 모두 알아서, 송구하게도 위성교육과 거리 판촉을 면제받은 몸이다. 그렇다고 저녁부터 자유의 몸인 건 아니고, 빚, 빚, 빚, 그놈의 빚을 갚아야 하기 때문에 잡다한 일을 또 한다. 그 빚이 왜 생겼는지 생각하면 할수록 화가 치밀지만, 그래도 진정해야지.

이제 딴생각을 그만두고 메일을 열어봐야겠다. 너무 기대하거나 실망하지 말자고 몇 번이나 마음을 타이르지만 잘될 리 없다. 긴장해서 뻣뻣해진 손가락을 어르고 달래다 나도 모르게 숨을 깊이 들이쉬었다. 잘하면 이 지겨운 짓을 그만두게 될지도 모른다. 이번에는 적어도 꼬박꼬박 월급 나오는 자리가 중하다 싶어 희망 연봉을 한참 낮춰서 2000만 원을 써 냈다. 2800에서 시작해 3100까지 받다 퇴사했으니 이 정도면 꽤 염가 봉사라고 생각하는데, 저쪽에선 어떻게 판단했을까. 월 150이나 될까 말까 하는 돈이지만 적어도 녹즙 배달과 그때그때 들어오는 아르바이트로 뒤죽박죽이 된 세계에서 해방될 수도 있다. 숨을 멈추고 곁눈으로 메일을 보는데, 어이가 없어졌다.

야_마_토 황_금_성 바다시즌 7 씨엔조이 백경 무한 500연대타 환수율 98% 무한승률!!
바다시즌_7 황금 확률 계속 터집니다!!!!!!! 용돈 벌고 술값 벌어가세여~~~~

글씨가 오색으로 번쩍번쩍한다. 조그만 메일 화면에 오밀조밀하게 들어찬 배너들이 깜빡이면서 날 좀 보란다.

이쁜 애기들한테 떡실신 되고 싶은 분 콜!

대학생입니다 방학 동안만 등록금 벌려고 당분간 알바함 플필에 핸폰번호 등록해두었어염

연대 채무자 신용불량자 김미영 팀장에게 연락 주세요

화끈하고 짜릿한 하룻밤이나 애.인.대.행. 원하시는 오빠들 일루 와~~~~~

이런 빌어먹을. 요즘은 스팸메일이 이렇게도 오는구나. 게다가 김미영 팀장이 아직까지 활동할 줄이야. 잠깐 동안 다시 목에 사원증 걸고 점심에 테이크아웃 커피 한잔하고 달마다 재깍재깍 입금되는 월급 받으며 지낼 기대감이 '떡실신'하며 사라졌다. 하긴 저번에 열어본 스팸메일의 제목은 "주문하신 상품이 금일 배송되었습니다"였으니, 이 세상 모두가 나보다 똑똑하다.

모두가 불가능이라고 믿었던 수학 난제, '페르마의 마지막 정리'를 다락방에서 평생 동안 연구한 끝에 풀어낸 앤드루 와일스처럼, 나도 반지하에서 꿈을 향해 한길만 걸으려고 했는데. 내 계획은 어디부터 이렇게 망해버린 걸까. 그래도 메인 일러레(일러스트레이터)로 일했던 내 그림이 아직 평타는 칠 줄 알았는데, 서류를 내는 족족 떨어지다니 도대체 어떻게 된 걸까.

대학 동기에게 자존심 다 내려놓고 포트폴리오를 보내서 문제점을 솔직히 지적해달라고 부탁했는데, 답 메일은 언제 올지 모르겠다. 멍하니 서 있는데 휴대폰이 다시 진동한다. 화면에 녹즙을 배달하는 3층 엔지니어링 회사의 차장 이름이 떴다.

저 흑마늘이에요. 오늘 회사를 안 나와요.

'저 흑마늘이에요'라니, 신경이 곤두섰다가 긴장이 탁 풀리며 피식 웃음이 나왔다. 정말 흑마늘이 문자를 보낸 것 같아서도 우습고. 사실 나도 이분을 '3층 흑마늘 차장님'으로 저장해놓았다. 손님들 이름으로 저장하는 것보다 드시는 메뉴와 사무실 층수로 저장하는 게 훨씬 외우기 쉽다. 다행히 흑마늘은 쉬 상하지 않는 건강즙이라 변동 사항 관리가 쉽다. 손님들은 어쩐지 자기가 먹는 메뉴와 어딘가 닮아 있는 것도 같다.

이제 가방을 둘러메고 K빌딩부터 녹즙을 배달할 시간이다. 나는 녹즙 가방을 볼 때마다 항상 감탄한다. 100미터 앞에서도 내가 어느 브랜드 소속인지 알 수 있는 선명한 녹색이 좀 부담스럽긴 하지만, 어깨가 아프지 않아 착용감이 좋다. 또한 녹즙 본품, 시음 팩, 얼음 팩, 판촉용 광고지, 그날그날의 상품과 해당 손님 이름이 적혀 있는 명단, 가위나

볼펜 등 배달원에게 꼭 필요한 물품들을 한 치의 오차도 없이 분류할 수 있도록 수납 칸이 잘 짜여 있어 아주 기능적이다. 거기다 완전 방수라서 시음 팩이 뜯어지거나 얼음 팩이 새서 젖는다 한들 다른 칸을 적실 일이 절대로 없다. 오, 놀랍기도 해라! 내가 별것도 아닌 걸 왜 이렇게 찬양하고 있느냐 하면, 싫은 일일수록 이러지 않으면 견뎌내기가 어렵기 때문이다. 지금은 쉬엄쉬엄해도 서너 시간이면 끝나지만, 처음 녹즙을 배달하던 날엔 끝마치는 데 여덟 시간 넘게 걸렸다. 오후 3시 조금 전, 거의 울기 직전까지 가서야 겨우 배달을 마쳤고, 무슨 녹즙이 점심시간 지나서 오냐며 손님들에게 싫은 소리를 잔뜩 들었다. 첫날은 정말 눈앞이 깜깜해서 지사장님이 나를 격려하며 "이 일에는 굉장한 어드벤처가 있어!"라고 했던 말이 몇 번이나 머릿속에 맴돌았다. 아마 지사장님은 '어드밴티지'라고 말하려고 했을 것이다. 하지만 정말로 어드벤처가 기다리고 있을 줄이야.

*

내가 제일 먼저 배달을 가는 K빌딩에는 대기업인 K사의 데이터 센터가 자리 잡고 있다. 23층이나 되는 건물 모두를 K사의 데이터를 관리하는 직원이 채우고 있는 것은 아니다. 7개 층은 모두 서버실이고 5개 층에서 K사 데이터 관리 직원들이 일하며 나머지는 다른 회사 사람들이 쓴다. 지사장님은 23층이나 되는데 왜 실적이 이것밖에 안 나오느냐고 답답해하지만 나로서는 7개 층에는 아무도 근무하지 않고 서버밖에 없다는 것을 설명하기가 꽤나 어렵다. 지사장님, 거기는 서버밖에 없다니까요. 서버는, 그러니까, 컴퓨터예요. 컴퓨터가 어떻게 녹즙을 먹겠어요…….

이렇게 높은 빌딩은 반드시 꼭대기부터 내려오는 것이 원칙이다. 직원들의 동선에 방해가 되지 않도록 엘리베이터 이용을 최소화해야 하기 때문이다. 주로 비상계단을 통해 이동하고, 정 급할 때만 '사무실분들'이 그런 게 있는지 알지도 못하는, '인간 적재'가 금지된 화물용 엘리베이터를 슬쩍 탈 때도 있다. K빌딩은 높을 뿐 아니라 드넓기까지 해 여러 층을 임대하고 있다. 제휴 입점 기업, K사의 일을 하청하는 소기업, 연구소, K사의 본사 파견 직원 근무처, 방송실, 오랫동안 K사와 좋은 관계를 유지하고 있어 조금 저렴하게 사무실을 빌리고 있는 H건설사와 엔지니어링 회사 등등. 동선의 낭비를 최소화하려면 불쑥불쑥 튀어나오는 사람들을 요령 있게 피해 다녀야 한다. 내가 담당하고 있는 곳은 이 빌딩 말고도 중학교, 자그마한 백화점, 학습지 만드는 회사와 열 사람이 안 되는 직원들이 근무하는 조그만 사무실이 있지만 K빌딩이 가장 주요한 배달 장소다.

나는 K빌딩에서 내준 출입증으로 1층 로비는 문제없이 통과할 수 있지만 개미굴처럼 곳곳에 작은 팀을 이뤄 일하고 있는 사람들의 사무실까지 들어갈 수는 없다. 가끔씩 들어갈 수 있는 곳도 있지만 삐, 소리가 나며 출입 제한 알림음이 울릴 때가 더 많다. 그럴 때면 건물 곳곳에 자유롭게 들어가는 청소 여사님들의 뒷모습을 아쉽게 쳐다보게 된다.

이 건물에는 우리 녹즙 회사 말고도 건강 음료 업체 두 곳이 더 드나든다. 즉, 한정된 손님을 두고 셋이 경쟁해야 하는데 우리 회사는 가장 나중에 들어왔고 상품 가격이 센 편이라 신규 손님을 유치하는 것이 쉽지 않다. 요기조기 들어갈 권한이라도 많으면 판촉을 더 할 수 있을 텐데. 언제나 그 점이 아쉽지만 지금 내가 맡은 일을 제대로 해내는 것도 쉽지 않다. 내 주요 업무는 녹즙 손님의 책상 위에 자리한 초록색 녹즙 주머니에서 전날의 물렁해진 얼음 팩을 꺼낸 다음, 오늘 치 녹즙과 새 얼음 팩을 집어넣고 주머니를 야무지게 여며놓는 비교적 간단한 일이지만 사무실은 너무나, 너무나 넓다. 연구소나 방송실 같은 적은 인원이 쓰는 공간을 제외하면 한 층에 책상만 150개에서 200개까지 놓여 있는 경우가 허다해 웬만한 학교 운동장만 한 거대한 사무실 앞에서 기가 꺾인 적이 한두 번이 아니었다.

뭐, 나야 수시로 기가 꺾이지만 최근에는 남들이 다 부러워하는 대기업에서 일하는 것도 쉬운 게 아니구나, 하고 깨닫게 된 일이 있었다. 직원들이 출근하기 전 아침 일찍 K사 사무실에 들어갔는데, 100개쯤 되는 책상마다 책이 하나씩 놓여 있는 거였다. 회사에서 권장—이라고 하지만 강제로 읽히기 위한—도서를 나눠 준 모양이었다. 표지디자인이고 뭐고 아무것도 없이 삭막한 표정을 한 책에는 커다란 볼드체로 이렇게 쓰여 있었다.

일을 했으면 성과를 내라!

그 많은 책이 일제히 소리를 버럭버럭 지르는 것 같아 잠깐 식겁하고 말았다. 엔지니어링 회사에서도 깜짝 놀란 적이 있는데, 아침 8시 반이 되면 직원들이 다 같이 일어나 침통한 표정으로 국민체조를 한다. 구령에 맞춰 몸을 움직이지만 활기가 있을 리 없고 부장님들은 핫둘! 핫둘! 하고 구령을 따라 하며 부하들을 독려해보려고 하는 것 같은데 별 반응은 없다. 그도 그럴 게, 9시가 출근 시간인데 국민체조는 8시 반에 하고⋯⋯ 국민체조를 빠지면 싫은 소리를 듣고⋯⋯ 그래서 나는 국민체조 시간에는 절대로 배달을 가지 않는다. 민망한 광경을 보인 사람과 상종하고 싶은 사람은 없을 테니까.

어쨌든 손님이 자리에 있을 때는 그의 기분에 상관없이 한껏 미소 지으며 인사를 건넨다. 기존 고객의 앞, 뒤, 양옆에 앉아 있는 사원들 역시 잠재적 고객이니 인사를 자주 해서 친근해져야 한다. 아무도 나를 안 보고 있겠거니 하는 순간에도 얼굴에서 미소를 지워선 안 된다. 언제나 좋은 인상을 주는 것이 아주, 아주 중요하기 때문이다. 회사 다닐 때만 해도 싫은 감정이 다 표정에 드러나던 나로서는 상상도 할 수 없는—마치 민첩성과 친화력 스탯을 동시에 올려버린 것 같달까—모습이다. 처음 한 달 동안은 무조건 웃으며 먼저 인사해야 한다는 본사 방침을 달달 외다가, 길거리에서 마주치는 사람들에게까지 인사를 한 적도 있었다. 물론 인사를 건넬 때는 빈손으로 하지 않는다. 경비팀과 청소 여사님들이 언제나 탐내는 이것! 다양한 맛으로 구성된 30밀리리터짜리 판촉용 시음 팩을 내미는 데도 솜씨가 필요하다. 가위로 위쪽 모서리를 살짝 오려 빨대를 꽂고, 거절해도 좋지만 거절하지 말아주세요, 하는 환한 웃음을 지으며 순식간에 들이밀어야 한다. 그리고 "이거 한번 드셔보세요" 같은 인사말을 다양하게 변주할 것.

밖에 덥(춥)죠?

일 많이 힘드시죠?

아기는 잘 커요?

휴가 잘 다녀오셨어요?

요즘도 출장 많으시죠?

일찍 나오셨네요, 피곤하지 않으세요?

주말에 뭐 하셨어요?

어제 야구 보셨어요?

어떤 손님에게 어떤 음료를 건넬지도 충분히 생각해야 한다. 끽연실에 모여서 담배를 피우고 있는 직원들에게는 담배의 독을 걸러준다는 돌미나리즙을 건넨다. 간이 좋지 않다는 것이 안색에 그대로 드러나는 직원에게는 간 수치를 낮춰준다는 명일엽즙이 좋다. 우리 제품 중 가장 쓰지만 입에 쓴 것일수록 몸에 달다고 생각하는 중장년층에게는 인기 있는 편이다. 이를테면 저기 폭탄차장 같은 사람. 왜 이분이 폭탄차장이냐면, 주4회나 술을 마시는데도 가볍게 마시는 법 없이 오직 폭탄주만 취급한다고, 부하 직원들이 종종 괴로움을 토로하기 때문이다. 그런 사람답게 차장의 안색은 시커멓다. 그러나 결코 만만한 목표는 아니다. 저번에 어설프게 녹즙 시음 팩을 권했다가 효능과 원료 등에 대한 질문을 이것저것 받고는 그게, 간에 좋거든요, 왜냐하면…… 하고 말을 더듬은 바 있다. 그랬더니 제품에 대해 아는 것도 없으면서 소비자한테 뭘 믿고 적잖은 돈을 투자하라는 거냐고 혼쭐이 나서, 이를 악물고 지사 위성교육에 특별히 참석해 녹즙과 관련된 것이라면 모조리 노트에 적으며 외웠다. 드디어 오늘, 폭탄차장에게 다시 한번 부딪쳐 볼 생각이다.

"차장님, 간밤에도 술 드셨죠?"

마치 누이나 딸이 야단치는 것처럼, 약간은 걱정스러운 듯 다정하게.

"이거 간에 굉장히 좋아요. 좀 쓰긴 한데 차장님은 어른이시니까 문제없겠죠?"

폭탄차장은 풋, 하고 웃더니 양손으로 관자놀이를 꾹꾹 눌러대던 걸 멈추고 시음 팩을 받아 마신다. 시음 팩을 받아 마시는 건 아주 좋은 신호다. 일단 문이 열리고 나면 활짝 열릴 가능성이 커지기 때문이다.

"차장님 정도 지위가 되면 업무상 가셔야 하는 술자리가 많다고 들었어요. 영양제 같은 거 따로 드시고 계세요?"

"어차피 썩어 문드러질 몸, 술이 약이지 다른 약은 무슨."

나도 너무나 공감한다. 다른 약은 필요 없지, 암! 하지만 녹즙 업무용 자아는 그렇게 생각해선 안 되는 거야. 정신 차려!

"하긴 저나 차장님 같은 사람은 죽어도 안 썩을지 몰라요. 방부 처리가 미리 되어 있는 거잖아요?"

폭탄차장은 다시 쿡쿡 웃는다. 이것도 좋은 신호!

"저희 제품 중에 방금 드신 명일엽이 정말 간에 좋거든요. 한 달이라도 드셔보시면 어떨까요? 제가 샘플 많이 넣어드릴게요. 너무 쓰다 싶으시면 과일, 채소가 들어간 혼합즙도 있어요."

폭탄차장은 웃음기를 지우고 금테 안경을 치켜올린 후 그때처럼 나를 진지하게 쳐다본다.

"구체적으로 어떻게 좋은데?"

나는 살짝 숨을 들이쉰 다음, 위성교육에서 배운 내용을 머릿속에서 착착 정리해서 약장수처럼 늘어놓기 시작한다. 뭐, 정말로 약장수와 다를 게 없긴 하지.

"상도동 지사에 술 때문에 간경화로 고생하던 손님이 계세요. 그분이 저희 유기농 명일엽 드시고 3년 만에 간 수치가 정상으로 돌아왔대요. 그래서 저희끼리 명일엽에 유일한 부작용이 있다면 간이 너무 쌩쌩해져서 술을 많이 마시게 되는 거라고 농담할 정도라니까요. 95년에 처음 출시되고 나서 저희 P녹즙에서 꾸준하게 제일 잘나가는 상품이구요. 무엇보다 저희 녹즙은 믹서에 가는 게 아니라 원료를 그대로 짜기만 해요. 채소나 과일을 소화, 흡수하려면 그대로 먹는 게 제일 좋을 것 같지만 실제로는 즙 형태가 제일 좋대요."

"응? 뉴스에서 믹서기에 갈면 영양소가 파괴된다고 하던데? 그래서 우리 와이프가 아침마다 주스 만들어주다가 이제 안 주거든."

"아, 그건 쇠로 갈아버려서 채소나 과일의 파편을 먹게 될 때의 이야기고요, 저희는 절대 갈지 않고 천천히 눌러 즙을 짜내요. 이렇게 하면 섬유질이 잘게 부서지면서 비타민, 미네랄 등이 쉽게 빠져나온대요. 그러면 그냥 먹을 때보다 더 많은 영양소를 섭취할 수 있어요. 즉 소화흡수율이 높아지는 거죠. 유통기한이 짧은 게 흠일 수도 있는데 저희 제품이 100퍼센트 비가열이라서 그렇거든요. 녹즙이라면서 며칠 지나도 상하지 않고 멀쩡하면 그게 더 이상할 것 같지 않으세요?"

"흠…… 비가열? 그건 좋네. 계속해봐."

"명일엽의 학명 뜻이 '천사가 준 유용한 식물'이라고 하거든요. 먹으면 신선이 된다고 '신선초'라고도 해요. 오늘 이파리를 따면 내일, 그러니까 명일(明日)에 바로 새잎이 날 정도로 생명력이 강하다고 해서 명일엽이라고 부르고요. 미나리과 다년초인데 효능은 동급 최강이에요. 비타민과 미네랄이 풍부한 건 기본이고, 기억력 감퇴, 알츠하이머도 예방해주고요. 강력한 항산화 성분도 들어 있어요. 폴리페놀은 들어보셨죠? 그거 말고도 게르마늄과 칼콘이라는 성분도 있는데 정상세포가 암세포로 변하는 걸 막아주고요. 씨 뿌리기 전 토양 검사, 수질 검사, 중금속 검사 등등 안 하는 검사가 없어요. 국립농산물품질관리원이 정한 기준보다 저희 기술 연구소 기준이 훨씬 높거든요. 300가지 검사를 통과해야 저희 유기농 명일엽 녹즙으로 인정이 돼요."

한꺼번에 말을 쏟아내고 헉헉대고 있으니 폭탄차장이 다시 쿡쿡거렸다.

"공부 많이 했구먼. 어디 한번 넣어봐."

"우왓! 정말요? 얼마나 드시겠어요? 월수금? 화목?"

"월화수목금!"

"으앗! 정말 감사합니다!"

나는 90도 인사를 하고 물러난다. 대박. 명일엽은 제일 비싼 축인데 주5일 주문 손님을 잡다니, 지사장님이 싱글벙글할 것이다. 만세! 하지만 여기서 만족하면 안 된다. 매의 눈으로 또 다른 손님을 찾아내야 한다. 밥 먹듯이 야근해서 피곤이 어깨에 묻어 있는 직원에게는 흑마늘이나 울금즙 시음 팩을 살며시 건넨다. 팔려고 안달하는 태도가 묻어 있으면 손님들이 바로 거부감을 갖는다. 나는 파는 것에 관심 없어, 단지 너라는 사람에게 관심이 있을 뿐이야, 같은 태도로 가볍고 쾌활하게 접근해야 이야기라도 들어준다는 것을, 이 일을 시작한 지 반년 후에야 깨달았다. 예를 들어 마늘이 정력에 좋다는 거야 잘 알려진 사실. 우리 제품은 그냥 마늘이 아니라 제주도의 직영 농장에서 유기농 인증을 받은 농부가 키운 흑마늘에서 오랜 시간을 들여 추출한 것이라고 설명하면 피로에 찌든 사람들이 시음 팩을 달라고 손을 내밀 때가 많다. 울금은 우리에게 친근한 식재는 아니지만 인도 카레에 반드시 들어가는 것이고, 인도인들이 예로부터 수학에 능하고 두뇌 회전이 빠른 이유가 이 울금 덕분이라고 말하면, 직업상 늘 계측, 측량 등을 해야 하는 엔지니어링 회사 직원이나 프로그래머들이 시음 팩에 관심을 보인다. 전날 과음해서 술 냄새를 풀풀 풍기며 책상 위에 엎드려 있는 사람에게 헛개나무즙 샘플에 빨대를 꽂아 내밀면 반색을 하며 받는 경우가 많다. 이렇게 시음을 해보고 효과를 보면 손님이 되어주는 경우가 종종 있다. 문을 많이 두드려봐야 열리는 문도 많은 법이다.

데이터 센터, 엔지니어링 회사 같은 곳이 주 고객사라 전체적으로 여직원이 많지 않지만, 여직원이야말로 한번 고객이 되면 별 변덕 없이 쭉 먹어주는 분들이라 소홀히 대할 수 없다. 이분들에게는 갱년기 증상에 좋은 석류즙이나 맛이나 영양이나 가격이 무난한 케일혼합즙, 눈과 피부에 좋은 블루베리즙을 권한다. 그것도 아니면 최후의 수단으로 딸기나 사과 맛의 유산균 음료를 권해보지만 이런 건 정말 내놓을 게 마땅찮을 때만 권한다. 경쟁사인 코리아야쿠르트와 제품이 겹치기 십상인 데다 유산균 음료는 우리 녹즙사의 자회사에서 생산하기 때문에 마진이 녹즙처럼 20퍼센트가 아니라 10퍼센트 정도이기 때문에 우리나 지사장님이나 별로 남는 게 없다. 그래서 유산균 손님이 한두 달 정도 지나 친해지면 유산균에서 슬슬 신선 녹즙으로 갈아타도록 권하라는 것이 본사 방침이다.

"저기, 녹즙 좀 먹어보려고 하는데요."

평소 열심히 판촉하지 않았던 K사의 여직원이 다가와 카탈로그를 보여달라고 했다. 그러더니 바로 케혼 주3회 배달을 신청하는 게 아닌가? 이게 웬일이야, 뜻하지 않게 주웠네. 이렇게 손님 쪽에서 생각지도 않았는데 먹겠다고 신청하는 걸 이쪽 용어로 '주웠다'고 한다. 이렇게 자주 주울 수 있으면 참 좋을 텐데, 복권에 당첨되는 것만큼이나 드문 일이다. 그러니까 열심히 판촉해야지.

*

"안녕하세요, 저희 녹즙 한번 드셔보시겠어요?"

별 특징 없는 직원이 웬일로 일찍부터 나와 앉아 있기에 별 특징 없이 무난한 케혼 샘플에 빨대를 꽂아 내밀었건만 이쪽을 쳐다보지도 않고 톡톡톡, 하고 마우스 클릭음을 내며 나를 투명 인간 취급한다. 한번 받아먹었다간 내가 신나서 거머리처럼 달라붙을 거라고 생각하는 것이다. 처음에는 이런 일이 너무나 무안하고 속상했지만 이제는 건강하게 살라는 하늘의 뜻인가 보군, 하며 내가 대신 시음 팩을 쭉 빨아 먹는다. 그럴 수 있는 건 물론 시간이 가면서 거절에 익숙해져서지만, 구루guru, 즉 스승들의 가르침 덕이기도 하다.

세일즈맨을 위한 강의를 하고 책을 쓰는 사람들은 하나같이 영업과 연애는 비슷하다고 강조한다. 첫째는 인사이드 마케팅, 즉 철저하게 뼛속부터 영업하는 사람으로 거듭날 것. 스스로에게 자신이 없는 사람이 구애 상대에게 매력적이지 못한 것처럼, 세일즈맨 스스로가 좋아하지 않는 상품을 고객에게 팔 수 없다는 것이다. 다행히도 나는 내가 파는 녹즙을 좋아한다. 일을 시작할 때 지사장님에게 요청해 모든 종류를 다 먹어보고, 위생교육에서 해썹HACCP 인증을 받은 공장에서 녹즙을 생산하는 전 공정을 보고 나서야 비로소 신뢰가 갔다. 나도 믿지 못하는 물건을 파는 건 고객들에게 거짓말하는 거나 다름없는 일이니까. 먹는 걸로까지 거짓말하지 않아도 세상엔 거짓말이 너무 많다.

그리고 두 번째는, 제안에 대한 거절을 나 자신에 대한 거절로 받아들이지 말 것. 수많은 세일즈 도서에서 공통적으로 말하는 내용이다. 손님에게 상품을 권했다가 거절당했을 때 자기 자신이 거부당했다고 생각해서 의기소침해지는 것이야말로 세일즈맨이 가장 빠지기 쉬운 함정이라고. 저 사람은 나의 상품을 구입하기를 거부한 것이지, 나라는 사람을 거부한 것이 아니라는 것이다. 연애 역시 상대에게 들이댔다가 거절당했다 해도 나는 정말 안 되는 사람이야, 하고 괜히 머리 쿵쿵 박으며 괴로워할 필요는 없다. 저 사람이 요즘 연애할 형편이 아닌가 보다, 내가 싫은 게 아니라 지금 상황이 아닌가 보다, 하고 훌훌 떨쳐버릴 수 있어야 장차 성공적인 연애를 할 가능성이 높아진다는 거다.

다음 손님에게 안녕하세요, 하고 활기차게 인사를 건넸다. 그런데 내 쪽을 쳐다보지도 않고 안 먹어요, 하고 손을 내젓는다. 강팍한 연인에게 매몰차게 버림받은 것처럼 비통한 기분. 하지만 구루들의 가르침을 기억할 것. 이건 내가 거절당하는 게 아니야. 녹즙이 거절당하는 거라고. 이렇게 맛있는 걸 왜 안 먹는담, 하고 내가 쭉 빨아 먹은 시음 팩을 쓰레기통에 버리고 돌아서는데, 저쪽에 나의 A급 손님이 출근하는 것이 보여 그쪽으로 쪼르르 달려가 인사하고 녹즙을 건넨다. A급이라고 해서 특별한 게 있지는 않다. 싸고 비싸고 관계없이 꾸준히 먹어주는 사람, 녹즙값 미루지 않고 바로바로 주는 사람, 그 정도면 내겐 충분히 A급이다. 이 손님과는 4개월 정도 거래가 있었으니 어느 정도 친근하기도 하다. 어제 몫의 얼음 팩을 회수하고 인사한 다음 돌아서려고 하는데 이 손님이 저기, 하고 말을 건다.

"매일 그렇게 열심히 일하는 거, 참 좋아 보여요."

자리가 늘 깔끔하게 정리되어 있고 행복해 보이는 가족 사진을 모니터 바로 옆에 올려두었으며, 실없는 소리 한 적 없어 아주 점잖은 손님으로 생각해온 분이다. 별일 없겠지 싶어 활짝 웃어 보였다.

"감사합니다!"

"그런데, 일 힘들지 않아요?"

"저만 힘든가요. 다들 힘들게 일하시는걸요, 뭐."

A급 손님은 무슨 소리를 하려는지 자애로운 미소를 짓는다.

"젊은 분이 어쩌다가 이런 일 하게 됐어요?"

'이런 일'이 뭔데요? 하고 묻고 싶지만 그래선 안 되지. 내가 어떻게 이 일을 하게 됐더라. 홧김에 게임 회사를 그만둔 다음 땅을 치고 후회하던 때 잘나가는 친구들의 SNS를 보게 된 나는 밤새 과음을 했다. 다음 날 아침 머리가 깨질 듯이 아프고 목이 타서 편의점에 숙취 해소 음료를 사러 가다가 집 앞 전봇대에 붙어 있는 전단지를 발견했다.

녹즙 배달하실 주부 사원 대모집!

오전 업무 가능!

원하는 시간 근무 가능!

실적에 따라 고수입 가능!

가족처럼 일하실 분!

이제 약간은 알고 있다. 시간을 조절해서 일하는 게 가능하고, 네가 얼마나 열심히 하느냐에 따라 돈을 많이 벌 수 있다고 부추기는 데다, 비즈니스하는 사이에 '가족'이 되자고 하는 곳은 대부분 반대로 일하게 될 확률이 높다는 걸. 그러나 그때는 퇴사 후 뭐라도 하지 않으면 안 될 것 같은 초조함이 몰려들던 때여서 나는 곧바로 전단지에 적혀 있는 전화번호를 눌렀다. 여보세요, 하는 소리를 듣자마자 저기 전단지 보고…… 하고 말을 꺼낸 나는 나도 모르게 결혼 안 했으면 배달 못 하는 건가요, 하고 간절한 말투로 물었다. 지사장님은 당황한 듯 말했다.

"제가 지사를 운영하면서 배달원을 500명 정도 썼는데 그동안 아가씨가 지원한 적은 한 번도 없긴 했어요. 뭐, 일단은 지사로 한번 나와보세요!"

그래서 나는 부리나케 지사 사무실로 갔고, 낡은 응접세트와 더 낡은 데스크톱컴퓨터 앞에 앉아 있던 지사장님은 50대 초반 정도의 선량해 보이는 아저씨였다. 나중에 보니 정말 다행스럽게도 그는 첫인상처럼 선량한 사람이었다. 같은 일을 하는 여사님들과 친해지고 나서 악질 지사장을 만나면 무슨 일이 생기는지 들은 적이 있다. 한번 미운털이 박힌 경우 그 배달원이 대한민국 어느 지역에 가서도 배달 관련 일을 할 수 없도록 손을 쓴다는 거였다. 자사뿐 아니라 타사까지 가서 이 사람 블랙리스트에 있으니 쓰지 말라고 음해하는 일도 흔했다.

지사장님이 나를 마음에 걸려 하는 것도 그럴 만했던 것이, 서울 전역의 그 많은 배달원 중에서도 미혼은 단 한 명도 없다고 했다. 왜지? 나중에 혹시 주부 사원만 받는다는 본사 규칙 같은 게 있나요? 하고 지사 여사님들께 물으니 부지런히 전단지에 전화번호가 적힌 스탬프를 꾹, 꾹 내리찍던 여사님들은 한바탕 웃고는 눈물까지 찍어내며 대답했다.

"얘, 물 만지던 사람이나 물 만지던 일 하려고 하지, 아가씨들이 어떻게 이런 일을 하니?"

물을 만지다니, 우리는 녹즙을 만지지 맹물을 만지지 않는데, 하고 나는 잠시 혼란을 느꼈으나 아아, 물 만지는 것이 무슨 뜻이었는고 알고 나니 간단했다. 한때 어떤 남자들이 청혼할 때 낭만적 약속으로 널리 쓰이던 언어로서 바로 이런 것. '내가 너 평생 손에 물 한 방울 안 묻히게 해 줄게!'의 그'물'이었다. 그러나 밥하고 설거지하고 빨래하고 청소할 때 그 일을 하는 손에 물이 묻는 것은 당연하기 마련, 그래서 가정을 가진 여자가 손에 물 한 방울 안 묻히려면 남자가 집안일까지 전담하거나 집안일을 전담할 또 다른 여자를 고용할 경제적 능력이 있어야 한다. 즉 '물 만지는 일'이란 사소하게 일일이 고생스럽고 낯은 나지 않는데 품은 들면서도 시시포스의 노동처럼 지겹게 계속되면서도 걸핏하면 하찮게 취급되는, 그런 여성들의 노동을 의미했다. 그럴 때는 애초에 별로 예쁘지 않았던 내 손도 물을 만질 대로 만져 핸드크림 따위로는 수복될 수 없을 만큼 한껏 못생겨진 다음이었다.

여사님들도 처음부터 물을 만진 건 아니었다. 알고 보니 손님들에게 함부로 녹즙 아줌마, 하고 불리는 여사님들 중에는 몇십 년 전의 맹렬한 커리어 우먼도 서너 사람이나 되었고 꽤 높은 직급까지 올라간 분도 한 분 있었다. 부기 기술을 익혀 결혼하지 않고서도 자립하기, 결혼 후에도 내 일과 내 돈을 갖기, 일하는 여성들이 품었던 이런 야망들은 결혼이나 출산과 함께 옥처럼 산산이 부서졌다. 젊은 여사님들도 몇십 년 전의 경력 단절 선배들과 똑같은 스텝을 밟았다. 결혼과 출산의 과정을 완료한 후 이전의 괜찮은 일자리로 돌아가는 것은 거의 불가능했다. 아무리 애를 써도 무의미한 발버둥이었고, 점점 상처가 될 뿐이었다. 나이도 가장 많고 지사 최고의 베테랑인 여사님은 위성교육 시간에 모여 다 같이 전단지를 접을 때마다 우스갯소리로 이렇게 말하곤 했다.

"돌아가신 우리 할머니가 늘 그러셨는데, 어차피 여자 벌이는 쥐벌이랬어."

그러면 누군가 꼭 맞장구를 쳤다.

"그럼요, 아줌마들이 하기 이만한 일도 별로 없어요. 노력 대비 시간이 별로 안 드니까, 애들 학교 가 있는 동안만 딱 일하고 애들 오면 같이 있어 줄 수 있잖아요. 뭐 기술이 있어야 되는 것도 아니고, 내가 그저 부지런하면 되니까요."

지사에 모일 때마다 영원히 계속되는 돌림노래 같았다. 이 돌림노래는 경기가 나빠지면서 단돈 얼마라도 벌어야겠다고 결심한 전업주부들에게도 한번 뛰어들어 보자는 용기를 주었다. 하지만 아직 경력 단절을 근심하지 않아도 되는 미혼이나 비혼 여성들에게는 이 돌림노래가 아무 의미가 없었으니 안정적인 정규직으로 가려는 것이 당연했다. 그러니 촌음을 아껴 쓰기 위해 '녹즙 아가씨'가 되려던 내가 별났을 수밖에.

어쨌든 지사장님은 당장 사람이 너무 급하니 아가씨를 쓰지 말라는 법도 없다면서 최소 6개월은 일해달라고 당부했다. 그전에 일하던 여사님에게 인수인계를 받으면서 대략적인 업무는 금방 익혔지만, 미로처럼 복잡한 사무실에서 내가 담당하고 있는 손님의 자리를 찾아내는 것은 보통 일이 아니었다. 선배 여사님의 사정으로 3일은 받아야 할 교육이 하루 만에 끝나버렸고, 나는 손님들이여 어디에 계시나이까, 하고 외치고 싶은 심정으로 매일 울먹거리다가 어찌어찌 6개월을 넘기게 되었다.

여전히 지사장님은 부지런히 전단지를 붙이며 〈벼룩시장〉 같은 곳이나 온라인 아르바이트 사이트에 광고를 올리고 있다. 그러나 아무리 광고를 내봤자 광고료만 날릴 뿐 사람이 구해지지 않는다고 한탄한다. 한번은 지사에 갔을 때 만난 선배 여사님들께 왜 사람이 안 구해지냐고 물어본 적 있다. 그들은 그것도 몰랐냐는 표정으로 몇백 장이나 되는 녹즙 전단지에 개인 연락처를 적으며 대꾸했다.

"자기야, 몰랐구나. 이 일 할 만큼 돈 필요하고 기운도 좀 있는 여자들은 바로 노래방으로 빠지지 이런 데 절대로 안 와. 그래서 이것보다 훨씬 짧은 시간에 돈 땡기는 거야. 이 일 못 할 정도로 기운 없는 여자들은 아무 일도 못 하고. 우리야 오후에는 학교 갔다 온 애들 돌봐야 되니까 반찬값이나 벌러 나오는 거고."

명확하고 간결하며 냉소적인 대답에 나는 어쩐지 힘이 쭉 빠졌었다. 이런저런 사연이 내 머릿속을 스쳐가는 동안, 어쩌다 이 일 하냐고 물은 손님은 여전히 눈을 동그랗게 뜨고 무척 궁금하다는 표정으로 내 대답을 기다리고 있었다. 나는 계속 방글방글 웃으며 대답했다.

"제가 형편상 투잡을 뛰어야 하는데 아침 일찍부터 하는 일을 해야 오후에 또 일할 수 있더라고요."

뭐, 어느 정도는 사실이라 왜 이런 험한 일을 사서 하느냐고 묻는 손님에게는 언제나 이렇게 대답한다. 험한 일이라. 험한 일인가? 들어가는 수고에 비해 받는 돈이 터무니없이 작긴 하지. 그럼 어디서부터 험한 일이고 어디서부터 안 험한 일일까. 분명한 건 이런 걸로 머리를 복잡하게 해봤자 나만 손해라는 것. 손님은 나를 안쓰럽게 바라보며 자기 딴에는 조심스러운 태도로 말을 꺼냈다.

"그쪽이 내 여동생 같고 처제 같아서 하는 얘긴데. 요즘 바 같은 데가 옛날 같지 않아요. 저질스러운 사람 안 오고 점잖은 손님만 오는 곳도 많이 있는데. 예쁘시니까 얼마든지 그런 데서 일할 수 있을 거예요. 이런 일보다 돈 훨씬 많이 벌 텐데."

여전히 손님은 달달한 과채즙을 빨며 자애로운 표정으로 나를 보고 있다. 반말 존댓말 섞어서 말씀하시는 건 내가 여동생 같고 처제 같아서 그러시는 걸 테지. 믿자, 믿어. 나는 분주한 척 녹즙 손님 명단을 꺼내 볼펜으로 '배달 완료'를 표시하며 말했다.

"그러면 좋을 텐데, 제가 술을 전혀 못 하거든요."

그러자 손님은 이제야 알았다는 듯 계속 자애로운 미소를 띤 채 고개를 끄덕였다. 묵례를 해 보이고 바삐 다음 행선지로 향하는데 풋, 하고 웃음이 나왔다. 사실 저런 제안을 하며 나를 '걱정'해준 사람은 이전에도 두서넛 있었다. 참으로 고맙군요. 내가 여동생 같고 처제 같다고요. 과연 피를 나눈 여동생과 아내의 친동생에게도 점잖은 바에 가서 일하라고 하실 수 있을지 궁금하네요. 나는 가볍게 웃어넘긴다. 이런 말 하나하나를 진지하게 듣고 마음에 품고 되씹어 봤자 나만 손해다.

점잖은 바라, 아마도 모던 바, 뭐 그런 곳 이야기하는 거겠지. 룸살롱에서 일하기엔 내가 나이도 많고 그 뭐더라,

사이즈도 많이 부족할 테니까. 술을 좋아하고 남자도 좋아하니 술을 마시면서 남자를 상대해 돈 버는 게 적성에 딱일 것 같지만 그럴 리가, 나는 내가 마시고 싶을 때 마시고, 상대하고 싶은 사람과 술잔을 맞대는 게 아니면 억만금을 준다 해도 관심 없다. 인생에서 맛보는 한 잔, 한 잔의 술이 얼마나 소중한데, 그걸 돈 때문에 마셔야 한다면 내가 인생을 통틀어 가장 소중하게 간직하고 있던 보물을 타인에게 내주는 기분일 것이다. 오랫동안 밥을 굶어 쓰러질 지경이어도 자기 아이를 팔아 쌀을 사는 엄마가 없듯이, 내가 남은 인생 동안 얼마나 더 술을 마실 수 있을지 아무도 모르는 일인데 그 소중한 시간을 고작 돈과 바꿀 순 없다. 내가 그토록 사랑하는 술에게 그런 짓을 할 것 같아? 사람 잘못 보셨어요. 그것도 한참 잘못 보셨어.

*

"야, 똑바로 하고 다녀. 알겠어?"

청소 여사님 한 분이 내가 입은 스키니진을 가리키더니, 이런 옷을 입으면 사무실분들이 민망해하시지 않겠냐며 내 팔뚝을 세게 꼬집고는 아무 일도 없었던 듯 지나쳐

갔다. 녹즙 가방을 쥔 손이 덜덜 떨렸다. 똑바로 할 수만 있다면, 그럴 수 있다면 내가 왜 여기 있겠어, 이 여편네야. 당신네들이 나를 두고 나이도 젊은 애가 왜 저런 일을 할까 수군거리는 것처럼 나도 내가 여기서 도대체 뭘 하고 있는지 모르겠다고. 이제 웬만한 수모에는 익숙해질 만한데도 계속 손이 부들부들 떨린다. 그러거나 말거나 저 여사님, 아니 여편네는 빗자루를 들고 총총 멀어져간다.

여편네가 또 뭐랬더라, 사무실'분'들이라고 했지. 사무실에서 일하는 게 뭐 그리 대단하다고 존칭까지 붙여주나. 아주머니 재들 뭣도 아니에요, 저것들이 얼마나 생각 없는 말을 지껄이고 사는지 아시냐고요, 하고 소리치고 싶지만 지금 나는 사무실분이 아니니 별로 설득력이 없을 것이다. 멀찍이서 그가 다른 청소 여사님들과 수군대며 나를 가리키는 것이 보인다.

"재는 생전 샘플 하나 주는 적이 없더라? 저런 애들 원래 공짜 샘플 많이 갖고 다녀! 얼마든지 달라고 해도 돼!"

똑바로 하라는 게 실은 내 청바지 문제가 아니라 그거였구나. 나 같은 애들한텐 얼마든지 달라고 해도 된다고? 그래요, 법에 저촉되거나 하는 일은 아니지요. 멍하니 서 있는데 휴대폰이 진동한다. 휴대폰을 꺼내는 내 손이 아직도 떨린다. 여사님이 꼬집은 데가 새빨갛게 부어 있다. 원래 스치기만 해도 멍이 드는 희한한 피부를 가졌지만, 그래도 이번엔 좀 세게 꼬집힌 것 같다.

1층으로 내려가서 다른 건물로 가려고 터덜터덜 나서는데, 저쪽에서 여사님들 한 무리가 소곤거리다 웃다가 하는 게 보인다. 고개를 푹 숙이고 지나가는데 또 손이 부들부들 떨린다. 똑같은 제복을 입고 똑같은 효도화를 신고 똑같이 보글보글한 머리모양을 한 여사님들을 나는 도저히 구분할 수 없다. 나를 쥐어박은 여사님도 분명 저 중에 있을 텐데, 여사님들은 다 똑같아 보인다. 이건 불공평하다. 여사님들은 나를 특정할 수 있는데.

갑자기 현기증이 난다.

마시고 싶어진다. 손이 떨린다.

그냥 애주가일 수 있다면,

과하다 싶을 때 그만둘 수 있다면,

나도 여러분처럼 스스로를 대강만 미워할 수 있을 텐데.

3화

블랙아웃

디링, 하고 휴대폰에서 소리가 나 확인하니 "귀하의 면접 결과를 알려드립니다"라는 제목의 메일이 와 있다. 이번에는 스팸메일이 아닌 것 같아 재빨리 확인하려는데 본문으로 들어가는 몇 초가 10년처럼 느껴진다. 하지만 시시하게도 전형적으로 복사하여 붙여 넣은 글귀였다. 이번에 많은 인재가 저희 회사를 찾아주셨는데 사정상 충원 인원이 한정되어 있어…… 어쨌든 미안하지만 너는 아니야, 라는 예의 바른 거절이었다. 하지만 어떤 거절도 기분이 좋지는 않다. 취업 거절 통보를 받을 때마다 너는 하자 있는 인간이야, 하고 이마 한가운데 도장을 쾅 찍히는 기분이 든다.

피가 나도록 입술을 꽉 깨물고 서 있는데 오랫동안 연

락이 없던 친구에게서 톡 메시지가 왔다. 남자친구와 그의 사촌 형을 같이 보기로 했는데 공교롭게도 오늘 회사에 비상이 걸려 둘 다 나가지 못할 상황이라고 했다. 미안해서 대신 누군가를 소개해주기로 했는데, 회사 다니는 친구들은 갑자기 시간 내기가 어려우니 나더러 그 사촌 형과 만나줄 수 없냐는 거였다. 미안하다 관심 없다, 라고 자판을 두드리려는데 또 메일이 왔다. 요즘 취업이 잘 안 되는데 어떻게 하면 좋을지, 내 포트폴리오를 보낼 테니 솔직하게 평가해달라고 부탁했던 동기의 답장이었다. 어쩐지 손이 떨려서 하아, 하고 심호흡을 하고 메일을 열어 보니, 내 마음을 상하게 하고 싶지 않아 돌리고 또 돌려 말하고 있지만 내 그림체가 아예 싸구려가 됐다는 얘기였다. 유두니 도끼자국이니 이런 걸 강조하는 그림을 몇 년이나 그리다 보니 아예 저질스러운 그림체가 손에 붙은 것이다. 요즘에는 젊은 애들 사이에서 얼핏 보면 성별을 구별할 수 없을 정도로 감성적이고 여리여리하게 그리는 게 인기가 있단다. 나처럼 뭐랄까, 뽕빨로 그리는 것, 그러니까 선이 굵고 투박하고 눈이 부리부리하며 몸매의 굴곡이 심한 데다가 섬세함이라고는 찾아볼 수 없는 과장된 그림은 한물간 시대가 온 것이다.

망연하게 서 있는데 남자친구의 사촌 형을 만나달라고 부탁한 친구에게 또 간절한 톡이 왔다. 그 사람이 술을 엄청 시원하게 잘 마신다는 거였다. 그렇다면 이야기가 조금 달라진다. 오늘 홧술이 상당히 필요한 날인데 마침 잘됐지. 자, 친구 남친의 사촌 형이여, 그대는 어떤 하자가 있는 인간인가. 실은 아무 관심 없다. 나는 술을 만나러 가고 있거든.

*

"아, 맞아요. 우리 어릴 때는 브리트니 스피어스가 완전 짱 먹었죠. 지금도 노래하나? 이상한 결혼 해서 애 낳고 완전 아줌마 된 걸로 기억하는데요."

"지금도 해요. 괜찮은 앨범을 계속 냈죠."

"인터넷에 '부릅뜨니숲이었으' 같은 아이디도 히트였는데, 하하하! 완전 격세지감인데요. 요새는 역시 한국 걸그룹이 짱이죠. 아, 정민 씨도 나름 매력 있으니까 질투하지 마세요!"

네가 누굴 좋아한다고 해서 내가 질투를 할 거라니, 이 무슨 대책 없는 긍정의 힘이야? 나 좀 나눠 주라, 이 자식아. 넌 나름의 매력이고 뭐고 아무것도 가진 게 없잖아. 그리고 브리트니가 요즘 얼마나 관리 잘하고 있는데 푹 퍼진 아줌마래? 자기보다 한참 어린 걸 그룹 보면서 침이나 질질 흘리질 않나. 왜 남자들은 자기 외모와 상관없이 모든 여자들을 평가할 자격이 있다고 생각하는 걸까? 대부분의 동물은 교미를 하고 싶은 수컷 쪽에서 구애를 하고 자신을 화려하게 꾸미거늘, 왜 인간 수컷은 그러지 않는 걸까.

그는 계속해서 떠들어댄다. 나는 폭탄주 몇 잔을 들이켜자 비위가 좋아져서 마침내 그 수다를 참아줄 수 있게 된다. 잔에 입술을 갖다 대고 차게 식힌 유리의 감촉을 맛본다. 이것은 내가 가장 진지하게 하는 키스. 나는 저 남자와 데이트를 하고 있는 것이 아니다. 언제나 술과 연애하고 있으니까. 그래서 나는 놈들이 무슨 말을 하건 너그럽다. 넌 모르겠지만, 나는 너를 만나러 여기 온 게 아니야.

"여자 아이돌들이 하도 예뻐서 저도 열몇 살 연하하고 만나볼까 하는 생각도 들지 뭐예요. 옛날에는 그런 거 도둑놈이라고 했지만 요즘 연예인 커플들 열다섯 살 차이는 기본이더라고요. 그것도 이해가 가는 게, 여자가 젊어야 건강한 애를 낳잖아요?"

남자가 늙으면 정자도 늙는 건 모르니? 게다가 열다섯 살 차이랑 결혼할 수 있는 남자는 다 돈 많고 외모 괜찮은 연예인이잖아. 나는 살짝 기가 차서 픽 웃었다. 이 놀라운 자기 긍정에는 감탄이 나오지만, 이 남자는 용모도 별로인데다 하는 말도 대부분 재미없고, 그것도 텔레비전에서 주워들은 것 말고는 할 줄 아는 게 없으니 어쩌면 좋을까. 그중에서도 가장 심각한 건 자기 이야기가 아주 재미난 줄 착각하고 있다는 것이다. 그나마 다행이다, 얘가 술이라도 잘 마셔서.

500cc 생맥주잔에 양주잔을 짤랑 넣자 맥주와 위스키가 서로를 껴안고 크리스털 같은 기포를 과시하며 아름답게 반짝인다. 황금빛 잔을 홀린 듯 바라보면서 나는 조지 버나드 쇼의 말을 떠올린다. "위스키는 액체에 녹아든 햇빛이다."* 하지만 조지, 당신은 틀렸어요. 위스키뿐만이 아니죠. 모든 술이 액체에 녹아든 햇빛이에요. 그 햇빛을 너무 가까이 했다간 이카로스처럼 추락할 것을 알면서, 지금까지 수없이 추락했으면서, 그래도 나는 황홀하게 잔을 응시하는 것을 멈추지 못한다. 그러느라 나는 이 사람이 늘어놓는 헛소리를 귓등으로 흘려버릴 수 있다. 그래, 세상에 완벽한 인간이 어디 있겠어, 나 역시 마찬가지고. 이렇게 누구에

---

* 그렉 클라크, 몬티 보챔프, 《알코올과 작가들》, 이재욱 옮김, 을유문화사, 2020년, 80쪽.

게라도 너그러워질 수 있는 상태를 두고 영어권에서는 비어 고글beer goggles이라 부른다. 술이 들어가면 콩깍지가 씐 것처럼 평범하기 짝이 없는 사람도 무척 매력적으로 보이고, 별것도 아닌 이야기에 너그럽게 웃게 되고, 세상만사가 그럭저럭 즐겁게 여겨지는, 술 냄새가 흥건한 착오. 친구도 내가 이런 사람인 걸 잘 알아서 다른 사람도 아닌 나에게 이 매력 없는 남자를 떠넘겼겠지.

내가 다시 그의 말에 웃자 그는 자신이 대단히 재치 있는 말을 했다고 여기는 것 같지만, 그 착각을 바로잡아줄 정도의 성의는 내게 없다. 하긴 남자와 대화할 때 많은 말은 필요 없다. 그냥 웃거나, 아 정말요, 그런 이야긴 처음 들어봐요, 그래서 어떻게 됐어요? 이 정도만 있으면 모든 게 매끄럽게 흘러간다. 남자들은 사실 여자가 어떻게 생각하는지, 무슨 의견을 가지고 있는지 요만큼도 궁금해하지 않는다.

"근데 브리트니 스피어스 이야기는 왜 꺼내신 거예요? 팬이신가 보죠?"

"아, 제가 아침에 하는 일이 많이 걸어야 되는 거라 비트 빠른 음악을 듣는데요, 브리트니 스피어스 노래를 많이 듣거든요."

친구 남친의 사촌 형은 2000년대 초반 자신이 한창 젊었던 시절에 팽팽한 라이벌 구도를 이루었던 브리트니 스피어스와 크리스티나 아길레라 이야기를 꺼냈다. 한번 화제를 틔워뒀으니 계속 말을 하겠지. 그 덕에 나는 잔을 애무하듯 어루만지며 술과 둘만의 시간을 보낼 수 있고, 딴생각도 얼마든지 할 수 있다. 브리트니 스피어스, 내 새벽 여정의 동반자. 녹즙 배달을 하려면 져야 할 짐이 꽤 많다. 녹즙만 배달하는 게 아니라 신선함을 위해 섭씨 5도를 유지하도록—이걸 '콜드체인시스템'이라고 하는데 우리 P녹즙만의 강점이라고 본사가 늘 강조한다—녹즙 한 병당 직사각형의 얼음 팩도 하나씩 지고 다녀야 한다. 한두 개라면 모를까 몇십 개가 되면 꽤나 무겁다.

그래서 다른 여사님들은, 아, 여기서 잠깐. 이들을 '여사님'이라 부르는 걸 깜빡 잊고 편하게 아줌마나 이모, 혹은 언니라고 불렀다간 크게 경을 치게 된다. 지사 동료들뿐 아니라 경쟁사의 배달원들이나 청소하시는 분들에게도 마찬가지. 대통령 영부인처럼 아주 '높은' 신분이거나, 우리처럼 낮은 데로 임하여 다른 이들의 뒤치다꺼리를 해야 하는 사람들만이 '여사님'이라고 불리는 것이 우습고도 씁쓸하다. 어쨌거나, 같은 지사의 여사님들은 다들 커다란 짐반

이가 달린 지사 소유의 자전거를 이용해 배달을 하지만 내게는 짬밥 문제로 차례가 돌아오지 않았다. 그래서 낡은 손수레를 질질 끌고 다니는데, 비트가 강한 음악을 들으면 마치 밭을 가는 소를 주인이 워어이, 워어이 하고 독려하는 것처럼 발을 재게 놀릴 수 있다. 이럴 때 브리트니 스피어스의 노래만큼 효과적인 게 없다. 그래서 휴대폰의 재생목록에 옛것과 요즘 것을 합쳐서 브리트니 스피어스의 노래를 스무 곡 정도 항상 넣고 다닌다. 나로 말하자면 그녀의 팬이라기보다는 '편'이라고 해야 할까. 한때 브리트니 스피어스가 한글로 커다랗게 '신흥호남향우회'라는 글씨가 박힌 녹색 드레스를 입은 모습이 인터넷에 떠서, 사람들이 배를 잡고 웃은 적이 있었다. 나도 웃었지만 그녀를 따라 카피 제품을 하나 샀다.

나이가 서른 줄을 넘은 사람들이라면 요정처럼 청순하면서도 섹시한 양가적 매력을 지녔던 브리트니 스피어스의 전성기를 기억할 것이다. 브리트니는 어린 나이에 의상이 심하게 선정적이라고 뚜드려 맞다가 혼전 순결을 선언했고, 이에 여론이 상당히 누그러졌으며 목울대가 터지도록 비난하던 보수 우익들도 입을 다물었다. 소녀들이 'BRIT ROCKS!'라고 쓰여 있는 티셔츠를 입고 브리트니를 따라 너도나도 순결 선언을 하니 스타가 선한 영향력을 발휘한다며 흐뭇하게 여겼던 것이다.

그즈음 그녀는 인기 보이 그룹 엔싱크의 멤버였던 저스틴 팀버레이크와 교제 중이었는데, 젊고 아름답고 섹시했던 그들은 그야말로 골든 커플이었다. 그러나 두 사람이 결별하자마자 저스틴이 토크쇼에 출연해 브리트니의 혼전 순결은 모두 거짓말이라고 신나게 떠들었다. "혼전 순결이라뇨? 안 보는 데서 실컷 했죠!" 야비하고 비열했다. 소녀들을 선도하던 팝의 요정은 전국적으로 망신을 당했다. 늘 애지중지 끼고 다니던 순결 반지도 슬그머니 손가락에서 사라졌다. 두 사람은 좋게 이별했다고 공식적으로 발표했지만 저스틴은 곧바로 연인의 외도로 고통받는 내용의 신곡을 발표했는데, 의미심장하게도 뮤직비디오에서 그를 배신하는 여성 역으로 브리트니 스피어스를 꼭 닮은 배우를 기용했다. 이후에도 저스틴은 신보를 낼 때나, 토크쇼에 출연할 때나, 코미디 프로에 출연할 때나 무려 10년이 넘도록 브리트니 스피어스 이야기를 사골처럼 우려내 써먹었다.

아메리칸 스위트하트였다가 거짓말쟁이가 된 프린세스 오브 팝, 브리트니 스피어스는 점점 추락하기 시작했다. 저스틴에게 브리트니를 그 정도로 망가뜨릴 만한 힘은 없었다. 그런 힘은 브리트니 자신에게 있었다. 거리에 나서면 자동차를 향해 반 발자국도 옮기기 전에 몇백 명의 파파라치들에게 둘러싸였고, 어느 날은 그 모든 게 지긋지긋해졌는지 갑자기 미용실에 들어가 바리캉을 빌려 자기 머리를 밀어버렸다. 나중에는 심지어 자기를 쫓던 파파라치와 사귀기까지 했다. 사람들은 드디어 그녀가 완전히 미쳤다고 생각했고, 인터넷에는 브리트니의 자살 일자를 맞히는 도박 사이트가 개설되어 많은 이가 열렬히 돈을 걸었다. 개자식들. 한때 찬란했던 팝의 요정을 까는 것은 국민 스포츠가 되었다. 에드거 앨런 포가 그랬다던가, 젊고 아름다운 여성의 죽음만큼 시적인 주제는 없다고. 그 말대로라면 확실히 브리트니는 시적 행보를 걷고 있었다.

그러나 자기 자신을 미워하고 함부로 대하며 술에 취해 미친 짓을 해본 적이 있는 여자라면, 결코 그녀의 시적 행보를 비웃을 수 없을 것이다. 나는 술을 마신 브리트니가 고등학교 동창과 라스베이거스에서 첫 결혼식을 올리고 하루 만에 이혼해버린 것도 어쩐지 이해가 간다. 만취해 있던 단 몇 시간만이라도 누군가에게 견고하게 소속되고, 또 누군가를 자신에게 소속시키고 싶었던 게 아닐까. 둘째가라면 서러울 정도로 한심하게 사는 주제에 누가 누굴 이해

한다는 건지 나도 기가 차지만, 세상에는 어쩐지 정이 가는 사람이 있기 마련이다. 나는 뭔지 모를 열변을 토하고 있는 남자에게 생긋 웃어주고는 다음 잔을 채웠다. 브리트니 스피어스를 위해 건배. 뜨신 국밥 한 그릇 사 먹이고 싶은 나의 여신이여, 언젠가 제 단골집인 '나주집'에서 꼭 한잔 사드리고 싶습니다. 부디 내한해주십시오.

팝의 요정이 만취한 채 결혼했다가 술이 깨자마자 이혼하기까지 소요된 시간은 총 55시간. 그리고 계속 그녀를 위해 건배하던 내가 조각조각 끊긴 기억 틈새를 헤매다가 눈을 뜨기까지 걸린 시간은 약 15시간. 브리트니 스피어스는 미국의 팝 가수이며, 나와는 전혀 상관없다. 그러나 가끔 좀 상관이 있는 것처럼 느껴지는 날이 있다.

*

Oops!... I did it again. 네, 또 저지르고 말았습니다. 숙취 때문에 머리가 울린다. 그러나 브리트니는 전혀 상관하지 않고 내 전두엽을 차지한 채 특유의 가르랑거리는 목소리로 계속 노래를 부르고 있다. Oops, I did it again. 내 몸에 웬 팔이 하나 둘러져 있다. 물론 옷은 안 걸치고 있고, 이

팔은 내 팔이 아니다. 또, 또, 또 저질렀구나. 그것도 별거 아닌 새끼랑. 비명이라도 꽥 지르고 싶지만 지금은 숨도 크게 쉬기 힘들다. 어제 같이 술을 마셨다는 거 말고는 아무것도 모르는 남자의 팔을 치우느라 지금 매우 바쁘다. 아, 친구 남친의 사촌 형이여, 부디 깨어나지 않기를. 죽일 수 있는 데까지 숨을 죽이고 나비 날개를 쥐듯 살며시 남자의 팔을 들었다 내려놓는다. 계속 자라, 곤히 자라, 제발. 당신이 일어나면 우리는 괜히 같이 잔 사람끼리 최소한의 친근함을 표현해야 할 것 같은 의무감에 사로잡힐지 모른다. 당신이 아침 발기에 이어 모닝 섹스를 원하면 나는 어제 이미 한 번 했으니 책임감이랄까 의무감이랄까 의리랄까 뭐 그런 게 발동해서 싫어도 거절 못 하고 어정쩡하게 아무렇게나 몸을 내줄지도 모른단 말이야. 그런 건 정말 최악이다. 그러고 나면 예의상 아침이라도 같이 먹어야 할 것 같은 어색한 분위기가 되기 십상이다. 날씨가 어떻다느니 하면서 맛대가리도 성의도 없는 우거지해장국 같은 걸 꾸역꾸역 먹은 다음, 엉거주춤 인사를 하면서 입에서 나오는 대로 아무 말이나 하게 되기 마련이다. 다음에 볼 것도 아니면서 다음에 봐요, 마음에도 없는 인사로 언제 또 밥 한번 먹어요, 이러는 거 너무 싫다. 게다가 남자의 휴대폰에 언제든 공짜로 섹스—남자들이 흔히 수지맞았다는 듯이 '꽁씹'이라고 부르는 걸—할 수 있는 여자로 저장되고 싶지도 않다. 그러니까 제발 깨지 마. 깨지 말라고.

언제 필름이 끊겼는지, 이 호텔로 어떻게 이동했는지 아무것도 기억나지 않는다. 의사가 블랙아웃이 계속되면 그다음에는 환각이라고 했지. 간신히 호텔방 여기저기 흩어져 있는 옷을 주워 입고 대강 매무새를 점검하니 꼴이 아주 가관이다. 간밤에는 뭐라도 보일까 봐 바짝 여미고 다니는 스타일이 그렇게 후져 보이더니, 술 깨고 나니까 가슴 쪽이 파인 게 쿨한 정도가 아니라 그냥 다 내보이고 다닌 꼴이라 확 민망해진다. 가방에서 얼른 스카프를 꺼내 가슴께를 칭칭 감았다.

물소리 내서 이놈을 깨우게 될까 무서워 샤워는 생략하고, 수건에 조용조용 물을 적셔 마스카라 찌꺼기나 대충 찍어냈다. 침대 쪽에서 끄응, 하는 소리가 들려서 얼른 14센티미터짜리 킬힐을 손에 들고 살금살금 복도로 나섰다.

발소리를 죽이며 복도에 나와 보니 역시 여기는 홍대 앞 B호텔이다. 도대체 여기가 몇 번째야. 이른 시간이라 푹 졸다가 노골적으로 꿀잠을 방해받았다는 표정의 발레파킹 요원과 눈이 마주치자 얼굴이 뜨거워진다. 필름 끊길 때까지 마시지 말자고 얼마나 다짐했냐 이 미친년아, 하는 생각이 들자 다시 그녀가 머릿속에서 노래를 부르기 시작한다. Oops, I did it again. Oops, I did it again…….

정신 줄을 잡으려고 편의점에서 블랙커피를 하나 사서 벌컥벌컥 마신 뒤 지하철역 쪽으로 걸음을 옮겼다. 주택가 쪽 골목에서 출근길을 나서는 듯싶은 여자가 걸어 나오다, 아이라인과 마스카라가 온통 떡 진 채로 호텔 골목에서 어정어정 기어 나오는 내 꼴을 보고 흠칫, 한다. 그렇지만 이내 아무렇지 않은 표정을 지으며 나를 피해 골목 저쪽으로 또각또각 걸어간다. 갑자기 참담하다. 지금 저를 피해 가신 건가요? 저 원래 이런 사람 아니에요. 그러니까 맨날 이러는 건 아니고, 아니 사실 좀 자주 그러긴 하는데요, 저도 진심으로 이렇게 살기 싫거든요, 하고 주절주절 변명이라도 늘어놓고 싶다. 해는 야속하게 잘도 떠오르고 그 환한 빛을 받자 알 수 없는 부끄러움이 밀려온다. 당장 도망치지 않으면 좀비처럼 타들어갈 것만 같다. 지글지글. 민주는 지금 시간이 날까. 나는 네가 필요해. 그것도 당장 필요하다고 메시지를 써 보낸다.

*

순댓국집으로 들어와 꽁꽁 여민 스카프를 풀었더니 그제야 살 것 같다. 얼른 한잔해야겠다는 생각이 든다. 포마이카 식탁 위에 카스 한 병과 처음처럼 한 병을 나란히 세워둔 뒤 잔을 그 앞에 모시고 예를 올리듯 공손하게 바라본다. 아, 이 신성한 삼위일체. 가슴이 뛴다. B호텔을 나와 아무 전봇대에나 머리를 쿵쿵 박으며 괴로워했던 것도 이 광경을 보니 100년 전 일처럼 느껴진다. 이제 따르자. 숨을 죽이고 소주는 1.5센티미터 정도로, 맥주는 잔에 찍혀 있는 파란 cass 글자에 살짝 닿을락 말락 할 때까지만, 급하게 따르지 말고 침착하게. 차가운 빛깔의 소주에 맥주가 겹치면서 처음에는 투명한, 다음에는 황금색의 전투가 일어난다. 그래, 이게 필요해. 액체에 녹아든 햇빛. 싸움이 차차 잦아들 때까지 황홀하게 바라보다가 경건하게 절반을 비운다. 썰물처럼 빠져나갔던 간밤의 취기가 적절하게 보충된다. 취기로 괴로웠던 날에는 취기로 그 괴로움을 마취하는 수밖에 없다. 유진 오닐이 어느 희곡에서 말했던 것도 같다. 술에서 깨는 순간 삶을 두려워하게 된다고. 나도 그 두려움이 무엇인지 안다. 그러니 나머지 절반을 마시자. 이거야말로 내가 가장 좋아하고, 또 잘하는 일이다. 아, 잘하는 짓이다. 이모가 양은 쟁반을 들고 지나가면서 어깨를 팡팡 친다.

"친구는 왜 같이 안 왔어?"

"조금 있다 만날 거예요, 헤헤."

술집 이모는 친이모보다 정답다. 순댓국집 이모는 더욱 정답다. 남자와 술 때문에 쓰린 속은 언제나 순댓국 순댓국, 가장 정다운 이모들은 언제나 순댓국집에 있지, 라고 노래라도 지어 바치고 싶다. 이모는 꾸벅꾸벅 졸고 있는 시어머니를 지나쳐 국 솥에 다가가 내가 좋아하는 오소리감투와 머리 고기를 꺼내서 뚝배기에 소담스레 담아 준다.

화장기 하나 없는 말간 얼굴의 이모는 이 동네 토박이로, 초등학교 때부터 순댓국집 앞을 지나 타박타박 학교를 다녔는데 커서 여기로 시집오게 될 줄은 몰랐다고 한다. 이모의 친정아버지가 순댓국집의 단골이라서 가끔 외상값 갖다주러 심부름 온 적도 여러 번, 그러다 아주 오게 되었단다. 손님이 문 여는 드르륵 소리가 들리자 이모가 어서 오세요, 하고 앞치마에 손을 닦으며 달려간다. 맥주 한 병 더 가져와야겠다.

"이모 그냥 제가 갖다 마셔요~."

B호텔에서의 음침함은 어디로 가고 나도 모르게 목소

리가 명랑해졌다. 술이 들어가면 나는 자학을 멈추고 밝고 쾌활한 사람이 된다. 다시 세상에서 매력을 발견했거든.

"응, 그래그래~."

이른 시간이었지만 내가 나주집의 유일한 손님은 아니었는데, 아저씨 두 사람이 국물을 후루룩 마시며 저러다 눈알이 빠지지 않을까 걱정될 정도로 낡은 텔레비전 화면에 집중하고 있었다. 포마이카 식탁 위에 소주병 두 개가 마치 무던한 아내라도 된 듯 묵묵히 기다린다. 우리 같은 사람들은 이렇게 구질구질하면서도 편한 곳을 잘도 알아본다. 언제 술이 없어졌나, 한 잔 더 만들면서 텔레비전을 보니 간밤의 야구 하이라이트가 나온다. 이런, 롯데는 또 망한 모양이다. 쯧쯧 혀를 차는데 아저씨1이 소주를 입에 털어 넣고는 똑같이 혀를 차서 잠깐 눈이 마주친다. 나도 모르게 쿡, 웃는다. 아저씨1이 소주를 자작하며 혼잣말처럼 말한다.

"롯데는 감독이 문제야. 빨리 보내버려야 되는데…… 병살 맞을까 봐 덜덜 떠느라 작전이 저게 뭐꼬."

나도 한잔 마시고 끼어든다.

"로이스터 감독 처음에 데려왔을 때도 그랬잖아요. 백인천 가니까 흑인천이냐고."

옆의 다른 아저씨가 쿡, 하고 웃는다. 어젯밤 야구를 보고도 마음이 편해 보이는 걸 보니 SK, 삼성, 뭐 그런 팀의 팬이 틀림없다.

“로이스터가 좋았지. 뭐라 카노 그 공격적인…… 막 자신감 있고, 그 뭐더라…… 그래! 어그레시브한 야구! 그거를 해야 되는 기라.”

다시 문이 열리자 이번에는 할머니가 눈을 크게 뜨고 국자를 휘두른다. 이모님의 부군, 그러니까 할머니의 아드님이 오셨다. 원래 인테리어 사업을 하다가 불경기라 휴업 상태라는데 아무래도 지난밤을 술로 보내셨는지 할머니와 이모의 눈매가 똑같이 매서워졌다.

“어머이, 나 국밥 하나 말아 줘요.”

“돈 내고 처묵어 이 자슥아.”

“여보, 국밥 한 그릇만 줘봐봐아…….”

“직접 떠다 드셔!”

작은 사장님은 결국 직접 뚝배기에 국물을 푼다. 고기를 좀 담으려고 하니 할머니가 국자를 빼앗아 때리는 시늉을 한다. 그래도 기다란 국자를 솜씨 좋게 움직여 뜨끈뜨끈한 고기를 아들이 내민 그릇에 담는다. 이모가 뭐가 이쁘다고 고기를 주세요, 하고 눈을 흘기자 할머니는 먹고 죽어버리라고 그려어, 하고 외친다. 작은 사장님이 슬그머니 이모님이 썰고 있는 간 몇 조각을 집어 먹으며 나한테도 준다.

"요새 녹즙 손님 좀 늘었어?"

"고만고만해요. 사장님은 요새 인테리어 일 아예 안 하세요?"

"이제 그냥 어머니나 도와드릴까 봐. 너무 불경기야……."

"간 도둑놈아!"

작은 사장님은 얼른 간을 입에 꾸역꾸역 밀어 넣고는 내 잔을 들어 얼른 넘긴다. 옆 테이블 아저씨들도, 나도 다 같이 쿡쿡 웃는다. 작은 사장님이 돌려준 잔을 받아 나도 마시고, 아저씨들도 잔을 주거니 받거니 하고, 우리는 건배하는 시늉을 하고, 야구 하이라이트를 보며 이번에는 기아 욕을 하면서 우리는 다 같이 즐겁다. 알코올이 온몸의 혈관을 한 바퀴 도는 것이 천천히 느껴진다. 손목을 지나 손가락, 손끝의 모세혈관까지 퍼지는 것 같다. 두근, 두근, 두근…… 아, 나는 살아 있다. 지금 이 순간엔 술과 나 우리 둘뿐이다. 구멍을 가리는 따뜻한 막이 보인다. 계속 거기 있어주기를, 제발. 갑자기 휴대폰 문자 알림음이 삑, 하고 울린다.

어디세여ㅠㅠ?

호텔에 놓고 온 남자가 일어난 모양이다. 내가 어디냐고? 남자들아, 제발 재밌는 질문을 해주길 바란다. 이를테면 이런 거.

"사장님, 소맥은 어떻게 타는 게 제일 맛있어요?"

"손목 스냅이 중요하지, 손목 스냅."

"8 대 2가 정확한 비율이야."

"5 대 5가 맛있어."

"그러면 이쪽 선생님이 한번 말아주세요."

"알았어! 내가 한잔 사지 뭐."

아, 즐겁다. 술꾼들끼리 노하우 나누기.

"어머, 그럼 소주는 제가 살게요."

"그럼 난 머리 고기나 살까? 여보, 여기 머리 고기 한 접시요."

"아, 형님, 왜 남의 마누라한테 여보라 그러는교?"

"아이고, 저눔의 남편 갖다 버리고 싶은데 잘됐네. 지금 밥 안치느라…… 잠깐만 기다려요, 사장님들."

"술은 역시 폭탄이 참 효율적이고 좋아, 그치?"

"7 대 3도 괜찮은 것 같던데."

"몇 대 몇이 중요한 게 아니야. 손맛이지. 아나, 잔 줘보이소. 이래가 소주 쪼매만 부은 다음에, 그 위에 급하게 맥주를 부으면 안 돼. 딱 손목 스냅이 중요하다카이…… 요래 살살 해가…….”

숨을 죽인 네 사람의 눈동자 여덟 개가 모두 술잔에 모인다. 누구는 반반으로 말고 누구는 8 대 2로 만다. 하지만 어떻게 말아도 다 맛있다. 오래 마셔온 사람들이 폭탄주를 말면 각자의 손맛이 있다. 머리 고기를 써는 도마에서 모락모락 김이 난다. 깍두기를 안주로 한 잔 더 부딪친다. 아침 해가 점점 밝아오지만 주정뱅이들이 함께 있다면 무서울 것도 없다. 지금 무엇을 더 바라겠는가. 무음 모드로 해놓은 휴대폰이 계속 깜빡거린다.

꾀괜찮은사람이라고생각했는데......

인생의발여자가될수도있다고......

지금대노코읽씹하는거예여? 기분진짜망막하네여

인생그러케살지말아여진짜

내용은 진지한데, 나는 웃음을 터뜨릴 수밖에 없었다. 아이고, 제 주제에 감히 당신의 발여자라니요. 이 남자는 날 소개해준 친구에게 미친년 다 봤다고 하겠지. 뭐라고 말하든 상관없다. 나는 인생을 이렇게 말고 어떻게 살아야 하는지 모르니까. 화장실에 다녀오는데 다리가 슬쩍 후들거린다. 이제는 야구 하이라이트도 아저씨들도 이모도 할머니도 안 보이고 테이블 위의 술잔만 커다랗게 보인다. 아름답다.

아침부터 술에 취하는 것, 유리잔 안에 찰랑거리는 이 황금색 풍광을 보는 것, 내가 사랑하는 것들. 나를 죽일 것을 알면서도 거둘 수 없는 이 미친 짓. 언제나 숨이 막히는 세상에서 유일하게 나를 안아주는 너. 간이 나빠지고 얼굴색이 나빠지고 평판이 나빠지고 지갑 형편이 나빠지고 건강이 나빠지고 인간관계가 나빠져도, 차마 놓을 수 없는 유일한 사랑. 젊은 여자의 죽음 운운했던 에드거 앨런 포를 내가 용서할 수밖에 없는 것은, 정확하진 않지만 그가 남긴 것으로 알려진 시구 때문이다. 너도 이쪽 인간이구나, 이 한심한 화상아, 하고 생각할 수밖에 없는.

에일에 관한 짧은 시*

거품과 호박색 액체를 뒤섞어 가득 채우면,

　나는 그 잔을 다시 비우리라

내 머릿속 방을 따라

** 그렉 클라크, 몬티 보챔프, 앞의 책, 47쪽.

기어오르는 우스꽝스러운 상상이란 —

이상한 생각 — 기괴한 심상이

살아 움직이다 사라진다

시간이 어떻게 흐르든 나와 무슨 상관인가?

오늘 이렇게 에일을 마시고 있는데.

4화

나의 사랑스러운 소울메이트

민주가 곧 도착할 거라고 메시지를 보냈다. 오늘은 토요일. 주말에도 출근하는 고객이 있으면 나도 쉬지 못하고 녹즙을 가져다줘야 하지만, 이번 주말은 다행히 통으로 쉴 수 있다. 이럴 때는 미리 약속을 하지 않아도 민주와 만난다. 우리끼리는 벌써 몇 년째 해온 당연한 일과다. 일단 만나면 서로 고생한 이야기를 하느라 시간 가는 줄 모르고, 거기에는 알코올이 반드시 필요하다. 나는 카페를 그다지 좋아하지 않지만, 늘 칙칙한 광경만 보다가 예쁘게 차려입은 민주가 자신이 좋아하는 예쁜 카페의 예쁜 소파에 앉아 있는 것을 보는 게 그나마 내 눈이 누릴 수 있는 호사이기 때문에, 카페에서 만나는 것에 아무런 불만이 없다.

커피를 마시고 있는데 20대 중반의 아가씨 몇 명이 소곤대는 소리가 귀에 들어왔다. 남자의 '물건' 크기를 예측하는 법에 대한 토의가 한창이다. 전통적으로 코의 크기를 보라더라, 그건 이미 후졌고 엄지에서 중지까지의 길이가 진짜라더라, 같은 이야기를 늘어놓다가 허리를 젖히며 웃는다. 웃음소리가 그녀들이 마시고 있는 크림이 얹힌 음료처럼 달콤하다.

나의 친구 김민주는 더없이 청순한 용모를 지녔지만 마음만 먹으면 창의적인 욕설을 자유자재로 구사한다. 언젠가 홍대 한복판에서 민주의 가녀린 인상만 보고 만만하게 여겨 계속 집적대던 무뢰한에게 당장 꺼져, 이 실자지 쥐좆 같은 새끼야! 하고 우렁차게 소리 질러서 나와 그 남자를 혼비백산시켰다. 그날 이후 나는 민주에게 실자지까진 가지 말자고 건의했고 민주는 받아들였지만, '쥐좆같다'는 포기할 생각이 없음을 엄숙히 밝혔다. 그것은 '아주 보잘것없다'라는 의미의 표준어라고. 그래서 민주는 국문과 출신답게 도망가는 남자들의 등짝을 향해 외친다. 야, 이 무식한 놈들아, 국어사전 찾아봐라, 쥐좆같다는 표준어야!

잠시 후 그 거칠 것 없는 여자가 카페에 들어와 내 양 뺨에 쪽쪽 입을 맞추고 카스 하나요, 하고 경쾌하게 소리친 뒤 소파에 사뿐히 걸터앉는다. 물론 밖은 쨍쨍한 대낮. 정말이지 얘의 이런 점이 너무나 좋다. 남자의 크기를 논하던 아가씨들이 일제히 민주를 아래위로 스캔한다. 외모 지상주의 사회에서 허덕이는 여자들이 어쩔 수 없이 출전하는 범세계적 스포츠. 누가 누가 예쁜가? 누가 누가 말랐나? 표정들을 보니 민주가 여기서 제일 예쁜 걸로 결론이 난 모양이라 나는 유치하게 자랑스럽다.

펌 같은 걸 하지 않았는데도 자연스럽게 웨이브가 져서 허리에 닿도록 내려오는 풍성한 갈색 머리에, 홍채가 옅은 갈색 눈동자와 뽀얀 피부까지 어우러져 민주는 아기나 인형처럼 보인다. 그래서 어떤 남자들은 민주에게 저 혼자 보호본능을 느끼고 지켜주지 못해 안달을 한다. 정작 민주에게서 자기들을 지켜야 하는 줄도 모르고. 어쨌든 날씬한 허리에 착 감기며 무릎까지 오는 핑크색 새틴 원피스 차림의 민주는 그야말로 귀하게 자란 양갓집 고명딸로 보이기에 모자람이 없다. 핑크색을 워낙 좋아해 눈가에는 골드 펄이 섞인 연한 핑크 아이섀도를 얹고, 뺨에는 소녀처럼 발그레한 핑크 블러셔를, 입술에는 윤기가 도는 새먼핑크빛의 틴트를 발랐다. 게다가 7센티미터 굽의 오픈 토 펌프스까지 베이지핑크다. 온몸을 죄다 핑크로 깔았지만 톤에 강약을 주는 세련된 감각 때문에 마치 핑크색을 입기 위해 태어난 여자 같다.

그간 셀 수 없이 민주를 만나온 나도 매번 새삼 그녀의 모습을 감상하곤 하는데 하물며 남자들이야. 청순한 스타일의 여자를 좋아하는 남자라면 민주를 돌아보지 않는 법이 없고, 그중 용기 있는 몇몇은 저기…… 하며 민주에게 당신이 마음에 드니 전화번호를 달라고 한다. 그러나 민주는 내가 당신 좋다는 게 아니고 당신이 나 좋다는 건데 왜 내가 당신에게 전화번호를 줘야 하느냐, 당신이 나에게 전화번호를 주면 내가 생각날 때 연락하겠다, 라고 대답한다. 이러면 열 중 하나둘은 어물어물하다가 그냥 가버리는데, 그럴 때마다 민주는 한숨을 쉬며 이런 배포가 작은 것들 봐라, 조국의 남자들 정신상태가 틀렸으니 한반도의 미래가 암담하다, 하며 스케일이 큰 걱정을 한다.

민주는 주문한 맥주가 나오자 뻑, 하고 라이터로 뚜껑을 따더니 솜씨 좋게 잔에 따라 균일한 거품을 잠깐 감상하고는 순식간에 서너 모금 넘긴다. 나는 카페에서 파는 작은 병맥주 같은 건 그냥 병째 벌컥벌컥 들이켜지만, 민주는 아무리 목이 말라도 꼭 잔에 따르고 거품이 생겼다가 살짝 잦아드는 걸 자애로운 표정으로 바라본다. 그러다 순식간에 술 절반을 마시는데, 그러면 민주의 잔에 '에인절 링'이라는 하얀 테두리가 생긴다. 먼저 잔이 청결해야 하고, 맥주를 능숙하고도 정중하게 따르는 솜씨가 있어야 이 에인절 링을 볼 수 있다고 한다. 맥주의 천사가 따르는 술이니 에인절 링이 아니 생길 리 없다.

"너 오늘 너무 예뻐. 원피스 진짜 잘 어울린다."

민주는 머리카락을 살짝 넘기더니 환하게 웃고 맥주를 한 모금 더 마신다.

"고마워! 너도 진짜 예뻐!"

민주는 이렇게 칭찬을 받을 때 마음에도 없는 사양을 하거나 예쁘긴 제가 뭐가요, 하면서 저자세를 취하지 않고 그야말로 해맑게 웃으며 기쁘게 받아들인다.

민주와 나는 겉보기에 닮은 구석이 별로 없다. 청순가련이라는 단어를 사람으로 빚어낸 것 같은 민주와 달리 나는 이목구비가 크고 피부색이 진하다. 그러나 외모만 보고 들러붙는 남자들 때문에 고통을 겪는 건 비슷하다. 적지 않은 남자들이 내가 소위 '잘 놀게' 생겼다며 다가오고, 내가 그들의 요구를 거절하거나 화를 내면 하나같이 "너 쿨한 여잔 줄 알았는데 왜 그래?" 하며 나를 야단친다. 반면 '참하게 생겼다'는 말을 많이 듣는 민주는 남자들이 모든 대화를

"오빠가~" 하고 시작해 5분 만에 말을 놔버리는 것에 질색한다. 민주는 화사한 옷 스타일 때문에 더 그런가, 하며 투덜대지만 민주가 원래 그런 옷을 좋아하니 어쩔 수 없다. 나도 민주의 지금 스타일이 좋다. 투명한 얼굴, 단정한 원피스, 욕을 내뱉을 때도 거친 말투를 쓰지 않고 나긋나긋하게 고양이처럼 썅, 하고 가르랑거리는 민주의 이 사랑스러움이 나는 너무 좋다.

"무슨 일인데 나를 아침부터 불러내셨을까? 뭐 안 좋은 일 있었어?"

나는 한숨을 푹 내쉬었다.

"어제 필름 끊겨서 처음 만난 남자랑 호텔에서 잤거든. 으으……."

민주는 심상하게 말했다.

"으응, 너 또 쥐좆같은 놈 만났구나."

뒤쪽에 앉아 있는 세 명의 아가씨들이 민주가 강렬하게 발음한 쥐좆, 이라는 소리에 깜짝 놀라 이쪽을 본다.

"어떻게 알았어?"

"기분이 더러웠다며. 그럼 당연히 쥐좆이지."

민주의 시원시원한 정리에 감탄이 절로 나왔다. 이렇게 민주는 세상 돌아가는 이치를 죄다 꿰고 있는 것처럼 보일 때가 있다.

"그럼, 너 남자 크기 측정법이라도 아는 거야?"

나는 더없이 조신한 외관을 한 민주에게 장난스럽게 물었다. 민주는 거침없이 대꾸했다.

"대강 예감할 수 있달까. 얼굴 보면 크기가 딱 보여."

얼굴만 봐도 그 남자가 큰지 작은지 안다고? 그냥 얼굴만으로? 내가 믿을 수 없다는 얼굴을 하자 민주는 미소를 지었다. 뒤쪽의 세 아가씨가 슬며시 귀를 기울이고 있는 게 보여 나는 작게 웃고 말았다.

"얼굴이, 그러니까 관상이랄까 인상이랄까. 내가 수년간 치열한 임상실험을 거쳐 내린 결론이야. 코가 어떻고 손가락 길이가 어떻고 하는 이런 속설은 믿을 수가 없어. 크기라니, 그거야말로 절대적으로 운이 주관하는 영역이지. 지퍼 내려보기 전엔 절대 모르는 거. 근데 그게 큰 애들은 얼굴만 봐도 느낌이 와."

"무슨 느낌? 뭔데? 뭔데?"

나는 민주의 대답이 궁금해 눈을 크게 떴다. 아가씨들도 민주의 말을 기다리는 눈치였다. 우리 모두 마음이 급한 걸 알 리 없는 민주는 여유롭게 맥주를 꿀꺽 삼키고서야 이야기를 다시 시작했다.

"왜 그런 애들 있잖아. 하나도 잘난 데 없는 주제에 잰 왜 저렇게 성격이 좋지, 싶게 어딘가 관대한 애들. 키도 작고, 생긴 것도 별로고, 좋은 직업도 없는데 애가 열등감이 없고 점잖고 유순해. 근데 애들이 실은 좆도 없는 게 아니지. '그게' 있는 거야. 믿는 구석. 기억을 잘 더듬어봐. 그런 애들은 항상 커! 사회적 경제적 지위가 어떻든 이미 수컷으로 가진 게 있기 때문에 열등감이 없는 거야."

뭔가 일리가 있는 것 같았다. 민주는 맥주를 천천히 마시며 말을 계속했다.

"근데 그 반대도 있다? 좋은 차도 있고, 멀쩡한 직장도 있고, 돈도 잘 벌고 모든 게 다 잘났는데 항상 초조한 애들이 있어요. 모든 걸 다 가졌는데 뭐가 그렇게 억울하니, 하고 묻고 싶어지는 애들 말이야. 인생에 부족한 게 하나도 없는데 성격이 왜 이따위인지 싶은 애들은 말이지, 사실은 너무나 무언가가 부족한 거야! 아까 말한 쓸데없이 관대한 애들과 너무나 정반대인 육체를 지닌 거지. 부단한 노력 끝에 모든 것을 손에 넣었는데 왜 여전히 주리고 목마르겠어. 아무리 근사한 걸 손에 넣어도 '쥐좆'을 극복할 수가 없는 거지."

아, 너무 맞는 말처럼 들려서 입이 다물어지지 않았다.

아가씨들이 서로 머리를 맞대고 바쁘게 수군대기 시작했다.

"아직 인도 갈 날은 멀었지?"

민주는 어깨를 커다랗게 으쓱해 보였다. 민주의 평생소원이 있다면 그것은 인도에 가는 것이다. 갠지스강을 보며 삶을 돌아보거나 광활한 사막을 누비며 자아를 찾고 싶어서 그러는 건 절대 아니다.

"쌤은 연락돼?"

민주는 고개를 흔들었다.

"이 개명한 시대에, GDP가 전 세계 10위 안에 드는 나라에서 우편 사고가 왜 이리 많이 나는지 나는 정말 알 수가 없다! 그래도 쌤 분명히 건강하실 거야. 그런 믿음이 있어. 분명히 쌤하고 나는, 만나질 거야."

그때 민주의 휴대폰이 울렸다. 액정이 살짝 깨져 있지만 민주는 신경 쓰지 않는다. 예전 남자친구와의 커플 폰이었는데, 미련 때문에 계속 쓰는 것이 아니라 물건을 쉽게 사거나 쉽게 버리지 않는 성품 때문이다. 나는 벌써 스마트폰을 두 개나 잃어버려 기기값에 허리가 휘지만 민주는 아무리 술에 취해도 머리핀 하나 잃어버린 적이 없다. 내가 생일에 선물한 립 팔레트를 2년 가까이 끈질기게 바닥까지 싹싹 긁어 다 쓰는 근성 있는 여자. 그녀가 휴대폰에다 대고 쏘아붙인다.

“여보세요, 이재희 씨. 지금 그러시는 거 정말 개새끼 같거든요?”

이재희라면 민주가 최근에 만났던 남자다. 차버린 지 꽤 되었다고 알고 있었는데 아직도 연락이 오는 모양이다. 뭘 안 잃어버리고 잘 잃어버리고 상관없이, 마음이 허전해서 별로 사랑할 만한 가치가 없는 사람을 사랑해버리는 건, 우리 둘 다 똑같다. 이재희는 민주가 언젠가 나를 기다리는 동안 액정 깨진 휴대폰을 바꾸려면 얼마나 들지 잠깐 알아보려고 들어간 휴대폰 대리점에서 일하던 남자였다. 그런 남자들은 여남을 불문하고 ‘폰팔이’라는 모욕적인 호칭으로 부르는 경우가 많지만, 민주는 사람을 직업으로 판단하는 여자가 아니므로 그의 경쾌함이 마음에 든다는 이유만으로 기꺼이 전화번호를 주었다. 그러나 폰팔이라는 호칭은 이재희의 입에서 먼저 나왔다. 너 지금 내가 폰팔이라고 무시하는 거지?

“안 만나요. 또 집에 찾아오면 당장 신고할 거예요. 싫어요. 안 놀아요. 야! 네가 무슨 내 오빠야? 이제 아닌 지도 한참이니까 제발 좀 꺼져주지 않겠니? 이 쥐좆같은 새끼야!"

아마 저 남자도 민주의 참한 용모만 믿고 괜찮은 배우자감이라고 여겼을 것이다. 저런 폭언을 들은 적은 처음이겠지. 지금까지 민주가 만나온 모든 남자들은 민주에게 이런 기대를 감추지 못했다. 부지런히 집안일하고 아이를 튼튼하게 낳아 잘 기르면서 얼른 복직해 야무지게 돈도 벌어오는 데다 시부모 공경도 잘할 것 같은 여자. 그러나 민주는 절대 그런 여자가 아니다. 전화를 끊은 민주는 식식거리다가 눈을 감고 늘 의지하는 만트라를 외웠다.

"옴마니밧메훔-."

사실 아는 만트라가 이것 하나뿐이다. 옛날에 창희 쌤이 가르쳐준 유일한 진언. 옴, 연꽃 속에 있는 보석이여, 훔. 어디 불교에서는 관세음보살을 부른다 하고 또 어디 종파에서는 재앙이나 병환을 피할 수 있다고 하고 또 어디서는 성불을 도와주는 주문이라고 한다. 하지만 민주는 철저하게 티베트불교의 가르침을 따르고 있는데, 그들은 그냥 많이 외기만 하면 깨달음을 얻을 수 있다고 한다. 나도 그 편이 마음에 든다. 눈을 뜬 민주는 딱 한 마디만 한다. 이럴 때 가장 필요하고, 가장 적절한 한 마디.

"마시자."

*

우리가 늘 가는 술집 '16mm'는 오후 5시에 문을 여니 술집치고는 일찍부터 장사를 하는 편이다. 그러나 아직 오전이고 우리는 그때까지 어떻게든 시간을 때워야 한다. 먼저 오늘 얼마나 마시게 될지 모르니 속에 따뜻한 거나 좀 밀어 넣어두자고 의기투합하여, 번화가를 한참 벗어난 작은 골목에 자리 잡아 눈에 잘 띄지 않는 닭곰탕집에 갔다. 5000원이라는 준수한 가격에 푹 고아낸 닭 국물과 새콤한 깍두기를 먹을 수 있는 이곳은 우리가 드나드는 동안 음식 가격을 500원밖에 올리지 않았다. 민주는 여기에 올 때마다 주인 내외가 건물주임이 틀림없다고 주장하지만 소주 한 병, 맥주 두 병을 주문하고 나면 잡다한 이야기는 죄다 잊고 잔에만 집중한다.

나 역시 저 눈빛을 안다. 우리가 처음 만난 날, 서로를 알아본 건 그 눈빛 때문이었으니까. 공통으로 아는 친구의 결혼식에서였다. 혼자 갔던 나는 맥주를 마시다 어디선가 소리가 나기에 그쪽을 보니 건너편 테이블에서 노란 원피스 차림의 여자애가 나처럼 혼자 앉아 라이터로 뽁, 하고 병맥주를 따고 있었다. 민주도 이쪽을 바라봐서 우리는 눈이 마주쳤고, 자연스럽게 합석해 브리트니 스피어스의 노래를 부르며 새벽까지 놀았다. 뭐랄까, 운명 같은 만남이었다.

술기운이 살짝 올라 얼굴이 발개진 민주는 갑자기 긴 한숨을 푹푹 쉰다. 아마 언제나 그렇듯 어린이집 일 때문일 것이다. 민주는 어린이집에서 양호교사로 일하고 있다. 민주의 직업을 알게 된 남자들은 '양호교사'라는 단어가 묘한 상상을 불러일으켜서인지 더더욱 민주에게 빠져버리지만, 그들이 생각하는 그런 '양호교사'가 아닌 것은 아무도 알지 못한다. 민주는 소맥을 마시고는 잔에 묻은 물기를 휴지로 문질러 닦았다.

"올해는 꼭 이직하려고 했는데. 그리고 힌디어 공개강좌도 들으려고 했거든. 교재까지 사놨는데 일하느라 등록할 겨를이 없었어. 이놈의 어린이집은 월급은 박하고 노동강도는 지독히 센데 옮기는 게 쉽지가 않네. 여기 말고 나를 받아주는 데가 있을까."

"에이, 그럴 리가 있어. 네가 어디가 어때서."

"너도 어디가 어때서 이력서 계속 돌리고 있는 거 아니잖아. 마땅한 일자리도 별로 없고, 있다 해도 사람들이 너무 몰리고. 이놈의 삶이란 게 만만한 구석이 있어야지. 엄마가 여기저기 전화 돌려서 잡은 직장에 계속 있는 것도 너무 쪽팔리거든. 근데 어떡해, 대안이 없는걸."

얼굴이 발그레해진 민주는 계속 혼자 킥킥거리며 웃었고 나도 장단을 맞추기 위해 웃었다. 민주의 웃음소리는 더욱 커졌지만 뒷맛이 꽤나 허탈했다. 우리 나이에 손쉽게 취직을 하는 사람 자체가 드물겠지만 민주는 워낙 취직이 난해한, 한때 '문송합니다'라는 말이 유행했던 전공을 선택한지라 일을 구하기 쉽지 않았다. 그렇다고 부모님에게 어영부영 기생해 시간만 때우며 살기에 민주는 독립적이었고, 반드시 이루어야 할 꿈이 있어 어떻게든 직장을 구해 돈을 벌어야 했다. 중학교 때부터 변함없이 민주의 꿈은 인도에 가서 여행작가가 되는 것이었다. 한때 어엿한 중산층이었던 부모님의 지갑은 유독 민주 앞에서만 입을 꽉 다물었다. 딸을 사랑하지 않아서가 아니라, 민주의 남동생 민중의 필요를 채워주고 나면 남는 것이 없었다.

민주의 아버지는 누구나 알아주는 대기업에 재직하다가 임원 코스에서 탈락했다. 청춘부터 장년까지 말 그대로 몸이 갈려나갈 만큼 조직의 톱니바퀴로 충성한 세월이 그토록 아무것도 아니었다는 사실에 실연이라도 당한 듯 슬펴하고 분노했다. 유난히 노조의 힘이 막강했던 회사에서 노조원으로 열과 성을 다해 활동했던지라 노조 위원들이 돌아가면서 그의 퇴사를 열렬히 만류했지만 이미 회사에 모든 정이 딱 떨어져버린 민주의 아버지는 퇴직금을 더 챙겨 받을 수 있는 조기퇴직을 신청했다. 다들 섭섭해했지만 그는 무슨 소리를 들어도 개의치 않을 만큼 충분히 지쳐 있었다. 봉급을 계속 받아야 애들 뒷바라지라도 해줄 것 아니냐는 아내의 만류를 귓등으로 흘리면서 치킨집이 어쩌고 또 뭐가 어쩌고 하다가 그는 결국 편의점을 차렸다. 일평생을 성실한 노동자로 일했던 아버지들이 서투른 자본가가 되어 거대 프랜차이즈에 가진 돈을 다 털리는 전형적인 코스였다. 민주의 어머니는 젊을 때 교사직을 그만둔 것을 몇 날 밤을 새우며 후회했다.

자영업을 하게 되면 제일 먼저 익혀야 할 게 저자세건만, 민주의 아버지는 일류 기업의 엘리트로 살면서 업무 지시만 척척 내리면 일이 그대로 이루어지는 삶에 익숙했다. 자신이 그랬던 것처럼 몸 바쳐 근면하게 일하지 않는 아르바이트생들을 이해하지 못했고, 그들을 어르고 달랜다는 선택지는 아예 그의 머릿속에 존재하지도 않았다. 야간 아르바이트생이 조금만 졸아도 CCTV를 돌려 본 후 버럭 화를 냈고 물건의 진열 상태가 약간만 깔끔하지 않아도 성질을 부렸다. 금세 사장에 대한 소문이 동네에 쫙 퍼져 아무리 광고를 내도 일하고자 하는 구직자를 찾을 수 없었다. 민주의 아버지는 어쩔 수 없이 직접 가게를 보며 청년실업이니 뭐니 하더니 다 거짓말이잖아, 요즘 애들은 그저 힘든 일을 안 하려는 거지, 하고 프런트에서 중얼거리며 분을 삼켰다. 그리고 말보로 라이트 하나 주세요, 하는 앳된 아가씨를 못마땅한 얼굴로 바라보았다.

문제는 이것뿐만이 아니었다. 한 아르바이트생이 처음으로 주휴수당을 요구했을 때, 그의 생각에 업무도 제대로 하지 못하면서 공짜 돈을 요구하는 피고용인은 노동자로서의 상식이 제대로 박혀 있지 않은 인간이었고, 민주의 아버지는 천둥 같은 목소리로 10분 넘게 잔소리를 늘어놓았다. 자기 딴에는 세상을 옳게 살아가는 법을 모르는 젊은이에게 먼저 세상을 살아본 어른으로서 가르침을 준 것이었지만, 아르바이트생은 재까닥 고용노동부에 사장의 만행을 신고함으로써 민주의 아버지에게 세상이 바뀌었다는 가르침을 주고야 말았다. 그러나 민주 아버지 또래의 남자들이 흔히 그렇듯이, 그는 돈키호테처럼 자신이 곧 정의라고 생각했다. 보다 못한 민주의 어머니가 자기가 가게를 보마고 나섰지만, 그는 자기가 벌인 일이니 자기 책임이라고 딱 잘라 말하며 창을 들고 풍차에 돌진했다 싱겁게 고꾸라지고 말았다. 풍차 쪽에서는 귀를 긁으며 방금 뭐가 지나갔나? 했을 뿐. 민주의 아버지는 가게를 말아먹었다는 사실보다 자신이 몇 번이나 주휴수당 미지급으로 고용노동부에 신고당해 노동법을 위반한 자본가가 되었다는 사실을 견디지 못해 끝없이 홧술을 들이켰다.

그도 그럴 것이, 대학 시절 그는 남영동 대공분실을 경험했을 만큼 열렬한 운동권이었지만 자신은 철새가 될 만한 자질이 충분하다며 정치권의 러브 콜을 거절한 지조 있는 남자였고, 아내를 만난 것도 학생운동권에서 가장 급진적인 축에 속하는 '언더서클'에서였으며, 친우들이 죄다 현실 정치에 뛰어든 시절이었던 87년 6월 항쟁에서는 그 유명한 '넥타이 부대'의 선봉이었다. 민주나 민중은 얼핏 흔해빠진 이름 같지만 첫딸을 얻은 부부는 조국의 민주화를 염원하는 의미로 아이를 '민주'라 불렀고, 뒤이어 아들이 태어났을 때는 민중이 승리하여 민주사회의 주인 되는 세상이 오기를 기원하며 '민중'이라 이름 지었다. 아버지는 남매에게 종종 현실사회주의가 승리할 날이 반드시 올 거라고 말했고, 민주는 철들기 전부터 부모님과 함께 다닌 집회에서 어깨너머로 배운 투쟁가를 혀짧은소리로 따라 부를 수 있었다. 그러나 소비에트연방이 무너졌을 때 민주의 아버지는 의외로 침착했다.

"사회주의가 틀렸던 것이 아니다. 사회주의를 감당하기에 인간이 너무나 약한 존재였던 거란다."

인간은 약한 존재구나. 그래서 민주는 너그러운 성격이 되었다. 인간은, 약하니까.

민중이 동남아니 유럽이니 놀러 다니는 동안 정작 여행 작가가 꿈인 민주는 코앞의 일본 한번 가보지 못했다. 이건 민주의 부모님이 딸과 아들을 차별했다기보다 그저 운의 문제였다. 민주의 아버지가 아직 대기업 명함을 지니고 있고 잦은 외국 출장으로 쌓은 비행 마일리지가 있을 때, 민중은 세계 여행을 다니며 시야를 넓혀 세계 시민이 되고자 하는 야망을 부모에게 열정적으로 피력해 누나보다 먼저 해외로 나갈 수 있었다. 민주의 어머니는 민주에게 너도 동생처럼 언젠가 꼭 가고 싶은 나라에 보내주마고 오래전부터 약속을 했는데 그것은 결국 부도수표가 되고 말았다. 즐겁게 유람을 다니던 민중이 게스트 하우스에서 만난 또래 여대생과 어울리다 그만 임신을 시켜버린 탓이었다. 예전부터 민중은 동생이고 막내라 그런지 민주와 달리 느긋했고 언제나 부모를 믿는 구석으로 여겼다. 스포츠토토인지 뭔지를 하려고 사랑하는 아버니임 어머니임, 하며 재롱을 떨어 돈을 크게 꾼 적도 있다. 민주는 민중이 아들이라 그런가, 하는 생각은 굳이 하지 않으려고 애썼다.

이미 표시가 날 만큼 배가 부른 여자애를 며느리라며 데려온 민중은 이번에도 아버니임 어머니임, 두 분의 사랑스러운 손주가 생겼습니다아, 하고 넉살 좋게 말문을 열었다. 예쁘지도 못생기지도 않은 여자애는 얼굴은 발그스름했지만 그다지 부끄러운 기색 없이 다소곳이 앉아 있었다. 민주는 부모님과 민중, 민중과 함께 온 여자애 몫까지 차를 낸 다음 자기 방에 앉아서 대화를 엿듣고 있었는데 여자애의 집안이 넉넉하지는 않은 모양이었다. 민중은 넉살과 애교를 솜씨 좋게 섞어 앞으로의 인생 계획을 떠벌렸는데, 요지는 결국 부모님에게 집 좀 얻어달라는 것이었다. 그리고 지금부터 구직에 집중할 테니 취직할 때까지 생활비를 대달라고 청산유수로 떠들었다. 설마 친손자를 모른 척하시진 않겠지요, 하며 으름장을 놓기도 했다. 아마 달랑 집만 얻어줄 순 없을 테고, 여자애의 집안 형편이 어렵다니 살림살이까지 채워줘야겠구나 싶어 민주는 한숨을 내쉬었다.

며느릿감이 민중에 비해 외모나 학벌은 좀 떨어지지만 기대도 하지 않았던 손주가 생겼다는 것은 부모님을 생각보다 기쁘게 만들었고, 단정한 정장 차림으로 면접을 보러 다니는 민중의 모습은 애가 처자식이 생기더니 드디어 철이 들었구나, 하는 다소의 감격도 안겨주었다.

민중은 생각보다 빨리 취직이 되었다. 대학도 학점도 경력도 민주보다 못한 민중이지만, 젊은 나이에 가장이 된 그를 면접관들이 남자의 책임감 운운하며 높이 평가해준 덕분인지, 두 번째로 지원서를 낸 회사의 가족으로 따뜻하게 받아들여졌다. 어려서부터 민중보다 훨씬 책임감이 강했던 민주가 50번째로 면접을 보았을 때 결혼하면 일을 어떻게 할 거냐는 질문을 50번째로 받은 것과는 분위기가 딴판이었다. 하지만 누구에게 항의해야 할지 알 수 없었다.

민중은 새색시가 완전히 만삭이 되기 전에 조촐한 결혼식도 올렸다. 신혼여행은 검소하게 제주도로 2박 3일간 다녀온다기에 민주의 부모는 애처로워하며 일생에 한 번 있는 일인데 그래도 좀 괜찮은 데로 가지 그러니, 하고 경비를 조금이라도 보태줄 기세로 말을 붙였지만 둘은 저희 형편에 제주도면 충분해요, 라며 명랑하게 웃었다. 부모님은 아들 내외가 참 대견하다 싶어 마주 보며 흐뭇해했다. 그런데 결혼식을 올린 지 한 달도 안 되어 회사에서 무급휴가를 받아 푸껫섬으로 7박 8일 여행을 떠난다기에 아니 제2의 신혼여행을 가는가, 했더니 이번에는 '태교여행'이라고 했다. 아기를 낳고 나면 여행할 기회도 적을 테고, 그전에 배 속의 아이에게 아름답고 좋은 풍광을 보여주자 해서 요즘 부부들 중에 안 가는 사람이 없다는 거였다. 어쩌겠는가, 자기네 인생인데.

민중과 달리 운 나쁜 카드를 뽑은 민주는 제 힘으로 인도를 갈 수밖에 없다는 사실을 묵묵히 받아들였고, 취직이 잘 안 되는 과를 택한 자신을 탓하며 온갖 자격증을 다 땄다. 애초에 국문과를 택한 것도 여행작가가 되기 위해서였는데, 들어가고 나서야 국문과가 글 쓰는 것을 가르쳐주는 곳이 아니라는 사실을 알아버렸다. 그래서 현실을 받아들이고 독서지도사니 바리스타니 간호조무사니 한식조리기능사니 양식조리기능사니 애견미용사니 할 수 있는 일에는 죄다 달려들었다. 그렇게 딸이 아득바득 노력하는 모습을 본 민주의 어머니는 한때 교사로 근무하며 전교조에 소속되어 가깝게 지냈던 인연을 끌어모아 여기저기 전화를 돌렸다. 그중 어머니와 같은 학교에서 일했던 선생님이 지금 '생태 어린이집'의 원장 노릇을 하고 있다며 반색을 했다.

민주가 살고 있는 서울의 위성도시에서 대중교통 노선이 닿지 않아 직접 운전해야만 갈 수 있는 곳으로, 어린이들이 자연을 몸소 체험하도록 교육하는 어린이집이라 했다. 위계질서 없이 민주적으로 운영하고 있는데 좀 외진 곳에 있다 보니 교사를 구하기가 힘들댔다.

시간 되는대로 당장 와보라는 원장 선생님의 말에 민주는 어머니의 낡은 아반떼를 끌고 포장도 제대로 되어 있지 않아 돌멩이 때문에 바퀴가 덜컹거리는 길을 뚫고 '생태 (무허가) 어린이집'에 갔다가 엄청난 직함들을 짊어지고 돌아왔다. 국문과 출신이니 국어 수업과 학부모에게 보내는 각종 가정통신문 담당, 독서지도사 자격증이 있으니 아이들의 독서지도 담당, 한식과 양식 조리사 자격증이 있으니 주방 보조 및 영양사—이것은 학부모에게 삥을 치기 위한 직함이다—역할, 바리스타 자격증이 있으니 어린이집 선생님이 마시는 모닝커피와 오후 3시의 티타임 담당, 1종 대형 운전면허가 있으니 통학 버스 기사 역할, 간호조무사 자격증이 있으니 양호교사—이것도 보여주기식의 직함이다. 애들 다치면 빨간약이나 발라주고 심하면 병원 가면 되지, 가 원장의 변이었다—역할까지. 봉급은 최저임금을 1000원 넘을까 말까 하는 수준이지만 미래의 민주시민을 키워나간다는 자부심을 가지고 일에 임해줄 것을 요청받았다. 어쨌든 그 많은 직함 중 그나마 민주의 마음에 들었던 직함이 '양호교사'였다. 그래서 사람들이 무슨 일을 하세요? 하고 물어볼 때 새침하게 양호교사예요, 하고 대답한다. 사실은 미인가 어린이집의 가짜 양호교사지만.

민주는 양호교사라 말할 때 말고는 어린이집에서 일하면서 재미있는 순간이 하나도 없어서 그만두고 싶어 죽으려 하지만, 대책 없이 그만뒀다간 이력서를 100통 내도 서류 전형에 합격했다는 연락 하나 받지 못하는 내 꼴 나기 십상이다. 민주 역시 그걸 잘 알고 있으니 휴일에 나와 홧술을 들이켜는 것 말고는 별다른 대안이 없다. 민주는 시름에 차 단 두 모금에 소맥을 비우고 식탁 위에 잔을 거칠게 내려놓았다.

"어제 교사 회의 했는데 애들 생일파티 아니 생일잔치 한다고, 그런데 안건으로 뭐가 나왔게? 미제국주의의 습속과 서구의 천박한 상업자본주의의 산물인 생일 케이크를 아이들의 생일상에 굳이 올려야 하는가, 그보다는 우리 고유의 떡을 찧어 나누어 먹는 것이 전통적이면서도 민족적인 가치가 있지 않겠는가. 좋다 이거야. 근데 그 떡을 누가 찧을 건데! 토끼가 찧어줄 건 아니잖아? 결국 내가 찧겠지!

알다시피 내가 거기서 맡은 직분이 한두 개가 아니지 않겠어? 그런데 이 민주적인 사람들이 왜 나한테만 김민주 선생님, 까라면 까야죠, 이런 식으로 나오는지 참……."

민주가 씁쓸하게 말했다. 그렇다. 역시 단가가 저렴한 사람인 나도 함께 탄식할 수밖에.

"사람값이 제일 싸다니까! 사람이 제일 싸다고!"

*

시계를 보고 민주에게 턱짓을 했다. 바로 사인을 알아들은 민주가 자리에서 일어났다. 우리가 늘 가는 '16mm'는 독특하고 멋스러운 걸 좋아하는 힙스터들이라면 절대 가지 않을 곳이다. 90년대 초반에 나왔던 영화들의 포스터, 칙칙한 집기들, 얼룩덜룩한 무늬의 분식집 식탁……. 중고로 처분하지도 못할 만큼 낡고 찢어진 인조가죽에서 솜이 내장처럼 삐죽 튀어나와 있는 의자에 앉아 민주와 나는 끝없는 이야기를 나누곤 한다. 김광석이나 꽃다지, 이런 음악이 나오니 젊은이들도 그다지 찾지 않는다. 어떻게 가게가 버티고 있는지 우리가 걱정이 될 정도다. 그러거나 말거나 염색을 하지 않은 백발에 같은 빛깔의 수염을 가진 사장님은 마른 체구를 한들한들 흔들며 수없이 많은 엘피판을 매일매일 닦는다. 표 안 나는 일이라 얼핏 시시포스의 노동 같지만 낡은 레코드를 어루만질 때 그는 우리와는 아예 다른 세계에 있는 것처럼 보인다.

민주와 나는 깨끗하게 청소되어 있지만 좋게 말해 조촐하고 바로 말해 허름한 이곳과 어쩐지 파장이 맞는다고 할까, 친구가 되자마자 우리는 풀 방구리에 쥐 드나들듯 드나들었다. 늘 앉는 자리, 늘 주문하는 안주, 늘 마시는 주종의 술이 있는 '16mm'는 너무 빨리 달음질쳐 매일 딴판으로 바꿔어버리는 세상의 속도에 도무지 적응하지 못하는 우리를 기다려주는 곳이다. 아무것도 우리 마음대로 되지 않는 세상에서 유일하게 우리가 선택할 수 있는 것들이 가득하다. 우리는 주로 500cc 생맥주에 잭다니엘스나 테킬라를 넣은 '잭맥'이나 '테맥'을 마신다. 사장님은 뼈마디가 툭 튀어나온 마른 손으로 연금술사처럼 생맥주 안에 양주잔을 떨어뜨린 다음 섞는데 그 솜씨가 신묘하기 그지없다. 지금까지 여기서 마신 잔을 다 합치면 몇백 잔일까, 몇천 잔일까. 백발의 사장님은 우리가 주문하지 않은 잔 두 개를 살그머니 내려놓고 흔들흔들 자리로 돌아가 다시 엘피판을 닦는다. 민주는 새 담배에 불을 붙였다.

"좀 많다 싶었는데 세 갑 사 오길 잘했어. 남자들은 말이야, 처음에는 나랑 같이 술 먹고 담배 피우는 게 좋았던 거잖아. 근데 사귀고 나면 왜 꼭 변해버리지? 술 줄여라, 담배 피우지 마라……."

"민주, 너 지금 그거 진짜 궁금해서 물어보는 거 아니지?"

"물론 이유는 알고 있지만 타인의 입을 통해 확인하고 싶어서 이런다."

"말하자면 당나귀 좆 같은 놈들이지. 우리가 어디 가서 딴 남자하고 그러는 게 싫은 거야. 그전까지 그래왔던 것도, 앞으로도 계에에에에에속 그럴 것도."

"그렇겠지. 열녀처럼 남자 하나를 계속 만나는 애들은 도대체 비결이 뭘까? 나도 스테디한 애인 갖고 싶다고."

"남자 하나 쭉 만나는 건 정조보다 참을성 문제 아닐까. 그런 애들은 우리보다 머리는 확실히 좋은 거 같아. 어디 가도 지금 만나는 사람보다 별로 나은 애 만나기가 힘들다는 걸 잘 아는 거야."

"우리보다 훨씬 현명하네. 우리도 그놈이 그놈이라는 걸 알긴 하지만 그걸 참고 견디느니 그냥 새로 갈아 치우는 거잖아. 근데 그러면 걸레라고 욕먹고……."

"우리가 그러는 건 남자 고쳐서 쓰는 거 아니라는 걸 알아서 그런 거지. 진짜 걸레는 남자들 중에 많은데 영웅호색이란 말은 누가 만들었는지. 그냥 사생활이 난잡한 놈들한테 괴상한 핑계를 만들어줬다니까."

내가 특별히 외로운 건 아니다. 3 대 7이나 2 대 8로 섞은 소맥만 마실 수 있다면 그리 허전할 게 있을까. 몇 년 전부터 같이 술을 마신 민주도 있고. 여자의 우정은 오래가지 않는다, 결혼하면 끝난다, 여러 가지 말들이 많지만 사실이 아니다. 특히 술친구는 특별하다. 이루어질 수 없는 사랑을 한다는 점에서 우리는 같으니까. 술은 우리를 살찌게 하고, 주머니를 털어 가고, 다음 날 아침 머리를 아프게 하고, 종종 먹은 걸 토하게 하고, 꼴같잖은 남자와 모텔방에서 깨어나 소리 없이 머리를 쥐어뜯게도 하지만, 도무지 술 마시기를 멈출 수가 없다. 그 지옥 같은 사랑이 우리를 묶어주었는지도 모른다. 그런 정성으로 어떤 남자를 좋아했다면 5년이고 10년이고 한 남자와 사귀는 것도 어렵지는 않았을 것이다. 민주와 나는 거의 동시에 잔을 비웠다. 사장님은 또 흔들흔들 걸어와서 새 잔을 놓고 갔다.

"사실 대안이 없어서 못 헤어지고 있는 애들도 있잖아. 만나는 둥 마는 둥 일주일에 한 번 만나면 많이 만나는 거고, 딱히 서로 좋아하지도 않으면서 그냥 맨숭맨숭 데면데면하게 사귀는 그런 애들. 걔네들보다야 우리가 솔직한 거 아니야?"

"정말 정열적으로 서로 아끼고 사랑하는 애들한테 걸레라고 욕먹는 건 상관없는데, 별 열정도 없이 대합실에 죽치고 앉아서 도시락이나 나눠 먹는 애들한테 품행이 분방한 여성 취급 받는 건 딱 질색이야."

"난 딱히 본인 의도가 아닌데 정숙하게 사는 애들한테 욕먹는 건 진짜 싫어! 방탕하게 살기 싫은 게 아니라 문란하고 싶어도 기회가 전혀 없는 애들! 참하고 싶어서 참한 게 아니라 안 참하고 싶어도 뭐 방도가 없는 애들! 이런 애들이 자기네는 요조숙녀고 우리는 걸레라고 은근히 깔 때 진짜 짜증 나! 비자발적으로 간직한 정조잖아! 마야 에인절루도 그런 요지의 말을 한 적이 있으니까 틀림없이 우리 편일걸?"

분노가 슬슬 타올라서 나도 열변을 토한다. 민주도 목에 힘을 주며 잔을 꽝 내려놓는다.

"근데 뭐 철벽 치는 애들한테도 지조가 있긴 있지. 배고프다고 아무거나 주워 먹지 않겠다. 근데 우린 배고프면 아무거나 주워 먹잖아. 멀쩡한 음식들 중에서 뭐가 맛있을까, 이런 게 아니라 쓰레기통 뒤져서 대강 먹을 만한 걸 찾는 것처럼. 이건 아직 덜 썩었네, 아직 먹을 만은 하겠다, 이러고 먹는 거지. 으악! 옴-."

그러다가 민주가 눈을 반짝인다.

"저기 게살튀김 먹는다."

"오, 그거 시키는 사람이 있긴 있어?"

"저거 무슨 맛인지 진짜 궁금해. 우린 맨날 닭볶음탕만 먹잖아."

"그치. 안주로 모험했다가 실패하는 거 싫어. 검증된 안주, 그것이 진리의 길."

"나 사실 다른 메뉴도 궁금하긴 했거든. 근데 우리가 확신이 없는 안주를 주문할 여력은 좀 없잖아. 어, 옆에 나오는 소스 저거 뭐지?"

민주는 맞은편 테이블에서 먹는 게살튀김의 정체가 궁금해서 눈을 가늘게 뜬다. 그렇지만 조명이 어두워서 정체를 알아낼 노릇이 없다. 술을 마실 때는 평소에 먹어보지 않았던 음식의 맛이 몹시 궁금해진다. 가능한 모든 술과 모든 안주의 조합을 알아내고 싶은 탐구심은 도무지 사그라지지 않지만, 거기에 들일 돈과 시간이 없으니 우리는 늘 탕수육과 연태 고량주, 치킨과 맥주, 순댓국에 막걸리, 이렇게 다소 지루해 보이지만 안전이 보장된 선택을 한다. 민주가 잔을 들이켜며 얼굴을 찌푸렸다.

"정말 다른 건 다 깡 좋게 모험하겠는데, 안주는 진짜 일탈이 안 돼. 평소에 안 자보던 애랑 자는 건 쉬운데 안주는, 안주는……!"

"안주를 그렇게 막 대하면 안 되지."

"술 버리고 가는 애들도 진짜 싫어. 그럴 거면 우리 주지."

열의에 차서 바라보는 민주의 뜨거운 눈빛을 알아채지 못하고 게살튀김을 성의 없이 포크로 쿡쿡 찌르던 남자들 중 하나가 전화를 받더니 표정을 바꿨다. 잔을 내려놓고 점퍼를 걸치더니 다른 애들 두 명에게도 손짓을 한다. 반가운 전화였는지 둘 다 반색을 하며 가방을 챙긴다. 갑자기 민주의 얼굴에도 화색이 돈다.

"쟤네 게살 버리고 어디 간다."

"우리 민주 완전 신났네. 어, 쟤네 술도 막 버려."

"와우, 오빠들 먹고살 만한가 보지? 와, 더 좋은 술 마시러 가나 보다. 다 반 넘게 남겼어. 지금 나가는 애는 입도 안 댔어. 맥주 김도 아직 안 빠졌겠다. 어떻게 술을 이렇게 막 대해? 나쁜 놈들."

"우리가 구해주자."

남자들이 계산을 끝내고 나갔다. 사장님은 돈을 받아 금고에 넣은 다음 엘피판을 마저 닦는다. 테이블 치울 생각이 별로 없어 보인다. 우리는 어수선한 테이블로 진격한다. 그토록 궁금해하던 게살튀김의 실물을 만난 민주는 얼른 하나를 집어 입에 넣는다. 나는 그들이 남기고 간 잔 두 개를 들고, 민주는 남은 잔 하나와 튀김 접시를 들더니, 얼른 입에 또 하나 집어넣었다.

"음, 냉동 게살 크로켓이네! 식어서 별로긴 한데, 생각보단 맛있어. 어쨌든 어떤 맛인지 알았어. 담에 먹어볼 것까진 없겠다. 어, 술 완전 많이 남았네! 앗싸, 신난다."

"야, 방금 네 입에서 게살 튀어나와서 내 잔에 들어갔어. 삼키고 말해."

"그래도 다 마실 거 알거든?"

게살 크로켓의 꼬리 부분이 입에서 비죽이 튀어나온 민주와 나는 자리로 돌아가면서 계속 횡재했다고 좋아서 실실 웃었다. 그런데 아뿔싸, 아까 나갔던 남자 한 명이 도로 들어오는 게 아닌가. 자리에 놓고 간 스마트폰을 찾으러 온 거였는데 우리는 그것도 모르고 그 자리에 놓여 있던 접시와 잔을 나르고 있었다. 스마트폰을 주머니에 넣은 남자는 민주의 입에서 삐져나온 게살, 내 손에 들린 맥주잔, 아직 치우지 않은 테이블을 차례로 보더니 다시 우리를 쳐다봤다. 동정과 경멸이 반반씩 뒤섞인 표정 같은데, 아무래도 동정의 비중이 훨씬 높은 것 같았고 어쨌든 둘 다 우리가 죽으면 죽었지 별로 받고 싶지 않은 것들이었다. 남자는 바닥을 한번 봤다가 우리를 한번 보더니 휙 하고 나갔다. 사장님은 누가 오고 간 것도 몰랐다. 민주가 게살 꼬리를 꿀꺽 삼키더니 주저앉아 웃음을 터뜨렸다.

"우리보고 거지라고 그러겠다, 막. 아, 어떡하냐?"

"어차피 쪽팔린 김에 잔 어느 쪽에 입 대고 마셨나 물어볼 걸 그랬다. 쪽 좀 팔면 어때, 이게 돈으로 하면 얼마야. 그리고 남기면 다 음식 쓰레긴데, 우리는 지구를 구하는 중이라고."

둘이서 낄낄거리느라 몰랐는데 아까 그 남자가 다시 들어와서 우리 뒤에 서 있었다. 이번에는 내 입에서 게살이 삐져나와 있었다. 숨이 넘어갈 만큼 웃던 민주가 갑자기 입을 다무는 바람에 나도 게살로 빵빵해진 얼굴을 돌렸다.

"저기, 같이 온 형들이, 대게랑 소주 한잔하려는데 같이 가실 거냐고 물어보라고 해서."

냉동 게살 크로켓을 주워 먹는 우리가 대게에 소주를

거절할 것처럼은 안 보이겠지만, 도저히 설명할 수 없는 연고로, 우리는 대게보다 당신들이 남기고 간 게살 크로켓이 더 좋답니다. 물론 민주도 마찬가지.

"아뇨, 괜찮아요. 이거 잘 먹을게요. 고맙습니다."

"아, 저희 절대 이상한 사람들 아니에요. 그냥 게 좋아하시는 것 같아서. 대게 맛있는 데를 알거든요."

"예, 잘 알겠고 감사한데요, 저희가 완전 이상한 사람이에요. 그래서."

남자는 뭐라 대답해야 할지 잘 모르겠다는 표정이다. 그렇겠지. 한때 대형 카페 체인점의 '파트너'로 일하면서 교육받은 내용을 활용해야겠다. 입만 웃지 말고 눈으로도 웃으면서, 스위트하게 말할 것.

"어머, 이렇게 친절하게 권해주셨는데 정말 죄송해요. 놓고 가신 건 저희가 잘 먹어치우겠습니다. 좋은 밤 되세요."

이러고 깍듯이 인사하자 남자도 어설프게 묵례하고 사라진다. 힐끔힐끔 우리를 뒤돌아보는 표정에서 분명히 읽을 수 있다. 미친년, 이라는 단어를. 그가 사라지자마자 민주가 자지러지게 웃는다.

"아, 우리 진짜 미친년 같겠다."

"뭐, 어때. 나 원래 대게 싫어해."

"나도 대게 되게 싫어해."

"취하면 실부터 없어지는, 실없는 년. 근데 어떻게 재한테 우리를 이해시킬 수가 있겠냐."

"로맨틱한 년, 아직도 남자랑 대화를 하려고 했어?"

우리는 잔을 부딪치며 다시 웃는다. 게살 크로켓은 아직 많이 남아 있다. 밤도 아직 길다.

5화

얼음 팩을 사수하라

오늘은 H건설에 배달이 많은 날이다. 이참에 판촉을 하려고 전단지도 많이 가지고 왔다. 이곳에는 커다란 모니터 앞에서 건물을 짓기 위해 어떻게 토대를 만들고, 그것을 어떻게 설계도에 옮길지 골치를 썩이고 있는 사람들이 잔뜩 있다. 워낙 출장이 잦기 때문에 고객들의 부재 기간을 정확히 파악해 녹즙을 배달해야 한다.

대형 건설사에 다니는 자부심 때문인지 이곳 사람들은 자기가 시행한 공사가 얼마나 큰 성공을 거두었는지 부지런히 자랑한다. 몇 년간 쿠바에 나가 있었다는 어느 손님은 한창 발전소 부지 공사를 감독할 때의 이야기를 들려주었다. 웬 지프차가 흙먼지를 날리며 달려오더니 점퍼 차림의 어떤 할아버지가 내려서는 현장 사람들과 이런저런 이야기를 나누더니 한국인 직원들에게 손을 내밀어 굳은 악수를 청했다고 한다. 그리고 그는 다시 지프차를 타고 바람같이 사라졌다. 얼결에 악수는 했지만 그가 누군지 몰라서 갸우뚱거리는 한국인 직원에게 현지인이 말했다. 파파, 파파 피델. 그제야 손님은 비로소 그가 쿠바혁명을 이끈 피델 카스트로였다는 것을 알게 되었다고 한다. 내가 호기심에 카스트로는 어땠느냐고 물어보자, 손님은 한참 생각하다가 대답했다.

"음…… 저기…… 뭐라고 해야 하나. 아, 키. 키가 컸어요."

키가 190이 넘는 피델 카스트로, 600번이 넘는 암살 시도를 피했다는 남자. 그를 눈엣가시로 여기던 CIA는 30대였던 그를 암살하기 위해 미인계 작전을 짜서 갓 스물을 넘긴 미인 요원을 보낸다. 그들은 순조롭게 연인 사이가 되었고, 요원은 카스트로가 자리를 비운 틈에 그의 물컵에 독약을 탔지만 거품이 가라앉지 않는 바람에 정체를 들키고 만다. 그걸 본 카스트로는 당신은 날 죽이러 왔군, 그렇지? 하고 묻더니 권총을 꺼낸다. 요원은 바로 즉결 처분 되는 줄만 알았지만 카스트로는 그녀에게 권총을 건넨 후 의자에

등을 깊숙이 묻고 시가에 불을 붙인 다음 눈을 감았다. 그러자 그녀는 총을 던져버리고는 울면서 카스트로의 품에 안겼다고. 아무래도 이 이야기는 카스트로의 입에서 나왔을 게 분명하지만, 이 정도는 되는 남자여야 연애를 해도 한번 끝장나게 해볼 텐데, 이런 생각을 하고 있는데 손님이 아 참, 하더니 서랍에서 주섬주섬 뭘 꺼낸다.

"이거 보실래요?"

무슨 지폐인 것 같다. 손님은 멋쩍은 미소를 지었다.

"이게 쿠바 10페소 지폐예요. 카스트로가 저희가 만든 발전소를 굉장히 마음에 들어했대요. 그래서 지폐에 넣었다고, 현지 직원이 기념으로 보내줬어요."

10페소 지폐의 거의 절반이 H사에서 만든 발전소 그림으로 채워져 있다. 그럴 만도 하지, 이 건설사 직원들은 며칠이고 밤을 새워 일하기 일쑤다. 분명 거기서도 그랬을 것이다.

배달 일을 시작한 초반에 적어도 50대는 되어 보이는 부장님이 며칠이고 같은 옷을 입은 채 설계 도면을 들여다보고 있어 감탄한 적이 있었다. 어느 날 한 손님에게 저쪽에 계시는 부장님은 집에 들어가시는 걸 못 봤다고, 저렇게 몸이 부서지도록 일하는 분이 이 회사에 왜 이렇게 많으냐고 묻자 손님은 쿡쿡 웃었다.

“순진하긴. 저런 경우는 보통 가정불화가 있는 거지.”

그렇군요. 어리석기도 하지. 어른의 세계를 알기에 저는 아직도 너무나 애송이입니다.

부지런히 배달을 하는데 저쪽에서 어이, 하는 소리가 들려 돌아보니 내 손님 한 분이 개나 고양이를 부를 때나 쓸 만한 손짓으로 나를 부른다. 쪼르르 달려가니, 그는 녹즙 주머니에서 녹즙을 꺼내며 알쏭달쏭한 말을 한다. 어제 연차를 써서 녹즙을 못 먹었는데 이게 상하지 않았는지 모르겠다는 것이다. 나는 쾌활하게 대답했다.

“어제 얼음 팩 넣어놨으니까 하루 정도는 괜찮을 거예요!”

그러나 손님은 영 믿음이 안 간다는 표정으로 녹즙을 나에게 내밀었다. 얼결에 녹즙을 받아 든 나는 상황을 이해하지 못해 대혼란. 이거 나 주는 건가? 왜지? 손님은 나에게 턱짓을 한다. 무슨 의미인 줄 몰라 녹즙병을 봤다가 손님을 봤다가 어쩔 줄 모르는 나에게 손님은 간결하게 말한다.

“먹어봐.”

“네?”

“상했는지 한번 먹어보라고.”

물론 나는 얘가 상하지 않았을 거라고 믿는다. 그런데 지금 나는 인간 마루타인가, 혹은 기미 상궁인가, 독극물 탐지견인가, 실험용 흰쥐인가. 뭐가 됐든 기꺼이 맛을 봐드리지요. 나는 녹즙병 뚜껑을 열어 입에 닿지 않도록 조심히, 아주 조금 흘려 넣는다. 예상한 대로 상하지 않았다. 단지 미지근해져서 풀 냄새가 풀풀 날 뿐이다. 나는 꿀꺽, 녹즙을 삼키고는 환한 미소를 지었다. 기미 상궁 대령이요.

"안 상했어요. 근데 냉장고에서 좀 시원하게 뒀다가 드셔야 맛있겠어요."

손님은 탕비실을 턱으로 가리킨다.

"어, 가는 길에 좀 넣어놔."

네네. 여부가 있겠습니까요. 이게 내 사회적 지위인데요, 뭐. 냉장고에 음료를 넣고 시계를 보니 벌써 9시가 다 되었다. H건설사에서 잠깐 빠져나와 데이터 센터로 올라간다. 내 최악의 손님, 까묵과장의 책상을 체크해야 하기 때문이다. 이 사람 자리에만 가면 자동으로 한숨이 푹푹 나온다. 오늘 먹는 걸 배달하고 그동안 안 낸 녹즙값을 독촉해야 하는데, 8시 57분이건만 오늘도 자리가 비어 있다. 녹즙비 체불, 뭐 그게 중범죄는 아니다. 한두 달 정도는 까먹을 수 있다. 그러나 아무리 너그럽게 생각해보려고 해도 무려 10개월째 체불을 거듭하는 게 말이 되나? 나를 보면 늘 멀리서부터 까묵! 까묵! 하고 외치기 때문에 까묵과장이라고 부르고 있다. K사 직원은 아니고 데이터 센터에서 하청을 주고 있는 회사에서 한시적인 프로젝트를 위해 파견되어 온 사람이다.

내가 이렇게 깊은 한숨을 쉬는 이유는 우리 배달원들이 받는 돈이 배달에 대한 대가가 아니기 때문이다. 공식적으로 우리는 회사와 아무 관계도 없으며 고용계약서도 쓰지 않는다. 우리는 지사장님에게서 그날분의 녹즙을 구입해 개인영업을 하는 영세사업자나 마찬가지다. 따라서 회사에서는 우리를 '노동자'로 인정하지 않는다. 매일 아침 지사장님이 우리에게 전달해주는 녹즙에서 20퍼센트의 판매 수당을 받는, '위탁판매원'이라고나 할까. 모든 녹즙 브랜드 중 판매 수당이 가장 낮은 건 둘째 치고, 지사 쪽에서 우리에게 판매 수당을 주지 않겠다고 마음먹으면 속수무책으로 휘둘릴 수밖에 없는 입장인 것이다. 담당 지사장이 인격적으로 훌륭한 사람이기를 기원하는 것 외에 우리가 할 수 있는 일은 아무것도 없다. 월말에 내가 한 만큼 판매 수당을 받으려면 손님들이 입금한 녹즙값과 내가 출고한 녹즙값이 정확히 맞아떨어져야 하고 불과 몇백, 몇천 원이라도 미입

금자가 있어 숫자가 안 맞으면 그 달 수당은 받을 수 없다. 그래서 여사님들 모두 내가 못 살아, 하면서도 울며 겨자 먹기로 자기 사비를 투입해서 간신히 그 달 치를 받아 줬다. 나는 그림 아르바이트까지 겸해서 최소한의 삶을 살아가고 있기 때문에 아직까지 내 사비는 투입하지 않았다. 사실 내 돈으로 막기엔 금액이 너무 커져서 자포자기한 까닭도 있다. 이게 전부 까묵과장 때문이다. 해도 너무하지, 1년 가깝게 연체하다니. 그 돈이 자그마치 50만 원이 넘는다.

사정이 이런데도 우리는 판매수수료를 제외하곤 연차수당도, 주휴수당도, 퇴직금도, 다시 말해 아무것도 받을 수 없다. 우리를 지켜주는 그 어떤 법이나 보호 장치도 없다. 노동법의 사각지대에 교묘하게 위치해 있다고 할까. 우리보다 훨씬 오래된 코리아야쿠르트 같은 회사도 마찬가지다. 배달원들 자제 학비를 대주거나 여행 적금을 들어주며 가족으로 함께한다고 주장하지만 노동자로 여겨주지는 않는다. 시애틀에서 시작한 모 커피 체인점이 아르바이트 직원을 구할 때 '파트너 모집'이라고 근사하게 포장하면서 그 '파트너'에게 단 1원의 오차도 없이 딱 최저임금만 주는 것처럼. 파트너를 뭐 그딴 식으로 대하냐고.

게다가 사람이라면 사정이 생기기 마련이니 배달을 못

나올 때도 있다. 하지만 그런 날은 손님들의 불만을 감수해야 하는 것은 물론 그날 배달하지 못한 책임을 배달원이 다 떠맡아야 하니 큰일이다. 지사장님은 그럴 때를 대비해서 여사님들과 친하게 지내라고 입이 마르도록 충고하지만, 그런 건 이번 생엔 포기했습니다 지사장님, 하고 속으로 대꾸할 뿐이다. 친하게 지내는 여사님끼리는 전단지에 이름과 전화번호를 찍는 스탬프를 같이 맞춰서 비용을 줄이기도 하고, 꼭 일을 쉬어야 할 사정이 있을 때 품앗이로 대신 일해주기도 한다. 그러나 나한테는 자기 커피 타 와, 자기 이것 좀 정리해, 하면서 이것저것 심부름이나 시킬 뿐이다. 지사 사무실에 한번 가면 녹즙 배달을 할 때보다 더 지쳐버리는데 내게 누구와 친해질 여력이 남아 있을 리가. 나는 열이 40도에 달했을 때도 배달을 다 한 다음 가정의학과 병원 대기실에서 쓰러진 사람이다. 내가 근성 있고 훌륭하다는 게 아니라, 누구한테 부탁하는 게 말이 쉽지 실제로 신경 써야 할 게 너무 많아서, 흠씬 두들겨 맞은 것 같은 컨디션이더라도 차라리 내가 하는 게 속 편하다는 얘기다.

내가 오전이 아닌 낮 시간에 살며시 방문해서 저기 녹즙값…… 하고 이야기를 꺼내면 까묵과장은 아직 돌이 안 된 아기 사진을 가리키며 아유 요즘 애 분유값도 없어서,

하고 얼버무렸다. 30대 후반이나 됐을까, 워낙 인상 좋고 싱글벙글 잘 웃는 사람이라 악의는 없을 거라 생각하지만 나보다 형편이 어렵지는 않을 텐데. 금방 입금해드릴 테니까 조금만 봐줘요, 하고 너스레를 떠는 까묵과장의 기세에 휘말리고, 노루 같은 눈을 한 아기 사진에 마음이 약해져서 돌아선 게 대체 몇 번째인지 세는 것도 귀찮아졌다.

그래도 상기는 시켜줘야 하니 내키지 않는 동작으로 녹즙 가방에서 포스트잇을 꺼내 총액과 계좌번호 밑에 잘 부탁합니다, 라고 쓴 뒤 파티션 한쪽—모니터 앞에 붙여두면 눈에 확 띄겠지만 이랬다간 자기 실수를 온 사내에 떠벌려 창피를 주었다며 길길이 뛰는 사람이 많아서—에 붙였다. 그래, 내가 이렇기 때문에 지사 여사님들이 다 물렁해빠졌다며 뭐라고 하는 거겠지. 한숨을 푹 내쉬며 포스트잇을 다시 한번 고정하고 녹즙 가방을 집어 든 뒤 계단으로 내려갔다. 바쁜 출퇴근 시간에 엘리베이터를 타면 직원들의 표정에서 노골적으로 싫은 기색이 보이기 때문에 화물용 엘리베이터를 타거나 계단을 사용한다. 몇 층밖에 안 되어 뛰어 내려가 숨을 가다듬고 있는데, 누군가 자애로운 미소를 띠고 나를 바라보길래 반사적으로 꾸벅 인사를 한다. H건설사의 상무가 담배를 피우러 끽연실에 가는 중이다. 내 손님은 아니고 코리아야쿠르트 여사님의 고객, 한마디로 이 사무실에서 가장 높은 사람 중 하나. 내 인사를 받은 상무님은 고개를 끄덕여 보이며 달갑지 않은 치하를 건넨다.

"요즘 젊은 사람들 이렇게 험한 일 안 하려고 하는데 참 기특해."

"감사합니다."

"이렇게 꼭두새벽부터 부지런하게 일하니 앞으로 참 잘될 거야. 너무 기특해 진짜. 표창장 줘야 해. 그나저나 요즘 애들 놀고먹으려고 하는 건 알아줘야 한다니까. 우리 직원들도 마찬가지야. 부모님이 얼마나 고생해서 지들 키웠는지도 모르고, 다른 사람들이 힘들게 이룬 걸 그저 쉽게 가지려 들고 말이야. 아가씨처럼 일하게끔 군대 훈련 같은 거 받아야 돼. 근성이 부족하다니까. 우리 H사도 지금에야 알아주지 나나 전무님들 고생하던 시절엔 말이지……."

다른 곳으로 신속하게 이동해야 하는데 이런 식으로 10분씩 까먹으면 결국 배달 스케줄에 심대한 지장이 오거늘, 그런 것도 모르면서 나를 칭찬하고 내가 황송해하길 기대하는 이 아저씨. 제일 싼 케혼즙이라도 먹어주면서 그런 소릴 하란 말예요. 1300원밖에 안 한다고요, 상무님. 댁 같은 사람들이 나를 기특해할 때마다, 우리 애는 저렇게 살지 않아서 다행이야, 하는 안도감이 얼굴에 스치는 걸 내가 모를 것 같나요? 동정을 하려거든 돈으로 줘요.

*

가정집에 배달하는 '총판'은 주소만 알면 되니 비교적 간단하지만 우리처럼 사무실에 녹즙을 넣는 '특판'은 생각보다 까다롭다. 내 손님 누구누구가 어느 자리에 앉아 있는지 기억하는 게 어려울 뿐 아니라 어느 건물은 언제 들어갈 수 있는지, 잡상인 출입 통제를 하는 문은 어디인지, 빡빡한 수위가 언제 어디를 도는지 등등을 파악하는 건 생각보다 만만치 않다. 그리고 배달 일을 제법 쉽게 생각한 사람들이 이 일을 하려고 왔다가 나 살려라 하고 달아나는 이유는, 배달이 2고 판촉이 8인 줄 몰랐기 때문이다.

데이터 센터도 그렇지만 H건설사의 사람들은 '매일야채' 아니면 '길', 즉 코리아야쿠르트의 지배하에 있다. 야쿠르트 아줌마, 아니 여사님은 야쿠르트 외길 30년 인생을 살아온 사람이다. 이제 1년이 될까 말까 하는 나와는 구력이 다르다. 타 회사 손님에게는 적극적으로 판촉하지 않는다는, 이 빌딩을 출입하는 브랜드끼리의 암묵적인 룰을 신경도 쓰지 않는 사람. 물론 다른 T녹즙 여사님의 손님은 건드리지 않는다. 만만한 내 손님만 건드린다. 게다가 유산균 음료는 부럽게도 쉬 상하지 않아 야쿠르트 여사님은 음료만 들고 가뿐하게 다니는데, 내 녹즙 가방은 너무 무거워 펭귄처럼 뒤뚱거릴 때가 많다. 녹즙이 미지근해지지 않도록 함께 제공할 얼음 팩까지 가지고 다녀야 하기 때문이다. 다행히 K빌딩 관리팀은 구석진 탕비실에 있는 냉장고의 냉동실에 얼음 팩을 넣어두고 사용할 수 있도록 배려를 해준다. 그런데 요즘 이상하게 얼음 팩이 계속 두어 개씩 사라지고 있다. 별수 없이 오늘도 지사장님께 얼음 팩을 더 달라고 요청했는데, 어떻게 된 일인지 전혀 짐작이 가지 않았다. 미지근한 얼음 팩을 수거하고 새 얼음 팩을 가지러 탕비실로 가면서 그동안 사라진 얼음 팩이 얼마나 될지 헤아려봤다. 처음에는 내가 잃어버린 거라고 생각했지만 아무래도 이상했다. 탕비실에 도착해 냉동실을 체크하는데 야쿠르트 여사님이 들어왔다. 그리고 비밀이 죄다 풀렸다. 여사님의 배달 가방에 내가 일하는 녹즙 회사의 로고가 찍힌 얼음 팩이 가득 담겨 있었던 것이다.

"그 얼음 팩……."

운을 띄우자마자 야쿠르트 여사는 미안한 체도 않고 말

한다.

"우리 손님들이 말이지, 음료를 시원하게 먹고 싶다고 하시는데 언니가 얼음 팩이 없잖니. 자기도 알다시피 우리는 얼음 팩이 안 나오거든. 그래서 자기 것 좀 빌렸다. 아휴 근데 그래도 아직 너무 모자라. 지사장한테 얼음 팩 좀 많이 달라 해. 우리 둘이 쓰긴 너무 모자라잖아."

뭐 이런 여자가 다 있지. 누가 우리 언니며 누가 당신의 자기입니까. 용기를 짜내 단호하게 고개를 저었다.

"그거 개당 50원씩 저희 지사장님이 사 오시는 거예요. 더 달라고 못 해요."

얼음 팩을 도로 내놓으라는 말도 하기 전에 야쿠르트 여사는 카트를 바삐 밀며 말한다.

"어떻게 그거 하나 더 달라는 말을 못 하니? 너 진짜 멍충이구나? 어휴, 멍충이!"

그러고는 내 얼음 팩을 산더미같이 가지고 싹 사라진다. 멍충이라고 하도 소리 높여 외치는 바람에 어이가 없어 한동안 그 자리에서 움직이지 못한다. 멍충이? 내가 멍충이면 댁은 도둑년이야! 가만, 그러고 보니 저 여자한테 당한 게 처음이 아니다.

이미 야쿠르트든 녹즙이든 배달을 받고 있는 기존 고객

은 다른 브랜드 제품이 왜 좋은지 수긍이 가면 기꺼이 그것으로 갈아탄다. 진짜 어려운 건 건강 음료를 한 번도 배달시켜 먹어본 적이 없는 신규 고객을 발굴하는 것이다. 다른 고객이 우리 제품을 먹게 하는 것보다 원래 아무것도 안 먹던 사람을 설득해서 먹게끔 하는 게 열 배는 힘들다.

그들을 설득하기 위해, 내 나름대로 전략을 세워 초등학교 앞 문구점에 가서 아폴로, 막대사탕, 쫀드기 등 추억의 간식을 잔뜩 사 가지고 다니며 신규 손님들과 말을 텄다. 만만한 작업은 아니었지만 열과 성을 다했더니 어느 정도의 성과가 있었다. 세일즈 책에서 강조하는 사항 또 하나, '상대를 자꾸 빚진 상태로 만들어라'. 계속 뭔가를 주면 상대는 내가 이 사람에게 빚을 졌구나, 하는 불편함을 느끼고 어떻게 해서든 그걸 갚아야 한다고 생각하기 마련이라나. 녹즙 샘플 정도로는 사람들이 빚진 상태가 되지 않았지만, 어릴 적 간식거리를 받아먹게 되자 약간은 그런 상태로 바뀐 것 같았다. 이걸 기특하게 여긴 지사장님은 그 비용을 보전해주마 하셨지만 얼마 되지도 않는 금액에 내가 빚지기 싫어 사양했다.

그런데 얼마 후 청천벽력 같은 일이 일어났다. 정말 고생고생하고 혼신의 힘을 다해서 신규 판촉에 성공한 열 명 정도의 손님들이 갑자기 코리아야쿠르트로 바꾸기로 했다고 통보한 것이다. 우리한테도 코리아야쿠르트에서 나오는 상품과 겹치는 게 많다며, 특별히 바꾸시는 이유가 있는지 열심히 물어봤지만 아무도 대답을 해주지 않았다. 그때는 도대체 이게 무슨 일인가 싶었는데, 오늘 보니 영문을 다 알 것 같다. 저 도둑 여사님은 얼음 팩만 훔친 게 아니라 내 손님까지 훔쳤음이 분명하다.

야쿠르트 여사님이 사라지고 나서도 멍충이 멍충이, 하는 소리가 머릿속에서 스테레오로 울려 잠시 황망히 서 있는데, 저쪽에서 누가 이 멍충이를 부르는 소리가 들린다. 내 녹즙 고객인 싼차장의 목소리다. 왜 싼차장이냐 하면, 계속 녹즙을 싸게 달라고 졸라대서 싼차장이다. 싼차장은 싱글싱글 웃으며 말한다.

"젊은 사람이 고생이 많네. 날도 더운데 일하기 힘들지 않아? 내가 맥주 한잔 사고 싶은데."

이런 제의가 처음은 아니다. 내가 거절하기도 전에 싼차장은 눈을 반짝이며 말을 잇는다.

"우리 팀 친구들 두 명 데려갈 테니까, 혹시 예쁜 친구 두 명쯤 데려올 수 없을까?"

무슨 말을 해야 할지 몰라 시선을 이리저리 돌리는데

싼차장이 대여섯 살 난 아이와 유원지에서 찍은 사진 액자가 눈에 들어온다. 아내는 없다. 한동안 인상도 편해 보이질 않고 노골적으로 불편한 심기를 드러내는 바람에 눈치를 봐야 했는데, 옆자리에 앉은 분이 살그머니 싼차장이 최근 이혼 서류를 정리했다고 귀띔을 해주었다. 평소에도 걸그룹 누가 예쁘다는 둥, 요즘은 능력만 있으면 스무 살 가까이 차이 나는 아가씨들하고도 연애할 수 있다는 둥의 이야기를 자주 하긴 했다. 그런데 이제는 이혼도 했겠다, 아예 3 대 3으로 내 친구들과 맥주를 한잔하고 싶으시다? 얼굴을 티타늄으로 용접했나, 어디까지 뻰뻰해져야 부끄러움이라는 것을 알게 될까? 아마 평생 모를 테지. 몰라도 충분히 편하게 살 수 있을 테니까.

"그냥 부담 없이 맥주 한잔하자는 거야. 고생하는 게 기특해서 맛있는 것도 사주고 싶고."

나는 억지로 웃어 보인다. 그놈의 기특 기특, 나를 기특하게 여기는 사람을 죄다 녹즙 가방으로 모질게 한 대 때려줄 수 있으면 좋을 텐데.

"제가 친구가 없구요…… 요즘 통풍 기미가 있어서 맥주 못 마십니다. 좋은 하루 되세요!"

"그러면 소주……."

나는 못 들은 척 전속력으로 자리를 뜬다. 도대체 어디까지 내 비위에 도전할 생각이십니까. 내가 댁들한테 뭘 잘못해서 이러는 건지. 아가씨 끼고 술 마시고 싶으면 나한테 이러지 말고 그런 장사를 하는 곳에 가라고. 왜 나한테 이래. 사실 나도 그 이유는 안다. 그런 곳은 비싸지만 나는 공짜니까. 짜증이 울컥 치밀지만 나는 얼른 꾹 삼켜버린다. 아직 배달할 곳이 많이 남았는데, 이런 표정으로 갈 수는 없다. 손님들 앞에서 밝은 표정을 유지하는 것도 모닝 스태프의 의무니까.

*

K빌딩을 끝내고 나면 가야 할 곳들이 자잘하게 많다. 원래 내가 맡은 곳은 K빌딩과 그 앞의 중학교가 전부였는데, 사람들이 계속 그만두면서 인근에 있는 건물들까지 돌게 되었다. 중소기업 C사와 J사, A주상복합건물, M방송국, 그리고 규모가 큰 것은 아니지만 L백화점까지. 매일 꽤 고단한 여정을 겪는다. 내가 앞서 읊은 이 건물들은 각각 손님이 두세 명밖에 없어 사실 배달할수록 기운만 빠지고 손해다. 게다가 시간에 맞춰 배달하려면 판촉할 짬도 없다. 그

러니까 내가 폭탄 처리반인 셈이다.

우리 일이 말로는 주5일이라고 하지만 주말이나 설날, 추석에 출근하는 손님이 있으면 우리도 출근해야 한다. 지난 설날과 추석에도 그런 손님이 상당히 있어서 지사장님이 혹시 일할 수 있는 여사님 계시냐며 조심스레 물었지만, 나를 뺀 전원이 아내 겸 어머니 겸 며느리 역할을 수행하고 계신 분들이라 지사장님의 애타는 부름에 응한 모닝 스태프는 없었다. 결국 친척은커녕 부모와도 연을 끊고 지내는 나 말고는 사람이 없겠다 싶어 긴 연휴에 지사장님과 내가 묵묵히 일을 했고, 그 덕분에 나를 지사장님의 딸로 착각하는 타사 배달원이나 경비팀이 꽤 늘어났다. 굳이 사실을 알려주지는 않았다.

명절에 일하는 것 따위는 별로 상관없는데 이것만은 괴롭다. 바로 주 1~2회 먹는 손님들 몫을 배달하러 새벽에 L백화점에 들어가는 것. 이때는 K빌딩보다 백화점이 우선이다. 모든 백화점이 그렇듯 여기에도 창문이 없다. 그래서 장사를 시작하기 전의 백화점은 암흑처럼 어둡다. 비밀번호를 누르고 안에 들어가서 문을 닫자마자 캄캄한 어둠이 확 덮쳐온다. 어둠에 눈이 익숙해지려면 한참 동안이나 기다려야 한다. 백화점의 어둠은 낮 시간에 화려하고 떠들썩

한 만큼 한층 더 을씨년스럽다. 조명이라고는 초록색 비상구 등밖에 없으니, 꼭 휴대폰 배터리를 아껴두었다가 손전등을 켜야 한다. 1층부터 유리 진열장을 길잡이 삼아 짚으면서 기억을 더듬어 거리를 잰다. 정문에서 스무 발자국 걸어간 다음 왼쪽으로 꺾어 다시 열다섯 발자국, 그다음에 우측으로……. 매일 오는 곳인데도 어려서부터 유독 어둠을 무서워했던 나는 늘 겁이 난다. 손님의 매장에 도달해서 후아, 하고 숨을 한번 들이켜고는 손님이 녹즙 주머니를 넣어놓는 곳을 더듬어본다. 이젠 눈 감고도 감촉만으로 아, 우리 것, 하고 알 수 있는 녹즙 주머니에 재빨리 오늘 치 녹즙과 새 얼음 팩을 채워 넣는다.

어둠 속에서 빛을 받아 어른거리는 마네킹은 언제 봐도 섬뜩하다. 갖은 포즈를 잡고 있는 모습이 백화점 운영 시간에 봤을 때보다 훨씬 거대하고 음산해 보인다. 머리가 없는 마네킹은 없어서 무섭고, 있는 마네킹은 있어서 무섭다. 가발을 씌우거나 눈동자를 그린 마네킹은 어두운 데서 보면 정말 사람 같아서 깜짝깜짝 놀란다. 별것도 아닌데 떨고 있다고 몇 번이나 스스로를 다독이지만, 개점 전에 다시 배치하기 위해 팔다리와 몸통을 뽑아서 한데 모아놓은 마네킹 더미에 발이라도 걸리면 토막 살인 현장을 본 것처럼 번번이 화들짝 놀란다. 유아, 아동복 매장은 덜 놀랄 것 같지만 아이 마네킹은 동자 귀신 같아서 더 오싹하다. 마네킹에게 옷이나 가방이 스칠 때마다 아무도 듣지 않는 비명을 꽥, 하고 지르게 된다. 한번은 나 말고 누가 어둠 속에서 움직이고 있는 것 같아 소리를 질렀다가 그게 대형 거울에 비친 나라는 걸 알고 멋쩍어한 적이 있다. 자아, 여기까지. 백화점 배달이 겨우 끝났을 뿐인데 벌써 녹초가 되어버렸다. 하지만 내게는 가야 할 곳이 남아 있지.

6화

다시, 외래진료

원래 병원은 한 달에 한 번 가지만 이번에는 2주 만에 와달라는 요청을 받았다. 새로 온 의사가 항우울제와 수면제, 항갈망제 등 내가 먹는 약에 대해서도 쭉 살펴봐야 하고 내 이야기도 더 들을 필요가 있다고 판단했다나. 젊어 보이더니 아직 우리 주정뱅이들을 구원하려는 의욕이 남아 있는 모양이다.

저번에 부모님은 환자분에게 정서적으로나 경제적으로 도움을 주실 수 없다고 하셨죠.

회사 생활을 할 때도 가족과는 최소한의 연락만 하고

지냈다. 비상근무를 핑계로 명절에 가지 않을 때도 흔했다. 어차피 가족들은 내가 월급통장에서 내놓는 생활비가 나보다 훨씬 보고 싶었을 것이다. 재테크의 귀재라 자부하며 주변에서도 그 호칭을 인정받는 엄마는 내 월급통장을 갈고리 같은 손으로 꽉 쥐고 있었다. 혹시라도 내가 나이도 먹었으니 슬슬 직접 통장을 관리하겠다고 할까 봐, 통장 비슷한 말만 나와도 메두사처럼 독이 오른 모습으로 사람을 기가 질리게 했다. 그러면서도 은근한 태도로 때마다 받는 보너스나 상여금을 내가 감추고 안 내어놓는 건 아닌지 캐묻곤 했다. 아빠 역시 그런 게 나올 만한 철마다 네 엄마한텐 말하지 마라, 라는 말을 늘 서두에 붙이고는 적은 돈으로도 시작할 수 있는 사업이 있는데 내가 '투자'를 좀 했으면 좋겠다며 전화를 하는데, 정말 지긋지긋했다.

원래 알코올의존증을 극복하려면 가족의 도움이 절실한데 그런 건 기대하기 힘들겠군요.

가족의 도움이라니 글쎄, 그들이 나를 술병으로 떠밀었다고 해도 과언이 아니라고 생각하지만, 사실 이건 다 핑계다. 핑계 없는 무덤 없다는 말이 있듯이, 핑계 없는 술병도 없다. 어차피 나는 술독에 풍덩 빠질 사람이었다. 하필이면 그러기 위한 첩경으로 부모와 오빠라는 징검다리가 세팅되어 있었을 뿐이다.

내가 회사를 다니는 동안 오빠가 어찌어찌 대학을 졸업해 중소기업에 취직했다. 그것만으로도 엄마는 오빠가 대통령이라도 된 것처럼 기뻐했다. 가족이 모여서 축하를 해야 한다며 소고기를 먹으러 갔는데 어째 계산은 내가 해야 했다. 얼마 후에 오빠의 결혼 소식이 들려왔다. 엄마는 전화로 오빠가 곧 결혼할 거고 상견례를 할 거지만 나는 회사 일도 바쁘고 하니 굳이 올 필요 없다고 했다. 뭔가 좀 이상해서 캐물었더니, 며느리 될 아이가 외동이고 해서 수를 맞추려는 것도 있고 혼전 임신이라 조용히 치르려 한다고 했다. 꼬물대는 손주가 생기면 엄마가 꽤 기뻐하겠구나 생각하며 전화를 끊었다.

그 후에도 오빠의 인륜대사에 내가 낄 일은 그다지 없었다. 급하게 결혼하는 거니 예단이고 예물이고 없이 간소하게 치른다더니, 엄마는 샤넬백과 화장품 세트를 장만하고 아빠는 새 정장을 맞췄으며 저쪽에는 다이아 반지를 해주고 오빠는 태그호이어 시계를 받은 모양이었다. 내 몫은 없었지만 어차피 내가 주인공도 아니고 오빠 결혼이니 별 신경을 쓰지 않았다. 이달 월급이 왜 아직 안 들어오냐고 물어볼 때 빼고는 생전 연락하지 않던 엄마가 나에게 전화를 걸어 아파트 매입은 꿈도 못 꿀 일이고 전세도 왜 이렇게 비싸냐고 우는 소리를 했다. 나는 어차피 지들이 좋아서 임신한 거 지들이 알아서 하게 하라고 했다. 엄마는 나에게 매정한 년이라고 노발대발하며 전화를 끊어버렸다. 첫 혼사라 신경이 날카로워졌나 보지 싶어 딱히 개의치 않았다. 얼마 후 오빠가 전화를 걸어와 크기는 좀 작지만 역 근처에 있는 깨끗한 빌라 전세를 얻었다며 고맙다고 하길래 왜 나한테 고맙다고 하나 의아했지만 한창 회사가 바쁠 때라 뭐 그런가 보다 하고 잊어버렸다.

이후 엄마가 결혼식은 몇 시에 어디에서 할 거라며 통보했을 때 우리 형편에는 꿈도 못 꿀 만한 호텔 결혼식장인 걸 알고는 깜짝 놀랐다. 재테크의 귀재라던 엄마의 이재 능력이 과장은 아닌 모양이었다. 며느리에게 제대로 된 반지도 해주고 전세라도 신축 빌라를 신혼집으로 얻어주고 호텔 결혼식까지 시키다니, 엄마가 분발을 해도 엄청 했음이 틀림없었다. 농담 삼아 나는 옷 한 벌 안 해주냐고 물었더니 엄마는 지금 오빠 결혼시킨다고 허리가 휘는데 조금이라도 절약해야지, 하고 신경질을 냈다. 너는 감각 있는 애니까 그냥 친구들 결혼식에 입고 다니는 얌전한 원피스 입고 메이크업도 알아서 하고 와, 거기서 메이크업하려면 돈이 얼마인 줄 아니? 하며 내가 매우 부당한 요구를 했다는 듯이 전화를 끊었다. 그래, 내 결혼식도 아닌데 뭐. 나는 늘 그렇듯 로드숍 화장품으로 메이크업을 하고 식에 참석했다.

가장 작은 홀이었는데도 호텔 결혼식은 과연 휘황찬란했고, 부모님과 장인 장모님께 큰절을 올리는 오빠는 믿음직해 보였고, 흰 새틴 장갑으로 눈물을 훔쳐내는 새언니는 어여뻤다. 제발 잘 살고 이참에 오빠 너 인간 좀 되거라, 나는 진심으로 축하를 보내며 집으로 돌아왔고, 며칠이 지나 시원하게 사표를 내던졌다. 그리고 오랜만에 부모님 집으로 가자 아빠는 여느 때처럼 실없는 농담을 던지며 나를 맞았고, 엄마는 이상하게 흠칫 놀라며 왜 왔느냐고 물었다. 자식이 부모 보러 온 게 이상하냐고 묻자 엄마는 말을 더듬었다.

"아니, 워낙 갑작스러워서 그러지, 연락도 않고."

"딸이 엄마 아빠 보러 오는데 연락을 꼭 해야 하나. 남도 아니고."

"그, 그래. 밥은 먹었어? 밥 줄까?"

"아니, 배 안 고파. 근데 엄마, 나 회사 그만뒀어."

엄마는 기절할 것 같은 표정이 되어 나를 바라보았다.

"아니, 잘 다니던 회사를 왜 그만둬어?"

"잘 다니고 있지 않았어. 너무 힘들었어."

"얘가 뭐래? 꼬박꼬박 귀한 월급 주면 감사합니다, 하면서 다녀야지 네가 애야?"

"엄마는 내가 그 거지 같은 곳을 얼마나 참으면서 다녔는지 몰라서 그래. 나 거기 1초만 더 있었어도 미쳤을 거야. 이젠 못 해."

"철딱서니 없는 소리 하지 말고, 혹시 사표 취소 안 돼? 가서 취소한다 그래."

"회사가 장난이야, 사표를 취소하게? 쓸데없는 소리 하지 말고, 내 통장 좀 보여줘."

"무슨 통장?"

"무슨 통장이라니? 나 취업할 때 엄마가 돈 모아준다면서 월급통장 가져갔잖아. 엄마가 재테크 선수인 거 모르냐고 하면서. 이제 나 그 돈 필요해. 생활비 빼고 남은 거 있을 거 아냐."

"남은 거 없어, 이년아!"

"무슨 소리야. 남은 게 왜 없어?"

"오빠는 거저 결혼시키냐? 우리가 돈이 어딨어?"

"누가 우리야? 여기서 오빠 이야기가 왜 나와?"

엄마는 안방으로 들어가더니 경대 서랍에서 통장을 꺼내 나에게 휙 던졌다. 통장을 열어 보니, 내가 그동안 번 돈이면 최소한 5000만 원이라도 들어 있어야 할 텐데, 잔고는 100만 원도 남아 있지 않았다. 오빠 결혼시킨다고 엄마가 분발한 줄 알았더니 내가 분발한 거였다. 고개를 들어 엄마를 바라보자, 엄마는 팔짱을 낀 채 입을 꾹 다물고 있다가 나와 눈이 마주치자 혀를 쯧쯧 찼다.

"저, 어미 노려보는 눈빛 좀 봐라 저거. 독살스럽다, 아주."

"돈 모아주겠다고 큰소리쳐놓고, 내가 4년 넘게 직장을 다녔는데, 모은 돈이 겨우 이거야?"

"그럼 넌 네 오빠 결혼하는데 아무것도 안 하려고 했어? 원래 맏딸은 살림 밑천이야, 이것아."

"보통 형제자매 결혼하면 세탁기나 텔레비전 같은 걸 사 주지, 집을 해주지는 않지. 어쩐지 오빠가 저번에 나한테 전화해서 고맙다고 하더라. 뭐가 고맙다는 건지 영문도 몰랐는데, 하하하. 오빠 결혼 결국 내 돈으로 시킨 거잖아. 결혼식도 내 돈으로 치르고, 예물도 내 돈으로 해주고, 전셋집도 내 돈으로 얻어줬지? 맞아, 아니야?"

"그래. 맞다, 이년아. 네가 어쩔래?"

"와, 남이면 고소라도 할 텐데, 진짜."

"고소? 얘 말하는 꼬라지 좀 봐. 가족끼리 서로 돕고 사는 거지, 네 오빠가 너 결혼할 때 가만있겠냐? 어려울 때 돕고 형편 좀 피면 갚고, 다 그렇게 사는 거야. 네가 쥐꼬리만큼 번 걸로 좀 보탰다고 그렇게 생색내면 천벌 받아. 어서 다시 취직할 생각이나 해. 그래, 이제 네 오빠 살림 나갔으니까 여기 들어와 살아. 과년한 딸이 바깥에 나가 사는 거 좋게 볼 사람 하나 없어. 엄마 아빠랑 같이 살면서 돈 차근차근 모아가지고 너도 시집가."

"나 천벌 받아도 상관없는데, 나보다는 엄마랑 오빠가 먼저 받을 거 같네. 끼리끼리 잘 먹고 잘 사슈."

설사 형편이 나아진다고 해도 나한테 갚을 사람들 아닌 거 내가 잘 알거든. 날강도 여러분, 다시는 나한테 연락하지 마세요. 우리 영원히 모르는 사람으로 삽시다. 오빠는 부모가 나에게 결혼 비용을 빚졌다고 생각했고 부모는 오빠가 나에게 결혼 비용을 빚졌다고 생각했다. 즉, 내게 빚진 사람은 없었다. 나는 그들을 영원히 떠났다. 집을 옮겼으며 전입신고를 하지 않았고 전화번호를 바꿨다. 다음번에 목돈이 필요할 때 절대로 나를 찾지 못하도록. 이제부터는 그들이 좋아하는 하나님에게 도움을 받기를.

*

그런 사정이 있었군요. 그래도 부모님인데……. 차트를 보니까 그다음에 횟술이 확 는 모양이군요.

내가 가장 싫어하는 말이 이거다. 그래도 부모님인데, 그래도 가족인데. 어째서 이런 말을 하는 사람은 왜 거의 다 남자일까? 부모와 가족이 어떻게 딸이며 여동생인 나한테 이럴 수가 있는지에 대해서는 생각을 안 하는 걸까?

재취업 때문에 고생하시는 것 같은데……. 저번에 빚 얘기도 하셨잖아요? 그건 무슨 얘기였죠?

선생님 기억력이 엄청…….

차트에 다 적어놓으니까요.

오빠한테 안 썼으면 그 돈으로 계속 웹툰 작가로 데뷔할 준비를 했을 텐데, 일단 생활비가 급하니까 아르바이트를 찾았다. 다행히 학습만화 쪽은 계속 사람을 구하고 있었다. 어느 정도 경력이 있으니까 금방 일을 얻게 됐다. 그렇게 입에 풀칠하면서 웹툰 작가 지망생 카페를 계속 들어가서 글 작가를 구했다. 거기서 글 작가 지원하는 사람들 중에 간혹 영화를 공부한 경우가 있는데, 이런 사람이 영상이나 미술에 대한 감각도 있으면서 시나리오 지식이 있어서 협업하면 대박 나는 경우가 종종 있다. 그중에 좀 알아주는 예대에서 영화를 전공하고 입봉작, 그러니까 장편 데뷔작을 준비 중인데 웹툰에도 관심이 많아서 글 작가도 해보고 싶다는 남자가 있었다. 게시판에서 보고 연락했더니 본인이 연출한 단편영화 몇 작품을 보여줬는데 감각이 꽤 좋았다.

나라에서 예술 분야를 지원해주는 프로젝트가 있는데, 웹툰 같은 경우에는 상업적인 목적보다는 예술적 가치만 보고 판단해서 지원금을 준다. 1000만 원 정도. 그 사람이 워낙 자신 있어 하고 적극적으로 나서니까, 나는 믿고 가면 되나 보다 하고 끌려갔다. 일반적으로 글 작가하고 그림작가가 수익을 나눠 갖는 비율이 보통 3 대 7이고, 글 작가한테 좀 박할 경우에 2 대 8도 있는데, 남자가 자기 공로가 많다고 하도 열변을 토해서 반반으로 하기로 했다. 일단 같이 만든 시놉시스를 제출했는데 운 좋게도 지원작으로 뽑혔다. 지원금도 받아 나눴으니 이제 지정된 날짜까지 완성

해서 제출하기만 하면 되는 거였다. 빨리 콘티를 줘야 내가 작업을 할 텐데, 그 사람은 우리가 자주 만나서 예술적 공감대를 형성하는 게 우선이라고 우겨댔다. 술 먹고 밑바닥도 좀 보여주고 그래야 서로 눈빛만 봐도 아는 사이가 된다고, 영화판은 다 그렇다는 거였다. 근데 나는 아무리 술을 좋아해도 뭐랄까, 그런 예술 하는 남자하고 밑바닥 보여줘서 좋았던 기억이 하나도 없었다.

그래서 정중하게 거절하고 콘티를 달라고 부탁했는데, 그 새끼가 어느 날 술 취해서 우리 집 앞에 찾아와가지고는 재워달라고 했다. 한사코 거절하면서 택시비 줄 테니 택시 타고 가라고 했더니, 썅년이 줄 것처럼 하고는 안 준다고, 그림만 그려가지고는 평생 데뷔 같은 거 못 한다고, 네 년이랑 작업 안 해 씨발, 그러더니 다음 날부터 잠수를 탔다. 그런데 문제는 이걸로 끝이 아니었다. 심사처에서 중간 점검을 할 때 작품 진도가 얼마나 나갔는지 보여줘야 했는데, 내가 글까지 맡아서 작업한 걸 제출했다가…… 중도 탈락 처리를 당해서 그 돈을 혼자서 모조리 토해내게 되었다. 그러느라 대출을 받아야 했고, 그 빚을 갚느라 녹즙 배달도 하고 학습만화 외주도 받아서 그리고 있는 처지다. 회사 다닐 때는 꼴리는 그림만 그리다가 그림체가 저질스러워졌듯이, 이번에는 귀엽고 둥글둥글한 학습만화용 그림을 그리다 그림체가 호빵처럼 변했다.

알바를 하고 시간이 좀 남으면 트위터에서 '커미션'을 받는다. 최애캐, 그러니까 의뢰인이 제일 좋아하는 캐릭터로 뭐든 그려주는 것이다. 이를테면 어떤 트위터리언이 만화《데스노트》에 나오는 니아를 제일 좋아하는데, 니아가 라이토랑 카페에서 애프터눈 티를 마시는 장면을 보고 싶어 한다고 하자. 그러면 그림체랑 금액이 맞는 사람을 찾아 이러이러한 그림을 그려주세요, 하고 주문을 한다. 간단한 건 5만 원, 좀 복잡한 건 10만 원 정도 받는데 나는 진짜 간단한 것밖에 못 한다. 일단 시간도 별로 없고, 트위터에는 뭐랄까 서브컬처를 잘 아는 사람들이 많아서 그림체만 보고도 엇 저 사람 어디서 일러스트레이터 하던 사람인데? 하고 다 알아보기 때문이다. 그래서 살~짝만 한다. 살짝만.

일주일에 얼마나 자주 술을 드시죠?

한두…… 번 정도?

물론 거짓말이다.

주로 누구와 드시나요?

오래된 친구가 하나 있어요.

술을 같이 마시는 친구를 멀리하는 게 중요해요. 술친구는 친구가 아니다, 이런 결심을 하셔야 합니다.

하지만 언제나 함께 홧술을 마셔주는 민주가 아니면, 도대체 누가 나의 친구란 말인가. 나를 늘 안아주는 술이 아니면, 누가 나의 연인이란 말인가.

여기 의사들은 죄다 얼굴에 짜증이 묻어 있다. 지금은 나에게 이것저것 캐묻는 이 신참 의사도 곧 환자들에 대한 흥미를 잃어버릴 것이다. 항상 술 마실 핑계를 갖추고 있는 주정뱅이들을 상대하는 일로 먹고사는 게 즐거울 리 없으니까. 이 공부 잘하게 생긴 사람들은 어쩌다가 우리 같은 사람들을 상대하게 되었을까. 어떻게 해서든 술을 마실 만한 이유를 찾아내고야 마는 한심한 사람들을.

지금 치료받으신 지 오래되었는데 전혀 차도가 없거든요. 항갈망제 효과가 없다고 봐야 되는 건지, 본인의 치료 의지가 없는 건지 판단을 해야 합니다. 일단 단호하게 단주를 하셔야 해요. 자꾸 술을 드시면 치료에 진전이 없다는 건 아시죠?

교감선생님에게 꾸지람을 듣는 중학생 같은 모양새로 양손을 꼭 맞잡고 고개를 끄덕인다. 돈을 내고 혼나러 오는 꼴이다. 그래도 국가의 보조를 받는 병원이라 보통 정신과 만큼 치료비가 비싸지는 않다. 병원비는 대략 '16mm'에서 민주와 두어 번 마실 수 있는 정도. 이렇게 모든 비용을 술값으로 환산하면서 살고 있으니까 이 진료실에 계속 오게 된다는 걸 알면서도, 나는 술을 끊지 못한다.

상담을 끝내고 약이 나오기를 기다린다. 대합실 분위기는 언제나 한결같다. 환자들은 최대한 서로 떨어져 앉고, 실수로라도 상대방과 눈을 마주치지 않는다. **난 당신들과는 달라, 이 패배자들아. 난 내가 원하면 언제든 술을 끊을 수 있어. 내가 여기 온 건 아주 작은 도움이 필요하기 때문이야. 나는 내가 알아서 할 수 있어. 나는 당신들 같은 사람이 아니야.** 모두들 그런 표정으로 TV 화면을 응시한다. 대기실의 TV에는 이 병원의 의사들이 자문을 담당한 프로그램—〈추적 60분〉, 〈그것이 알고 싶다〉 같은 것들—이 되풀이해서 재생되는데, 주로 술 때문에 생기는 사고에 대한 내용이다. 진료 순서를 기다리는 동안 우리의 지루함을 덜어주려는 것이 아니라, 주정뱅이들에게 겁을 주려는 의도인 게 분명하다.

예를 들면 이런 식이다. 술을 매일 마시는 농촌의 40대

남성이 만취한 상태로 트럭으로 논둑길을 달려 귀가하는 중이다. 그런데 갑자기 트럭 앞머리에 둔중한 충격이 느껴진다. 졸음이 쏟아지니까 트럭에서 내려 무슨 일인지 살피기도 귀찮고, 숲에서 고라니가 튀어나와 범퍼에 부딪치는 일이 흔해서 그는 에라 모르겠다 하고 그냥 집으로 돌아가 잠에 빠져버린다. 다음 날 숙취에 시달리며 눈을 떴는데 늘 어머니가 만들어주시던 해장국 냄새가 나지 않는다. 간밤에 트럭에 부딪쳤던 건 고라니가 아니라 아들이 걱정스러워 마중을 나온 어머니였던 것이다. 사회자가 침통한 어조로 이 사건을 설명하면, 이 병원의 의사들이 다음 컷에서 음주가 얼마나 파괴적인 결과를 초래하는지 조목조목 설명한다. 그 화면을 보고 있는 사람들의 표정에 비참한 안도감이 스쳐 지나가는 순간을, 나는 이 병원을 다니는 동안 수없이 보았다. 그 안도감이 무엇인지 안다. 나 역시 언제나 같은 생각을 했으니까. **아직은 괜찮아, 적어도 나는 아직 누구를 죽이지는 않았어.**

하지만 우리는 잘 알고 있다. 계속 이러다간 얼마든지 누구를 죽일 수도 있고, 그건 단지 시간문제라는 것을. 그리고 누구를 죽이지 않기 위해서 우리가 여기 와 있다는 것을. 독심술을 하는 건 아니지만 그냥 알 수 있다. 우리 주정뱅이들은 핏줄보다 더 진한 걸로 묶여 있으니까. 딱 보면 서로를 알아볼 수 있다. 그래서 더욱 서로를 바라보지 않는다. 눈이 마주치면 내 눈에도 틀림없이 담겨 있을 부끄러움이 그 사람의 눈에 가득 차 있는 게 보이니까 눈을 돌릴 수밖에. 부끄러움, 그거야말로 우리들과는 뗄 수 없는 관계다. 찻잔 속에 오래 머문 티백처럼 언제나 부끄러움에 흠뻑 젖어 있는 우리는 몸은 여기 있지만 마음은 생텍쥐페리의 《어린 왕자》에 나오는 세 번째 별에 살고 있다. 어린 왕자를 우울하게 했던 그 별에는 술꾼이 살고 있고, 빨간 스카프를 두른 이 귀엽고도 무례한 녀석은 모든 술주정뱅이가 가장 듣기 싫어하는 질문을 던진다.

"왜 술을 마셔요?"

"잊으려고 마시지."

"무엇을 잊어요?"

"부끄러움을 잊으려고."

"뭐가 부끄러운데요?"

"술을 마시는 게 부끄러워!"

술 한번 사준 적 없는 사람들일수록 우리에게 기어코 이런 대답을 듣고야 마는 이유는 대체 무엇일까.

*

갑자기 누군가 난동을 부리는 소리가 들린다. 누가 뜻하지 않게 이곳에 오게 된 모양이다. 워낙 흔히 있는 일이라 아무도 놀라지 않는다. 직계가족 2인 이상의 동의가 있으면 알코올의존증 환자를 강제로 입원시킬 수가 있다. 이렇게 병원에 온 사람들은 멘트가 죄다 똑같다. 누구 맘대로 나를 이런 데 집어넣어! 내가 누군지 알아? 원래도 술 취한 사람은 괴력을 발휘하기 마련이지만, 이번 환자는 간호사 셋이 달려들고 젊고 체격이 좋은 남자 사무장까지 합세했는데도 극렬히 저항하는 걸 보니 다루기 쉽지 않은 사람인 모양이다. 한쪽에서 아내와 딸이 분명한 여자 둘이 바닥에 주저앉아 통곡한다. 그러나 너무 염려 말고 안심들 하시길, 조금만 기다리면 저승사자가 올 테니까.

얼마 지나지 않아 다들 최 보호사가 떴다고 수군거린다. 입원환자 전담이라 외래인 나는 그쪽 환자들이 하는 말을 주워들은 게 다다. 일명 저승사자라고 불리는 저 남자는 20대 후반이나 되었을까, 언제나 검은 마스크로 얼굴을 가리고 있어 생김새는 알 수 없지만 눈빛이 아주 단호하다. 검은 반팔 간호복을 입고 있어서 더욱 저승사자 같다. 보호사는 환자들을 제압하거나 하는 거친 일이 많아 때가 타도 괜찮은 색의 유니폼을 입는 모양이다. 젊은 보호사들은 흥분해서 난폭하게 구는 환자들을 제어하는 등 힘쓰는 일을 하고, 비교적 나이가 좀 있는 보호사들은 약을 먹으라는 지시를 따르지 않거나 심하면 음료수병 같은 데에 술을 숨겨 오는 사람들을 달래는 일을 맡는다.

보호사 중 가장 젊어 보이는 최 보호사는 키는 그다지 크지 않지만 헐렁한 간호복 차림으로도 다부진 몸이 티가 난다. 내가 속으로 둘까지 세기도 전에 저승사자는 번개처럼 환자의 어깨를 잡아채 제압했고, 셋을 세기도 전에 근사한 솜씨로 구속복을 입혔다. 마우스피스까지 완벽하게 채운 저승사자는 닭집 주인이 닭을 해체하듯 번개같이 이송용 침대로 환자를 옮기고 팔다리를 벨트로 묶었다. 여기까지 걸린 시간이 10초나 될까. 그가 나타나 환자를 폐쇄병동으로 옮길 때까지는 채 1분도 걸리지 않았다. 저 사람은 원하면 어떤 병원에라도 취직할 수 있겠지. 감탄이 엉뚱하게 부러움으로 옮아가다 벨이 울려 내 몫의 약을 받으러 간다.

7화

단가가 낮은 일

정민: 민주야, 나 정말 술 끊어서 담당 의사를 기쁘게 해주려고, 진짜로. 딱 오늘까지만 마시고 앞으로는 술을 안, 아니 덜 먹어 보겠어.

민주: 네 담당 의사는 이미 너를 재미있어하고 있어. 누가 그렇게 오래 외래진료를 받냐. 이미 병원 사람들은 다 아는 거야, 네가 술을 더 마시려고 그 병원에 간다는 걸. 그들의 즐거움을 빼앗을 셈이냐. 그리고 감히 술을 끊겠다고? 이런 배신자.

정민: 너무 식상하잖아. 배신이라니.

민주: 아니, 누가 나를 배신했대? 술을 배신했다고. 너 술한테 그럴 수 있어? 너 슬플 때나 기쁠 때나 같이 있어준 게 누구야. 남자야?

정민: 아, 물론 걔들은…… 아니지.

민주: 술은, 그분은, 기쁠 때나 슬플 때나 우리와 함께 있었잖아. 술은 아무 잘못이 없어.

민주: 아, 이재희 또 연락 왔어…… 잠깐만.

민주: 도로 안 만나면 죽이든지 죽든지 하자네. 너무 70년대 레퍼토리 아닌가 이거?

이재희는 정말로 질기구나. 민주는 더 이상 말이 없다. 자주 가는 인터넷쇼핑몰에 신상이 나올 때가 됐다더니 한창 구경 중인 모양이다. 민주는 크림을 바른 듯 매끈하게 어깨에 착 감기는 시폰블라우스나, 튤립 같은 소매에 무릎 바로 아래까지 찰랑찰랑 떨어지는 아일릿레이스 원피스처럼 고급스러운 소재에 디테일이 살아 있는 우아한 옷을 좋아한다. 비록 어린이집에서는 아이 세수와 옷 갈아입히기 정도는 약과요, 가정에서 해야 할 배변 훈련까지 맡기 때문에 트레이닝복만 입어야 하지만. 그러나 어떤 남자들은 무릎까지 오는 치마를 입고 긴 생머리를 늘어뜨린 채 커피를 마시는 민주를 보며 멋대로 상상의 나래를 펼친다. 간호학과를 졸업하고 국가고시에 합격해 교직원 카드도 있고, 매달 지금 민주가 받는 돈의 서너 배 정도가 입금되는 급여통장이 있고, 버젓한 양호실에서 깔끔한 가운을 입고 아프다고 찾아오는 학생들의 열을 재주고 침대에 눕혀주는 백의의 천사. 이재희가 바로 그런 놈 중 하나다.

"롱 아일랜드 아이스티. 럼은 더블로 해주세요."

진과 보드카, 럼이 동량씩 들어가지만 내 입맛엔 럼주가 좀 강한 게 맞다. 이 작은 잔에 1만 6000원이 웬 말이람. 바에 온 것도 정말 오랜만이다. 왜긴 왜야, 비싸니까 그렇지. 또 다른 대학 동기가 연락이 와서 자기 사촌 오빠와 소개팅까지는 아니고 피차 술을 좋아하니 하루 저녁만 같이 놀아줄 수 없냐, 뭐 그런 부탁을 해서 알겠다고 한 참이다. 남자 따위 잘났건 못났건 별로 상관하지 않는지라 이런 연락이 부담 없이 오는 편인데, 단 술 못 마시는 사람은 사양. 옆자리의 남자가 별 흥미 없는 이야기를 한참 늘어놓고 있지만 괜찮다. 내가 지금 만나고 있는 건 이 남자가 아니니까. 잔 속의 꿀빛 액체가 마치 호박을 녹여 담은 듯 영롱하게 빛난다.

그런데…… 눈뜨니 또 B호텔. 빌어먹을.

이번에는 정말 다른 사람이 되려고 했는데. 이렇게 막술 먹지 않는 여자. 한마디로 '참한' 여자. 두 시간만 있으면 녹즙 배달 가야 하는데. 다르게 살아보려고 일부러 평일에 만난 건데. 그 결심은 온데간데없이 사라졌고, 정신을 차리자 잘 알지 못하는 남자가 내가 잠들어 있건 말건, 내 몸을 사용해서 욕구를 채우고 있다. 이건 섹스가 아니다. 당연히 아무런 쾌감이 없다.

나는 남자들이 나라는 개인과 섹스하지 않는다는 사실을 아주 늦게 깨달았다. 감정을 드러냈다간 약해빠진 남자라는 경멸을 받고, 뭔가를 이루고 나면 당연히 여자라는 보상이 자신에게 주어져야 한다고 믿는 한심한 남자들은 여자와 섹스를 하지만 사실 자기 자신과 섹스를 하는 것이다. 아, 여자를 따먹는 멋진 나! 그들은 섹스에 온전히 열중하지도 못한다. 왜냐하면 여자가 오르가슴을 느껴야 남자로서 능력을 증명했다고 생각하니까. 그러나 제 나름대로는 열심히 노력을 했는데 여자가 절정에 도달하지 못하면, 어떤 남자들은 자신의 기술을 겸허히 돌아보기는커녕 그녀에게 화를 낸다. 아니, 이렇게 했을 때 뿅 가지 않는 여자가 없었는데 너 좀 어디가 이상한 거 아니야? 그동안 아무 남자랑 워낙 많이 해서 느낌이 안 오는 거 아니야? 그러니 한국의 여성들이 죄다 연말 연기 대상감일 수밖에 없다. 페이크 오르가슴 분야라면 우리 모두가 전문가다. 그러나 사실 나는 섹스 따위 하지 않아도 상관없다. 단지 누군가에게 안겨 잠이 들고 싶을 뿐이다. 타인의 온기와 다정함 속에서 안심하고 잠들고 싶을 따름이다. 하지만 남자란, 자주지 않으면 절대로 자고 가지 않는다.

남자가 곯아떨어지자 호텔방을 맨발로 조심조심 빠져나온다. 남자의 전화번호를 얼른 지우고 차단했다. 이런 남자들 중 열에 여덟은 술에 취해서 섹스 생각이 났다 하면 전화질을 할 공산이 크다. 그리고 같은 남자를 몇 번 되풀이해서 만나다 보면, 이른바 '떡정'—천박한 표현을 용서하시길—이 싹트는데, 그런 게 생겨봤자 역시 나에게 유리할 것은 하나도 없다. 그건 정 중에 가장 헐하고도 뒤끝이 더러운 최악의 정이다. 호텔을 나오자 따갑게 쏟아지는 아침 햇살이 마치 나를 벌하는 광선 같다. 이 광선이 나를 소독해주거나, 차라리 지글지글 태워 없애주면 좋겠다. 어느 미국 드라마에서 이런 걸 두고 수치스러운 귀갓길walk of shame이라고 했었지. 아, 기쁠 때나 슬플 때나 취할 때나 맨정신일 때나 나는 술의 손아귀에 있다. 브리트니 스피어스가 그렇게 노래했었다. I'm a slave for you. 그래, 나는 부정할 수 없는 당신의, 술의, 노예.

*

오늘은 녹즙 배달을 하는 내내 한숨이 푹푹 나왔다. 사실 일이 딱히 힘들어서 그런 건 아니다. 내가 소위 '사무실 분들'이었을 때, 책상 앞에 앉아 일할 때도 골치 아픈 일은 한두 개가 아니었다. 즉, 어떤 종류건 노동이 주는 고통의 총량은 어느 정도 동일한 것이 아닐까. 단지, 지금 내가 하는 일은, 사람들이 쉽게 말을 얹으려고 해서 종종 성가시다. 그들에게 악의가 없다는 건 안다. 하지만 악의가 없다는 이유로 아무 말이나 해도 되는 건 아닐 텐데. 간격이 짧으면 일주일에 한두 번 정도로 내가 대답할 수 없는 질문을 하는 사람들이 있다. 바로 이런 것.

"아직 젊은데, 언제 멀쩡한 일 할 거예요?"

이런 사람들이 나와 매우 친하기라도 한 것처럼, 정말 내 장래를 진심으로 걱정한다는 듯이 물어볼 때마다 짜증이 왈칵 치민다. 그렇다고 티를 낼 순 없으니 영업용 미소를 짓기 위해 얼굴근육을 조정하는 데도 이제 이골이 났다. 글쎄요, 노력하고 있어요, 그러게 말이에요, 이런 말들과 함께 대강 넘어가긴 하는데, 뭐는 멀쩡한 일이고 뭐는 안 멀쩡한 일이란 말인가? 내가 지금 하고 있는 건 멀쩡하지도 않을 뿐 아니라 부끄러워해야 할 것이냐고 물어보고 싶지만 늘 꾹 눌러 참는다. 멀쩡한 일과 멀쩡하지 못한 일의 경계는 아직 모르겠지만 이런 사람들이 내 노동의 값을 얼마나 후려치고 있는지는, 오늘 유독 야구를 좋아하는 어느 손님 때문에 알게 되고 말았다.

손님들과의 가벼운 잡담을 위해서 시사나 스포츠뉴스를 봐두면 대화를 이어가기가 쉽다. 이를테면 회사에서 능력을 인정받아 밥 먹듯 야근하느라 힘들어 죽겠다고 엄살을 떨며 피로 회복에 좋은 것만 찾는 이 손님은 두산 베어스의 팬이라, 야구 시즌에 꼭 두산의 성적을 봐뒀다 말을 붙인다. 어제 두산이 이겨서 오늘 상당히 기분이 좋아 보인다. 나도 장외홈런이 정말 근사했다고 맞장구를 쳤다.

"아, 근데 우리 언니야는 어떤 팀을 좋아해?"

'언니야'라니, 불쾌감을 얼른 꿀꺽 삼켜버리고 방글방글 웃어 보인다.

"저는 롯데 좋아해요."

그는 놀란 눈으로 나를 본다.

"롯데? 롯데에? 맨날 지는 팀을 뭐 하러 좋아해?"

왜냐하면 제가 항상 지는 편이라서요. 그래서 지는 사람들 편이 되어버리네요. 당연한 듯 계속 가을야구 하는 팀을 응원하면 기분이 좋아지겠지만, 그래도 왠지 자꾸 지는 편에 끌리거든요. 당신은 전혀 이해하지 못하겠지요.

"그냥요!"

"잘하는 팀을 좋아해야 기분이 좋지! 뭐 그거야 개인의 자유니까. 어때, 우리 이번 포스트시즌 누가 우승할지 내기 한번 할까?"

"굳이 응원하는 팀 안 골라도 우승 팀 찍으면 되는 거죠? 근데 내기에는 뭘 걸어야 되는 거잖아요?"

살짝 장단을 맞춰주자 손님은 신이 났다.

"그럼! 뭘 안 걸면 그건 내기도 아니지. 보자…… 내가 이기면 언니야가 나 녹즙을 한 달 공짜로 줘! 어때?"

"어머, 저 막 겁나서 손 떨리는데요."

"에이, 그 정도에 쫄긴. 언니야가 이기면 내가 뭘 해주면 되지?"

"아까 한 달이라고 하셨으니까…… 그럼 저 대신 한 달 배달해주시면 어때요?"

손님은 금세 인상을 찌푸린다. 정말로 기분이 살짝 상한 모양이다. 그러거나 말거나 빨리 다음 손님에게로 가야 하는데 이 손님이 나를 놓아줄 생각도 않고 일장 연설을 시작한다.

"아니, 그건 너무하지 언니야. 사람마다 노동의 단가가 있고 그게 다 다르지 않겠어? 언니야랑 나랑 시간당 단가가 솔직히 같은 건 아니지~ 안 그래? 나는 시간당 단가가 비싼 사람이잖아. 그러니까 내가 이기면 한 달 공짜 녹즙, 언니야가 이기면 내가 하루 대신 배달. 이래야 공평하지! 안 그래?"

녹즙병으로 때려주고 싶은 사람 명단에 이렇게 한 명이 추가되었다. 한마디로 내 시간은 네 시간보다 몇십 배 비싸다는 이야기를 참 당당하게 하니 오히려 할 말이 없다. 생각해볼게요, 하고 활짝 웃은 다음 돌아서서 욕을 하며 걸음을 재촉했다.

*

내가 아폴로니 쫀드기니 하는 것들을 동원해 열성적인 전도를 하여 확보한 신규 손님들이 우르르 코리아야쿠르트로 옮겨간 수수께끼가 드디어 풀렸다. 야쿠르트 여사님이 내 신규 고객들만 붙잡고서 뭐라고 귓속말을 하고 있는 것을 보고야 만 것이다. 낌새가 수상해 살며시 귀를 기울여보니 역시 물밑 작업이 한창이었다. 이미 P녹즙을 먹고 있다고 그 고객이 대꾸하자, 야쿠르트 여사님은 비밀 이야기를 하듯 목소리를 한껏 낮춰 속삭였다.

"P녹즙 걔는, 사실 이거 그냥 사회 경험한다고 하는 거야. 아줌마처럼 목숨 걸고 하는 거 아니야. 앞날 창창하고 젊은 애가 이 일 아니라도 먹고살려면 설마 방도가 없겠어? 근데 아줌마는 몇십 년 이 일만 해서 이것밖에 할 줄 아는 게 없고, 이걸로 우리 식구들이 다 먹고살아. 실은 아줌마가, 과부거든……. 우리 아저씨가 20년 전에 아줌마 혼자 되게 만들어서, 아줌마가 부모님 모시고 애들 키우게 됐어. 근데 여자 혼자 힘으로 가족들 건사하는 거 쉬운 게 아니야. 너무 힘들어서 아줌마 자기 전에 맨날 운다니까. 아이, 나도 참 주책이지. 근데 어떻게 좀 바꿔서 먹으면 안 될까? 어머, 그래 줄래? 아이, 너무 고마워!"

이쪽 일에도 나름의 룰이 있다. 그중 제일 중요한 룰은 타사 고객에겐 판촉하지 않는 것으로, 암묵적이기는 하지만 가장 기본적인 매너다. 그러나 이 여사님은 대놓고 나를 멍충이라 부르면서 뻔뻔스럽게 내가 확보한 신규 손님에게만 접근해 과부 신세의 고난을 토로하며 제 손님으로 만들고 있었다. 자기는 그러면서 내가 어쩌다 야쿠르트 고객과 세상 돌아가는 이야기라도 할라치면 도끼눈을 뜬 채 복도에서 기다리고 있다가 아무 말 없이 내 팔뚝을 악, 소리가 나올 정도로 힘껏 꼬집은 적이 한두 번이 아니다. 대거리를 하지 못한 게 늘 억울했지만 저 여사님의 공력을 이길 수가 없으니 어쩌랴.

일부러 헛기침 소리를 냈다. 이쪽을 쳐다본 야쿠르트 여사님은 이내 나에게 도둑질 현장을 들켰다는 걸 눈치챘음에도 미안한 표정은커녕 눈 하나 깜짝하지 않았다. 손님에게 이런저런 제품을 권유하여 플랜까지 짜주고 나서야 내 쪽으로 성큼성큼 다가왔다.

"자기야, 어쩌다 보니 자기네 손님이 우리 거 먹겠다고 하네. 손님이 왕인데 어떡하겠어? 너무 섭섭하게 생각하지 마. 아, 그리고 손님이 시원하게 먹고 싶다고 하거든? 그러니까 저 손님 책상 위에 있는 자기네 녹즙 주머니랑 얼음팩, 그거 가져가지 마. 내가 계속 쓸 거니까. 그럼 수고해!"

나는 죽었다 깨어나도, 저 여자 못 따라간다.

*

녹즙을 기어코 다 배달하고 퇴근길에 '나주집'에 들렀다. 안주도 하고 저녁도 해결할 겸 포장해 갈 생각이다. 오늘은 이모가 없고 하루도 빠지지 않고 매일 새벽 국 솥에 불을 때는 할머니 혼자다. 머리 고기 5000원어치만 달라고 했는데 할머니가 건네준 비닐 봉투가 꽤나 묵직하다. 나는 충동적으로 할머니에게 어리광을 떨었다.

"할머니~."

"왜, 아가?"

"저 이렇게 술 많이 마셔서 어떡해요……?"

할머니는 솥을 휘젓던 국자를 잠시 내려놓더니 나에게 환하게 웃어 보였다.

"아가, 걱정하지 마라. 안 들어갈 날이 곧 온다."

"정말요?"

"그럼, 기다리고 있으면 저절로 안 들어갈 날이 곧 와. 그런께 걱정하지 말어."

90도로 인사를 하고 집으로 가는 꼬불꼬불한 오르막길을 걸어 올라가는데 처음에는 풋, 하고 웃음이 나다가 점차 이런저런 생각에 빠져들었다. 정말 안 들어갈 날이 올까. 나에게도 그런 날이 오기는 올까. 하지만 할머니는 40년 동안 저 자리에서 나 같은 술주정뱅이를 수백, 아니 수천 명은 보았을 것이다. 그런 데이터가 있으니 나에게 아무 주저 없이 진단을 내렸을 것이다. 아주 조금 마음이 놓였다. 할머니의 말을 혼자 계속 중얼거렸다. 안 들어갈 날이 곧 온다. 기다리고 있으면 저절로 안 들어갈 날이 곧 온다.

8화

전설의 국어 선생님

오늘도 민주와 '16mm'에서 만나기로 했다. 내가 오자마자 민주는 잔을 내려놓고 대뜸 한숨을 쉰다. 벌써 두세 잔 마셨는지 민주의 뺨에 홍조가 떠올라 있다.

"나, 난민 자격으로 어디 딴 나라 갈 수 없을까?"

민주는 스마트폰을 열고 또박또박 읽는다.

"난민이란? 국제법상 인종, 종교, 국적, 특정 사회집단의 구성원 신분 또는 정치적 의견을 이유로 박해를 받을 우려가 있어 모국의 보호를 원치 않는 자를 뜻한다."

"어떤 박해?"

"여자로 태어난 것 자체가 박해 아니겠어. 너도 너희 집에서 박해받은 게 얼마야. 지금 네가 부모님을 피해서 따로 지내는 것도 난 나쁘지 않다고 생각해. 피가 물보다 진하다는 거 다 뻥 아니야? 알고 보면 피도 그냥 물이잖아? 예수가 십자가에 달렸을 때 로마 병사가 옆구리를 찌르니까 물도 같이 나왔다고 하잖아. 부모가 자식을 낳을 때 어떤 애가 나올지는 아무도 모르는 거야. 뽑기 같은 거지. 그리고 애 쪽에서도 어떤 부모를 만날지 전혀 모르는 거 아니겠어? 어쩌다 부모 자식 관계가 됐을 뿐이지 생판 남이나 마찬가지야. 그렇게 생각하니까 훨씬 마음이 편해지더라. 아, 저 사람들은 우연히 나를 낳았을 뿐이니까 나를 잘 모른다. 그럼 용서 못 할 일도 별로 없더라고. 그래도 여러 가지로 참 답답하긴 해. 나는 너처럼 혼자 살 형편이 못 되니 부모님 집에 살고 있는 건데……."

"나는 도저히 부모와 같이 살 상황이 아닌 거지."

민주는 또 땅이 꺼져라 한숨을 쉬었다.

"요즘 집에서 진짜 현금이 만 원도 안 돌아. 김민중 장가보내고 우리 완전 거지 됐잖아. 아파트담보대출 받았지, 아빠 퇴직금은 다 날렸지. 그런데 지금 집에서 돈 버는 사람이 나밖에 없네? 근데 내 월급이 무슨 돈이야, 쥐꼬리를 팔아도 그것보단 비싸게 쳐주겠다. 그래도 거기서 조금씩 떼서 집에 생활비로 납부 중이잖니? 근데 얼마 전에 엄마가 되게 망설이다가 생활비를 좀 올려달라고 하는 거야. 기가 탁 막혔어. 나 정말 할 수 있는 만큼 최대한 상납하고 있거든. 세 식구 입으로 들어가는 돈이 은근히 엄청나. 인도 가려고 코딱지만큼 붓고 있는 적금 비용도 마련하기 힘들어서 요즘엔 옷도 잘 안 사. 근데 부모님이 당장 먹고살기가 어려우니까 그거 해지해서 집에 좀 보탰으면 하는 눈치더라고. 난 못 해. 내가 죽으면 죽었지."

"네가 부모님 두 분 다 부양하는 셈이네? 김민중은 부모님 덕분에 머리 위에 지붕 이고 사는 데다 멀쩡한 직업도 있는데 부모님 생활비도 안 드려?"

민주는 코웃음을 치고는 잔에 술을 따랐다.

"그걸 줄 정도로 양심이 있는 인간이었으면 부모 집 저당 잡아서 제 집 구했겠어, 걔가. 생활비는 바라지도 않고 부모님 용돈이라도 좀 보내면 좋을 텐데, 완전 마른빨래야. 단 한 푼도 안 나와. 이제 애 태어나면 돈 들 곳이 한두 푼인 줄 아냐는 거야. 그래서 자기네도 졸라매고 사는 중이라고, 나나 부모님이 집안 형편 이야기 꺼내려고만 하면 앓는 소리 하면서 선수를 쳐요. 그래서 부모님한테 나 말고 김민중한테 생활비 받으라고, 걔한테 들인 돈이 몇 억은 되는데 왜 얘기를 못 하냐고, 당당하게 받으라고 했거든. 당연한 거 아냐. 우리 엄마 아빠 가진 게 달랑 그 아파트 하난데 그거 담보로 대출금 털어갔으면 부모 노후는 당연히 그 인간이 책임져야지. 그랬더니 엄마가 뭐라는지 알아? '민중이는…… 힘들잖아' 이러는 거야. 기가 막혀서 내가 진짜. 그래서 김민중이 뭐가 힘들어? 그랬더니 '걔는 이제 처자식 딸린 몸인데 힘들지. 네가 몰라서 그렇지, 가정을 이끄는 입장이 되면 내색을 안 해도 너무 힘든 그런 게 있어' 이러는 거야. 하! 누가 들으면 김민중이 막노동해서 애 일곱 명쯤 먹여 살리는 줄 알겠어. 옛날부터 우리 부모님은 김민중한테는 무슨 약점 잡힌 것처럼 돈 내놓더니, 지금 당장 먹고 사는 문제는 희한한 모양새로 나한테 기대고 있잖아? 그래서 내가 김민중한테 양심 있으면 부모님 지금 거의 굶다시피 하니까 신경 좀 쓰라고 톡을 보냈거든."

"민중은 살찌는데 민주는 굶주리고……."

내가 시시한 농담을 뱉자 민주는 흐흐, 하고 웃었지만 미소가 서늘했다.

"나한테 답톡 찍 왔는데 뭐라는지 알아? 뜬금없이 원래 그저 딸이 최고라고, 딸이 살뜰해야 노인네들 오래오래 건강하다고 나더러 잘하라는 거야. 지가 지금까지 받은 게 얼만데 왜 셀프 효도 안 하고 나한테 떠넘겨? 부모님 노후대

책까지 싹 가지고 가놓고 어떻게 터진 입이라고 그런 말이 나오나 몰라. 도대체 대한민국에서 딸이란 게 뭐야? 친척들도 어쩌다 모이면 꼭 나 붙잡고 부모님한테 잘해야 한다, 부모님한테는 딸밖에 없다, 이러는데 받을 건 남동생이 다 받아 갔는데 왜 나한테는 그놈의 딸, 딸, 딸 하면서 책임을 씌우는지! 아, 이건 네가 나보다 백배 더 잘 알겠지."

나는 피식 웃었다.

"첫딸은 원래 살림 밑천이란 말씀은 안 하시디?"

"아, 하고말고지!"

민주는 너무나 갑갑한지 주먹을 쥐고 가슴을 탕탕 두드렸다.

"요즘 들어서 집안 어른들이 아들보다 딸이 훨씬 믿음직하다, 딸 가진 부모는 비행기 탄다더라 이런 말 자주 하셔. 요즘 세상에 어느 며느리가 시부모 아프다고 간병해주거나 노후를 책임지겠어? 그래서 딸이 '가성비'가 좋다고 생각하게 된 거지. 아들보다 돈 적게 들여 키워도 나중에 며느리가 안 해주는 돌봄 노동을 딸이 대신 해주잖아. 자발적으로 결혼 안 하고 '비혼'으로 부모하고 살면서 실질적으로 부양하는 딸들도 생기니까, 딸이야말로 투자 대비 효율이 좋다는 걸 알게들 된 거지. 계속 듣고 있다가 이젠 안 되겠다 싫어서 한마디 했더니 요즘은 좀 참으시는 것 같더라."

"뭐라고 했는데?"

민주는 술잔을 단숨에 들이켜고는 시큰둥하게 말했다.

"아, 요즘 딸 가진 부모는 다들 싱크대 앞에서 쓰러져 죽는다던데요, 그랬지."

나는 어깨를 으쓱한 다음 괜히 활기차게 말했다.

"근데 지금 여기 우리보다 더 좆같은 시대도 있었어. 이걸 듣고 부디 작은 위로나마 얻길 바란다."

"어디? 어디? 어디?"

민주는 흥분해서 아예 상체를 내 쪽으로 기울였다.

"블라디미르 레닌이라고…… 알지? 제정러시아의 사회주의 정치가, 소련을 건국한 남자가 있지 않니. 그는 보드카가 우리를 공산주의로 나아가게 하지 않고 자본주의로 끌어들일 것이다, 라며 술꾼들을 죄다 총살했지. 그때 태어났으면 우린 아마……."

"으, 자본주의가 좋은 거라고 진심으로 생각해본 적, 나 진짜 태어나서 처음."

*

"나 창희 쌤 얘기 또 해도 돼?"

민주가 허공을 쳐다보며 나지막하게 말했다. 나는 고개를 끄덕였다. 당연히 해도 된다. 우리 사이에는 굳게 약속한 바가 하나 있다. 서로의 마음에 굳게 박혀서 해도 해도 또 하고 싶은 이야기가 있으면 몇십 번, 몇백 번을 들었더라도 무안 주지 않고 처음인 것처럼 들어주기로 약조한 것이다. 그게 민주에게는 인도와 창희 쌤 이야기다.

이야기는 중학교 때까지 거슬러 올라간다. 민주가 꼬꼬마 여중생일 때, '창희'라는 젊은 국어 선생님이 있었다. 민주의 담임은 아니었지만 빠릿빠릿하고 책을 좋아하는 민주를 특히 귀여워했다. 당시 드물던 짧은 밤송이 같은 머리에 늘 화장기 없는 얼굴이었고, 긴 다리에 어울리는 청바지에 티셔츠 차림으로 다녔다.

그런 선생님을 멋있다고 흠모하는 아이들도 있었고 여선생님이 저게 뭐냐고 흉보는 아이들도 있었지만 민주는 선생님이 그저 좋았다. 다른 선생님들은 민주가 소설책에 빠져 있으면 이런 거 보지 말고 수학 문제나 하나 더 풀어라, 하고 핀잔을 줬지만 창희 쌤은 민주가 《자기만의 방》을 읽고 있는 걸 보고 특유의 콧잔등을 살짝 찡그리는 미소를 지었다.

"오, 버지니아 울프. 그래, 여자는 자기만의 방이 있어야지. 수준 있는 독서를 하는데? 이름이 뭐니?"

"김민주요."

"민주, 이름 좋네. 부모님이 민주화운동 하셨니?"

민주는 얼굴이 발그레해졌다.

"네."

"훌륭한 분들이네. 다 읽고 교무실에 와서 감상 좀 말해줄래?"

"정말요?"

민주는 눈이 동그래졌고, 창희 쌤은 고개를 끄덕였다. 이후부터 민주는 교무실을 부지런히 들락거렸다.

가끔 아이들이 재미있는 이야기 해달라고 조를 때면 창희 쌤은 자신이 다녀온 여행 이야기를 해주곤 했는데, 쌤은 온갖 아르바이트를 해서 도시에서 오지까지 온 세계를 돌아다닌 방랑자였다. 그렇게 온갖 곳을 돌아다니며 기록한 내용을 책으로 펴낸 여행작가이기도 했다. 책이 그다지 많이 팔리지는 않았지만 작가라는 존재를 실제로 처음 본 민주는 그저 신기하기만 했다. 창희 쌤은 여행 이야기 중에서도 인도 이야기를 가장 많이 했다. 그곳에서 쌤은 규모가 크지는 않지만 열정적인 사람들이 운영하는 명상 센터에서 명상과 요가를 배웠다고 했다. '우리가 사는 세상은 참 작아. 그러니 어른이 되면 나이 찬 뒤 시집가야지, 하면서 남들처럼 살지 말고 하다못해 국내 여행이라도 많이 다녀. 그게 다 너희 재산이야' 하고 쌤은 항상 말했다. 특이한 교사가 들어온 것을 잘 써먹고 싶었던 학교 측에서는 아예 특별활동에 명상부를 만들어 창희 쌤에게 담당 교사 일을 맡겼다.

명상부라니, 말만 들어도 졸린 나머지 대부분 관심을 갖지 않았지만 쌤에게 매혹되어 있던 민주는 냉큼 달려갔다. 거기에서 창희 쌤은 가부좌로 앉는 법을 지도했다가 머리를 벅벅 긁으며 아이들에게 물었다.

"너네, 이거 재미없지?"

"네에."

창희 쌤은 뒷머리를 벅벅 긁었다.

"그래, 명상 같은 건 누가 시켜서 하는 게 아니야. 그리고 나도 사실은 잘 몰라. 그러니까, 뭐 아무거나 하자. 아무거나부 어때?"

"좋아요!"

그래서 명상부는 아무거나부가 되었고, 자꾸 줄여 부

르다 '악어부'가 되었다. 악어부에서 몇몇 아이들이 요가를 가르쳐달라고 하자 창희 쌤은 자신도 초보 수준이라고 강조에 강조를 하며 현지에서 배운 간단한 요가를 가르쳤다. 민주는 그때 온몸이 눈을 뜨고 연꽃처럼 피어나는 기분이었다고 한다. 그래서 민주는 이제는 한국에도 발에 차일 정도로 많은 요가 학원에 가지 않는다. 다이어트니 체형 교정이니 하는 곳에는 가기 싫다며, 그때의 감각을 소중히 간직했다가 쌤처럼 현지에서 배우고 싶다는 고집을 꺾지 않고 있다.

악어부 아이들이 특별활동 시간에 잠을 자건 말건 창희 쌤은 별 상관 하지 않았지만, 아이들이 뭔가 하고 싶어 하면 두 팔을 걷어붙이고 나섰다. 학교 지원금이 간식비 수준인 바람에 책을 좋아하는 아이들에게는 사비를 털어 신간을 사서 읽게 해주었고, 대중가요에 푹 빠진 아이들과는 음악 프로그램 공개방송을 같이 가주었으며, 영화를 좋아하는 아이들을 위해 본인의 영화 컬렉션을 가져와 학교의 낡은 텔레비전으로 함께 영화를 보았다. 한마디로, 창희 쌤은 무슨 짓을 해도 신선한 사람이었다.

너희들은 여자니까 수학 잘 못해도 돼, 시장에서 콩나물값만 계산 잘하면 되지, 하며 수학 선생이 실실 웃던 시절에 창희 쌤은 여성도 무엇이든 할 수 있다고 격려하며, 더 큰 꿈을 꾸라고 아이들을 독려했다. 툭하면 우는 아이에겐 "여자가 함부로 우는 거 아니야. 정 울고 싶으면 울어도 괜찮아. 그렇지만 생각해. 계속 생각해. 생각하는 걸 그만두면, 그때부터는 정말 지는 거야" 하고 수없이 되풀이하곤 했다.

지금도 그렇지만 여학교에는 유난히 학생들을 성희롱하는 남교사가 많았는데, 민주의 학교에도 그런 짓을 일삼는 체육 교사 B가 있었다. 그는 창희 쌤보다 나이가 많았지만, 창희 쌤은 생일이 빨라 학교를 일찍 들어갔고 그는 삼수를 한지라 학번은 창희 쌤이 빨랐고, 교사 임용 시기는 훨씬 더 빨랐다. B교사는 학교를 무슨 제 화원이나 아방궁으로 아는지, 틈만 나면 호방하게 성희롱을 하느라 정신이 없었다. 아이들이 가끔 간식을 사달라고 쌤 배고파요, 하고 어리광을 부리면 내가 너희들 열 달 동안 배부르게 해줄까? 하는 소리를 재치 있는 농담이랍시고 지껄이고는 낄낄 웃었다. 복장 검사를 할 때는 브래지어를 제대로 하고 왔는지 본답시고 브래지어 후크 부분을 쥐고는 뒤쪽으로 최대한 끌어당겼다가 탁, 소리가 나게 놓았다. 아이가 아얏, 하고 얼굴을 찡그려야 직성이 풀리는 모양이었다. 아무 소리도 내지 않고 꾹 참는 아이에게는 반드시 그 짓을 한 번 더 했고, 무슨 수를 써서라도 후크를 풀어서 기어코 울리고야 말았다. 선생이 대놓고 성희롱을 해도 쉬쉬하던 시절이었다. 하지만 창희 쌤이 그걸 봤을 때, 그의 행복한 시절은 쫑이 났다.

중학교 때의 민주는 발육이 빨라 가슴이 다른 아이들보다 큰 편이었다. 그게 눈에 띄는 게 싫어 늘 어깨를 움츠리고 다녔는데, B교사는 불시에 복장 검사랍시고 민주에게 당장 어깨를 펴라고 명령했다. 민주가 억지로 어깨를 펴자 그는 야, 너 나중에 남자들이 좋아하겠다, 하더니 특유의 브래지어 검사를 했다. 민주는 그가 원하는 대로 비명을 질렀고, 그는 낄낄 웃으면서 교실을 나가려 했다. 하지만 교실 앞문 쪽에는 창희 쌤이 창백하게 굳은 얼굴을 하고 서 있었다.

"지금 뭐 하시는 거예요?"

"아니 복장 검사……."

"그게 무슨 복장 검삽니까?"

"애들이 속옷을 제대로 입고 왔는지 봐야지요?"

"브래지어 제대로 하고 왔는지를 지금까지 그딴 식으로 검사를 했어요?"

"아니, 그럼 어떻게 검사를 합니까?"

"블라우스가 얇으니까 육안으로 착용 여부가 다 보이는데, 지금 그거 명백한 성희롱 아닙니까?"

"아니 지금 무슨 이야기를 하는 거예요? 성희롱이라니요!"

"지금 뭘 잘했다고 목소리를 높여요! 성희롱 인정하고 애들한테 사과하고 재발 방지 약속해요! 안 그러면 내가 이거 언론에도 가져가고 경찰에도 가져갑니다!"

"선도한 거예요, 선도! 이 여자가 미쳤나."

창희 쌤은 풋, 하고 웃었다.

"뭐? 이 여자가 미쳤나? 야, 제대로 미친년 한번 보여줘?"

창희 쌤은 빠른 걸음으로 다가오더니 B교사의 사타구니를 꽉 움켜쥐었다. 그는 허옇게 된 얼굴로 말을 더듬었다.

"아니, 지, 지금…… 뭐, 뭐 하시는……!"

"이 새끼 봐라? 야, 너 몇 학번이야. 너 몇 년도에 교사됐어, 이 새끼야. 네가 지금 선배한테 이 여자가 어쩌고 그랬어, 건방진 놈의 새끼가? 내가 지금 뭐 하냐 하면, 네 불알이 팬티에 제대로 수납되어 있나 복장 검사하고 있는 거예요. 선도. 남자란 자고로 불알을 단정하게 하고 다녀야 돼요. 어차피 좆은 이렇게 쪼그맣게 태어났지만, 정자라도 신선해야 애를 낳아도 멀쩡하게 태어나지요. 근데 너 같은 건 그냥 애 낳지 마, 이 새끼야. 사회에 너 같은 새끼의 새끼 풀어놓지 말라고, 이 새끼야!"

"이…… 이러지 마세요! 이거 성희롱이에요!"

"그래, 성희롱이니까 가서 경찰에다 신고해봐, 이 새끼야. 선배가 다 너 잘되라고 교육하고 있는 거 아니야, 지금. 나라고 더러운 네 불알 잡고 싶은 줄 알아? 하, 씨발 진짜. 아예 540도로 함 돌려줄까? 앞으로 절대 애 못 낳는 몸으로 만들어줘? 어?"

"흑흑……."

"야, 지금 우냐, 울어? 애들은 존나 만만했지? 됐다. 야, 가. 빨리 가. 너 질질 짜는 꼬락서니 보기 싫으니까. 아, 맞다. 야, 아직 가지 마. 김민주한테 사과하고 가! 아니, 애들 전체한테 사과해!"

"……."

"싫으면 당장 경찰하고 언론에 까발린다. 너네 다 증언할 수 있지?"

아이들은 입을 모아 외쳤다.

"네!"

아직까지 눈물 방울이 맺혀 있던 민주가 제일 크게 대답했다.

"미…… 미안했다……."

그가 대충 웅얼거린 뒤 서둘러 교실 문을 나서려 하자 창희 쌤이 막아서고 으르렁거렸다.

"재발 방지 약속!"

"다, 다시는 안 그럴게……."

얼굴이 새빨개진 B교사는 겨우겨우 말을 뱉은 후 사라졌다. 아이들은 당장은 통쾌했지만 그래도 알 건 다 알고 있었다. 이를테면 잔 다르크가 어떻게 되었는지 같은 것. 모두 알다시피, 죽었다. 그래서 비칠비칠 불알을 쓰다듬으며 사라진 B 때문에 쌤한테 무슨 일 생기는 거 아니냐며 수군거렸다. 그걸 눈치챈 창희 쌤은 웃음기를 머금고 민주의 어깨를 두드리며 말했다.

"어른들 일은 어른들이 알아서 할 테니까 걱정 말고 수업이나 준비해. 민주 울지 말고. 너희가 잘못한 거 하나도 없어. 여자는 그저 마음을 크게 먹어야지, 저런 인간 때문에 아까운 눈물 흘리는 거 아니야. 어른 되면 이런 일 없을 거라고 이야기해주고 싶은데, 잘 들어. 너희들 한 살씩 나이 먹으면서 저런 인간 계속 만나게 된다. 그때 절대로 겁먹지

마. 그리고 꼭 서로 도와줘. 그리고 저런 인간들이 너네한테 이렇게 이야기할 거야. 너희가 자기들을 의도적으로 꼬셨다고, 너희가 밤늦게 다녔던 게 문제라고, 너희가 옷을 야하게 입었다고, 자기네 잘못을 은폐하려고 모든 게 너희 잘못이라면서 계속 거짓말을 꾸며댈 거야. 절대 거기 넘어가지 마. 다 헛소리야. 그럴 땐 계속 생각해. 미칠 것 같을 때도 계속 생각해. 이런 일 아니더라도 여자로 사는 거 힘들어. 그렇다고 생각하는 걸 멈추면, 그때부터는 진짜 지는 거야."

아이들 앞에서 장차 아버지가 될 수 없는 몸이 될 뻔한 B는 자신을 평소 귀여워하던 남교사들에게 쪼르르 달려가 고자질했고, 결국 어느 날 방과 후 교무실에서 창희 쌤은 '학교 재판'에 회부되었다. 원고 B교사, 피고 창희 쌤, 판사 교장, 배심원 겸 검사 역에 다른 교사들. 민주와 악어부 아이들은 여차하면 B가 자신들에게 얼마나 성적 모욕을 주었는지 증언할 각오로 교무실 창문 아래에서 재판 내용을 엿듣고 있었다.

B교사는 창희 쌤이 아이들 보는 앞에서 자신에게 성희롱을 하고 창피를 주었다며 억울하다고 열변을 토했다. 그의 가장 큰 '빽'인 교감선생이 바늘 같은 목소리로 창희 쌤에게 아직도 남은 할 말이 있어요? 하고 쏘아붙이자 창희

쌤은 두 주먹을 움켜쥐고 천장을 바라보며 외쳤다.

"좋아해서 그랬습니다!"

순간 교무실 분위기가 빙산처럼 얼어붙었다.

"원래 그러지 않습니까! 어릴 때부터! 좋아하면 괴롭힌다고! B선생님도 아이들 복장 검사를 하신다고 브래지어를 있는 대로 잡아당겼다가 탁, 소리가 나도록 놓거나 아예 후크를 풀어버리는 장난을 수시로 치시지만, 그게 다 애들이 너무 귀엽고 좋아서 하는 거라고 말씀하시는 걸, 전 여러 번 들었습니다!"

B가 여학생들에게 그렇게까지 한다는 것을 몰랐던 중장년 여교사들이 놀란 눈치를 감추지 못하고 웅성거리기 시작했다.

"저도! 한참이나 어린! 후배인 B선생님이 너무 귀여워서 그만! 한참 선배로서 행실에 주의를 좀 주려다가 그만! 막냇동생 대하는 것처럼 다정하게 대한다는 게 그만! 이렇게 도를 넘을 줄이야! 제가 그만! 자제를 하지 못했습니다!"

창희 쌤은 다분히 연극적으로, 풀썩하고 무릎을 꿇었다.

"저도 B선생님이 아이들 브래지어를 당겼다 놓듯이 팬티 고무줄을 당겼다 놓는 정도로 자제했어야 되는 거였는데…… 정말 잘못했습니다!"

선생님들은 계속 수군거렸고, B교사는 더욱 얼굴이 시뻘게졌으며, 바깥에서 민주와 악어부 아이들은 웃음을 참느라 손등을 깨물었다가 가방을 물어뜯었다.

이후 이 학교는 지금까지도 성희롱 없는 청정 학교로 잘 알려져 있는데, 어쩌다 그렇게 되었는지 그 진실은 베일에 싸여 있다. B교사의 음모대로 쫓겨난 것은 아니었지만, 창희 쌤은 반년도 되지 않아 학교를, 아니 한국을 떠나 인도로 갔다. 원인은 의외로 남자였다. 예전에 산티아고 순롓길에서 우연히 만나 3주가 넘게 동행을 하며 소위 '영혼의 이끌림'을 느낀 블레이크라는 남자 때문이었다. 당시 창희 쌤은 '밥밥' 지껄이며 밥해달라는 집안 남자들에게 질릴 대로 질린 데다 말끝마다 여자가, 를 외치던 남자친구를 차버린 직후였다. 블레이크는 성차별이 심한 인도 태생이었지만 일찍부터 영국에서 유학을 해 그렇고 그런 인도 남자들과는 달라서 창희 쌤과 대화가 잘 통했고, 아리안족의 피가 짙어 멋모르는 사람들이 인도인이라고 할 때 흔히 떠올리는 터번을 쓴 갈색 피부의 왜소한 남자가 아니라 금발 벽안에 키가 큰 전형적인 백인 미남이었다.

그러니 어쩌겠는가, 말이 잘 통하는 미남을 거부할 수

있는 자 누구인가. 그의 가족들은 인도에서 규모가 크지도 작지도 않은 명상 센터를 꾸려 모두 운영에 참여하고 있었다. 블레이크는 장남이었으나 일가 최고의 고학력자이니만큼 가족들과 함께 살기는 하되 패밀리 비즈니스에서 면제를 받았다. 대신 명문 대학에서 경제학을 전공한 덕분에 인도 최대 규모의 은행에 스카우트되어 곧 근무를 시작할 예정이었다. 그래서 치열한 금융업에 뛰어들기 전 잠시 마음을 다스리는 여행을 떠난 참에 창희 쌤을 만나게 된 거였다. 산티아고 순롓길에서, 운동화 끈을 고쳐 매고 있던 창희 쌤을. 마치 운명처럼.

블레이크가 '창희'라는 이름을 아무리 연습해도 제대로 발음하지 못하자 쌤은 웃으며 말했다. 그냥 리버River라고 불러. 블레이크는 그 이름을 듣자마자 거듭해서 감탄했다. **당신의 검은 눈동자에 어울리는 정말 아름다운 이름이에요. 하지만 그토록 아름다운 이름을 지닌 사람이, 그 이름보다 아름다울 수 있다는 걸 나는 오늘 처음 알았어요.** 한반도에서는 도통 들어볼 수 없는 말이었다.

산티아고 순례를 마친 후 창희 쌤은 그의 권유로 다음 목적지를 인도로 변경했다. 어차피 쌤은 가이드북을 보며 이번엔 여기, 다음엔 저기, 하는 식으로 여행 스케줄을 빽빽

하게 짜는 여행자가 아니라, 마치 산책하듯 발길 닿는 대로 휙휙 움직이는 방랑자였다. 그렇게 블레이크의 가족이 운영하는 명상 센터도 방문했고, 블레이크의 안내로 단순한 관광이었다면 결코 알 수 없었을 다양한 인도의 풍경을 보았다. 블레이크는 창희 쌤에게 인도에 머물러달라고 부탁, 그러니까 청혼을 했고 쌤도 그를 사랑한다고 생각했다. 그러나 한편으로는 이렇게 발리우드 영화처럼 순식간에 간단하고 명쾌한 해피 엔딩을 맞이해도 괜찮은가, 하는 의심이 들었다.

이메일은 사랑의 언어를 담기에는 너무 로맨틱하지 않았고 당시 보편화되지도 않은 데다, 국제전화는 어마어마하게 비싼 주제에 잘 연결되지도 않았으며 인도의 우편 시스템은 믿을 것이 못 되었다. 그래서 장거리 연애란 걸 하기도 마땅찮은 상황이었지만, 1년이 지나도 떨어져 있는 두 사람의 마음이 변치 않는다면 다시 인도로 가겠다고 창희 쌤은 약속했다. 블레이크가 뉴델리 공항까지 배웅을 나왔을 때 두 사람은 요란한 공항의 이별 장면을 연출하지는 않았다. 이래도 되나 싶을 만큼 그저 담담했다. 그러나 비행기 좌석을 찾아 앉은 후 속눈썹이 젖어 있는 것을 알아차리고 깜짝 놀란 창희 쌤은 승무원에게 냅킨을 달라고 재촉해 눈가를 거칠게 닦아냈다. 한참 후에야 블레이크가 쌤을 전송하며 말없이 건넨 편지를 바지 호주머니에 아무렇게나 쑤셔 넣었던 기억이 떠올랐다. 봉투를 꺼내 조심스럽게 열었다. **위대한 벵골인이 '동방의 등불'이라 노래한 나라에서 온, 나의 여신에게.**

블레이크는 첫눈에 사랑에 빠진다는 것을 지금껏 믿지 않았지만, 이제는 믿을 수밖에 없다고 적었다. **그러니 리버, 당신의 마음에 확신이 생긴다면 망설임 없이 나에게 와줘요. 우리의 어머니 갠지스강을 찾을 때마다 리버, 당신의 이름을 생각하겠어요. 그 이름을 거듭 떠올리다 보니 당신이 마치 갠지스강의 여신인 강가**Ganga**처럼 느껴지는군요. 그렇지 않으리라는 법은 또 어디 있겠어요? 당신의 블레이크로부터.** 그리고 뒷면에는 블레이크와 가족들이 명상 센터 한편에 지어 살고 있는 저택의 주소와 전화번호 등이 적혀 있었다. 쌤은 조심스럽게 편지를 접어 여행 가방 깊숙이 넣어두었다. 그렇게 작별한 지 1년이 지나 거의 2년 반이 되어갔다. 그런데도 그가 마음속에서 점점 커지는 걸 보니, 쌤은 아무래도 블레이크를 다시 만나 그가 정말로 운명의 상대인지 확인해보아야 할 것 같았다.

아이들은 모두 쌤의 떠남을 서운해했고, 쌤의 로맨스

를 부러워했고, 쌤의 앞날을 진심으로 축복했다. 민주는 쌤이 연애소설의 주인공처럼 행복해지기를 누구보다 바라면서도 쌤과 헤어지는 것이 슬퍼서 날마다 펑펑 울었다. 학교를 떠나던 날, 아이들이 모두 귀가한 후에 교무실에 늦게까지 남아 있던 창희 쌤은 밖에서 서성이던 민주에게 들어오라고 손짓한 후 꼭 껴안아준 뒤 엽서를 한 장 건넸다. "안 그래도 이걸 언제 주나 했어." 집에 와 펼쳐 보니 창희가 가려는 명상 센터의 안내용 엽서였다. 나중에 여기 가면 선생님을 만날 수 있겠구나, 기뻐하며 엽서 뒤쪽을 보니 화려한 여신 그림이 있었고 그 옆에는 창희 쌤이 뾰족하고 개성 있는 글씨로 쓴 글이 있었다.

"파르바티, 연꽃처럼 아름답고 백조처럼 품위 있게 걸으며 우아한 눈길과 품위 있는 눈썹과 구슬 같은 목소리와 삼단 같은 머리카락을 가진 여신. 분명 민주가 자라면 이런 여신이 되지 않을까. 그러면 꼭 선생님을 만나러 와주렴. 어른이 된 우리 민주에겐 틀림없이 밝고도 화려한 핑크색 사리가 잘 어울릴 거야. 그런 아름다운 민주를 나는 꼭 만나고 싶단다. 민주를 아주 많이 사랑하는 창희 쌤이, 민주의 앞으로의 일생을 한없이 축복하면서."

민주는 창희 쌤의 엽서를 하도 읽어서 이제는 보지 않

고도 글귀를 줄줄 외운다.

그때 민주의 휴대폰에서 수상한 알림음이 울렸다. 문자 내용을 확인한 민주는 땅이 꺼져라 푹푹 한숨을 쉬었다. 어린이집에 아이를 맡겨놓은 학부모가 거의 자정이 된 이 시각까지 연락이 안 된다는 거였다. 이럴 경우에는 민주 같은 말단 교사가 책임을 져야 한다나. 민주는 고래고래 욕을 했지만, 결국 내키지 않는 표정으로 자리에서 일어났다. 나는 너무나 억울해하는 민주의 어깨를 두드리며 배웅하고서 다시 자리에 앉았다. 아직 혈중알코올농도가 충분치 않다. 내가 가장 싫어하는 찜찜한 기분. 차라리 처음부터 안 마시는 게 낫지. 휴대폰을 꺼내 주소록을 검색했다.

*

"친구분 가고 지금까지 혼자 있었던 거예요?"

연락을 한 지 얼마 지나지 않아 바로 준희가 왔다. 준희는 매번 청바지에 운동화, 바람막이 점퍼 차림이라 얼핏 보면 학생처럼 보인다. 칙칙해 보인다고 핀잔을 줘도 때가 안 타는 게 제일이라며 무채색 옷만 입는 준희. 나는 그에게 잔을 건네어보지만, 준희는 언제나처럼 단호하게 사양한다. 그래도 나는 번번이 술을 권하고, 준희는 번번이 거절한다. 우리 사이의 줄다리기 같은 것. 결국 항상 나 혼자 마시게 된다.

"준희 씨는 왜 술을 안 마셔요? 못 마시나?"

"못하는 건 아니지만 안 마십니다."

"왜요? 술 먹는 게 얼마나 재미있는데."

"저는 그다지 재미가 없어요."

"그럼 왜 내가 부를 때마다 나와요? 난 술 마실 때만 그쪽을 부르는데."

"글쎄요. 왜 그럴까요."

이 남자는 성이 뭐더라. 뭐, 궁금했다면 진작 물어봤겠지. 작년 여름쯤 민주가 인도어—인도어도 종류가 많지만 공용어 중 하나인 힌디어—스터디 모임 사람들과 낮술 모임을 연 적이 있었다. 공짜 술이라고 나도 부르기에 별생각 없이 가서 벌컥벌컥 들이켰고, 민주는 그중 한 사람과 사라졌다. 우리는 그런 걸로 서로 배신했다고 생각하지는 않는다. 그때도 민주가 살그머니 자리를 피할 만큼 매력적인 남자를 발견했다니 기쁠 따름이었다. 다음 날 민주는 완전히 헛짚었다며 한탄했지만.

민주가 사라진 걸 알았을 때 나는 이미 꽤 많이 취해 있었다. 자리가 파하기 전 귀소본능으로 먼저 일어나긴 했는데, 정신을 차려보니 해는 아직도 쨍쨍하건만 낯선 길거리의 전봇대 아래에 앉아 있었다. 다행히 지갑과 휴대폰은 가지고 있었지만, 내가 누군지 여기는 어딘지 헷갈려 이마를 몇 번이나 때려봐도 좀처럼 정신이 돌아오지 않았다. 아, 이것이 바로 어미 아비도 몰라본다는 낮술의 마력.

그때 웬 남자 둘이 아가씨 집이 어디예요? 여기서 이러고 있으면 어떡해요? 우리가 데려다줄까요? 하며 연신 귀찮게 굴어댔다. 나는 파리 쫓듯 손을 내저으며 아, 시끄러, 귀찮고 성가셔, 저리 가, 하고 쏘아붙였다. 남자들은 순식간에 얼굴을 붉히며 야, 이거 완전 이상한 년이네, 하고 벌컥 화를 냈다. 사람을 뭘로 보고, 어쩌고 하며 전형적으로 시비를 걸려는 태세에도 머리가 지끈거려 인상을 찌푸리고만 있는데 난데없이 차가운 손이 내 팔을 잡았다. **이리 와요.** 그의 등장에 나를 때리기라도 할 듯 분통을 터뜨리고 있던 남자 둘이 얼른 물러섰다. **이러다 밤 되면 여름이라도 얼어 죽어요.** 전혀 모르는 남자가 친한 척 뭐라고 잔소리를 하고 있는데도 흰 손의 시원한 감촉에 끌려 나는 기껍게 일어났다. 그게 지금 옷차림에서 바람막이 점퍼만 뺀 모습의 준희였다. 준희는 내가 술이 덜 깨서 헛소리처럼 더듬더듬 말하는 주소를 판독해 내 자취방까지 나를 데려다주었고, 마침 약속이 취소되어 할 일이 없었을 뿐이라며 산뜻하게 사라지려 했다. 그 태도가 여자가 손톱만 한 신세라도 지면 열 배 스무 배로 받아내고야 마는 남자들만 보던 내 관심을 끌어, 나는 기어코 그에게 전화번호를 내놓고 가게 했다.

희미한 미소만 띤 채 먼저 말을 하는 법이 없는 준희는 크지도 작지도 않은 키에 잘생기지도 못생기지도 않은 남자였다. 조금 마른 듯하지만 단단한 몸에 나이는 아마 내 또래일 것 같았지만 나는 그의 성을 안 물은 것처럼 나이도 안 물었다. 뭐 해서 먹고사는 남자인지도 묻지 않았다. 어차피 준희의 신상 명세가 나에게 중하지는 않으니까. 그냥 이런 날 불러내기 참 좋은 남자고, 그거야말로 가장 중요한 점이다. 이런 날이 뭐냐 하면, 남자와 술을 마시고 싶은데 자고 싶지는 않을 때. 준희는 먼저 나를 불러내진 않지만 내가 메시지를 보내면 늘 청을 거절하지 않고 내 앞에 나타났다.

20대엔 섹스하자고 덤비는 남자들을 피하느라 정작 섹스에 드는 시간보다 더 많은 시간을 써야 했다. 열 번 찍어 안 넘어가는 나무 없다는 말을 누가 만들었는지, 남자들은 어차피 거절해도 손해 볼 것 없으니까 섹스하자고 조르고 또 졸랐다. 싫다고 하면 천부의 권리가 침해받은 듯 노여워하는 남자도 흔하게 보았다.

여자와 단둘이 술을 마시게 되면 대부분의 남자들이 그 여자와 숙박업소에 가려고 온갖 수를 다 쓴다. 나는 원래 거절도 잘 못하는 데다, 최근엔 마셨다 하면 필름이 끊겨서 정신 차려보면 잘 모르는 남자와 한 침대에 있는 경우를 자주 겪어 이젠 정말 더는 사양이다. 경찰에 신고해봤자 헤픈 여자 취급이나 받는다. 왜 그렇게 술을 많이 마셨죠? 하지만 심지어 맥주를 한 잔도 안 마셨는 데 눈떠보니 모텔이었던 적도 있었다. 이후로는 남자와 술 마시는 걸 어쩔 수 없이 조심하게 되었다. 그런 면에서 준희는 무해한 남자다. 그는 술을 마시지 않지만 내가 마시는 걸 방해하지 않고, 내가 너무 마신다 싶으면 찬물을 큰 컵에 콸콸 따라 슬며시 밀어주면서, 내가 하는 이야기를 열심히 들어준다. 술도 안 마시면서 심심하지도 않냐고 물으면 조용히 미소를 지으면서 살래살래 고개만 젓는다.

텔레비전 토크쇼의 영향인지 요즘 남자들은 대체로 좌중을 자신의 재치로 빵 터뜨려야 한다는 부담에 시달리는 것 같은데, 그런 모습을 보면 순식간에 피로해지는 나에게 준희는 특별히 거슬리는 데도 없다. 그러다 내가 술기운이 올라 장난삼아 모텔 앞에서 하고 갈래요, 하고 물으면 특유의 희미한 미소를 지으며 백이면 백 우리 집 앞까지 바래다주곤 했다. 집 앞에서 한 번 더, 좋은 원두 있는데 커피 마시고 갈래요, 하고 물어도 준희는 그 자리에서 바로 작별 인사를 하거나 정말로 커피만 마시고 일어났다. 취한 내가 슬쩍슬쩍 스킨십을 해도 싫은 내색을 하진 않지만 절대로 자기 쪽에서 손대지는 않는다.

그렇게 준희는 오늘도 언제나처럼 다정한 술자리 친구로서 내 옆을 지켜주는 중이다.

"정민 씨는…… 언제부터 술을 많이 마셨어요?"

술과 나의 관계. 어디부터 이야기해야 할까. 나를 한결같이 찬밥 취급했던 가족? 내 월급통장 가져가서 아들한테 쏟아부은 엄마? 꼴리는 그림 하나 그리지 못해서 늘 창피당하던 시절? 툭하면 사람 무시하고 희롱하는 손님 새끼들?

"모르겠어요. 내가 술을 왜 마실까. 마셔서 좋은 일 따위는 아무것도 없는 걸 나도 아는데. 그런데 준희 씨는 내가 아무리 불러내도 술을 한 방울도 안 마시는 게 신기해요. 그리고 꼭 나 집에 데려다주고. 내가 남자라면 그렇게 손해 보는 짓 절대 안 할 텐데."

"전 술 마시러 온 게 아니니까요. 마실 줄은 알지만, 마시지 않을 이유가 더 많은 것뿐이고요. 요즘 녹즙 현장은 별일 없어요?"

"별일 있죠. 아, 제 손님 중에 40대 중반 이혼남이 있거든요. 뭐 나쁜 사람은 아니라고 생각하는데…… 저번에 나한테 맥주를 사주고 싶다면서 자기가 남자 두 사람 데리고 나갈 테니 나보고도 친구 두 명 데리고 오라는 거 있죠."

"뭐가 나쁜 사람이 아니에요. 완전 나쁜 사람이죠. 그래서 뭐라 그랬어요?"

"요즘 통풍 걸려서 맥주 못 마신다고 했죠. 근데 볼 때마다 끈덕지게 그 이야기를 하려고 해서, 이혼남 출근하기 전에 녹즙 갖다 놓으려고 엄청 애쓰는 중이에요."

준희는 엷은 미소를 지었다.

"그러지 말고 아예 그 자리에 한번 나가보는 건 어때요?"

"에? 거기 나가라고요? 나보고요? 나 친구라고는 민주밖에 없는 사람이에요. 준희 씨도 알지 않아요? 그리고 나머지 한 명은 어디서 구하며, 그런 인간들한테 아깝게 민주를 어떻게 소개해줘요?"

내가 살짝 흥분한 표가 났는지 준희가 부드럽게 웃었다.

"당연히 그 사람들 좋은 짓 해줄 순 없죠. 두 명이라, 정민 씨 주변에 적당한 분들 있잖아요."

"누구요?"

"정민 씨한테 시한폭탄처럼 구는 여사님 두 분 계시잖아요. 야쿠르트 하시는 분하고 다른 브랜드 녹즙 배달하시는 분 말이에요. 어때요. 딱 세 분이 모였는데요."

꿈에도 생각해본 적 없는 조합이었다. 준희는 어리둥절한 나를 살짝 장난기 어린 눈으로 바라보았다.

"친한 언니들이라고 하면서 같이 나가봐요. 손님 입장에선 정민 씨가 자기 원하는 걸 들어준 거니 할 말 없을 거고, 정민 씨를 괴롭히는 두 분도 새로운 손님 확보할 기회라며 좋아하실지도 모르잖아요. 뭐, 그 손님이 기대랑 너무 다른 나머지 화가 나서 이제 녹즙 그만 먹겠다고 할지는 모르겠지만, 정민 씨가 당할 최악의 경우라고 해봤자 그게 다인 것 같은데요."

T녹즙 여사님은 모르겠지만 코리아야쿠르트 여사님은 분명히 가자고 할 것이다. 신규 손님을 확보하기 위해서라면 세상에 무서운 게 없는 분이니까. 나는 준희에게 아이디어 고맙다고, 머릿속에서 발전 좀 시켜보겠다고 말했다.

어느덧 밤 12시가 되었고 준희는 택시로 나를 집에 데려다주었다. 문 앞에서 다시 한번 집에 좋은 원두가 있는데 마시고 가지 않겠느냐고 물었지만 준희는 일찍부터 배달하려면 자야 하지 않겠냐며 나를 안으로 들여보냈다. 그리고 잘 생각해봐요, 하고 미소를 지으며 인사를 했다. 나도 손을 흔들어 보였다. 준희의 독창적인 발상에 어쩐지 미소가 새어 나와 쿡쿡 웃으며 집에 들어오자마자 항우울제와 수면제를 꺼내 삼킨 다음 매트리스로 기어 들어갔다.

9화

녹즙 삼행시

일주일 전부터 지사장님이 꼭 참석해야 한다고, 반드시 시간 내라고 몇 번이나 다짐을 받았던 행사가 열리는 날이 왔다. 그게 무엇인고 하니, 본사에서 파견한 유명 자기 계발 강사가 서울 지역 배달원들을 상대로 세일즈 의욕을 고취하는 강연을 한다는 거였다. 다 같이 지사에 모여 승합차로 행사장에 이동하기로 했고 지사장님은 한껏 들떠 있었다. 그 유명하다는 강사가 우리들을 세일즈의 전사로 새로 태어나게 해줄 거라는 기대에 잔뜩 부풀어 있는 것 같았다. 나는 한숨을 푹 쉬고는 당연히 내가 앉아야 할, 승합차에서 제일 불편한 자리에 간신히 엉덩이를 붙였다. 행사장인 Y대학까지는 금방이었다. 우리 녹즙 브랜드의 모회사인

P사가 Y대학에 거액을 기부하여 지어준 건물이라, 이런 행사가 있을 때는 Y대학의 강당을 빌려 쓴다.

회사의 초록색 조끼—나는 거추장스러워서 입지 않지만—를 입은 사람으로 강당이 인산인해를 이루었다. 지사별로 빼곡하게 앉아 있는 사람들은 최소 500명은 족히 넘을 듯했다. 조금 우스운 것은 배달원은 모두 여성이고, 그들을 통솔하고 있는 지사장은 죄다 남성이라는 것이다. 물론 우리 지사도 마찬가지다. 돈 적게 주고 감정 소모 해야 하는 일은 여자들이 도맡아야 하는 걸까. 화려한 정장을 차려입은 강사가 연단 앞에 나와 여유로운 미소를 지으며 청중에게 인사를 했다. 강사는 초반부터 '말의 힘'에 대해 열변을 토하기 시작했다. 여러 자기계발서에도 나오는 내용으로, 사람은 말하는 대로 된다는 것이다. 말끝마다 죽겠다, 죽겠다, 하는 사람의 일은 잘 안 풀리는 것이 당연하고, 그것쯤이야 내가 충분히 하지, 나는 할 수 있어, 하는 사람은 하늘도 돕는다는 것. 어디서 많이 들어본 얘기다. 진인사대천명.

지겹도록 천편일률적인 내용이라 몰래 하품을 하고 있는데, 강사가 손짓을 하자 녹색 배지를 정장 깃에 단 본사 남자 직원 몇 명이 커다란 쇠 쟁반과 석탄 한 무더기를 가져왔다. 직원들은 직사각형 쟁반에 석탄을 쏟아붓고 고르게 펴더니 재빠른 솜씨로 불을 붙였다. 금세 연단 위에서 석탄이 벌겋게 타오르기 시작했다. 지루하다는 표정을 짓던 사람들이 죄다 졸음이 달아난 얼굴로 연단을 바라보며 웅성거리기 시작했다. 활활 타고 있는 불꽃을 만족스럽게 바라보던 강사가 카랑카랑하게 외쳤다.

"지금 불타고 있는 이 석탄이 우리가 말하고 믿는 대로 이루어진다는 증거가 되어줄 것입니다! 지금 석탄이 타오르고 있고, 열기도 나고, 당연히 뜨겁겠죠? 맨발로 밟으면 당연히 화상을 입을 것이고요! 그렇겠죠?"

무슨 일이 일어나고 있는지 도무지 이해가 가지 않는 건 나뿐만이 아니었다. 배달원들이 죄다 당혹한 기색으로 네, 하고 간신히 대답하자 강사는 자신만만한 미소를 지었다.

"하지만 이것은 석탄이 아니고 차가운 이끼다, 이것은 시원한 이끼다, 진심으로 믿고 이 석탄 위를 걸어가는 사람들은 화상을 입지 않습니다! 물론 자기 확신을 갖지 못한 사람들은 발을 데겠죠! 이것이 시원한 이끼라고 생각하고 말로 내뱉어보십시오! 말의 힘이 얼마나 큰지 오늘 여기에서 여러분과 확인해보겠습니다."

그리고 본사 직원에게 강사가 턱짓을 하자 그가 군대식

으로 힘차게 외쳤다.

"이것은 시원한 이끼다! 이것은 시원한 이끼다!"

그러더니 그는 구두와 양말을 벗고 정말로 석탄 위에 발을 올리기 시작했다. 바라보는 우리는 기겁을 했다. 그러나 그는 담대하게 석탄 위에 양쪽 발을 다 올리더니, 한 발 한 발 석탄 위를 걸어가기 시작했다. 누군가 악, 하는 비명을 질렀지만 그 직원의 표정은 평온했다. 겁에 질려 조마조마한 건 연단 아래의 우리들뿐이었다. 그가 석탄 위를 다 건널 때까지도 마음을 놓지 못했다. 정말 다치지 않았을까? 발 껍질이 다 불타버린 게 아닐까? 그는 한 발씩 차례로 들어 올려 전혀 화상을 입지 않았다는 것을 보여주었다. 카메라가 그의 발을 클로즈업하자, 멀티버전으로 멀쩡한 발의 상태를 더 자세히 볼 수 있었다. 세상에. 모두 믿을 수 없다는 표정을 지었다. 강사는 그런 우리 마음을 잘 안다는 듯 다시 웃어 보였다.

"방금 보셨죠. 그런데도 믿음이 잘 가지 않으시죠? 내 눈을 믿을 수 없다, 그런 의심이 드시죠? 그럼 한 분 더 해 볼까요?"

이번에는 치마 정장 차림의 본사 여직원이 구두를 벗고 이것은 시원한 이끼라고 두어 번 가냘프게 외친 후 석탄 위에 발을 올렸다. 두 번째로 보는 광경이고 내 발도 아니건만 간이 쪼그라들 것 같았다. 그 직원 역시 석탄 위를 조심스레 걸어가자 객석에서 일제히 박수가 터져 나왔다. 두 번째 직원 역시 발을 들어 보이며 조금의 화상도 입지 않았다는 것을 좌중에게 보였다. 우리 지사 사람들도 다른 사람들과 마찬가지로 무슨 마술을 본 듯 어안이 벙벙해 손이 아프도록 손뼉을 쳤다.

"저와 함께 있던 직원들이니, 아마 여러분 중에 이런 생각을 하는 분들이 계실 겁니다. 미리 짜고 어떤 장치를 해서 무사히 석탄을 밟고 지나갈 수 있었을 거라고요. 괜찮습니다. 사람은 원래 의심의 동물이니까요. 그럼 이게 꾸며낸 게 아니라는 증거를 보여드리겠습니다. 우리 모닝 스태프 여러분들 중에 자원하실 분 계십니까?"

한동안 침묵이 흐르더니 제가 하겠습니다, 하는 남자 목소리가 들렸다. 어느 지사인지 지사장이 자원한 거였다. 강사는 용기가 있다며 그를 치하하고는 연단 위로 인도했다. 맨발이 된 그는 이것은 시원한 이끼다아아아! 이것은 시원한 이끼다아아아아아! 하고 우렁차게 소리치고는 석탄을 밟기 시작했다. 우리는 눈을 가리며 소스라쳤지만 그는 성큼성큼 석탄 위를 걸어가는 데 성공했다. 강사가 청중의 박수를 유도하며 말했다.

"보셨죠! 전 이분 오늘 처음 뵙습니다. 이 석탄에 특수 장치 같은 것이 설치되어 있었나요?"

"아니요! 어떤 속임수도 없었습니다! 그저 석탄을 시원한 이끼라고 믿으니까 정말로 서늘하고 기분 좋게 느껴졌습니다!"

미리 매수한 거 아니야, 하는 생각이 들었지만 열광하는 사람들과 함께 그에게 박수를 보냈다. 장내의 흥분도 최고조에 올랐다. 강사는 자신의 말을 따라할 것을 요구했고 모두 홀린 듯이 그에 응했다.

"나는 자랑스러운 모닝 스태프! 한 달에 100구좌, 할 수 있다!"

한 달에 100구좌라니, 난 절대로 못 해. 무조건 한 달에 100명의 손님을 확보하라는 건데 그게 말이 쉽지. 내가 지금 겨우 50구좌 될까 말까 한데. 나는 속으로 고개를 절레절레 흔들었다. 그러나 모두 강사를 따라 소리쳤다.

"한 달에 100구좌, 할 수 있다!"

"여러분은 할 수 있습니다!"

"할 수 있습니다!"

어쩐지 익숙한 풍경이었다. 그래, 난 이런 광경을 어디서 봤어. 어디더라. 그래, 교회다. 이 열기는 스스로를 아주 독실한 크리스천으로 여기는 엄마에게 몇 번 강제로 끌려간 부흥회니 신유 집회니 하는 종교적 최면의 광경과 꼭 닮아 있었다. 그러고 보니 나만 빼고 모두 독실들 했었지, 가족들이. 나는 그들이 나한테서 훔쳐간 돈을 자꾸 하나님이 준 거라고 해서 도저히 하나님과 친해질 수가 없었다. 여하튼 이 사람들, 어떻게들 배운 건지 모회사의 사가를 부르면서 눈물까지 흘리는 스태프도 있었다. 구호도 잘 보니 성서와 내용이 비슷했다.

> 내게 능력 주시는 분 안에서 내가 모든 것을 할 수 있느니라!
> 네 시작은 미약하였으나 네 나중은 심히 창대하리라!
> 믿는 자에게는 능치 못할 일이 없느니라!

그렇다. 오늘 행사의 정체는 바로 녹즙 부흥회였던 거다. 강사가 한층 더 열기를 뿜으며 외쳤다.

"한 달에 200구좌, 나는 할 수 있다! 믿습니까!"

"믿습니다!"

"몇 구좌요?"

"200구좌!"

아니 그걸 어떻게 해.

"여러분은 더 할 수 있습니다! 자, 300구좌! 할 수 있다! 믿습니까! 할 수 있다고 다짐해보세요! 자, 세 번 외쳐볼까요?"

"할 수 있다! 할 수 있다! 할 수 있다!"

"그래요! 할 수 있어요! 믿어지시죠? 자, 믿습니다!"

"믿습니다!"

300구좌라니 가관이다. 믿긴 뭘 믿는다는 건지, 속이 불편해졌다. 저 석탄 위를 걸으라고 하면 내 발바닥은 홀라당 타버리겠지. 나는 죽어도 저게 시원한 이끼라고는 생각 못 할 것 같으니까. 그래서 화상을 입더라도 고용계약서도 쓰지 않은 우리에겐 노동법이 적용되지 않으니 산업재해로 쳐주지도 않겠지. 그런 생각을 하고 있는데 간신히 행사가 끝났다. 진행 요원들이 본사에서 준비한 선물이 있으니 반드시 받아 가라고 생색을 잔뜩 냈다. 나가는 문 앞에서 그 '선물'을 나눠 주었는데, P사 제품으로 계란 반 줄, 즉석 스파게티 1인분, 두부 반 모였다. 반색을 하며 몇 개 더 달라고 조르는 모닝 스태프들도 있었지만, 어쩐지…… 그렇게 생색을 낸 것치고는 좀 시시껄렁하다고 해야 할까, 구차스럽다고 해야 할까. 그래도 지사장님이 선물을 내 손에 억지로 들려주었지만, 반찬 없는데 잘됐다고 반기는 다른 여사님에게 넘겨버렸다.

오늘의 녹즙 관련 행사는 이게 끝이 아니었다. 지사로 돌아가 새로 출시되는 도라지혼합즙의 효능에 대해서 위성교육을 받아야 했다. 몸에는 좋아도 엄청나게 쓴 100퍼센트 녹즙에 달달한 맛을 섞은 신제품을 내놓은 모양이었다. 이미 신제품인 도라지혼합즙의 효능이나 특성에 대해 충분히 교육받았기 때문에 별달리 더 익힐 내용이 없어 발끝을 까닥거리며 끝나기만 기다리고 있는데, 지사장님이 손뼉을 쳤다.

"자, 여사님들, 졸지 말고 집중 집중! 오늘 삼행시 짓는 이벤트가 있는데, 상품이 어마어마하다고 하니까 집중하세요!"

과연 도라지 혼합즙에 대한 교육을 끝낸 강사가 카메라를 향해 웃으며 말했다.

"자, 그럼 모닝 스태프 여러분, 도라지 가지고 삼행시를 지어볼까요? 화면에 표시되는 전화번호에 문자로 도라지 삼행시를 보내주세요. 3등까지 푸짐한 상품을 드립니다!"

여사님들은 골머리를 앓으며 도? 도 뭐가 있지? 하며 열중해 삼행시를 짓기 시작했고, 나는 대강 삼행시를 지어 문자로 전송한 후 언제 집에 보내주나, 하며 우두커니 앉아 있었다. 마침내 여사님들이 모두 제출을 끝내 슬슬 일어날 준비를 하는데, 베테랑 여사님 한 분이 내 옷자락을 잡아당기며 물었다.

"자기, 요즘 얼음 팩 없어지지 않았어?"

내가 하는 구역과는 한참 떨어진 곳에서 일하시는 분인데 내가 얼음 팩 때문에 골치가 아프다는 걸 도대체 어떻게 아셨지? 내 표정을 보고 그렇다는 걸 바로 눈치챈 여사님은 어머 어머, 하며 혀를 찼다.

"그…… 어떻게……."

"자기네 코리아야쿠르트 그 여자 세상에 진짜 뻔뻔하다니까. 글쎄, 내가 배달하고 있는데 우리 지역 야쿠르트 아줌마가 우리 얼음 팩을 쓰고 있는 거야. 코리아야쿠르트에는 얼음 팩 없는 거 우리 다 알잖아. 그래서 내가 물어봤지. 그 얼음 팩 우리 회사 건데 어디서 났냐고. 그러니까 네가 일하는 지역 아줌마 이야기를 하더라? 그 여편네가 날마다 얼음 팩 조금씩 가져와서 자기네 지사 사람들한테 다 나눠줬대! 그래서 그 지사 아줌마들 다 우리 얼음 팩 쓰고 있어! 넌 몰랐니?"

내 걸 몰래 가져간 것도 모자라, 다른 사람들한테 나눠 주기까지 했다고? 내 얼굴에서 핏기가 가신 것을 본 여사님들이 도둑 여편네, 하고 욕을 하기 시작했다. 더는 가만 놔둘 수 없겠다는 생각이 들었다. 비정규직의 먹이사슬에서도 맨 아래에 위치한 내가 과연 무엇을 할 수 있을까. 하지만 뭐라도 해야 했다. 무슨 방법을 써서든, 기필코.

*

큰일이 났다. 줄곧 K빌딩 앞 자전거 보관소에 묶어둔 손수레가 온데간데없이 사라진 것이다. 비밀번호 자물쇠로 잠그는데 어제 제대로 단속하지 않은 모양이었다. 내 거라면 모르겠지만 이건 엄연한 지사 재산인데, 주위를 아무리 둘러봐도 손수레의 행방은 보이지 않았다. CCTV 생각이 나서 얼른 경비팀으로 달려갔다. 헉헉 숨을 몰아쉬며 사정 이야기를 하고 CCTV를 보여주십사 부탁했더니 경비팀장이 빙글빙글 웃으며 딴청을 부렸다.

"그게, CCTV가 아무한테나 보여줄 수 있는 게 아니거든? 그리고 아가씨는 여기 직원도 아니잖아? 그래서 좀 어려울 것 같네."

나는 애가 타서 거듭 애걸복걸했다.

"그게 제 개인 물건도 아니고, 지사 거라서 없어지면 제가 너무 곤란해지거든요. 그 손수레가 없으면 배달에도 너무 지장이 가고요……. 꼭 찾아야 하는데 제발 어떻게 안 될까요?"

경비팀장은 나를 바라보며 픽 웃었다.

"그런데 말이야…… 너는 어떻게 된 애가 인사 한 번을 제대로 안 하더라?"

인사? 무슨 인사 말인가? 누구를 봐도 인사를 잘해서 늘 싹싹하다고 칭찬하는 청소 여사님도 있는데? 내가 전혀 알아듣지 못하는 표정을 하고 서 있자 경비팀장은 은근한 태도로 말했다.

"너희 지사장한테 한번 물어봐."

내가 풀 수 없는 암호 같은 단어, 인사. 이 거대한 수수께끼 앞에서 망연히 서 있는데 K빌딩에서 일을 다 보고 빠른 걸음으로 지나가던 T녹즙 여사님이 갑자기 이쪽으로 다가왔다. 그런데 여사님은 나를 거들떠보지도 않고 유려한 솜씨로 샘플을 따서 빨대를 꽂아 팀원들에게 하나씩 건네면서 매력적인, 혹은 마력적인 미소를 짓더니 경비팀장에게 반은 달래는 듯한, 반은 살짝 전투적인 어조로 말했다.

"아이참, 선생님도 참 무리하시다. 얘가 인사를 어떻게 알아.”

“인사를 왜 몰라. 일하는데 다 알아야지. 그게 사람 사는 거 아니야.”

“애가 아직 애지 사람이에요. 그냥 살짝 보여줘요. 그거 돈 드는 것도 아니고 마우스 몇 번 딸깍딸깍하면 되는 거잖아. 애가 뭘 안다고.”

“아니, 얘는 몰라도 얘네 지사장은 알 거 아니야. 내가 진짜 그동안 계속 지켜봤어. 그리고 계속 기다렸거든? 근데 진짜 인사 한 번을 안 하데. 사회생활 이따위로 해서 되겠어? 우리 빌딩 출입하는 업체가 몇 갠데, 이런 적 나 진짜 처음이야! 기가 막혀서 정말!”

말을 하다 보니 화가 나는지 경비팀장은 엄청난 인권침해라도 당한 것처럼 억울해하며 콧김까지 내뿜기 시작했지만, 여사님의 매혹적인 미소는 조금도 흔들리지 않았다.

“어머, 왜 화를 내시고 그럴까. 그 사람 사는 거 그런 거, 우리나 알지 얘가 뭘 알겠어요. 아직 핏덩어리야. 인사할 줄 알면 다 커서 어른이게. 좀 봐줘요. 얘가 도둑 잡아달래요? 화면 잠깐 보자는데 왜 그렇게 빡빡해. 손수레 없이 저 무거운 걸 어떻게 가지고 다녀요.”

“웬일이야? 여사님이 왜 얘 편을 들고 그래? 적군이잖아, 적군!"

"그건 그렇지, 근데 보기가 좀 그래서. 인사는 얘가 하는 게 아니고 지사장이 하는 거잖아. 그런 거 다 그 사람 소관 아니유."

"아, 누구 잘못이든, 누구 소관이든, 다 알아서 해보라 그래. 불쌍하면 알아서 드나들어보라 그래. 불쌍하면 여사님이 손수레 하나 새로 사주든가."

경비팀장은 마침 무전기가 울려 자리를 떴다. T녹즙 여사님은 녹즙 가방을 치켜 메며 조용히 내뱉었다.

"치사스럽긴……."

나는 우물쭈물하다가 조그맣게 말했다.

"고, 고맙습니다."

여사님은 피식 웃었다.

"고맙긴 뭐가 고마워. 도움도 안 됐는데. 그냥 나는 이 세상에서 치사스러운 게 진짜 싫어. 페어플레이가 좋아. 근데 이건 페어플레이가 아니잖아. 어쩔 수 없겠다. 너희 지사장한테 경비팀에서 인사 얘기 하더라고 말해봐. 무슨 이야긴지 대번에 알 테니까."

여사님은 긴 다리를 놀려 성큼성큼 가버렸다. 인사라, 허리를 한껏 굽혀 비굴할 만큼 정중하게 저는 당신의 밑에 있습니다, 해 보이기만 하면 되는 줄 알았는데. 세상이 어디서도 당당하게 턱을 치켜세울 수 있는 사람보다 어디서건 납작 엎드려야 하는 사람에게 더 많은 것을 요구한다는 걸 알고는 있었지만.

어쨌든 지사장님과 CCTV와 인사가 도대체 무슨 상관이란 말인가? 손수레가 없어 녹즙을 거의 질질 끌고 다니면서 간신히 배달을 마친 다음 지사장님께 전화를 걸었다. 손수레가 없어졌다, 정말 죄송하다, 하니 지사장님은 어차피 싸게 산 물건이니 영영 잃어버려도 마음 쓰지 말라고 했다. 내가 경비팀 이야기를 하자 지사장님은 아이쿠, 내가 잘못했네, 라고 했다. 나는 다시 당황했다. 지사장님이 무슨 잘못을 했다는 거지?

"응, 그 인사라는 게 말이야…… 녹즙 좀 달라는 거야. 원래 경비들한테 내가 때마다 챙겨 주거든? 근데 정신이 없어서 K빌딩을 깜빡했네. 내일 녹즙 아이스박스에 흑마늘 한 박스 포장해서 넣어놓을 테니까 그거 갖다 줘. 그럼 신경 써줄 거야."

갑자기 분통이 치밀어 올랐다. 아, 그런 게 '인사'였어? 내 사전에 인사란 공짜 녹즙을 일컫는 말이 아니야. 내가 아는 인사는 안녕하세요, 안녕히 가세요, 반갑습니다, 고맙습니다, 이런 것뿐이라고. 댁들이 기대하는 그런 인사는 전혀 하고 싶지가 않네요. 나는 이를 부드득 갈았다.

"지사장님, 정말 손수레 신경 안 써도 돼요? 안 물어내도 돼요?"

"어차피 너무 낡은 거였어. 그런데 지금 지사에 남은 손수레가 없는데 어떡하지?"

"그건 제가 알아서 할 테니까 걱정 마시고요. 내일 흑마늘 절대로 넣지 마세요. 저 인사 절대 안 할 거니까, 넣으시면 안 돼요. 넣으시면 도로 지사로 보낼 거예요."

"정민아, 정말 괜찮겠어……?"

걱정스러워하는 지사장님에게 아무 걱정 말라고 큰소리 떵떵 치고 통화를 끊었다. 그리고 민주에게 전화를 걸었다. 작년에 어린이집 선생님들끼리 수련회를 한다고 속리산 등반을 가게 됐을 때, 민주가 제 키만 한 등산 배낭이 필요하다길래 같이 사러 간 적이 있었다. 민주에게 혹시 배낭 지금 안 쓰면 나 좀 빌려줄 수 있겠냐, 착불 퀵으로 보내주면 너무나 고맙겠다고 부탁했고, 사정을 들은 민주는 흔쾌히 승낙하며 나 대신 경비팀을 마구 욕해주었다. 민주의 카랑카랑한 욕설을 듣자 조금 기운이 났다. CCTV를 보려면 경비팀에 갖은 인사를 바치지 않으면 안 된다니 직접 발로 뛰는 수밖에. 나는 본격적으로 손수레 도둑을 찾으러 나섰다. 지사장님은 신경 쓰지 말라고 했지만 신경이 쓰여 견딜 수 없었다. 도대체 어디 쓰려고 가져간 것일까. 장 보는 용도로 누가 탐을 내기엔 너무 커다랗고 투박한데. 그때 코리아야쿠르트 여사님이 이쪽으로 걸어오는 것이 보였다. 아, 이런 순간에 가장 마주치고 싶지 않은 사람이 나타나다니. 여사님은 이 빌딩에서 일어나는 일은 모두 알고 있다는 표정을 지으며, 어색하게 서 있는 나에게 여왕 같은 태도로 어딘가를 가리켜 보였다.

"어휴, 이 멍충아."

그래, 나를 멍충이라고 말하는 건 당신의 입버릇이죠. 안 그래도 골 복잡한데 왜 일부러 찾아와서 시비입니까.

"저쪽 고물상에 가봐."

그 뒤는 네가 알아서 하라는 듯 여왕님은 위엄 있게 사라졌다. 고물상엔 왜 가란 말인가? 멍청한 내 머리통을 엿이랑 바꿔 먹으라고? 한참을 갸우뚱거리다가 마침내 여왕님의 암시를 깨달았다. 고물상, 뭐든 사는 곳! 내가 왜 그 생각을 못 했을까! 여왕님이 알려준 고철상에 얼른 가보려다가, 머릿속에 어떤 생각이 떠올라 부지런히 발을 옮기는 여왕님을 전속력으로 달려 따라잡았다.

"여사님, K빌딩 8층에 제 손님이 있는데요. 자기 친구들 데려올 테니 제 친구들도 데리고 오라고, 3 대 3으로 가볍게 맥주나 한잔하자네요. 일단은 대답 안 했는데, 괜찮으시면 여사님이 저랑 가면 어떠시겠어요? 생각해봤는데, 우리한테도 좋은 기회가 될 거 같더라고요. 얼굴 잘 익혀두면 다른 데이터 센터 직원들도 소개받을 수 있고, 그럼 신규 손님 확보에 큰 도움이 되지 않을까요?"

나는 부러 '우리'라는 말을 다분히 강조했다.

"글쎄, 어떻게 하면 좋을까?"

여사님은 잠시 생각에 잠긴 표정을 했지만 은근 끌리는 눈치를 감추지 못했다. 거기다 신규 고객 발굴의 기회가 될지도 모른다고 내가 열렬히 추임새를 넣자 마침내 손뼉을 탁, 치며 밝게 말했다.

"그래, 까짓것, 가자 가! 그런데 3 대 3이라며, 한 명은 어떡하니?"

그것도 다 생각이 있지요. 나는 활기차게 제안했다.

"T녹즙 여사님 있잖아요? K빌딩 출입하는 우리 삼총사가 같이 가면 되지 않을까요?"

"오, 그거 괜찮네. 자기는 T녹즙 언니랑 그렇게 가깝지 않지?"

별로 친하진 않지만 방금 페어플레이를 좋아하는 분이란 건 알았습니다만.

"언니—자신을 지칭하는 말이다—는 여기서 일한 지 오래돼서 T녹즙 언니하고 가끔 얘기도 하고 그래. 내가 얘기해볼게!"

여사님은 신나게 카트를 끌고 휑하니 사라졌다. 말 나온 김에 당장 T녹즙 여사님을 찾을 생각인 모양이다. 저 존경스러운 추진력. 남의 얼음 팩을 죄다 가져가거나 과부 하소연으로 남의 손님 가로채려 할 때 1초도 망설이지 않았을 굉장한 추진력. 부럽기도 하지.

나는 어깨를 으쓱하고는 고물상 쪽으로 갔다. 풍채가 당당한 고물상 주인이 노인들이 가져온 폐지를 저울에 달아보고 엄숙하게 값을 매기고 있었다. 그는 1킬로그램당 90원 이상은 못 쳐준다며 탕탕 소리를 쳤다. 1000원짜리 몇 장을 받아 든 노인들이 하나둘 흩어지는데 저쪽에서 내 손수레가 나타났다. 멀리서 봐도 내가 붙여놓은 공룡 스티커가 뚜렷했다. 할머니는 자랑스럽게 손수레를 내밀며 이건 몇만 원 쳐주지 않느냐고, 치아가 거의 보이지 않는 입으로 해맑게 웃었다. 그러나 고물상 주인은 코웃음을 쳤다.

"할머니 이런 걸 어떻게 몇만 원을 쳐줘. 이거 좋은 쇠도 아니고 그냥 쓰레기예요. 7000원 드릴 테니까 놓고 가시려면 놓고 가시고, 싫으면 도로 가지고 가셔."

내 피, 땀, 눈물과 함께한 손수레 녀석이 고작 7000원이라고? 내 얼굴도 구겨졌지만 할머니의 얼굴에서도 아까까지 반짝반짝 빛나던 기대감이 홀연히 사라졌다. 할머니가 내키지 않는 눈치로 겨우 손을 내밀자 고물상 주인은 지폐 몇 장을 세어 건넸고, 할머니는 한 손으로 돈을 꼭 쥐고 굽은 허리를 다른 손으로 떠받치며 천천히 멀어져갔다. 그냥 저 고물상 주인과 해결하는 게 나을 것 같아 그리로 다가가서 이 손수레 얼마에 팔 거냐고 물었다. 고물상 주인은 갑자기 보석 다루듯 손수레를 어루만지며 4만 원 아래는 절대 안 된다고 했다.

"워낙 좋은 쇠라, 나도 내주기 너무 아까워요. 그렇지만 아가씨가 정 필요하다면 어쩌겠어, 딱 4만 원만 내요."

4만 원이라, 거의 한 달 녹즙값이다. 그 돈으로 도둑맞은 손수레를 되사라고? 황당해서 방금 7000원에 사지 않았냐고 물었더니 주인은 손사래를 치며 극구 부정했다. 이렇게 좋은 쇠를 어떻게 7000원에 살 수 있겠느냐, 아가씨가 잘못 들은 거고 나는 7000원이 아니라 7만 원을 치렀다, 그런데도 아가씨에게는 이렇게 3만 원이나 깎아주지 않느냐.

실랑이에 지친 나는 결국 손수레를 포기하고 돌아섰다. 될 대로 되라.

고개를 푹 숙이고 몇 걸음 옮기는데 누가 갑자기 앞을 막아서서 깜짝 놀랐다. 코리아야쿠르트 여왕님이었다. 왜 돌아오셨을까. 멍청한 표정을 짓는 나에게 여왕님은 야무진 말투로 물었다.

“손수레 도로 못 받았어?”

힘없이 고개를 끄덕이자 여왕님은 후, 하고 짧은 한숨을 쉬더니 내가 수없이 들었던 그 말을 내뱉었다.

“어휴, 멍충이.”

그렇고말고요. 그런데 이번에는 쌩하니 사라지지 않고 건물 층계를 턱으로 가리켜 보였다.

“잠깐만 앉아봐.”

왜? 몹시 당황스러웠지만 아침부터 시달린 탓에 이유를 물을 힘도 없어서 하라는 대로 그냥 털썩 주저앉았다. 여왕님, 아니 여사님은 그새 지나가던 사람에게 상품을 팔고 잔돈을 거슬러 주는 중이었다. 코리아야쿠르트는 저렇게 어떤 경우에도 고객에게 대응할 수 있지만 우리는 정기적으로 신청하는 고객에게만 상품을 공급할 수 있으니 수입이 상대적으로 적을 수밖에 없다. K빌딩에서도 녹즙을 오늘만 하나 사 먹을 수 없냐고 묻는 사람들이 꽤 있는데, 그럴 때마다 그저 아쉬울 따름. 손님에게 애교 있게 인사를 한 여사님은 내 옆에 앉아 부스럭대더니 뭔가를 내밀었다. "입에서 장까지 한길로 바로 통한다!"라는 광고 카피로 유명한 코리아야쿠르트의 유산균 음료 '길'이었다.

"마셔. 언니가 내는 거야."

어쩐지 안 마시면 안 될 것 같아서 뚜껑을 주섬주섬 땄다. 독극물 같은 건 안 들어 있겠지. 꿀꺽, 한 모금 마시자 시원하고 맛있었다. 우리 제품도 괜찮은데…… 업계 유일의 식물성 유산균이란 말이다. 그래서 생산 단가는 이것보다 더 높지만 값은 더 저렴하단 말이야. 그런데도 판매량에서 밀리다니. 이게 다 코리아야쿠르트에서 TV로 과장광고를 때려서 그래. 갑자기 신경질이 났다.

"지금…… 혹시 저 동정해주시는 거예요?"

"아니, 약 올리는 건데? 일 힘들지? 그러니까 빨리 그만둬."

물어본 내가 바보다. 할 말이 없어 길을 꿀꺽꿀꺽 마셨다. 그런 내 모습을 보며 여사님은 마치 자신이 개발한 상품처럼 턱을 치켜세우고 오만하게 말했다.

"맛있지? 너무 안 달고. 이거 너희 회사에서 새로 나온 유산균보다 매출 20배는 더 나오는 거 알아? 녹즙 회사에서 무슨 유산균을 만드니?"

나는 머리를 벅벅 긁으며 대답했다.

"요즘 주력해서 판촉하시는 신상 '매일야채' 말이에요. 그거 끓인 거죠? '가열살균'이라던데 그럼 그냥 야채 국 아닌가……."

"너! 그거 손님들한테 말하지 마!"

그 기세에 나는 얼른 입을 다물었다.

"저거 전동으로 가는 거 알지? 끌고 다니는데 힘 하나도 안 든다?"

여사님이 새삼스럽게 코리아야쿠르트의 전동 손수레를 턱짓해 보였다. 나는 남은 음료를 마저 삼켰다.

"엄청 좋으시겠어요."

"근데, 저거 도둑맞은 사람도 있어."

나는 기겁을 했다.

"그그그, 그래서 어떻게 됐어요?"

여사님은 일어나서 옷을 탁탁 털었다.

"아무도 몰라, 어떻게 됐는지."

나도 엉거주춤 따라 일어났다. 여사님은 전동 손수레의 손잡이를 꽉 붙들었다. 그래요, 꽉 붙들어요. 절대 도둑맞아서는 안 되잖아요. 여사님은 가, 하고 새된 소리로 말하고는 순식간에 사라졌다.

*

그날 바로 민주가 퀵으로 보낸 등산 배낭은 과연 거대했다. 초등 저학년 한 명 정도는 충분히 들어가고도 남을 만한 크기였다. 그동안 손수레가 맡았던 몫을 훌륭히 대신할 것 같았다. 다만, 바퀴가 달려 있어 돌돌돌 끌기만 하면 되었던 손수레 대신 이 등산 배낭은 내 두 다리를 동력으로 삼아야 했지만 그렇다고 '인사'를 하고 싶진 않으니 어쩔 수 없었다.

주말을 보내고 나서 출근하는데, 경비팀 사람들이 기대에 찬 눈으로 나를 쳐다보는 것이 보였다. 인사, 그래, 인사를 기대하신다고. 나는 큰 소리로 외쳤다.

"안녕하십니까!"

아무도 대답하지 않았다. 설마 내가 내 체격만 한 배낭을 지고 올 거란 생각은 꿈에도 안 해봤다는 표정들이라, 나는 배낭을 둘러업다가 허리가 부러진들 후회하지 않을 자신이 생겼다. 으쌰, 영차, 하고 나도 모르게 옮기는 걸음

걸음마다 기합을 넣게 되었다. 내가 배낭을 멘 건지 배낭이 나를 멘 건지 알 수 없지만 그게 무슨 상관이람. 난 배달만 하면 돼. 그런 내 모습을 본 청소 여사님들 몇몇이 혀를 찼다.

"독하다, 참말로 독해."

그럼요, 안 독하면 당신들 같은 사람들 틈바구니에서 짓눌려 죽을 텐데요. 아직 한참 남았어요. 더 독해져야지요. 암요.

프랑스 속담에 악재는 결코 혼자 오지 않는다는 말이 있다던데, 인사 거부 투쟁을 전개하기로 결심한 바로 그다음 날 내게 또 다른 악재가 닥쳤다. 익숙하지 않은 등산 배낭에 녹즙과 얼음 팩을 넣고 빼기를 반복하다가 그만 건물 출입증을 분실하고 만 것이다. K빌딩에서 출입증이 없으면 어디에도 들어갈 수 없다.

어쩔 수 없이 다시 경비반장에게 가서 출입증을 분실했다고 고했더니, 그는 아예 고소하다는 표정을 감추지도 않고 나를 향해 낄낄거렸다. 그러더니 또 그놈의 '너는 왜 전혀 인사가 없냐' 타령을 해대며 은근히 나를 윽박지르기 시작했다. 나는 화가 난 나머지 뒤도 돌아보지 않고 그날 치 녹즙을 지고서 하루 종일 눈치 싸움을 했다. 직원들이 들어갈 때 샤샤, 하고 닌자처럼 몰래 함께 들어간다거나 지나가는 직원들에게 죄송하지만 여기 좀 열어주실 수 있겠냐고 애원하는 등, 그날 배달에 든 시간은 평소의 서너 배는 족히 걸리고도 남았다. 내가 파김치가 되어 철수하는 꼴을 본 경비실 사람들이 커다랗게 낄낄거리며 웃는 소리가 귀에 칼처럼 꽂혔다. 자기들한테 인사 안 하고 배기겠냐고 생각들 하는 거겠지. 지사장님도 고집 조금만 굽히면 얼마든지 쉽게 살 수 있는데 왜 그러냐고 걱정이 태산이었다. 하지만 그런 사람들에게 인사를 하느니 사서 고생을 하는 게 나았다. 쉽게 사는 게 취향이 아니라서요. 누가 이기나 보자고.

다음 날도 직원들에게 문을 열어달라고 애걸하고, 직원들이 화장실이나 끽연실에 가려고 자동문을 열었을 때 몸을 던지다시피 하여 진입에 성공하는 등, 녹즙을 배달하는 것뿐인데 마치 게릴라처럼 움직이느라 흠뻑 젖은 솜이불처럼 지쳐버렸다. 어깨고 허리고 다 뻐근해져 계단에 앉아 잠깐 한숨 돌리던 중, 숲에서 물 냄새를 맡은 사슴처럼 머릿속에 반짝하고 뭔가가 떠올랐다. 데이터 센터는 K사 본사가 아니라 자회사로, 본사 직원 몇 명이 관리를 위해 이곳 9층에 상주하고 있다. 그들은 주차장은 누구, 식당은 누구, 하는 식으로 건물의 곳곳을 맡아서 관리한다. 즉 이 빌딩의 진정한 실세라 할 수 있다. 이 팀에는 일찍 취직했는지 나보다 어려 보이는 남직원이 하나 있는데, 이쪽으로 발령되자마자 내게 녹즙 신청을 해준 고마운 사람이었다. 단 그가 맥주 한잔, 식사 한번…… 하는 식의 말을 꺼내기 시작하면 내가 못 들은 척 감사합니다아, 하는 말만 남기고 전속력으로 내빼는 수밖에 없었다. 안 그래도 이 일 시작하고 얼마 지나지 않아 남자 직원들, 특히 아저씨들이 떠드는 소문 때문에 몹시 곤란했다. 특히 흡연실에 옹기종기 모여서, 새로 온 P녹즙 말이야. 어쩌다 그런 일을 할까? 어디서 들었는데 이혼녀래. 내가 들었던 건 다른데? 일찍 혼자 돼서, 아기 우윳값이라도 벌려고 나온 거라던데, 같은 말을 신나게 떠들어대는 것이었다. 소문은 계속 부풀려져만 갔다. 돈 없고 힘없고 '빽' 없는 젊은 여자를 입에 올려 잘근잘근 씹는 건 역시 국민 스포츠! 그렇지만 내가 할 수 있는 일은 아무것도 없다. 억울해도 내가 더 조심해야 한다. 눈에 띄는 행동으로 그들에게 먹잇감을 던져주는 것만은 절대 피해야 한다. 그런 마당에 본사에서 온 젊은 정규직 남직원과 밖에서 단둘이 맥주라도 마셨다간…… 무슨 소문이 돌지 상상하기도 싫다. 게다가 그 남직원은 얼굴도 괜찮고 스타일도 깔끔한데다 미국에서 공인회계사 자격증까지 따 온 인재라니, 내가 남자 꼬셔서 팔자 펴보려는 년이라는 소리를 과연 얼마나 듣게 될지 생각만 해도 끔찍하다. 하지만 이번만큼은 내가 살기 위해서, 그를 만나야 한다.

다음 날 배달을 갈 때, 제일 먼저 9층에 있는 본사 팀의 사무실부터 들렀다. 성실한 젊은이답게 가장 일찍 출근해 서류를 살피던 그는 나를 보자 반색을 했다. 그런데 내 얼굴이 영 좋지 않다는 것을 잽싸게도 알아차려 무슨 일이 있느냐고 몇 번을 캐물었다. 이야기할까 말까, 망설이는 척을 몇 번 하다가 결국 사정을 털어놓았다. 그는 어처구니없다는 표정을 지었다.

"그래서 경비팀에서 CCTV를 안 보여줬다고요? 공짜 녹즙 달라는 이야기를 노골적으로 흘리면서? 게다가 보안카드 재발급도 모른 척하고? 이 사람들…… 안 되겠네. 웃기는 사람들이야. 내가 정식으로 항의해줄까요?"

나는 얼른 사양했다.

"아뇨, 아뇨…… 정말 감사하지만 그렇게까지 일을 크게 만들고 싶지 않아요. 이미 손수레 문제는 대강 해결됐고요. 저는 그냥, 출입증만 새로 발급받고 싶은데 방법이 없을까요?"

"당연히 있죠! 제 담당은 아닌데요, 보안 담당 선배 출근하면 바로 사정을 이야기할게요. 그 선배가 지하 1층에 있는 보안팀에 연락하면 바로 카드 발급해줄 거예요. 앞으로는 이런 일 생겨도, 경비실 거칠 필요 없이 바로 보안팀으로 가세요. 저도 보안팀에 가서 재차 이야기를 해놓을 테니까요. 앞으론 이런 일로 걱정하지 말아요."

고마워라. 90도로 인사를 한 후 녹즙과 얼음 팩으로 꽉 찬 등산 배낭을 메고 내가 떠나려 하자 그가 더듬거리며 말했다.

"저기, 언제 맥주 한잔……."

"아, 네, 지사장님, K빌딩은 오늘 변동 사항 없고요, 중학교 선생님들 다음 주에 워크숍 가신대요. 네? 지사장님 잘 안 들려요! 다른 데 가서 받을게요!"

휴대폰을 꺼내 지사장님과 통화하는 체하면서 간신히 9층 사무실에서 달아났다. 호감이 가는 좋은 사람이지만 절대, 소문거리를 제공하지 말아야 하니까. 이 원칙을 지키지 않으면 안 그래도 무진장 연약한 입장인 내가 동네북이 될 게 뻔하다. 당신, 괜찮은 남자 같은데 참 아쉽고도 미안합니다. 나도 아까워요. 아까워 죽겠네.

지하에 있는 보안팀에 가려면 1층 경비팀을 지나 층계를 내려가야 한다. 경비팀에서 내게 시선을 꽂고 빤히 쳐다

보는 모양새가 언제 이 계집애가 정신 차리고 똑바로 인사를 오려나, 하는 것 같아서 절로 욕이 나온다. 조상 중에 녹즙 못 먹어서 한이 맺힌 귀신이라도 있나 보지? 우리 지사의 다른 여사님들은 그렇게 노골적으로 경비팀이나 청소팀이 시음 팩을 요구하면 아, 저희 녹즙 드시게요? 이 중에 골라보세요. 제가 플랜 건강하게 잘 짜드릴게요, 하고 카탈로그를 보여주며 해맑게 웃어넘긴다는데 나로서는 절대로 따라 할 수 없는 고급 기술이다. 요즘은 내가 언제 '인삿거리'를 가지고 경비실로 오느냐 하는 것이 경비팀 최고의 오락거리가 되어 사내 CCTV로 내 행적까지 지켜본다고, 다른 지사 여사님들이 알려주었다. 각기 다른 브랜드 상품을 배달하더라도 다들 한 동네에 오래 같이 산 이웃사촌 사이라, 어디는 어떻고 어디는 저떻고 돌아가는 사정을 환히 꿰고들 계신 것이다. 아무것도 모르는 것은 나뿐이다. 그나저나, 아무나 보여줄 수 없는 잘나신 CCTV를 겨우 이딴 데 쓴다고?

경비실 바로 옆에 있는 계단 문을 열었다. 항복하러 온다고 생각했던 내가 성큼성큼 지하로 내려가니 경비팀 사람들은 당황했다. 계단 앞에 '관계자 외 출입 금지'라고 커다랗게 쓰여 있는 입간판을 아랑곳도 않고 내려가니 더 놀란 것 같았다. 그러거나 말거나 나는 보안실에 들어가 똑똑, 하고 문을 두드렸다. K빌딩의 모든 장소가 보이는 거대한 모니터 앞에 앉아 있던 직원들이 나를 돌아보았다. 내가 저기 9층에서, 하고 말을 꺼내려는데 키가 큰 남직원이 알겠다는 듯 고개를 끄덕였다.

"출입증 분실하신 분 맞죠? 이야기 듣고 준비해놨어요."

인사 따위 하지 않고 출입증을 손에 넣다니, 대단한 승리를 거둔 것처럼 감격스러웠다. 내게 출입증을 건네준 직원은 무척 호의적이었다.

"본사분들이 될 수 있는 한 편의를 봐주라고 각별히 말씀하시더라고요. 그래서 신경을 좀 썼습니다. 이전에 쓰시던 출입증은 들어갈 수 있는 공간에 제한이 있었잖아요? 이번 출입증은 K빌딩에서 못 들어가는 곳이 없을 거예요. 보안 권한을 높게 설정해놨거든요. 혹시 또 분실하시면 경비실 가지 마시고 이리로 곧장 오세요."

감사한 마음에 몇 번이나 꾸벅꾸벅 절한 다음, 출고에 오류가 있어 내 책임이 된 녹즙들을 보안팀 사람 수대로 건넸다. 이런 거 안 주셔도 되는데, 하고 사양하다가 그들은 결국 녹즙병을 받아 들었고, 그제야 마음이 좀 편해졌다. 세일즈 책에서 절대 빚진 기분이 되면 안 되고 남이 빚진 기분이 되게 하라고 했지. 그럼 그렇게 해야지. 다시 1층으로 올라와 메인 출입구에 삑, 하고 출입증을 댄 후 나가자 경비팀 사람들은 복잡한 얼굴로 나를 바라보고 있었다. 네, 맘대로 떠드세요. 어차피 제가 본사 직원들한테 알랑방귀 떨어서 출입증 재발급 받았다고 수군거릴 거잖아요. 살면서 보니까, 여자들 수다보다 남자들이 뒤에서 떠드는 뒷담화가 훨씬 지독하더라고요. 연세도 드실 만큼 드신 분들이 이번 기회에 부끄러운 줄 아셨으면 좋겠네요. 나는, 절대로 인사 안 할 거니까. 센서에서 나는 삑! 하는 소리가 나를 향한 응원처럼 들릴 만큼 신이 났다. 오랜만에 이긴 기분이었다. 그동안 맨날 지기만 했는데. 나도, 롯데도.

*

얼른 휴대폰을 꺼내 지사에 전화했다.

"여보세요? 지사장님?"

"아, 정민이니? 출입증 어떻게 됐어?"

"그거 잘 해결됐어요! 인사 같은 거 절대 안 하셔도 돼요. 본사 직원들이 편의를 봐줘서 아무 데나 다 들어갈 수 있게 됐어요. 저 다음에 오시는 분한테도 좋은 거죠! 다음에 출입증 또 잃어버려도 경비팀하고 이야기하지 말고 지하 보안팀으로 곧장 오면 해결해준대요."

"어떻게 그렇게 해줬을까? 어쨌든 잘했다, 진짜 잘했어. 아휴, 간만에 속이 다 시원하네."

"제가 좀 하죠. 그럼 출고 분량 체크해서 또 전화드릴게요!"

"저기, 정민아, 잠깐만. 지난번에 도라지 삼행시 지었던 거 있잖아? 기억나지?"

"네! 그거 왜요?"

"그거 네가 1등 했다. 전국 1등이야! 신제품 홍보하는 전단지에도 나왔다! "

"와, 정말요? 진짜요? 우와!"

"그래, 여기 전단지 봐."

도! 도둑맞았나 봐, 쌩쌩하던 내 건강!

라! 라면에 햄버거에 피자에…… 바쁘게 생활하다 보니 몸 다 버렸지 뭐야.

지! 지금도 늦지 않았다고? 도라지가 피로 회복은 기본이고, 콜레스테롤 수치와 혈압을 쑥쑥 낮춰주면서 항암효과까지 있다고?

"참 잘 썼단 말이야. 우리 여사님들도 역시 젊은 애가 다르다고 입에 침이 마르도록 칭찬을 하더라."

녹즙이 나에게 좋은 일을 할 때도 있다니. 전국 1등이라면 이건 당첨이 아니라 엄연히 당선이다. 무슨 대단한 상품을 주려나?

"그게, 상품이 도라지 60병이야."

픽, 하고 김이 샜다. 뭐, 엄청난 상품이 기다리고 있다더니 녹즙 회사에서 상품으로 녹즙을 주다니. 어쩌면 당연한 일인지도 모르겠다. 뭐, 애써 긍정적으로 생각해보면 도라지는 신제품에다 단연 고가 상품이고, 60병을 돈으로 환산해보면 18만 원이 넘는다. 단골들에게 나눠 주면서 잔뜩 생색내고, 먹을까 말까 하는 사람들에게 인심 쓰면 되겠다는 생각이 들어 기분이 살짝 나아졌다.

"그럼, 저 60병 타는 거예요?"

"그게…… 상품은 벌써 지난주에 왔어. 위성교육 나왔던 여사님들이 판촉한다고 10병씩 가져갔거든. 네 몫을 챙겨놓으려고 했는데 어느새 없더라고. 내가 나중에 다른 것 좀 챙겨 줄게. 그럼 오늘 파이팅 하고!"

녹즙은 도착한 지 오래고 지사에 온 여사님들끼리 진작 다 나눠 가졌다고? 그런데 나보고 파이팅을 하라고? 앞으로 지사에 가더라도 젊은 내가 움직여야지 싶어 자진해서 수저 놓고 여사님들에게 커피 타서 돌리는 주접 같은 거 다신 안 떨기로 결심했다. 기운이 쭉 빠져 터덜터덜 1층 로비를 걸어가는데 청소 여사님 한 분이 꽥꽥 소리를 치더니 급기야는 삿대질을 하며 바락바락 악을 쓰기 시작했다. 지금 로비에 물걸레질 다 해놓았는데 바닥을 왜 밟고 다니느냐는 거였다. 날개도 없건만 바닥을 밟지 않고 어떻게 나다니라는 이야기인지. 여사님은 나처럼 출입문 매트에 신발을 꼼꼼히 문질러 닦기는커녕 청소해놓은 복도를 흙발로 마구 밟고 지나가는 '사무실분들'에게는 아무 말도 하지 않는다. 그러니까 저 여사님이 화를 내는 건, 나 같은 외부 '잡상인' 좋으라고 걸레질하는 게 아니라는 얘기다. 네네, 자알 알겠습니다요. K빌딩에서 제가 최하층 계급에 속해 있다는 걸 모를 리가요. 이 나이까지 공중 부양도 못 익혀둬서 공들여 닦아두신 바닥을 무참히 밟고 지나가네요. 참으로 죄송하게 됐습니다요.

*

23층부터 쭉 내려와야 하는 K빌딩 다음에는 남녀공학 중학교에 갈 차례다. 잘사는 동네에 있는 학교이다 보니, 가끔 '찾아오는 승마 교실' 같은 이름을 달고 말들이 트럭에 실려 오기도 한다. 한번은 영 유쾌하지 못한 표정을 짓고 있는 말들이 안쓰러워서, 모두가 원하는 녹즙 시음 팩을 기꺼이 찢어 가까이 있던 말에게 먹여주었다. 그것도 달큼하기로 이름난 제주도산 당근즙이었다. 말은 생각보다 무서운 힘으로 녹즙 봉지를 쪽쪽 빨면서 뜻밖의 여흥을 한껏 즐겼다. 옆을 보니 즙 냄새를 맡은 다른 말들이 나를 원망스럽게 쳐다보는 것 같았다. 에라 모르겠다 싶어 칡즙이나 케일즙처럼 영 맛대가리라곤 없는 녹즙 샘플을 뜯어 말들에게 골고루 먹여주었다. 그토록 쓴 즙이 말에겐 더운 날 마시는 맥주처럼 각별한지, 죄다 캬아, 하고 만족스러운 표정을 지었다. 말들은 다음에도 몇 번 학교에 왔고, 나를 볼 때마다 뭔가 기대하는 표정을 짓길래, 나는 말들 몫의 녹즙을 꼭꼭 챙겨둔다.

올 때마다 참 의아한 것이, 이 중학교 남학생들은 부자 동네에서 잘 먹고 자란 아이들답게 죄다 귀티 나는 얼굴에 키는 수숫대처럼 쭉쭉 뻗었다. 그런데 여학생들은 하나 같이 자그맣고 날씬하다 못해 마른 거였다. 잘사는 집 애들이 왜 이렇게 말랐나, 했는데 생각해보니 애들의 영양상태가 불량한 것도 당연했다. 이 아이들이 보는 텔레비전과 인터넷 화면에는 어딘가 부딪치기라도 하면 이내 와사삭, 낙엽처럼 부서져버릴 것처럼 가냘픈 또래 소녀들로 가득하니 어떻게 애들이 안 마르고 배겨내겠는가.

이 학교에서 녹즙을 배달받는 선생님은 총 다섯 명. 대통령이 바뀌면서 예산 절감을 위해 행정 직원을 죄다 없애버렸기 때문에 선생님들은 수업 말고도 온갖 행정 업무를 보느라 늘 시간에 쫓긴다. 그렇게 바쁜 그들의 모습을 보고 있으면 이 사람들을 대신해서 아직도 여자 직업으로는 그저 선생이 최고라고 굳게 믿고 있는 이들에게 꿀밤이라도 콩콩 먹여주고 싶다. 예전 같으면 행정실에서 맡아 처리해 주었을 업무에 달라붙어 격투하는 선생님들은 보통 여성 손님이 문의하는 피부에 좋고 여성호르몬이 어쩌고 하는 것에는 조금도 관심이 없고 무조건 피로 회복! 피로 회복! 만을 외친다. 쓴맛을 싫어하는 다른 여성 고객과는 달리 이 선생님들은 쓴 것일수록 몸에 좋을 거라고 믿으면서 한약 먹듯이 꿀꺽꿀꺽 삼키기 때문에 안쓰러운 마음에 샘플 몇 개라도 더 챙기게 된다.

그중에 내 또래의 선생님이 한 분 있는데, '죽겠다'는 말을 달고 살며 이것 하랴 저것 하랴 바삐 뛰어다니는 모습에 유독 더 챙겨 주고 싶다. 이 선생님도 내 그런 마음을 아는지 언제나 환히 웃으며 나를 반겨주는데, 아무래도 나에 대해 비슷한 감정을 느끼는 모양이었다. 오늘 몫의 녹즙을 건네고 교무실을 나서는데 갑자기 나를 부르는 소리가 들렸다.

"잠깐만요!"

나는 얼른 돌아보았다.

"네, 선생님. 뭐 필요한 것 있으세요?"

그녀는, 뭐라고 해야 할까, 굉장히 자애로운 표정을 지으며 나에게 책 한 권을 내밀었다.

"제가 최근에 읽었는데, 참 좋더라고요. 그래서 한번 읽어보시라고."

두꺼운 책이었다. 대담 형식으로 풀어낸 진보의 거두, 리영희 선생의 자서전 격인 책《대화》였다. 그녀는 자애로운 미소를 거두지 않은 채 계속 말했다.

"저기, 이런 책도 좀 접해보시고 그러세요. 책이 좀 두껍고 읽기가 난해하고 그래도 그냥 끝까지 한번 읽어보세요. 도움이 많이 될 거예요."

나는 이 책을 한 번이 아니라 대여섯 번쯤 읽었고, 그것도 5년 전쯤 읽었다. 그러나 반짝거리는 눈으로 나에게 책을 내미는 이 선생님이 그걸 믿을 리가 없다. 이미 읽었다고 말한다 한들 내가 무안한 마음에 거짓말을 한다고 가엾게 여기겠지. 저 반짝거리는 눈동자가 난감하기 짝이 없었다. 나는 그가 좋은 사람이라는 걸 안다. 지금 좋은 의도로 나에게 이런다는 것도 안다. 하지만 한국 사회는 저임금 비정규직 노동자에게 학력이나 지성이 있을 거라고는 결코 믿지 않는다. 손님은 왕이니까 얌전히 계몽을 당해드리는 수밖에 없는 것인가.

내가 이 책을 읽은 건 사실 허영 때문이었다. 《대화》는 유두를 도드라지게 못 그려서 야단맞던 시절 읽은 책이었다. 날마다 비통하게 신음하던 나는 내 자신을 조금이라도 특별한 존재로 여길 수 있도록 갖은 노력을 하다가 결국 회사 근처의 도서관에 갔다. 업무 참조용으로 책이 필요하다고 하면, 스타트업인지라 예산이 모자랐던 회사는 도서 구입비를 주는 대신 업무 시간에 잠시 도서관에 가는 것을 허락해주었다. 한 번에 두 권을 대출할 수 있었는데, 한 권은 내가 읽고 싶은 흥미 위주의 책을 빌리고, 한 권은 읽어야만 할 것 같은 책을 빌렸다. 그래서 《악마는 프라다를 입는

다》와 테리 이글턴을 함께 읽는 식의 다소 분열적인 독서를 했다. 한 권은 재미를 위해, 한 권은 허영을 위해!

《대화》도 그때 읽어두어야만 할 것 같은 책으로 점찍고 있었다가, 나중에 헌책방에서 발견하고 대뜸 산 책이었다. 듀얼모니터 앞에서 신음하던 나는 마치 전혜린이라도 된 것처럼, 지리멸렬한 이야기가 이어지는 회의 시간마다 회의록에 '여기가 아니면 어디라도!'라고 끄적거리곤 했다. 점심시간에도 나 혼자 쏙 빠져 따로 밥을 먹다가 '단체생활을 하고자 하는 의지가 없다'라고 지적받기도 했다. 그런 나와는 달리 동료 직원들은 서로가 어찌나 마음에 들었는지 주말에도 만나 근처 학교 운동장에서 종종 축구를 했다. 하루에 열네 시간씩 붙어 있으면서 휴일까지 함께 공을 차다니, 이건 피만 안 섞였을 뿐 피붙이보다 더한 수준이다. 주말까지 찰싹 붙어 다니던 것 역시 그들 나름대로 삶을 견디는 방법이었으리라는 생각을 그때는 하지 못했다. 그저 나는 그들과는 다르다고, 여기 있을 사람이 아니라고, 문학소녀처럼 도도한 표정을 짓는 것으로 나를 지키는 방법밖에 그때는 나도 알지 못했다. 손에는 제대로 의미를 이해하지도 못하면서 《대화》나 김수행 교수가 옮긴 《자본론》 같은 책을 쥐고, 몇 번이나 이런 말을 되풀이하곤 했다. **절대**

로, 절대로 평범해져서는 안 된다!

그러나 나는 지금 평범 이하의 존재다. 약간 희한한 존재일 수도 있겠지. 집에 오면 쓰러져 자느라 도통 양질의 독서를 못 하고, 최근에 읽은 책이라곤 모조리 세일즈 관련 도서뿐이다. 게다가 지금 이 선생님은 반짝반짝 빛나는 눈으로, 내가 베푸는 시혜를 어서 받고 기뻐해서 나를 기쁘게 해달라는 얼굴로 나를 바라보고 있다.

"선생님, 감사합니다만…… 전 이미 읽었습니다."

내 대답에 그녀가 눈썹을 묘하게 찌푸렸다. 네가 이걸 읽었다고? 그녀는 그다지 표정을 감추지 못하는 사람이었다. 친절하고 자애롭던 얼굴에 이내 호의를 거절당한 불쾌함이 번졌다. 그러다가 그녀의 표정은 마치 날에 따라 달이 이지러지듯 서서히 바뀌었다. 처음에는 말도 안 되는 소리하고 있네, 하는 의아한 얼굴이었다가 네가 지금 자존심 때문에 책을 덥석 받아 가지 못하는구나, 하며 수긍하는 얼굴로. 나는 그래도 바쁜 교직에 있으면서 이렇게 두꺼운 책을 읽고, 또 본인 생각에 배움의 혜택에서 소외된 것 같은 동료 시민(=나)에게 권하기까지 할 정도니 꽤 진보적인 사람이라는 생각이 들어 녹즙 가방을 정리하며 물었다.

"선생님, 혹시 전교조 활동 같은 거 하십니까?"

그녀는 기겁하는 표정을 지으며 고개를 절레절레 흔들었다.

"아아뇨, 전교조라뇨. 절대 아니에요. 무슨 전교조. 어휴, 전 그런 거 몰라요. 저희 학교에도 선생님들 몇 분 계시긴 한데, 어휴, 전 무서워요. 무서워서 못 해요."

리영희는 애독하지만 전교조는 질색하다니, 역시 세상은 내가 알 수 없는 모순으로 가득하다. 나는 어깨를 으쓱하며 녹즙 가방을 마저 챙겼다. 아마 이런 게 포스트모던인 모양이지?

10화

외롭지만 결혼은 싫어

오늘도 익숙한 메일이 왔다. 강정민 님께서는 저희 회사가 원하는 인재상과는 다소 거리가 있어 어쩌고저쩌고 귀하의 건승을 빕니다. 그래도 희망 고문을 하지 않고 떨어지면 떨어졌다고 말해주니 차라리 자비로웠다. 희망 연봉을 언제나 겸손하게 낮춰 적거나 '내규에 따름'이라고 적는 나는 언제쯤 건승할 수 있을까. 그런데 얼마 후 기대하지 않았던 회사에서 서류 합격 메일이 왔다. 사흘 뒤 오후 4시쯤에 면접을 보러 회사로 오라고 한다. 암요, 이게 얼마 만의 면접인데 여부가 있겠습니까.

면접 전날, 비닐을 씌워 보관한 감색 치마 정장을 옷장에서 꺼내 다렸다. 구두는 앞이 막혀 보수적으로 보이는 걸로, 머리는 오랜만에 고데기를 꺼내 너무 화려하지 않은 웨이브를 넣기로 했다. 준비를 마치고 평소보다 일찍 잠자리에 들었건만 잠을 이루지 못하다가 면접장에서 당신 같은 사람은 필요 없으니 썩 물러가라는 호령을 듣는 악몽을 꾸었다. 꿈을 꾸다 울기까지 했는지 눈두덩이 부어 있었다. 잠을 설치다 일찍 일어난 탓에 평소보다 좀 이른 새벽 5시에 배달을 시작했는데, 고객이 많지도 않건만 자꾸 이 손님과 저 손님의 녹즙을 헷갈리는 따위의 사소한 실수를 했다. 광활한 K빌딩을 헤매며 내 실수에 노골적으로 싫은 얼굴을 하는 손님들에게 굽실굽실 허리를 굽히고 다녔다.

다시 집에 와서 면접용 의상을 장착한 후 약속 시간 5분 전에 회사 건물에 도착해 화장실에서 매무새를 가다듬었다. 창업 자금이 적은 스타트업이 흔히 그렇듯 여러 회사가 함께 쓰는 공용 오피스였다. 면접 볼 회사를 물어물어 찾아가니 직원이 나타나 팀장님 곧 오실 거예요, 하며 조그만 골방으로 안내해주었다. 의자 두 개가 간신히 들어가는 이 방에서 면접을 길게 했다간 산소부족으로 기절할 것 같았다. 나도 모르게 다리를 떨고 있는데 팀장이라는 남자가 들어왔다. 목례를 하고 명함을 주더니 이력서와 포트폴리오를 천천히 넘겨 보면서 질문을 시작했다.

"나이가 좀 많으시네요……. 미혼? 기혼?"

"아, 미혼입니다."

"남자친구는?"

"없습니다."

"앞으로 생길 수도 있겠네요?"

"예, 뭐 그럴 수도 있겠죠?"

"그러면 결혼을 하실 거고."

"저는 앞으로도 결혼 생각이 없습니다."

40대 중후반으로 보이는 팀장은 시집 안 가고 부모님이랑 평생 살 거예요, 하고 혀짤배기소리를 하는 꼬마를 보는 듯한 표정으로 허허, 하고 웃었다.

"우리 딸도 평생 엄마 아빠하고 살겠답니다, 허허허. 크면 얼른 저 좋다는 남자 찾아갈 거면서 지금은 입만 떼면 그래요."

댁 얘기 하나도 안 궁금한데요, 라고 쏘아붙이고 싶지만…… 자, 표정 관리. 평정을 유지하자. 굳어져가는 얼굴에 온 힘을 다해 미소를 붙들어두는 중인데 팀장은 또 '썰'을 늘어놓기 시작했다.

"여자는 말입니다, 남자 그늘이 필요해요. 아무리 맞벌이가 많다 해도 남자는 집안의 가장으로서 식구들을 보호

할 책임이 있고, 여자는 가정을 따뜻하게 가꿀 의무가 있죠. 여자 몸으로 사회에서 일하는 거 힘들기 마련인데 집에 오면 남편한테 기댈 수 있잖아요. 그러니까 결혼은 꼭 해야 합니다. 다 강정민 씨가 여동생 같아서 하는 이야기예요."

"그럼 남자 좀 소개시켜주세요."

팀장이 눈을 크게 떴다. 나는 미소로 눙치며 물었다.

"지금 하시는 말씀은, 제가 기혼이나 기혼 예정이 아니라서 자격 미달이라는 말씀이신가요?"

팀장은 고개를 가로저었다.

"아, 아뇨 그냥 제 개인적인 생각으로…… 지금은 결혼에 관심 없다고 해도 딱 운명적인 사랑을 만났다, 그러면 가정을 꾸리고 아이도 낳고 싶고 그렇지 않겠어요? 이력서랑 포트폴리오는 저희가 원하는 인재에 해당이 되시는데, 미혼 여성은 앞으로 거취가 어떨지 좀 걱정이 된다고 할까요."

"전 미혼 여성이 아니라 비혼 여성이고요, 아이한테도 아무 관심 없으니 사생활에 구애받는 일은 없을 겁니다."

"비혼이요? 요즘 젊은 사람들 쓰는 말인가 보죠? 결혼도 싫다 애도 싫다 하는 사람들 막상 자기 새끼 가지면 물고 빨고 놓질 못해요. 제 여동생도 결혼 안 하고 애도 안 낳을 거라고 그러다 시집가서 제 새끼 낳더니 180도 달라졌어요. 안 그래도 우리나라 출산율도 바닥이잖아요? 젊은 여자분들이 애를 안 낳으려고 하면 국력에 큰 타격이 오는 거죠."

결혼도 안 했고 애도 안 낳아서 죄송하다는 소리라도 듣고 싶은 건가? 골방에 침묵이 흘렀다. 팀장은 서류철을 탁탁 치면서 일어났다.

"시간 내주셔서 감사합니다. 제가 주책을 너무 떤 거 아닌가 모르겠네요."

"네, 많이 떠셨어요."

문을 열려던 팀장이 놀란 표정으로 돌아섰다.

"지금 뭐라고요?"

"주책 너무 떨었냐고 물어보셨잖아요. 맞다고요. 너무 떠셨어요. 저는 이미 다 봤으니 할 수 없고, 다른 지원자들한테는 안 하시는 게 좋겠어요. 개인사 캐묻는 불쾌감은 물론이고 업무 이야기는 하나도 없는 이게 무슨 면접입니까? 제가 써낸 희망 연봉 아실 텐데요. 겨우 그 푼돈 받겠다고 왔는데 정견 발표회도 아니고 면접과 무관한 주장을 한참 하시니 굉장히 무례하시네요. 앞으로 주의하셔야 할 것 같아요. 아, 옷깃만 스쳐도 인연이라고 다 팀장님이 오빠 같고 아버지 같아서 드리는 말씀인 거 아시죠?"

상상의 나래를 펼치다 팀장이 헛기침을 하는 소리에 정신이 퍼뜩 돌아왔다. 그는 나를 뽑을 생각이 눈곱만큼도 없어 보였다. 어차피 떨어질 거 속 시원하게 대들기라도 했으면……. 나는 그를 내버려두고 터덜터덜 사무실을 나왔다. 도대체 날 부른 이유가 뭐야? 당연한 듯 면접비는 없고. 머리 꼭대기에 열이 치밀어 올라 얼른 편의점에 갔다. 차가운 탄산수를 꿀꺽꿀꺽 넘기자 자잘한 기포가 수없이 터지면서 열기가 조금 식는 듯했다. 나는 이마에 탄산수병을 댄 채 휴대폰을 꺼냈다.

*

"준희 씨, 안뇽!"

지하철역 입구에서 기다리고 있던 나는 준희를 보자 반갑다고 멀리서부터 손을 흔들고 난리를 쳤다. 준희는 언제나 그렇듯 유니클로 매장 마네킹이 입은 옷을 통째로 벗겨다 입은 것처럼 무난한 검정 일색의 차림이었다. 너무나 무난하고 눈에 띄지 않아서, 남파 간첩들의 모범적인 예시로 교육에 쓰일 만한. 요즘은 남자들도 눈썹 정리를 하고 비비

크림 정도는 발라준다는데, 준희에게서는 그 흔한 향수 냄새 하나 나지 않는다. 언젠가 그의 어깨에 기대 잠깐 잠이 들었을 때 샴푸 냄새를 맡은 적이 있다. 그 냄새마저도 아무런 특징이 없는, 그냥 청결한 냄새였다. 한마디로 눈에 잘 띄지 않는 캐릭터다. 나는 오늘 회사 빠진 사람 몫의 흑마늘즙을 그에게 내밀었다.

"저녁 아직 안 먹었죠? 여기 기운 돋우라고!"

"네, 퇴근하고 바로 오는 길이에요. 고마워요. 근데 웬 정장? 좋은 일 있어요?"

"정확히 그 반대예요."

우리는 막걸리집으로 갔다. 전주 출신인 할머니 할아버지 부부가 전주에 있는 막걸리 골목과 똑같은 방식으로 운영하는 주점으로, 음식 맛도 꽤 괜찮고 위치가 다소 구석진 탓에 오붓한 시간을 가질 수 있다. 막걸리가 한 병에 만 원인 대신 안주가 여러 개 나오고 한 병 더 주문하면 또 다른 안주들이 나오는 식이라 술을 마시지 않는 준희도 공기밥을 하나 주문해 여러 가지 반찬으로 밥을 먹을 수 있고, 나는 찌꺼기가 병 바닥에 가라앉아 투명한 막걸리를 마실 수 있어 좋다. 나는 건더기가 뒤섞여 뿌연 막걸리를 거의 증오하다시피 하는데, 할아버지가 언제나 흔든 막걸리와 흔들지 않은 막걸리를 꼭 구분해놓으시는 것이 무척 마음이 든다. 준희는 한 상 가득히 차려진 감자전, 꼬막무침, 젓갈, 꽁치구이 등을 하나도 빼놓지 않고 골고루 젓가락질을 해서 맛본다. 나는 적당히 안주를 집어 먹고는 턱을 괴고 준희가 먹는 모습을 바라본다.

"준희 씨, 무슨 일 해요? 칼퇴근이 되네?"

준희는 입안에 음식이 있어 입을 가린 채 웃는다.

"안 가르쳐줘요."

"왜요? 뭐 미풍양속 해치는 일 해요? 조직폭력배 뭐 이런 거? 나 편견 없는 사람이니까 말해도 돼요."

준희는 메추리알 껍데기를 섬세하게 벗기면서 웃기만 한다.

"말 안 해요. 알면 나랑 안 놀려고 할 수도 있어요."

"나 삐짐."

"웬 귀여운 척이에요? 피차 연로한 나이에."

"어, 준희 씨 몇 살인데?"

"이거 몇 번째 물어보는 건지 알아요? 내 나이도 모르는 건 좀 너무하다."

"내가 전에도 물어봤었나?"

"술 취한 정민 씨한테 뭘 가르쳐주는 건 다 내 입만 아픈 일이에요. 절대 말 안 해요."

"지금은 안 취했으니까 말해줘도 되는데. 내가 준희 씨에 대해 아는 건 이름하고 전화번호밖에 없다고요."

"많이 말해줬었어요. 정민 씨가 다 까먹은 거라니까요. 이름하고 전화번호만 알아도 만나서 얘기하는 데 아무 문제 없는데 다른 게 왜 필요해요?"

생각해보니 그 말이 맞다. 이미 좋은 술자리 친구가 되어주는 준희에게 더 바라는 건 없다. 그런데 준희는 왜 번번이 나를 만나러 와주는 걸까. 많이 심심한가? 나를 좋아해서, 라고 잘난 척하고 싶지만 준희는 나에게 손끝 하나 대려 하지 않는다. 말이 많지 않은 편이라 내가 녹즙 배달이나 구직난 등에 대해 투덜거리면 고개를 끄덕이며 들어주다가 가끔 핵심을 찌르는 조언을 해줄 뿐이다. 제일 신기한 것은 대부분의 남자들이 여자와 있으면 마치 수탉이 힘을 과시하려고 가슴 깃털을 잔뜩 부풀리듯 뽐내는 제스처를 취하기 마련인데, 준희에겐 그런 게 없다는 것이다.

"아 참, 오늘 면접 봤어요, 저."

"오, 어쩐지. 어땠어요?"

"윤리 선생님하고 면담하는 줄 알았어요. 사람을 먼 데까지 불러놓고 면접비도 안 주는 매너는 그렇다 쳐. 업무에 대한 건 요만큼도 안 물어보고, 남자친구 있냐, 결혼할 거냐, 애 낳게 되면 회사 일에 지장을 주지 않겠냐, 그런 이야기만 줄곧 하더라고요. 그래서 남자친구 없다, 결혼 안 할 거다, 애 낳을 생각 없다, 그랬더니 요즘 '출산율'이 떨어지는데 어쩌고 하면서 아이를 낳는 건 여자만의 숭고한 특권인데 그걸 경험해보지 못하는 인생은 반쪽이라나. 뭐야 정말."

"그런데 오늘 정말 흔치 않은 꼰대 구경을 제대로 했네요. 그런데 정민 씨는 앞으로 결혼할 생각 없어요? 요즘 기대수명이 얼만데, 서른둘은 아직 젊어요. 우린 아직 한참 남았어요."

나는 막걸리 사발을 벌컥벌컥 들이켰다.

"결혼 생각요? 경험 삼아 한번 해보고는 싶네. 아, 혼인신고는 하기 싫고요. 딱 재미있는 부분만 하고 싶다. 예쁘게 드레스 입고 사진 찍고 돈 받고 여행 가고. 누가 매일 우리 집에 와서 나랑 밥 먹고 노트북으로 영화 보고 한 이불 덮고 자주면 좋겠다. 아니, 매일은 좀 부담스럽네. 그래, 주3일 정도 같이 있어주면 딱 좋겠네! 근데 결혼하면 부록이 딸려오잖아요. 남자 가족이라는 별책 부록이. 친구들 보니까 다 그렇던데. 정기적으로 문안 전화를 해라, 남편 아침은 차려주냐, 맞벌이해도 살림은 네가 물론 주도적으로 하겠지? 애는 안 낳냐, 애를 낳아봐야 어른이 된다. 내가 그런 소위 '정상 가족'에 맞을 리가 있겠어요. 제대로 된 직업 없지, 가족은 강도보다 더해, 멀쩡한 일자리가 안 구해지니 뭐라도 하려고 새벽에 녹즙 배달하고 낮에 둥글둥글한 애들 학습지 그림 그리고, 어릴 때부터 웹툰 작가 하고 싶었는데 이야기 짤 재주도 글 재주도 없고, 그러다가 예술 좀 한다는 새끼한테 뒤통수나 후려 맞고, 이력서 계속 고쳐서 지원해도 아무 성과도 없지. 어휴, 내가 남자래도 나랑은 절대 결혼 안 한다. 거기다가 술은 좀 마시나. 으하, 나도 나랑 상종하기 싫은데 본인이기 때문에 평생 상종할 수밖에 없는 그 기분 알아요?"

갑자기 준희가 푸하핫, 하며 웃었다. 나는 새 막걸리 병을 따며 준희에게 눈을 살짝 흘겼다.

"뭐야, 나의 진지한 이야기가 그렇게 웃깁니까?"

"아니, 그게 아니고 그러면 정민 씨랑 상종하는 내가 뭐가 돼요."

"뭐긴 뭐야, 변태지."

준희는 다시 푸하하핫, 하고 웃었다. 평소 살짝 미소만 짓는 준희가 이렇게 폭소하는 건 흔치 않아 괜히 눈을 흘기다가 나도 푸핫, 하고 웃었다.

"내가 결혼으로 부담 주는 여자가 아니라서 상종하는 게 아닐까? "

"시대가 많이 바뀌었는데, 어떤 사람들은 왜 그렇게 결혼을 중요하게 생각하는 걸까요?"

"그러게요. 한때는 저도 결혼을 정말 하고 싶었거든요? 그런데 우리나라에서 결혼은 개인끼리 하는 게 아니잖아요. 너무 가족 중심적이고 결국 여자가 희생할 수밖에 없는 구조예요. 우리 엄마만 봐도 그래요. 직장 그만두고 평생 남편하고 아들만 떠받들며 살게 됐잖아요. 그런데도 사람들은 여자들이 너무 이기적이어서 결혼을 안 한다고 욕해요. 이제는 출생률이 안 나오는 것도 여자 탓을 하고 있죠. 아니, 꼭 결혼을 해야 아이를 낳을 수 있는 것도 아니고. 게다가 아이를 낳아서 마음 놓고 기를 수 있는 환경이 아닌데 어느 여자가 미쳤다고 아이를 낳겠어요? 그런 거 보면 너무 지긋지긋해요."

"그럼 정민 씨는 결혼 생각이 아예 없는 거예요?"

"결혼은 하기 싫은데 믿을 만한 파트너를 만나고 싶기는 해요. 서로 위하고 아껴주는 관계랄까, 그런 걸 만들고 싶은 마음은 있죠. 사실 제가 보기보다 외로움을 많이 타거든요? 그런데 적당한 사람 만나기가 너무 어려워요. 일단, 나 같은 주정뱅이가 상대방에게 확신을 줄 수 있을 리도 없고."

준희는 물 한 모금 마시더니 천천히 말했다.

"사실은 나도 그래요. 내가 장차 결혼을 할지는 잘 모르겠어요. 하지만 이 세상에 내 유전자를 남기고 싶다는 생각은 전혀 안 들어요. 이미 태어난 사람들이 어떻게 사는지는 관심도 없으면서 출생률이 낮아서 문제라고 걱정하는 사람들 이상하지 않아요? 무시무시한 경쟁 시대에, 그것도 계급이 거의 고정되어버린 사회에서 애를 낳는다는 건 아이한테 굉장히 미안한 일일 것 같아요."

준희가 이렇게 심각한 표정을 짓는 일은 드물었다. 나는 잠자코 막걸리를 마셨다. 잠깐 분위기가 가라앉으려 할 즈음 내 휴대폰이 울렸다. 민주였다. 서울에 나와서 누굴 좀 만나 술을 마시다가 막차를 놓쳤는데 우리 집에서 자고 가도 되겠냐는 부탁이었다. 물론 그런 부탁은 언제나 오케이다.

준희를 일찍 보내고 나는 곧바로 민주를 만나러 갔다. 민주는 우리 집 앞에서 사과처럼 발그스름한 얼굴로 양손에 술병이 꽉꽉 찬 비닐 봉투를 들고 있었다. 문을 열고 침대 옆에 놓인 밥상에 술을 늘어놓는 동안 민주는 알아서 옷걸이에 아무렇게나 걸린 내 옷으로 갈아입었다.

"너 누구랑 술 마신 거야?"

내가 묻자 민주는 양 뺨에 손바닥을 갖다 대며 헤헤, 하고 웃었다.

"나 오늘 소개팅 했쪄."

"소개팅? 그런 말 없었잖아."

"친구가 급요청을 해서 만났지."

민주는 집게손가락을 흔들어 보였다.

"소개팅은 괜찮았어?"

"괜찮았으면 내가 여기 있겠어? 당장 대실이라도 했겠지."

"어땠길래?"

"완전 빠가충(蟲)이었어 빠가충. 나보다 두 살 많은데, 오빠란 소리 듣고 싶어서 환장을 한 거 있지. 말끝마다 오빠가 이랬는데, 오빠가 저랬는데, 그놈의 빠가 빠가 빠가! 결혼해서 우리 민주 닮은 딸 낳으면 너무 좋겠다고 그러는데 소름이 쫙 돋는 거야. 그래서 난 애 같은 거 안 낳는다고 했더니 엄청 준엄한 얼굴로 너 그러는 거 아니라고, 여자로서 해야 되는 신성한 의무를 무시하지 말라고, 무슨 방언 터진 것처럼 나를 막 야단치는데, 황당해서 개가 화장실 간

사이에 도주했지. 잠깐만, 전화 자꾸 온다."

민주는 전화를 향해 얼굴을 확 찡그렸다. 그러더니 전화에다 대고 소리쳤다.

"이재희, 그만 좀 전화해! 내가 죽었다 깨어나도 너 다시는 안 만난다!"

나는 기가 막혀서 흐흐, 하고 웃었다.

"이재희 어지간히도 연락하는구나. 지치지도 않아."

민주는 얼굴을 펴지 않고 어깨를 으쓱해 보이며 뭐라고 욕설을 했다.

"남자들은 왜 이렇게 말귀를 못 알아듣지? 너랑은 이제 헤어졌다, 끝난 사이다, 이렇게 딱 잘라 말해도 무릎 꿇고 매달리면 어떻게든 될 거라고 생각하나 봐. 그러다가 나는 정말 얘를 사랑해서 이렇게까지 하는데 얘가 진정한 사랑을 몰라주네, 로 넘어가. 나중에는 결국 야, 네가 뭐야? 뭔데 그렇게 비싸게 굴어? 이러면서 자기가 사랑했던 여자를 깔아뭉개는 조국의 남자들이 최소 70퍼센트는 되는 것 같아."

민주의 얼굴이 다소 어두워졌다. 설마 무슨 일이야 있었겠어, 하고 생각하면서도 조심스레 말을 꺼냈다.

"혹시…… 최근에 그런 일 있었어?"

"그런 일 많지, 뉴스 봐봐. 자기 사랑을 안 받아줬다고 찾아가서 협박하고 죽이잖아. 죽이는 게 사랑이냐고. 이상하지 않아?"

"그치. 사랑하면 살려야지."

민주가 밥상에 엎드렸다.

"정민아."

"어."

"너, 진짜 술 끊을 거야?"

"어?"

"진짜 끊을 거냐고."

"어……."

"사랑하잖아."

"어……."

"나 어린이집에서 건강검진 했다."

"아, 어떻대?"

"콜레스테롤."

"심해?"

"약 먹을 정도는 아니고."

민주는 그대로 잠이 들었다. 이마를 살짝 만져보자 머리카락이 촉촉하게 젖을 정도로 식은땀까지 배어 있었다. 오늘 기분이 너무 안 좋아서 평소보다 술을 많이 마신 건가, 아니면 어린이집에서 또 스트레스를 받은 걸까. 늘 단아한 민주의 얼굴이 오늘은 살짝 처연해 보였다. 오늘은 이만 작파하고 민주를 침대로 데려가 편히 재우는 게 나을 것 같았다. 우리도 서른이 넘었으니 천년만년 상태가 좋을 순 없겠지. 민주는 계속 뭐라고 혼잣말을 했다. 그러나 나는 그 말 중 단 한 마디도 알아들을 수 없었다. 대신 민주의 어깨를 한 번 꽉 안았다. 네가 사랑하는 버지니아 울프가 여자에겐 조국이 없다고 했지. 영원한 난민. 그래, 우리 가자. 어디로든.

11화

녹즙 여사의 변신

싼차장에게서 전화가 왔다. 녹즙 싸게 해달라는 말 아니면 여자 소개해달라는 말밖에 안 하는 싼차장. 오늘 전화는 출장 때문에 녹즙 넣지 말라는 전화여야 할 텐데. 꼭 그래야만 해.

"아이고, 우리 녹즙 아가씨. 요새는 얼굴도 안 보여줘?"

녹즙 아가씨라. 대체 날 뭐라고 생각하는지. 우리가 왜 요즘 얼굴을 안 볼까요? 내가 혼신의 노력으로 당신을 마주치지 않도록 노력하고 있기 때문이죠.

"저기, 저번에 내가 했던 얘기 있잖아."

설마 3 대 3 미팅 이야기를 전화로까지 하진 않겠지.

"그 3 대 3으로 맥주 마시자는 이야기 말이야!"

하네.

"우리 직원하고 내 친구 하나가 요즘 너무 더워서 시원한 생맥주가 당긴다는데, 어떨까?"

여자한테 환심을 사려고 하는데 생맥주가 뭐람. 싼차장답게 구네. 양주라도 한 병 까시든가…… 하고 멍하니 생각하고 있는데 잠시 잊고 있었던 두 여인이 떠올랐다. 그래! 나와 함께 지옥 불에 같이 뛰어들어줄 두 분! 나는 활달하게 말했다.

"안 그래도 제가 친구 두 명한테 얘기해놨거든요."

싼차장은 몹시 기뻐한다.

"그럼 오늘 당장은 어때? 오늘 완전 칼퇴근할 수 있거든? 아, 내가 너무 성급하게 굴었나?"

"친구들에게 오늘 시간 되냐고 물어볼게요."

"그래, 꼭 연락 줘!"

야쿠르트 여왕님이 어디 계시더라. 배달하면서 두리번거리는데 저 멀리서 T녹즙 여사님이 보인다. 야쿠르트 여왕님만큼이나 껄끄러운 상대다. 데이터 센터는 우리 P녹즙, 코리아야쿠르트, T녹즙이 삼파전을 하고 있어서 각 브랜드 간에 상당히 적대적이다. 야쿠르트 여사님이 30년 경력으로 이곳 사원들을 꽉 잡고 있고 T녹즙 여사님은 이 지역에

20년쯤 살아온, 말 그대로 '토호'이다. 우리 P녹즙은 맨 마지막에 판촉 허가를 받아 레드오션에 뛰어들었기 때문에 K빌딩에서 가장 불리한 위치다. 그 말인즉슨 내가 셋 중에서 가장 불리한 위치란 말이다. 아무것도 모르는 생초보 시절에 다른 브랜드인 T녹즙을 먹고 있는 내 또래의 사원과 가볍게 농담 몇 마디 나눈 적이 있었는데, 현관에서 T녹즙 여사님이 나를 기다리고 있다가 서늘하게 말했다.

"우리, 지킬 건 지켜야지?"

자기 고객하고는 말도 섞지 말라는 것이다. 배달원에게 발급되는 평범한 출입증의 보안 수준으로는 열리지 않는 공간이 있었는데, 그럴 때는 여기서 일하는 손님이 드나들 때까지 그 앞을 서성거리면서 서글프게 기다리는 수밖에 없었다. 한번은 T녹즙 여사님이 마침 사무실 안으로 들어가고 있는 것을 보고 전속력으로 달리며 손을 흔들었지만, 여사님은 나를 빤히 보면서 자동문이 닫힐 때까지 그 자리에 서 있다가 얼음 같은 미소를 띠며 갈 길을 갔다.

이전 담당자는 T녹즙 여사님과 머리채까진 안 잡았지만 험악한 말다툼을 벌인 적이 있다며 T녹즙 여사님을 향해 험한 욕설을 내뱉어 인수인계하던 첫날 내 간이 콩알처럼 쪼그라들었다. 늘 포복 자세로 전형적인 회피형의 인생을 살아온 나에게 이 호전적인 여사님들은 모두 무섭기 짝이 없었다. 인수인계를 해주던 선배 여사님은 내 어깨를 꽉 잡으며 나를 격려했다.

"다 적이야, 무슨 수를 써서라도 손님 빼앗아 와야 돼, 여기는 총알 없는 전쟁터야."

그 격려가 더 무서웠다. 여기가 전쟁터라면 저는 이미 전사자입니다. 부디 용맹하신 참전 용사님들, 저를 신경 쓰지 마시고 모두 제 무덤 위로 지나가주세요. 전쟁에 참전할 용기가 없었던 나는 누군가의 기존 고객을 빼앗았다간 무슨 일을 당할지 모르겠다 싶어서 무조건 신규 고객 유치에 힘을 기울였다. 그러다가 코리아야쿠르트 좋은 짓만 했지만.

나는 다른 층으로 내려가려는 T녹즙 여사님을 우렁차게 불렀다. 저번 '페어플레이' 사건으로 아주 조금 담대해졌다.

"여사님! 여사님! 잠시만요!"

야쿠르트 여사님처럼 노골적으로 남의 손님을 꼬시지도 않고 조용한 분이지만, 영업하는 사람이 다 그렇듯이 손님이나 잠재적 구매자를 만날 때는 마치 조커가 입을 찢어 영원히 미소 짓는 얼굴이 된 것처럼 미소를 잔뜩 장착해놓는다. 내가 여사님이 있는 곳에 도착했을 땐 당연히 그 미소는 사라지고 무표정으로 변모해 있었다. 평소에 여직원들에게는 다정한 언니처럼, 남직원들에게는 자애가 넘치는 누나처럼, 임원들을 대할 때는 귀여운 동생처럼 구는 스킬에 속으로 감탄한 적이 많았는데, 지금은 그런 태도가 단 1그램도 남아 있지 않았다.

뭐 나한테는 100원도 남겨먹을 게 없으니 당연한 거겠지, 싶어 꾸벅 인사부터 하고 여사님의 얼굴을 보니, 억지로 미소 짓지 않는 그 얼굴은 서늘하면서도 어딘가 아름다운 데가 있어 깜짝 놀랐다. 40대 후반쯤 되었을까, 가까이에서 보니 하얀 얼굴이 고왔다. 여성들이 이 일을 선택하는 이유는 대체로 오전 안에 일을 끝내놓고 오후에 어린 자녀를 돌볼 수 있기 때문이라고 들었다. 이분이 초등학생 아이를 두었을 것 같진 않고, 중고생 자녀의 학원비나 과외비를 내려고 일하시는 게 아닐까 짐작만 해왔다. 그런데 이런 분들이 일할 때 풍기는 집요함에는 남다른 구석이 있는 것 같다. K빌딩 말고 내가 출입하는 또 다른 건물인 방송 회관에서 그런 광경을 본 적이 있다. 어떤 여사님이 손님에게 지박령처럼 찰싹 붙어서 네가 안 먹어주면 우리 애들이 학원에 못 갈 거야, 그러면 대학에 떨어질 거고, 그리고 그건 모조리 네 책임이야, 같은 식의 희한한 논리를 전개해서 기어코 녹즙을 먹이는 거였다. 혀를 내두르지 않을 수가 없었다.

평소에는 T녹즙 여사님과 마주치면 서로 불편하니까 엘리베이터를 나중에 타거나 얼른 다른 길로 가서 피했는데, 처음으로 얼굴을 정면에서 보니 비굴함이나 구차함이 전혀 없는 반듯한 인상이었다. 우리 지사에 배달 일은 오래 못 하겠다는 말을 매일같이 하는 여사님이 한 분 계시는데, T녹즙 여사님은 다른 동료까지 지치게 만드는 그런 사람보다 한 수, 아니 두세 수는 위인 것처럼 보였다.

"넌 사람 불러놓고 왜 아무 말도 안 하니?"

말투에 별달리 적의가 느껴지지 않아서 약간 용기가 났다. 나는 파리 날개 한 쪽만큼도 안 되는 연약한 용기에 기대어 말을 꺼냈다.

"혹시 야쿠르트 여사님한테 이야기 들으셨어요? 그 왜…… ○○○ 차장이라고 있는데요."

"아, 그 최근에 이혼한 사람? 이 세상에 이혼한 사람은 자기 혼자밖에 없는 것처럼 구는 사람?"

우리는 동시에 풋, 하고 웃었다.

"네, 그 사람 맞아요. 근데 저보고 각자 친구들 두 명씩 데려와서 같이 맥주 한잔하자고…….”

여사님은 피식 웃었다.

“아, 야쿠르트 언니한테 대충 얘기 들었어. 나도 요새 목이 칼칼한데 생맥주 좀 얻어먹지 뭐. 설마 우리한테 계산이야 시키겠어?”

이분, 생각보다 훨씬 털털한데?

“혹시, 오늘이라도 시간이 되시냐고 아까 전화가 와서요.”

“나는 오늘 프리한데 야쿠르트 언니한테 물어봐야겠다. 자기 전단지에 연락처 적어놨지? 지금 한 장 있니?”

한 장이라뇨, 산더미만큼 이고 다니는걸요. 나는 내 것을 내밀었고 여사님도 자기 전단지를 건네주었다. 시간을 지체하면 일을 제시간에 끝낼 수 없어서 우리는 서둘러 헤어졌다. 서로 멀어지며 T녹즙 여사님이 내가 물어보고 연락할게, 라고 해서 네에! 기다릴게요! 하고 외쳤다.

휴대폰 화면에 모르는 번호가 떴다. 혹 면접 보러 오라는 전화가 아닐까 해서 긴장하며 받았더니 T녹즙 여사님이었다.

“야쿠르트 언니 시간 된대! 나도 괜찮아! 그럼 몇 시에 어디서 만날지 알려줘!"

"네, 알겠습니다!"

통화를 마치고 오늘 내 차림새를 훑어보았다. 내가 좋아하는 귀여운 운동화에 신축성이 좋아 일하기에 편리한 스키니진을 입었다. 청소 여사님들이 증오하는 바지지만, 흔하지 않은 그레이블루색이라 마음에 든다. 몸에 잘 맞는 티셔츠와 루즈핏이라 편하면서도 독특한 문양이 들어간 카디건까지. 됐어, 됐어. 놈들에겐 이것도 차고 넘쳐. 싼차장에게 톡을 보냈다.

다 된대요. 몇 시쯤 어디요?

우와, 정말? 그럼 XX역 근처에 일본식 주점이 있거든, 거기가 안주도 굉장히 맛있고 생맥주도 잘 내려. '토모'라는 이름이야. 칼퇴근할 테니까 6시 반 어때?

제가 아르바이트가 6시에 끝나서 7시 어떠세요?

오케바리! 좋지 좋아! 그럼 7시에 '토모'에서! 친구들 예쁘게 하고 오라 그래!

예쁘게 하고 오라고? 당신이 잘생긴 것도 아닌데 왜 우리가 예뻐야 되냐? 아마 이따 깜짝 놀라 자빠지게 될 거다. 어디 맛 좀 봐랏. 그때 민주에게서 톡이 왔다.

오늘 저녁에 뭐 해?

아, 나 3 대 3으로 논다, 싼차장의 소원을 들어주려고.

멤버 구한 거야? 도대체 어떻게?

우리 건물에 출입하시는 여사님 두 분. 사람 대하는 스킬 끝내주시잖아.

우워, 나도 가서 보고 싶은데 오늘 힌디어 스터디 팀하고 홍대에서 약속 있네. 혹시 일찍 끝나면 넘어와!

ㅇㅋ!

*

'토모'라는 일식 주점은 좀 좁지만 아늑하고 분위기가 괜찮아 보였다. 일본어로 '친구'라는 뜻으로 오늘 자리를 함께할 내 '친구들'을 모시기에는 다소 부족하긴 하지만 그래도 이만하면 합격선이다. 아직 초저녁인데 저쪽에서 벌써 부어라 마셔라 하며 주흥에 흠씬 젖은 이들이 보였다. 아, 정말 대한민국 아저씨들에게는 술을 시끄럽게 마시지 않으면 어디 가서 벌점이라도 받는 비밀스러운 규칙 같은 게 있는 걸까. 기차 화통 삶아 먹은 소리로 썩 재미도 없는 이야기들을 잘도 나눈다. 혼자 인상을 슬쩍 찌푸리고 다른 자리에 앉아 여사님들을 기다리고 있는데 잠깐, 저렇게 시끄럽게 떠들며 목구멍 안으로 술을 들이붓고 있는 자들의 낯이 익다. 오늘의 3 대 3 모임을 간절히 원했던 싼차장 일행이 아닌가. 싼차장 옆에는 누구의 손님도 아니지만 워낙 근속 기간이 길어 나 같은 배달원이나 경비팀한테도 얼굴이 익숙한 독과장이 앉아 있다. 우리 삼두 연합이 수없는 시음 팩을 갖다 바치며 그를 손님으로 만들려고 온갖 애를 써봤지만 모두가 실패했기 때문에 너무 독해서 독과장이라고 부른다. 싼차장과 독과장은 한 팀이니까 같이 나오는 게 자연스러운데, 옆에 앉은 남자는 전혀 모르는 얼굴이었다. 데이터 센터 근무자는 아닌 모양이다. 40대 중반인 싼차장이나 그보다 조금 어린 독과장보다도 한결 어려 보였다.

나는 그들의 눈에 띄지 않도록 화장실로 살금살금 걸어가 거울에 내 모습을 비춰 보았다. 저들에게 예쁨받고 싶은 생각은 전혀 없었다. 지금까지 경험해본 바 남자들은 여자가 어느 정도 꾸미고 나오면 틀림없이 자신에게 예뻐 보이기 위해서라고 확신했고, 상태가 좀 심한 남자의 경우 여자가 자신에게 사랑받고 싶어 어떤 사인을 보내는 것이라 굳게 믿는 경우가 왕왕 있다. 그런 착각 때문에 여자들은 종종 난감하지만, 그렇다고 유행한 지 몇 년이나 지나 다 떨어진 청바지에 맨얼굴로 만나면 대단한 모욕과 무시를 당했다고 부르르 떨기 때문에 양 조절을 잘 해줘야 한다. 꾸미되 너무 꾸민 것 같지 않게, 털털한 차림이지만 넝마주이 정도로는 안 보이도록. 아, 까다롭기도 하지. 화장은 그냥 딱 예의상 하는 정도로만 하자. 입술에 색이 들어간 립밤만 바르고 아이라인이나 다른 색조 화장은 생략, 약간의 커버력이 있는 자외선차단제, 마스카라만 아주 살짝 칠했다. 오늘 이 자리가 어서 파했으면. 그래야 얼른 집에 들어가서 그림 알바라도 할 수 있는데. 저 아저씨들은 내가 본인을 위해 피 같은 시간을 짜냈다는 걸 절대 모를 것이다.

얼굴에 대외용 미소를 장착하고는 싼차장에게 가서 인사를 했다. 늘 사회에 불만이 대단히 많은 표정을 하고 있는 싼차장의 얼굴이 오랜만에 들떠 해사하기까지 하다. 싼차장은 독과장에게 너 알지? P녹즙 아가씨, 그리고 아가씨도 내 옆자리에서 일하는 친구 알지?라고 활달하게 소개를 했다. 당연히 알죠. 우리 셋이 아무리 판촉을 해도 시음 팩만 쏙쏙 빼먹고 절대로 팔아주지는 않는 독한 남자. 이어서 이 둘에 비하면 젊고 반반한 남자가 인사를 했다. 싼차장의 대학 후배로, 오늘 3 대 3 미팅의 인원수를 맞추기 위해 끌려왔다는 거였다. 어휴, 곧 죽어도 그놈의 3 대 3. 저 사람도 지금 나랑 비슷한 신세구나. 자기가 이 모임을 만들기 위해 얼마나 정성을 들였는지 아느냐며 으스대던 싼차장은 주제를 바꿔 오늘 어떤 친구들이 나오느냐고 열렬하게 물어댔다. 뭘 하는지, 키는 큰지, 생김새는 어떤지, 얼굴은 예쁜지. 아니, 그런 말씀을 하시려면 차장님이 잘생기셔야 되는데 아니잖아요, 라고 말할 수는 없기 때문에 그냥 어색하게 미소를 지으며 대강 대답했다.

"제가 친하게 지내는 언니들인데요, 굉장히 강인하고 멋있어요. 엄청 치열하게 사시는 분들이고요. 워낙 안 꾸미셔서 그렇지 조금만 단장하시면 상당한 미인들이실 것 같아요. 사실 저랑 그렇게 친하진 않은데, 오늘 같은 기회에 저도 한번 언니들하고 친해져볼까 해서 같이 가자고 했어요."

싼차장은 나보다 언니들이라는 말을 듣고는 그만 실망을 감추지 못했다. 적어도 나와 동갑이거나 더 어린 친구를 데려오길 원했던 모양이다. 양심은 어디다 팔아먹으셨습니까, 싼차장이시여. 싼차장이 씁쓸한 표정으로 안주를 입에 꾸역꾸역 밀어 넣는 동안, 뉴페이스—싼차장의 후배니 싼후배 씨라고 부르자—싼후배 씨는 동물원 원숭이 보듯 신기하다는 표정을 감추는 시늉도 않고 내게 말을 걸었다. 이렇게 젊은 분이 녹즙을 배달하는 건 처음 본다, 일은 힘들지 않느냐. 손님들하고 '썸' 같은 건 없느냐, 우리 회사에도 들어오시면 나도 신청할 텐데 멀어서 아쉽다 등등 썰을 풀면서 내 술잔이 빌 때마다 재빠르게 사케를 따라주었다.

솔직히 나나 민주의 지갑은 사케를 감당하기에는 너무 얄팍했기 때문에 이렇게 공짜로 사케를 마실 수 있는 자리를 만나니 기분이 좋지 않을 수 없었다. 맛도 향기로운 데다 미리 시켜둔 안주들과도 기막히게 어울렸다. 이런 식의 센스는 나이가 어리고 경험이 없으면 갖출 수 없지. 그런 생각을 하니 싼차장이 조금 덜 미워졌다. 이왕 얻어 마시는 거, 사케를 적당한 온도로 데워 복어 지느러미를 넣은 히레사케도 해달라고 부탁했다. 이게 얼마 만에 맛보는 사치인가. 적당한 쓴맛과 구운 지느러미의 향기가 오감을 자극했다. 홀짝홀짝 마시다 보니 어느새 살짝 취기까지 돌았다. 싼후배 씨는 그때를 틈타 나에게 남자친구는 있느냐, 어떤 타입을 좋아하냐, 이런 시시한 소리를 하면서 내 어깨를 슬금슬금 건드렸다. 사케를 먹여주신 은혜가 참 감사하긴 하지만 정신 똑바로 차리고 자제해야겠다 싶어 내키지 않는 몸짓으로 잔을 내려놓았다.

마침 그때 주점 문이 열리며 풍경 소리가 경쾌하게 울렸다. 내가 기다리던 자매들이 드디어 등장하는구나! 그분들이 맞긴 맞았는데, 녹즙 손님 일행은 물론 나 역시 두 사람을 얼른 알아보지 못했다. 늘 입고 다니는 대로 대충 입고 온 나와 달리 여사님 두 분은 평소와 전혀 다른 분위기였다. 언제나 야쿠르트 유니폼과 누런색 효도화, 누런색 모자까지 쓰고, 추운 날에는 회사 로고가 크게 새겨진 같은 색의 두꺼운 패딩 코트로 온몸을 칭칭 휘감는 여사님이 사복을 입은 모습은 오늘이 처음이었다. 야쿠르트 모자 밑에 감추고 있던 머리카락을 자연스럽게 하나로 틀어 올려서 진주가 달린 머리꽂이로 장식하고, 비둘기색의 스커트 정장에다 옷과 잘 어울리는 단정한 회색 하이힐까지 신은 차림이었는데 여사님, 아주 작정을 하셨군요. 아름다웠다. 누구도 이 귀부인이 아침마다 악을 쓰며 내 얼음 팩과 손님을 도적질해 가고 우악스러울 정도로 끈질기게 판촉에 매달리는 근성 있는 장사꾼이라고는 상상도 하지 못할 것이다.

T녹즙 여사님도 T녹즙 로고가 새겨진 자줏빛 패딩을 입지 않았다. 평소 배달할 때는 단정치 못하게 보일까 봐 이마 선이 위로 당겨질 정도로 꽉 묶고 다녔던 머리까지 풀었는데, 살짝 웨이브를 넣어 어깨 아래로 늘어뜨리자 망토처럼 드리워진 검은 머리채에서 마치 흑표범의 털처럼 윤기가 흘렀다. 녹즙 배달할 때 입는 사이즈가 어정쩡한 T녹즙의 조끼를 벗어버리고, 투박한 워킹화 대신 앞코가 뾰족

한 은빛 하이힐을 신으니 T녹즙 여사님은 누가 봐도 스타일리시한 미인이었다. 맨얼굴과 별다를 바 없이 비비크림 하나만 바르고 다니던 분이 정성껏 옅은 화장을 하고 살며시 얇은 아이라인을 그리자 동양적으로 긴 눈매가 근사하게 돋보였다. 잘 맞는 청바지 위에 몸매가 살짝 드러나는 티셔츠, 가벼운 재킷을 걸친 모습도 부러울 정도로 늘씬했다. 이쯤에서 슬슬 남자 팀 반응이 어떤지 힐끔 살펴보니 역시 모조리 입을 헤벌리고들 있었다. 저러다 벌레 들어가도 모르겠구먼. 괜히 내가 우쭐한 기분이 들었다. 봐, 우리가 마음먹으면 이 정도야!

“제가 평소 많이 배우고 있는 언니들이에요. 생맥주 좋아한다고 하셔서 모셔 왔어요.”

혹시 내가 ‘여사님’들을 데려오는 바람에 남자들이 기대했던 판을 깬 건 아닌지 살펴봤지만 괜한 걱정이었다. 싼차장과 독과장은 평소 무심히 지나쳤던 두 여사님의 완전히 다른 모습에 깜짝 놀라 좀처럼 입을 다물지 못하고 있었다. 싼후배 씨만 계속 나에게 실없는 농담을 걸려고 시도했다. 그러나 나는 여사님들이 평소에 내게 주었던 크고 작은 고통을 말끔히 잊어버릴 정도로 그녀들의 변신이 너무나 자랑스러워 그를 상대해줄 시간이 없었다.

싼차장이 보통 때와 너무 다른 모습이셔서 못 알아보겠다며 말을 더듬자, '애~ 쟤~ 언니가 말이야~ 자기야~' 없이 문장을 완성하지 못하던 야쿠르트 여사님은 언제 그랬냐는 듯 손으로 입을 가리고 살며시 웃었다. 그리고 이런 자리에 나이도 많고 재미없는 아줌마를 불러줘서 고맙다고, 덕분에 자기가 여자라는 걸 오랜만에 실감한 것 같다며 부드럽게 감사를 표했다. 그런 야쿠르트 여사님에게서 싼차장은 도무지 눈을 떼지 못하고 있었다.

독과장은 T녹즙 여사님과 무슨 띠인지 서로 물어보다가 여사님이 네다섯 살 연상인 걸 알고는 수줍게 말했다.

"저기…… 누나라고 불러도 될까요?"

나는 웃음을 참으려 사케 잔에 얼굴을 박았고 T녹즙 여사님은 달콤하게 웃으며 말했다.

"공짜로는 안 되지."

드디어 몇 년 동안 어떤 배달원도 꺾지 못했던 독과장의 아성이 무너지는 순간이었다. 신규 손님을 한 사람 획득한 T녹즙 여사님의 얼굴은 주점의 어두운 조명을 받아 더욱 신비스러워 보였다.

술이 몇 잔 돌아가고 보니, 어느새 야쿠르트 여사님

은 싼차장의 괴로운 인생사를 귀 기울여 들어주는 중이었다. 아이가 생겨 결혼했는데 아내는 자신을 그저 현금인출기 취급했을 뿐이고, 아이한테만 관심을 쏟아 남편인 자신에게는 도무지 마음을 써주지 않았다고 고백하는 싼차장의 목소리는 늘 우렁차던 평소와 달리 조금씩 떨리고 있었다. 아침은 자신이 알아서 챙겨 먹고 나갔지만 저녁밥을 기대하며 집에 돌아오면 아기를 돌보느라 지친 아내가 햇반과 고추참치 캔만 달랑 식탁 위에 올려놓은 때가 잦아서 육아로 어지간히 힘들었나 보다 생각하면서도 못내 섭섭했고, 그 작은 섭섭함이 싸움의 도화선이 되면서 결국 가정이 망가지게 되었다는 이야기에 이르자 싼차장의 눈동자에는 물기가 가득했다. 어디에나 있을 법한 뻔한 사연이었지만 야쿠르트 여사님은 사는 게 다 그렇다며 그를 토닥여주었고, 이미 전작이 꽤 있었는지 얼굴색이 불콰했던 싼차장은 그만 뚝뚝 눈물을 흘렸다. 여사님은 나도 직업상 나름대로 사람들 많이 만나봤지만 아무리 힘이 세도 외로움을 견디는 천하장사는 없더라, 그러니 눈물이 나올 때 실컷 울어버려라, 아직 눈물이 나올 때가 다행이다, 정말 힘들 때는 눈물조차 나오지 않는다며 싼차장의 팔을 토닥토닥 두드려주면서 자기 어깨에 기대 울도록 해주었다. 싼차장의 눈물이 야쿠르트 여사님의 정장에 얼룩을 만들었지만 여사님은 전혀 상관하지 않고 덩치 큰 남동생을 위로하듯 작은 어깨를 빌려주었다.

자기야, 내가 과부거든, 이라는 말을 전가의 보도처럼 휘두르며 나에게서 손님을 약탈했던 전과가 있으므로 야쿠르트 여사님이 사별한 싱글이라는 것은 모두 아는 바였다. 하지만 T녹즙 여사님의 혼인 여부나 애인 유무는 아무도 몰랐고, 독과장은 그 두 가지가 모두 알고 싶어 애가 타 보였다. 그러나 여사님은 후훗, 하고 웃으며 이렇게 말할 뿐이었다. 글쎄, 녹즙 좀 비싼 거 먹어주든지. 독과장은 알겠다고, 최고급 플랜으로 짜달라고, 먹으라는 대로 다 먹겠다고 열띤 목소리로 소리쳤다. T녹즙 여사님은 소녀처럼 까르르 웃으며 농담이라고, 손님이 되어준 것만 해도 고마워 죽겠다며 짓궂게 독과장을 아주 들었다 놨다. 어쨌든 이 3 대 3의 만남에서 적어도 네 사람은 즐거운 시간을 보내고 있는 것 같았다.

*

그렇게 각자 짝을 지어 이야기를 나누고 있는 여사님들

을 흐뭇하게 바라보고 있는데, 싼차장의 대학 후배가 내 귀에 대고 속삭였다.

"지금 한창 분위기들 좋으신데 더 친해지시도록 동생들은 좀 빠져주는 게 좋지 않을까요? 저는 솔직히 심심하거든요."

굳이 사랑의 큐피드 노릇을 자처하지 않아도 상황이 매끄럽게 풀릴 것 같아, 나는 그의 제안을 승낙했다. 그가 괜찮은 이자카야를 알고 있다며 데려간 곳은 하필 지겨운 B호텔 인근이었다. 이미 전작이 있으니 오늘은 권하는 대로 술을 마시지 말자고 굳게 다짐했는데 요즘은 면접 보러 오라는 연락도 잘 안 오는구나, 동기 누가 어느 플랫폼에서 연재하던 웹툰 히트했다고 했었지, 뭐 그런 회색빛 도는 생각을 하다 보니 언제 얼마나 마신 건지 잔을 셀 수가 없었다. 세상에, 이걸 다 내가 마셨다고? 싼후배도 술 참 시원하게 잘 드신다며 독한 술만 권해서 도대체 정신이란 걸 수습할 수가 없었다. 정신줄 꽉 잡고 있자, 취하기 전까지만 마시자는 내 결심과 달리 그놈의 회색빛 도는 생각들이, 마음속에 뚫린 구멍을 쿡쿡 찌르며 여기에 술을 붓자고 졸라댈 때 나는 언제나 백전백패하고야 만다.

억지로 그 정신이란 놈을 수습해보니 어느새 여기는 그

놈의 B호텔 입구. 싼후배 씨에게 아예 안기다시피 해서 와 있었다. 그도 상당히 술이 들어간 듯 귀까지 새빨개진 채 내 손목을 낚아채 꽉 잡고 끌어당기는 중이라 아예 손목과 팔 여기저기에 시뻘건 손자국이 나 있었다. 이제 고지가 바로 저기다 싶은지, 손아귀에 점점 더 힘이 들어갔다. 머리가 빙빙 도는 것 같고 몸에 힘이 하나도 없었다.

정신을 차려보려고 내 뺨을 철썩 때려봤지만 손에 힘이 들어가지 않아 전혀 아프지 않았다. 휘청거리던 다리는 아예 촛농처럼 녹아내리고 있었다. 싼후배 씨, 아니 이 망할 놈의 자식은 무슨 오래된 연인이라도 된 것처럼 내 허리에 자연스럽게 팔을 척 감고 B호텔 프런트로 들어서려 했다. 소리를 지르려 했지만 목에서 쇳소리만 날 뿐 도무지 말이 나오지 않았다. 사람들이 우리를 이상스레 여기는 시선을 느꼈는지 이 새끼는 세상 다정한 척을 하며 말했다.

"자기야, 괜찮아? 내가 그렇게 많이 마시지 말라고 했잖아. 이대로 집에 들어가면 부모님이 걱정하실 테니까 여기서 잠깐 쉬다 갈까? 그러자, 정신 좀 들게."

쉬긴 뭘 쉬어. 안 쉴 거잖아. 나는 그의 팔에서 풀려나려고 힘껏 저항했지만 사지의 어디에도 힘이 들어가지 않아 허수아비 같은 꼴로 질질 끌려갔다. B호텔은 숱하게 와봤지만 이렇게 오고 싶지도 않았고, 이 남자와 자고 싶지도 않았다. 나를 구슬리던 남자는 우리 까놓고 이야기하자, 라며 뭔가 허심탄회한 대화를 하자는 듯 말했다. 솔직히 나 싫은 거 아니잖아? 단둘이 빠져서 술 마셨잖아. 너도 내가 좋은 거 아니야? 우리 그냥 쿨하게 가자. 댁은 무슨 내 몸에 대한 자유이용권이라도 끊었습니까. 내가 좀처럼 승낙하지 않고 아예 땅에 주저앉아 버티자 남자는 결국 본색을 드러냈다.

"아 진짜, 줄 것처럼 해놓고. 존나 비싸게 구네."

그래, 이거다. 대한민국 남자들이 제일 분노하는 것. '가성비'가 안 맞을 때. 내가 얼마나 돈도 쓰고 공도 들였는데 이제 와서 감히 거부를 해? 여자의 의사와는 상관없이 본인의 억울함이 우선이 된다. 아마 법으로 고소할 수 있다면 그들은 기어코 그런 여자를 재판에 회부하고야 말 것이다. 어쨌든 지금 나는 이 남자와 자고 싶지 않다. 아니, 이 남자하고는 자기는커녕 아무것도 하고 싶지 않다. 잘 움직이지 않는 혀를 겨우 굴리며 남자는 또 한 번 폭언을 내뱉는다.

"겨우 7만 원짜리가, 진짜."

하아, 7만 원짜리……. 아까 3 대 3 모임에서 보았던, 형님들 앞에서 공손하게 예의 차리던 남자와 이 사람을 도저히 동일한 사람으로 생각할 수가 없다. 싼차장과 독과장이 이런 인간과 친하게 지낼 정도의 사람이라면 여사님 두 분은 어떻게 되었을지 걱정이 됐다. 하지만 지금은 내 걱정이 먼저다. 한창 실랑이를 하고 있는데 순찰 중이던 경찰 두 명이 이쪽으로 다가왔다. 순간 마음속에서 희망의 불빛이 반짝, 하고 켜졌다. 무슨 일이냐고 묻는 경찰에게 내가 이 사람은 전혀 모르는 사람인데……라고 설명하려고 하자 이 인간이 경찰에게 세상에서 가장 사람 좋은 표정을 하고는 제 와이프인데, 술만 먹었다 하면 3차, 4차 가자고 하는 고약한 버릇이 있어서 집에 가자고 달래는 중이라며 거짓 달변을 늘어놓았다. 이거 한두 번 해본 솜씨가 아닌데 싶어 나는 취중에도 어안이 벙벙했다. 그게 아니라니까요! 하고 비명처럼 멀어지는 경찰들을 불렀지만 그들은 벙글벙글 웃으며 가화만사성이 최고다, 부부 싸움은 칼로 물 베기니 잘 해결하시길 바란다며 가버렸다. 싼후배는 유들유들하게 웃으며 들었지? 하더니 내 손목을 낚아채려 했다. 일촉즉발의 위기 상황, 마침 휴대폰이 울렸다. 손짓으로 그를 잠시 막은 후 확인해보니 민주였다.

3 대 3 재밌어? 나는 일찍 끝날 분위기. 더 마실까?

지금은 민주에게 긴급 구조를 요청하는 수밖에 없다. 뒤쪽에서 싼후배가 정말로 내 남편이라도 된 듯 아 뭐 하는 거야, 언제까지 휴대폰 보고 있을 거냐고, 하며 혀가 꼬인 채로 신경질을 내고 있다. 나는 그에게 손을 흔들어 보이며 휴대폰 메모장에 저장되어 있는 문장을 복사해 민주에게 메시지를 보냈다.

btbt 1. btbt 1. loceHB. formationA, 2+1 plz, RN. RN.

다행히 금방 답장이 왔다.

Roger. You go, we go.

나는 그제야 한숨을 돌리고 바로 앞 편의점에 가서 음료수 두 개를 사 와 하나는 내가 마시고 하나는 싼후배에게 내밀었다. 나는 블랙커피, 싼후배는 이온음료. 먹고 맛이 확 가버려라. 후배는 불만스럽게 말했다.

"안 들어가?"

일단 꾹 참고 매우 애교 섞인 말투로 그에게 제안했다.

"이 근처에 내 친구가 있는데, 엄청 예쁘거든요. 지금 오빠나 나나 엄청 취했는데 걔 좀 기다려보면 어때요?"

흠흠, 하고 헛기침을 하는 걸 보니 오빠란 소리가 싫진 않은 모양이다. 당장이라도 목구멍에 손가락을 집어넣어 토하고 싶지만 나도 살고 봐야 할 게 아닌가.

"걔 기다려서 뭐 하려고?"

나는 괜히 딴청을 피우다가 그의 귓가에 대고 소곤거렸다.

"혹시…… 투플원 해봤어요?"

취해서 어지럽던 그의 눈동자가 갑자기 반짝거린다.

"에에? 그게 뭐야?"

"그것도 몰라요? 왜…… 쓰리썸……."

내가 자그맣게 속삭이자 그의 눈이 레이저처럼 빛난다.

"쓰, 쓰리썸? 진짜?"

"진짜지! 우린 전부터 해보고 싶었는데 이놈의 대한민국에는 잘생긴 남자가 별로 없어. 아까 내가 오빠 사진 몰래 찍어서 얘한테 보내줬더니 괜찮다고 하던데? 싫어요?"

사진을 찍긴 뭘 찍어. 다 뻥이다.

"진짜 괜찮다고 했다고?"

"완전 취향이라던데? 뭐 싫으면 말고. 겁나요?"

싼후배의 눈동자가 번들번들한다.

"어떻게 생겼는데?"

"딱 보면 알아요. 핑크색이 완전 잘 어울리는, 요조숙녀랄까. 나랑은 정반대. 오라고 할까?"

"어, 오라 그래. 완전 오라 그래!"

아주 신났구나. 나는 전화기에다 대고 여기가 어디고 어쩌고저쩌고 아무렇게나 지껄인다. 이윽고 옅은 회색의 참한 미디라인 원피스에 핑크빛의 스카프와 귀걸이, 핸드백으로 포인트를 준 민주가 나타났다. 늘 그렇듯 누가 봐도 예쁜 민주를 본 싼후배는 아주 입이 귀에 가서 걸리더니, 나와 함께 앉아 있던 B호텔 계단에서 벌떡 일어나 성큼성큼 민주를 향해 다가가 허리를 감싸 안으며 외쳤다.

"자기구나!"

하지만 다음 순간 민주의 반응은 그가 기대한 바가 전혀 아니었을 것이다.

"꺅! 이 새끼가 어딜 만져!"

민주는 손에 얌전히 들고 있던 문고본 책 한 권이 들어갈까 말까 한 깜찍한 핑크색 핸드백으로 싼후배의 이마를 후려쳤다.

"……."

싼후배는 뭐라 대꾸도 못 한 채 그 자리에 나무둥치 넘어가듯 쓰러졌다. 민주는 더러운 게 묻었다는 듯 핸드백에서 물티슈를 꺼내 백을 뽀득뽀득 소리가 나게 닦았다. 나는 싼후배와 민주의 핸드백을 번갈아 바라보다 물었다.

"……또냐?"

민주는 어깨를 으쓱해 보였다.

"아, 벽돌? 오다 보니까 공사하더라고."

나는 쓰러져 있는 싼후배를 내려다보았다.

"이거 어떡하지?"

민주는 B호텔을 바라보며 얼굴을 찌푸렸다.

"호텔 좋아하네. 그냥 장급 여관이지……. 어떡하긴 뭘 어떡해. 얘가 그렇게 가고 싶어 했던 B호텔에 투숙시켜줘야지. 네가 한쪽 부축해. 내가 이쪽 잡을게."

우리는 그렇게 싼후배를 양쪽에서 부축해 프런트까지 갔다. 프런트는 3명이 투숙하실 거냐며 당황한 기색이었지만, 민주는 이 사람이 술에 너무 취해 숙박만 시켜주고 우리는 갈 거라고 안심시켰다. 싼후배의 옷을 뒤져 지갑을 꺼낸 민주는 제일 좋은 방 주세요, 하더니 싼후배의 카드를 긁었고 우리는 간신히 그를 방에 데려가 눕혔다. 민주는 싼후배의 지갑을 뒤지더니 현금을 발견하고는 코웃음을 쳤다.

"처음부터 속셈이 있었던 거 같은데? 요즘 불경기라고 여기 현금 내면 많이 깎아주거든. 현찰 박치기 하려고 했나 보다. 아 참, 아까 이 새끼가 너보고 얼마짜리라고 했다고?"

"어, 7만 원짜리."

"보자. 그러면 너하고 나. 7만 원짜리 2명, 14만 원. 수수료 1만 원. 딱 맞네. 확실히 접수."

민주는 싼후배의 현찰을 핸드백에 꼬깃꼬깃 접어 넣었다.

"김민주, 설마 그 돈으로 술 먹게?"

"너 날 뭐로 보냐. 우리가 가오가 있지 어떻게 이딴 더러운 놈의 돈으로 술을 먹냐."

그리고 민주는 나에게 지시했다.

"내가 몇 자 쓸 테니까, 넌 걔 바지 좀 벗겨봐."

"바지이? 더러워! 내가 왜!"

"언니가 하라면 한다. 실시."

나는 어쩔 수 없이 침대 위에 대자로 뻗어 있는 싼후배의 청바지 지퍼를 내린 다음 청바지를 무릎까지 내렸다. 그동안 호텔에 비치되어 있는 메모지에 볼펜으로 뭐라고 끄적이던 민주는 다 썼다, 라고 외치더니 낭랑한 목소리로 읊기 시작했다.

오빠,

아무리 기다려도

오빠가 일어서지 않아서

저희는 먼저 갑니다.

이만 총총.

김민주, 나의 김민주야. 나의 김민주는 여기서 그치지 않고 싼후배의 팬티까지 슬쩍 내렸다. 역시 난 년이구나.

"메모지, 아니 그 편지…… 그 위에 올려놓게? 상징적으로다가?"

"아니, 여기 올려놓는 것만으로는 부족하지. 옆으로 돌아눕고 그러다가 떨어지면 못 볼 수도 있잖아? 이걸 반드시 봐야지 얘가."

민주는 머리카락에 꽂고 있던 똑딱 핀을 하나 빼더니 싼후배의 팬티를 아슬아슬한 위치까지 내리고는 복슬복슬한 털에 편지를 핀으로 똑, 하고 고정시켰다. 그러고는 으, 하면서 세면대에서 손을 박박 씻더니 나에게 턱으로 문을 가리켜보였다.

"튀자, 빨리!"

B호텔을 나와 혹시나 싼후배가 깰세라 턱까지 숨이 차도록 달려간 우리는 지하철역에 닿고 나서야 배가 찢어질까 봐 걱정이 될 정도로 웃음을 터뜨렸다. 사람들이 이상하게 쳐다봤지만 폭소를 참을 길이 없었다. 겨우 좀 진정되자,

민주는 핸드백에서 아까 구겨 넣었던 지폐를 꺼낸 뒤 노숙인이 판매하는 잡지 가판대로 다가갔다.

"이거요, 사람들한테 이 돈만큼만 다 그냥 나눠 주시겠어요?"

그러고는 간선버스 막차 시간이 다 됐다며 김민주 씨는 상큼하게 사라졌다. 우리의 암호를 보안상 여기서 다 밝힐 수는 없지만, 출동을 승낙하는 'You go, we go'는 〈분노의 역류〉라는 옛날 영화에 나오는 대사다. 위험에 처한 소방관이 자신을 버리고 가라고 하자, 동료 소방관이 말한다. You go, we go. 네가 가면 우리도 간다. 우리는 소방관은 아니지만, 우리를 잡아먹으려는 불 속에서 서로를 의지한다. 그러므로 You go, we go.

12화

전문 시위꾼

며칠째 까묵과장을 코빼기도 보지 못했다. 녹즙 요금을 상상도 못 할 만큼 엄청나게 연체한 남자. 이제 그를 그냥 F씨라고 부르기로 한다. 왜 F씨냐, 그건 물론 'FUCK'의 머리글자다. 실수로 녹즙값을 한두 달 밀리는 사람이 있기는 하지만, F씨처럼 길게 연체한 사람은 없었다. 고의로 그러는 게 확실하다. 얼마 전 참다 참다 문자를 여러 번 넣고 전화까지 걸었지만 그는 절대로 내 연락을 받지 않았다. 하지만 녹즙을 넣지 말라는 소리가 없었으니 일단은 계속 넣을 수밖에 없다.

오늘도 까묵과장의 빈자리를 보고 땅이 꺼질 듯한 한숨을 지었더니 옆자리 직원이 어색한 표정으로 저기요, 하고 말을 걸었다. 녹즙을 드시려는 건가 해서 반갑게 네! 하고 대답했는데 전혀 반가운 이야기가 아니었다. F씨는 이미 퇴사한 지 한 달 가까이 지났으며, 그것도 모르고 내가 그대로 녹즙을 두고 가기에 혹 음료가 상할까 봐 걱정이 되어 그동안 자기 팀에서 나눠 마셨다는 거였다. 그러면 그가 퇴사하자마자 나에게 그 사실을 알려줄 수도 있었는데, 그동안 팀이 단합하여 마셨다니…… 공짜로 녹즙 맛 좀 보자는 괘씸한 심보가 아닐 수 없다. F씨는 가장 비싼 프로그램으로 짜서 먹고 있었으니 그의 몫을 나눠 먹은 이들은 다들 좋은 것만 먹었을 테다. 시일이 더 지났다간 자신들에게 요금이 청구될까 봐 이제 이야기하는 것이 분명하다. 평소 살짝 소심한 인상이라 생각했던 옆자리 직원만이 그나마 인간으로서 최소한의 양심이 남아 있었던 모양이다.

퇴사를 앞두었으면 이제 녹즙 못 먹게 됐다고 말해주고 미납분이 있다면 청산하고 가는 것이 상식적인 수순이건만, F씨는 정말 말 그대로 그냥 내뺐다. 그가 남기고 간 녹즙값은 모조리 내가 물어내야 한다. F씨가 아이 분윳값도 많이 들고 보행기와 카 시트도 사야 하고 기저귀값은 또 얼마나 비싼지 허리가 휘고 어쩌고 하며 조금만 기다려달라고 할 때 마음이 약해진 내가 등신이었다. 귀에서 김이 날 정도로 화가 났는데 심지어 이게 끝이 아니었다. 이 소심한 인상의 직원 말로는, F씨가 그냥 조용히 내뺀 것도 아니라 팀 사람들에게 '녹즙 공짜로 먹는 법'을 노하우랍시고 전수하고 갔단다. 일단 받아먹고 배 째면 저쪽에서는 어쩔 방법이 없다고, 정 돈을 내라고 찾아와서 애걸복걸하고 난리를 치면 그때 주면 되는 것이고, 안 오면 앗싸, 하고 꿀꺽해버리면 되는 거라고. 대단한 삶의 지혜인 양 직원들에게 꼼수를 적극 권하기까지 했다고 한다. 대기업 녹즙을 배달하니 수입이 꽤 될 텐데 몇 사람이 녹즙값 좀 떼어먹었다고 배달원이 큰 손해 볼 리 없다면서.

배달원(=나)의 전화번호는 이미 스팸으로 돌려놓았고, 이제 멀리 떨어진 회사로 옮기는데 거기까지 따라오진 못할 것이며, 1년이나 공짜로 잘 먹었으니 돈 왕창 번 셈이라고 F씨가 희희낙락하며 떠났다는 이야기까지 들으니 어깨에 힘이 쫙 빠졌다. 이게 바로 노동자끼리 착취하는 구조인건가. 그동안 하청 업체를 전전하며 고생하다가 본인의 꾸준한 노력으로 안정적인 회사에 입사하게 된 거라는 자랑을 F씨에게 여러 번 들었건만, 불안정 노동의 설움을 이렇게 순식간에 싹 잊다니. 이게 옛말로 거지끼리 동냥자루 찢는 꼴이 아닌가. 힘든 사람들끼리 서로 도와주지는 못할망

정 뜯어먹을 궁리만 하는 모양이다. 이놈의 F씨는 개가 경찰에 신고해봤자 어쩔 거야, 내가 그동안 먹었다는 증거도 없잖아, 라고 말했다는 강적이니 어쩌면 좋을까. 옆자리 직원에게 죽어라 애원해서 F씨가 옮겨 간 회사 이름을 간신히 알아내긴 했지만, 도대체 이 사람을 어떻게 해야 할지 감도 잡히지 않았다. 너무나 맥이 풀려 민주에게 톡으로 자초지종을 대강 설명했더니 답이 왔다.

죽이자.

죽일 수만 있다면 나도 그렇게 하고 싶지만.

*

10만 원 정도는 그냥 덮어쓸 각오가 있었는데, 자그마치 60만 원을 떼이다니. 도대체 내가 어디서 이 액수를 어떻게 해결한단 말인가. 민주는 F씨에게 정의 구현을 해야 한다며 무조건 받아내자고 하지만, 무슨 방법이 있단 말인가? 내가 이틀 동안 혼이 나가 있자, 민주가 보다 못했는지 이런 톡을 보내 왔다.

이 언니가 멀쩡한 부모님의 병간호를 해야 한다는 핑계를 대고 원장님한테 겨우 휴가 얻어냈다. 너도 학습지 그림 납품이고 뭐고 지금 당장 A사 앞으로 나와.

A사라면 F씨가 자기계발을 멈추지 않고 노력에 노력을 거듭해 이직했다던 그 회사였다. 민주가 도대체 무슨 꿍꿍이를 품고 있는지 나로서는 짐작이 가지 않았다. 그러나 민주가 10분마다 톡을 보내며 쉬지도 않고 재촉하는 바람에 결국 A사 앞에 나왔다.

"겁낼 것 하나도 없어. 우리는 오늘 그 인간한테 연체 비용을 받기 위한 시위를 하는 거야."

"뭐, 뭐라고?"

시위라니, 이게 무슨 자다가 봉창 두드리는 소리람. 불길함이 밀려들었다.

"우리는 세금 내는 대한민국 국민의 정당한 권리를 행사하는 거야. 떨지 마, 떨지 말라고!"

내 앞에 선 여자는 만면에 미소를 띠고 있었으나, 행복해서가 아니라 끓어오르는 흥분을 억누르지 못해 웃는 웃음이 분명했다. 경험상 이렇게 체셔 고양이 같은 웃음을 지을 때, 그녀는 가장 전투적이었다.

"대한민국 헌법, 헌법이 법 중에서 최고법인 건 알지?"

그, 그런 것 같긴 한데. 나는 엉거주춤 고개를 끄덕였다. 민주는 유창하게 말을 이어나갔다.

"헌법 제21조의 1항, '모든 국민은 언론·출판의 자유와 집회·결사의 자유를 가진다.' 그러니까 우리가 집회를 하는 건 민주시민이 가지는 당연한 권리를 행사하는 거야. 대한민국은 민주공화국이니까……."

민주가 민주공화국이라는 말을 너무 진지하게 해서, 왠지 대한민국이 자신의 공화국이라는 말처럼 들렸다. 민주는 마치 이 나라의 법을 제 손아귀에 쥔 양 유창하게 말을 이어나갔다.

"집시법 제6조의 1항에 의거해서 미리 내가 이 동네 관할 경찰서에 집회신고도 하고 왔어."

"뭐라고 신고했는데?"

"고통받는 비정규직 노동자에 대한 부당한 처우 개선을 위한 집회!"

나 하나 때문에 그런 걸 허락해줄까? 의아해하는 내게 민주는 준엄하면서도 명랑하게 말했다.

"집회는 허락받고 하는 거 아니야. 집회는 신고제이고, 신고된 집회는 허용해주는 게 원칙이야. 시위야말로 국민이 거대 권력에 맞설 수 있는 최후의 수단이기 때문이지."

민주는 가지고 온 커다란 가방에서 이것저것 꺼내기 시

작했다. 플래카드, 피켓, 확성기까지. 도대체 이런 걸 언제 다 마련한 것인지. 광우병 시위에 몇 번 나가본 게 전부인 나는 넋이 나가 장승처럼 우두커니 서 있었다. 민주는 툭하면 튀어나오는 부모님의 정의로웠던 젊은 시절 이야기가 지겨운 나머지 치를 떨었으며, 어린이집 원장님을 비롯한 몇몇 386세대 선생님들이 과거를 회상할 때 늘어놓는 무용담이 너무 거창해 딱 질색이라고 주기적으로 하소연을 했기 때문에 투쟁과 관련된 건 죄다 혐오하는 줄만 알았다. 그런데 갖은 준비물을 챙겨 온 것을 보니 그야말로 전문 시위꾼의 솜씨였다. 조그만 플래카드에는 "고의 연체 1년째, 녹즙 소녀는 눈물을 흘린다"라고 프린트되어 있었고, 커다란 피켓에는 예쁜 손 글씨로 쓴 "A사 ○○○씨의 양심에 호소합니다"라는 문장이 화려하고 알록달록하게 꾸며져 있었다. 내가 멍하니 있는 것을 본 민주는 까르르 웃었다.

"생전 도움이 안 되던 부모님, 어린이집 쌤들이 이럴 때는 완전 도움이 되더라고. 이거 한다니까 다들 신났지 뭐야. 저 글씨는 엄마가 써줬고, 플래카드는 하루 만에 현수막 인쇄해주는 데가 어딘지 쌤들이 가르쳐줬어. 아는 사람이라고 싸게 해주더라."

"겨…… 경찰이 이쪽으로 오는데?"

정복 차림의 경찰이 두어 명 다가오는 게 보였다. 내가 발발 떨자 민주는 내 등짝을 빠아악, 하는 소리가 나도록 쳤다.

"걱정 마라, 동지여. 저분들은 혹시 불법적 행위가 일어나지는 않는가, 집회에 부당한 탄압이 있는 건 아닌가 보러 오신 것이라네. 정히 그리 걱정된다면 내가 나중에 불법집회가 뭔지 알려주리니, 일단 지금은 진정하고 정의를 실현하세나, 어린양이여."

상큼하게 말을 마친 민주는 고개를 돌려 경찰들에게 눈웃음을 지으며 사뿐히 인사를 했다.

"수고 많으십니다!"

깐깐한 인상의 경찰은 민주에게 신분증을 요청했고, 민주는 기꺼이 운전면허증을 내밀었다. 경찰은 우리 둘의 행색을 살피며 약간 이상하다는 표정을 지었다. 그도 그럴 것이 시위를 하러 나온 사람들의 일반적인 차림새가 아니었기 때문이다. 민주가 하도 청순하면서도 연약해 뵈는 차림을 하고 오라고 닦달을 해서 대강 가벼운 메이크업을 하고 파스텔 톤의 무릎길이 원피스를 입고 오긴 했는데 민주의 꾸밈새는 남달랐다. 삼단 같은 머리카락이 윤기 있게 찰랑거리는 건 평소와 같았지만, 입술에는 유리 같은 광택이 흐르는 핑크색 립을 바르고 속눈썹은 한껏 말아 올린 뒤 섬세하게 마스카라를 칠했다. 게다가 뺨에는 청순한 핑크색 블러셔를 엷게 바르고 핑크색 시폰원피스에 아이보리빛 하이힐까지 신었다. 저 원피스는 민주가 특별한 날에만 착용하는 갑옷인데, 저걸 입고 오다니 얘가 오늘 정말 단단히 다짐한 모양이었다. 경찰은 신분증을 돌려주며 기계적인 투로 확인했다.

"시간 준수해야 하는 거는 아시죠?"

"아, 물론이죠, 선생님. 공공질서 피해를 방지하기 위하여 저희는 일몰 전까지만 집회를 할 거예요."

"미리 신고하신 내용대로 하는 거 맞으시죠?"

"그럼요. 48시간 전에 경찰서에 집회신고서 제출한 내용 그대로예요. 저희 단체 이름은 '사회적약자에 대한 부당처우 개선을 요구하는 모임'입니다."

경찰은 고개를 갸우뚱하더니 물었다.

"그런데 대체 무슨 일로 이렇게 하세요?"

민주는 나를 가리키며 엄숙한 목소리로 이야기를 늘어놓기 시작했다.

"여기 있는 이 소녀가 제 친구인데 말이죠, 새벽에는 서울 ○○동의 K빌딩에서 P녹즙을 배달하고 밤에는 재취업을 위한 공부를 게을리하지 않는, 그야말로 주경야독의 상징 같은 소녀입니다. 그런데 K사에 재직하던 모 씨가 이 친구에게 녹즙을 신청해 매일 받아먹었으면서도 고의적으로 12개월이나 녹즙 비용을 연체했고, 이곳 A사로 이직한다는 것도 알려주지 않아 이 친구에게 녹즙값을 모두 뒤집어씌웠지 뭡니까. 녹즙 비용을 정산해달라는 문자나 전화에도 일절 답하지 않은 데다가, 주위 사람들에게도 녹즙을 일단 먹은 다음 돈을 입금하지 않고 버티면 된다는 식으로 악질 선동을 하였기 때문에! 사회적약자인 저희 입장에서는 취할 수 있는 수단에 한계가 있어 최후의 방법으로 집회를 열게 된 겁니다."

"그러니까, 이 여성분이 녹즙 배달을 하는데."

"넵."

"손님 하나가 1년이나 녹즙값을 연체한 다음에 이쪽 회사로 몰래 옮겼다."

"넵. 게다가! 그렇게 하는 게 공짜로 녹즙 먹는 방법이라면서!"

"주변에 떼먹는 방법도 알려줬다?"

민주는 허공에 주먹을 꽉 쥐어 보이며 대답했다.

"넵! 정확히 바로 그겁니다!"

"그럼 경찰에 신고를 먼저 하시지 그랬어요?"

"그게, 그 사람이 하는 말이 신고를 당해도 증거가 분명하게 안 남아 있으니까 버틸 수 있다지 뭐예요."

경찰은 마치 F씨가 앞에 있는 양 고개를 절레절레 흔들었다.

"으아, 진짜 못됐네. 그럼 뭐 조심히 하시고요. 보아 하니 많이 해보신 분 같은데, 알아서 진행 잘하실 수 있죠?"

"넵!"

이런 난 년 같으니. 내가 어버버하는 동안 민주는 익숙한 솜씨로 가로수에 플래카드를 걸고 나에게 피켓을 들려준 다음 확성기를 테스트하기 시작했다. 뽀로로 스티커가 붙어 있는 걸 보니 어린이집에서 살짝 빼 온 모양이다. 나는 어색하게 피켓을 든 채로 민주에게 우리가 걸치고 있는 옷을 가리켜 보였다.

"그러니까 지금 데모하러 왔다는 거 아니야. 근데 그런 걸 하기엔 우리 복장이 좀 어색하지 않아?"

그러자 민주는 내 귀에 대고 속삭였다.

"이른바 '여성성'을 혁명의 무기로 삼는 거 아니겠어. 전통적으로 유효한 전략이야."

*

민주는 A사 정문 앞에 서 있는 내 사진을 한 장 찍은 뒤 SNS에 올렸다. 그러더니 의기양양하게 선언했다.

"오늘 안에 그 돈 못 받으면, 내가 김민주가 아니다!"

그리고 확성기에다 대고 낭랑한 목소리로 외쳤다.

"아, 아, 어린이 여…… 아니, 아니, A사와 인근 사업장에서 근무하는 노동자 동지 여러분, 투쟁으로 인사드리겠습니다. 투쟁!"

마침 오후 3시, 한창 졸릴 때니 편의점에서 시원한 음료를 사거나 담배를 피우거나 하느라 이곳을 드나들던 사람들이 청순가련한 모습으로 투쟁 어쩌고 하는 민주를 놀란 시선으로 흘끔흘끔 바라보았다. 그러거나 말거나 민주는 민주노총에서 수십 년 일한 듯 막힘없는 몸짓으로, 하지만 소풍 나온 유치원 어린이들을 인솔하는 듯한 말투로 말을 이어갔다.

"집회 시작에 앞서, 민중의례 시간을 갖겠습니다. 일동, 기립!"

엉거주춤하게 내가 일어섰다. 민주의 진행은 매일 하는 일과처럼 거침이 없었다. 과연 그 이름이 아깝지 않구나, 김민주…….

“이 땅의 노동자들과 민중들을 위한 노래, 〈임을 위한 행진곡〉 힘차게 불러보겠습니다! 사랑도, 명예도, 이름도, 남김없이, 투쟁, 단결 투쟁!”

재 민주노총 같은 데서 교육받나? 내가 감탄하고 있는 동안 민주는 매끄럽게 의례를 이어나갔다.

“제창 끝났으니 착석합니다. 국내 굴지의…….”

“아니, 저기, 아가씨.”

“아가씨이?”

민주가 눈을 부릅뜨자 움찔하며 “아니, 학생……”이라고 정정하지만, 여전히 재밌어 못 견디겠다는 표정이 가득한 아저씨 하나가 테이크아웃 커피 잔을 들고 민주한테 말을 건넸다.

“민중의례를 그렇게 빼먹으면서 하면 안 되죠. 일단 민주 열사와 호국 영령에 대한 묵념부터 하고! 제창 끝난 다음에는 지금 여기서 뭘 쟁취하려고 하는가, 그러니까 구호도 한 번 외치고 착석해야지.”

옆에서 살살 눈치를 보던 다른 아저씨가 덧붙인다.

“그리고 구호를 투쟁, 단결 투쟁 두 번으로 가면 리듬감이 안 살고. 투쟁, 투쟁, 단결 투쟁. 보통 이렇게.”

"잘 아시네. 그럼 선생님들이 여기 와서 비정규직 노동자를 도와주십시오."

아저씨들은 커피를 반쯤 쏟을 정도로 펄쩍 뛰며 손을 내저었다.

"아, 아니, 그러면 나는 회사에 완전 찍히니까 그, 그건 안 되지."

"이런 자본주의의 개…… 아니, 죄송합니다."

민주는 확성기를 고쳐 들고 또랑또랑하게 외쳤다.

"A사 노동자 동지 여러분, 의례의 형식이 중요합니까, 어려운 민중을 생각하는 정신이 중요합니까? 이 소녀가 곧 민중입니다! 못된 늑대가 우리 녹색 망토 배달 소녀의 녹즙값을 떼먹었단 말입니다. 여러분들이 도와주지 않으면 소녀는 추운 겨울을 쫄쫄 굶으며 지내야 합니다. 착한 어린이…… 아니, 착한 노동자 동지들은 우리 소녀의 편을 들어줘야 하지 않겠습니까?"

비록 아까운 커피를 절반이나 쏟으며 도망쳤을지언정 왕년에 학생운동깨나 한 것 같은 두 아저씨들은 웃음을 감추지 못했다. 호기심에 가득 찬 얼굴로 우리를 바라보는 직원들이 늘어나는 순간을, 민주는 한 마리 맹금류처럼 놓치지 않고 파고들었다.

"국내 굴지의 데이터 서비스 회사로 꼽히는 것은 물론이고 전 세계에서도 인정받고 있는 A사 직원 여러분, 저희는 시민사회에 대한 여러분의 상식을 믿습니다! 정규직, 비정규직 할 것 없이 우리 모두 동료 시민 아니겠습니까! 다 같이 단결하여 이 힘든 시기를 견뎌나가야 하지 않겠습니까! 그러나 여기 서 있는 제 친구의 피, 땀, 눈물이 어린 노동의 대가를 지불하지 않은 분이 A사에 있습니다. 저희는 최후의 수단으로 이 자리에 섰습니다!"

보기 드문 구경거리로 보였는지 사람들이 하나둘 이쪽으로 모여들기 시작했다. 민주는 구경꾼에게 살뜰하게 전단지까지 나눠 주었다. 도대체 이런 건 언제 준비했는지! 뭐라고 써 있나 한 장 집어 살펴보니, 웬 삽화까지 곁들인 동화가 프린트되어 있었다.

옛날 옛날, 한 소녀가 녹즙을 배달하며 힘겹게 살았어요. 그러던 어느 날 늑대가 찾아와 말했어요. 녹즙 소녀야, 녹즙 하나만 다오. 돈은 나중에 줄게. 다음 날도 늑대는 말했어요. 녹즙 소녀야, 녹즙 하나만 다오. 돈은 나중에 줄게. 그렇게 날이면 날마다 늑대는 녹즙을 받아먹기만 했어요. 하지만 늑대는 어느 날 도망가버렸어요. 돈은 한 푼도 내지 않고 말이에요. 나쁜 늑대가 순진한 녹즙 소녀를 속인 거예요. 이제 녹즙 소녀는 추운 겨울을 땔감도 음식도 없이 덜덜 떨며 지내야 해요. 배에서는 꼬르륵 소리가 날 거예요. 숲속의 착한 노동자 친구들은 어떻게 해야 할까요?

아래에는 한쪽에서 소녀가 눈물을 글썽이고 다른 쪽에서는 비열한 표정의 늑대가 돈을 가지고 도망가는 삽화가 있다. 뒷면에는 선동 문구가 적혀 있었는데 전단지가 고래고래 고함을 지르고 있는 듯했다.

존경하는 A사 직원 여러분!

부디 서비스 노동자, 감정 노동자, 비정규직 노동자 등등 가장 낮은 곳에 있는 노동자의 눈물을 닦아주십시오! P사의 녹즙 한 병은 약 2500원입니다. 주5일에 1만 2500원, 한 달에는 5만 원이 되며, 그리고 1년에는 60만 원이 됩니다. 여러분과 함께 일하는 직원 중 사대보험은 물론 어떠한 노동법의 보호도 받지 못하는 비정규직 노동자인 녹즙 배달원의 선의를 악용한 사람이 있습니다. 비용을 1년이나 의도적으로 연체한 데다, 주위 사람들에게 '강력하게 비용 지불을 요구하지 않는 한 낼 필요가 없다'며 고의적인 연체를 권장한 사람이 여러분의 동료라는 것이 믿어지십니까? 그런 동료를 믿고 일하실 수 있겠습니까? 힘들게 일한 노동자에게 정당한 대가를 돌려줍시다!

'사회적약자에 대한 부당 처우 개선을 요구하는 모임' 올림

"녹즙 배달이란, 그 달의 녹즙값이 1원의 오차 없이 수금되어야 수당을 받을 수 있는 시스템 때문에 비용을 연체하는 고객이 있으면 그 달 치 노동의 대가를 받을 수가 없습니다! 여기 서 있는 제 친구는 의도적으로 녹즙비 납부를 거부한 그분 때문에 12개월 동안 한 푼의 수당도 받지 못했습니다. 그분이 녹즙을 드시고 건강해지는 동안, 제 친구는 하루하루 말라갔습니다, 여러분!"

사람들이 웅성거리기 시작했다.

"경찰에 신고하면 되는 거 아니야? 왜 여기서 이러는 거야?"

민주는 그 순간을 놓치지 않았다.

"맞습니다! 저희도 이 세상에 경찰이라는 직업이 있다는 것은 알고 있습니다! 처음에는 저희도 그렇게 생각했습니다! 하지만 녹즙 배달원은 특수고용 노동자라고 하여 노

동자도 아니고 자본가도 아니라, 노동 3권도 보장받지 못합니다! 일을 시작할 때나 손님이 녹즙을 신청할 때 근로계약서나 떼먹지 않겠다는 서약서를 쓰는 게 아니니 전적으로 손님과의 신의에 의지할 수밖에 없는 것이 녹즙 배달입니다. 문제는 손님을 믿는 수밖에 없다는 겁니다."

민주는 손수건을 꺼내 기침을 막다가 급기야 눈을 살짝 찍어내더니 서글픈 목소리로 외쳤다.

"그런 상호 간의 신뢰 관계를 배신한 것이 바로 F씨입니다! 만약 F씨를 경찰에 고소한다 해도 이러한 신의를 바탕으로 한 관계에서 증거를 찾기가 극히 어려울뿐더러, F씨를 수사하기 위해 경찰이 사무실에 찾아온다거나 하면 앞으로 누가 녹즙 소녀의 손님이 될까요? 재한테 녹즙 신청해 먹었다가 요금 밀리면 경찰 불러서 추심한대, 이런 소문이 안 퍼질까요? 오히려 있던 손님도 떨어져 나갈 겁니다! 경찰 불러서 연체요금 받아내는 녹즙 배달원의 녹즙을 무서워서 누가 먹겠습니까!"

"그러니까, 1년 동안 떼먹고 우리 회사로 왔다는 거야?"

"주변 사람한테도 떼먹으라고 그랬대?"

"우와, 진짜 그런 사람이 있어? 지독하다. 이건 짠돌이니 절약이니 그런 수준이 아니잖아. 범죄 아냐?"

민주는 잠시 만족스럽게 그 광경을 지켜보더니 다시 확성기에다 대고 외치기 시작했다.

"23개월 된 아기가 있으시고, K사 데이터 센터에서 이직해 오신 선생님! 아이가 너무 사랑스러우시죠! 이 녹즙 배달 노동자도 한때는 그렇게 누군가의 사랑스러운 자식이었습니다! 선생님의 아이가 자라나 혹시라도 이렇게 부당한 처우를 당하게 되면 어떻게 하시겠습니까? 네에, 내 아이에겐 절대로 그럴 일은 없을 거라고 생각하시겠죠!"

말을 잠깐 멈춘 민주는 허리까지 오는 풍성한 머리카락을 묶어 올렸다. 드디어 총공격에 들어가는군.

"그러나! 저희 할머니가 항상 말씀하셨습니다! 부모의 죄과는! 자식이 치르게! 된다고 말입니다! 그러니 아이 가진 부모가 함부로 죄지으면 안 된다고! 물론 의도적으로 연체를 거듭하셔도 저희가 취할 수 있는 강력한 수단은! 사실상 없는 거나 마찬가지입니다! 그러나 하늘이 알고! 땅이 알고!! 여기 계신 여러분들이 알고!!! F씨의 마지막 양심을 저희는 믿어보고자 합니다! 그분이 저희에게 오실 때까지 우리 모두 하나 되어 투쟁가를 부르고자 합니다!"

민주는 아무리 좋게 봐도 노래를 잘하는 편은 아니었지

만, 스스로의 노래 실력에 전혀 구애받지 않고 당당하게 음을 마구잡이로 이탈하며 결연한 투쟁가를 고래고래 불러댔다. 꼬꼬마 시절 부모님 어깨너머로 배운 모양이었다. 그런데 어째 내용이 좀.

동트는 새벽 밝아오면 녹즙 배달 시작된다
진상 고객에 피맺힌 가슴 거대한 파도가 되었다
경비팀 청소팀 구박해도 물리치고 하나 되어 나간다
우리도 노동자다, 살아 움직이며 실천하는 진짜 노동자!
F씨는 자랑스레 떼어먹지만, 우리는 한꺼번에 수금하리라!
아- 아- 우리의 길은 힘찬 단결 투쟁뿐이다!

배달과 수금의 길 넘고 넘어 망치 되어 죽창 되어
F씨의 연체가 가로막아도 우리는 기필코 가리라
말뿐인 입금의 약속 물리치고 하나 되어 나간다
우리도 노동자다, 살아 움직이며 실천하는 진짜 노동자!
안 나오면 쳐들어간다 고의적 연체자
호락호락 당하지 않고 우리가 간다
아- 아- 우리의 길은 힘찬 단결 투쟁뿐이다!

투쟁가를 꿋꿋하게 개사하여 부르던 민주는 잠시 숨을 고르더니 큼, 헛기침을 하고 말했다.

"여기까지 했는데도 문제가 해결될 조짐이 보이지 않으니…… 저도 이젠 어쩔 수 없습니다. 선택의 여지가 남아 있지 않습니다. F씨, 듣고 계십니까?"

김민주답지 않은 엄숙한 말투에 나는 흠칫 놀랐다. 얘 설마 시너라도 가져온 건 아니겠지, 80년대 스타일로다가. 녹즙값 때문에 분신이라도 했다간 큰일이다.

"부끄럽습니다만 제가 자본주의에 찌들어 더 이상 아는 투쟁가가 남아 있지 않기 때문에…… 으악! 아버지! 끝내 현실사회주의가 승리할 거라고 했었잖아요! 나 인도 보내준다며! 결국 입만 열면 거짓말이었어! 민중은 살찌고 민주는 고통받건만!"

"게다가 자라나는 다음 세대에게 민주주의를 가르친다는 어린이집에서 왜 11개월마다 재계약하는 거죠? 왜? 왜! 그거 정규직 안 시켜주려고 그러는 거잖아요!!"

민주는 다시 큼, 하고 헛기침을 했다.

"죄송합니다. 저 또한 여러 가지 나름의 투쟁사가 떠올라서……. 어쨌든 투쟁가를 부르는 동안 F씨가 저희의 이 처절한 외침에 응답하길 바랐으나, 그는 끝내 그러지 않았습니다. 그리고 저는 부끄럽게도 레퍼토리가 떨어져서……
이렇게까지는 하고 싶지 않았습니다만, 이젠 〈인터내셔널가〉까지 가는 수밖에 없겠습니다…….”

민주는 몇 번 더 목을 가다듬고는 확성기에다 카랑카랑하게 외쳤다.

“어린이 여러, 가 아니라 노동자 여러분. 기립하시오. 이것은 인터내셔널이오! 깨어라, 노동자의 군대. 굴레를 벗어던져라. 들어라, 최후 결전 투쟁의 외침을!”

재는 저런 가사를 도대체 어떻게 외우고 있는 거야? 뽀로로 노래가 왜 이리 안 외워지냐고 한숨 백번 쉬는 걸 내가 분명히 봤는데! 민주는 작게 한숨을 쉬더니 다시 확성기를 들었다.

“F씨는 아직 모습을 보이지 않고 있습니다. 그러면 정말 최후의 수단으로, 이번에는 보수 단체 집회 스타일로다가, 〈애국가〉를 불러보겠습니다. 동해물과 백두산이~ 마르고 닳도록~ 하느님이 보우하사 우리나라 만세~ 무궁화 삼천리 화려 강산~ 대한 사람 대한으로 길이 보전하세~.”

재 혼자 밤마다 박정희 사진이라도 벽에 붙여놓고 국민의례 하는 거 아니냐, 뭐 그런 의심이 들 정도로 민주는 여전히 당당하게 음 이탈을 계속하면서 가사 한 글자 틀리지 않고 애국가를 당당하게 불러젖히고 있었다.

〈애국가〉가 4절까지 끝났지만 나는 여전히 김민주가 다음에 뭘 하려고 하는지 전혀 예상이 가지 않아 살짝 겁까지 날 지경이었다. 그런 내 표정을 알아챈 민주가 나를 향해 양손을 모아 나팔 모양을 만들어 뭐라고 말했다. 민주가 수없이 해온 말이기 때문에 입 모양만으로 무슨 이야기를 하려는 건지 충분히 알 수 있었다. **생각해. 계속 생각해. 생각하는 걸 그만두면, 그때부터는 정말 지는 거야.**

웅성거리는 사람이 계속 늘어나는데, 벌게진 얼굴로 이쪽으로 달려오는 사람이 보였다. 익숙한 얼굴, 드디어 F씨가 등장했다. 실내용 삼선 슬리퍼를 미처 갈아 신지도 않은 채 달려온 F씨는 거친 숨을 몰아쉬며 우리에게 소리쳤다.

"당신들 미, 미쳤어요? 내가 무슨 사람이라도 죽였습니까?"

민주가 확성기를 내리더니 야무지게 쏘아붙였다.

"하루하루 사람 피 말리게 만들었으니 죽인 거나 다름없는 거 아닙니까!"

"일단 가요, 가. 여기서 꺼지라고요!"

"전 합법적인 집회 중입니다!"

"진짜, 여기까지 쫓아와서, 지독하다 지독해……. 내가 여기 사람들한테 뭐가 되겠어요?"

"쥐꼬리만큼 돈 버는 사람 쥐꼬리를 떼어먹는 지독한 사람 되는 거죠, 뭐."

"아, 내가 준다, 줘! 그동안 밀린 요금 다 준다고요! 그러니까 일단 가세요! 이따 계좌이체 해줄게요. 빨리 가요. 아, 뭐 해요, 빨리 안 가고?"

F씨는 새를 쫓듯 훠어이, 훠어이 하는 손짓으로 우리를 몰아내려 했다. 민주는 까딱도 하지 않았다.

"선생님, 계좌이체라니요. 저희가 그걸 믿을 것 같으세요? 빨리 현금으로 주세요. 지금 당장."

"내가 당신들 명예훼손으로 고소해버릴 거야!"

민주가 어깨를 으쓱해 보였다.

"하세요, 당장 하시라고요. 사실적시에 의한 명예훼손이 될지도 모르겠네요. 그러면 고의로 녹즙 비용을 연체하고, 동료들과 연체 방법을 공유했다는 걸 인정하셔야 될걸요. 어디 한번 해보시죠."

그러고는 민주는 확성기에다 대고 꽥꽥 소리쳤다.

"여러분, 지금 보이십니까! 사건을 일으킨 장본인이 난입하여 고소를 거론하며 협박하는 현장을 보고 계십니다. 과연 누가 누구를 고소하는 게 옳겠습니까, 여러분! 그렇다면 저희도 어쩔 수 없이 법과 정의에 호소하여……!"

"알았으니까 그만해요. 제발 그만해! 내가 돈 가져올게요!"

F씨는 지갑에서 5만 원짜리와 만 원짜리를 몇 장 꺼내더니 아는 직원들에게 몇만 원씩 빌리기 시작했다. 민주는 잠시 확성기를 내렸고 우리는 조용히 기다렸다. 잠시 후 F씨는 구깃구깃한 21만 원을 나에게 건넸다.

"지금 당장 가진 게 이것밖에 없으니까 나머지는 내가 이따가 송금을……."

민주는 사정없이 확성기를 집어 들었다.

"존경하는 A사 직원 여러분!"

"내가! 뽑아 올게요! 지금 당장 돈 뽑아 올 테니까 그만!"

F씨는 외마디 비명을 지르고는 어디론가 뛰어갔다. 민주는 확성기에서 입을 떼고 만족스러운 미소를 지었다.

"뭐랄까. 정의가 구현될 것 같은 예감이 드는군."

나는 벌레가 들어가도 모를 정도로 입을 헤벌리고 피켓을 들고 있었다. 넋을 놓고 우리를 구경하던 사람들이 다시금 말을 주고받기 시작했다.

"난 처음부터 그 사람일 것 같더라."

"설마, 나는 그 사람 전혀 그렇게 안 봤는데?"

"나는 어쩐지 그럴 사람인 것 같더라고. 맛있는 과자 생기잖아? 그럼 팀원들하고 절대 안 나눠 먹어. 자기 서랍 안에 딱 감춰놓고 혼자 먹더라. 우리 팀 남자 직원이 그러는데, 비싼 과자 화장실에서 몰래 먹는 것도 봤대."

"어우, 진짜 싫다……."

헐레벌떡 F씨가 달려오는 모습이 보였다. 헉헉, 하고 숨을 몰아쉬며 그는 내 손에 60만 원을 거칠게 쥐여주었다. 이제 슬슬 화가 나기 시작하는지 한 번만 더 여기 왔다간, 하고 험악하게 말하기 시작했다. 민주는 야무지게 확성기를 다시 들었다.

"여러분, 아십니까! 지금 여기에서 무슨 일이 일어나고 있는지…… 드디어 저희는 공갈 협박을 당하는 지경에 이르렀……."

"그만! 그만! 내가 잘못했어요. 다시는 안 그럴게요. 정말로 잘못했으니까 제발 가줘요, 제발!"

F씨가 비명을 질렀다. 민주는 내게서 지폐를 받아 찬찬히 세어보고는 액수가 맞는지 확인한 후 F씨에게 악수를 청했다. 거의 얼이 빠져 있다가 얼떨결에 민주의 손을 맞잡은 F씨에게 민주는 엄숙하게 말했다.

"다시는 이런 일 없이 업무적으로 승승장구하시고, 가

내 늘 평안하시길 바랍니다."

그리고 깊이 허리를 숙이는 민주에게 F씨도 엉거주춤 허리를 숙이더니 그길로 걸음아 나 살려라 하고 달아났다. 민주는 내게 미소를 지으며 경쾌하게 말했다.

"자아, 이제는 철수! 내가 말했지, 일몰 전에 끝난다니까."

나는 여전히 피켓을 들고 입을 헤벌린 채 서 있다가 민주에게 간신히 말했다.

"미…… 민주야. 지, 지인짜 고마워."

민주는 내 등짝을 퍽, 하고 아프도록 쳤다.

"새삼스러운 소리는, 몰라? You go, we go!"

귀갓길에 가까운 은행에 들러 지사 계좌로 F씨에게 정산받은 돈을 입금했다. 지사장님이 바로 전화해서 최악의 진상 손님을 어떻게 처리했는지 알고 싶어 했지만, 나는 하늘에서 그에게 천벌이 내렸다고만 대답했다. 암, 김민주라는 천벌이 내렸지요. 즉시 내 계좌로 무려 1년 만에, 그간 못 받았던 수당이 입금됐다. 이 돈에는 차마 함부로 손댈 수 없을 것 같다.

13화

지사장의 폭탄선언

"정민아, 오늘은 지사 꼭 들어와야 되는 날인 거 알지? 내가 며칠 전부터 이야기했잖아. 오늘 중요한 이야기 할 거니까 꼭 사무실로 들어와야 된다. 알았지?"

오늘은 한 달에 한 번 지사 식구들이 모두 모여서 식사를 하고 커피를 마시면서 지난 한 달간을 돌아보는 날이다. 평소에는 참여하지 않지만 마침 기분도 좋고 내내 F씨 때문에 나와 함께 머리 아파하던 지사장님한테도 들려줄 이야기가 많아 그러마고 했다.

하지만 지사에 가보니 청천벽력 같은 소식이 우리를 기다리고 있었다. 앞으로 매주 두 번 위성교육을 실시할 예정이고 빠질 경우 결석비가 부과된다는 거였다. 나처럼 오후 시간에 일해야 하는 사람은 이제부터 매주 결석비를 내야 한다는 얘기였다. 그런데 결석비에 대해 미처 항의를 하기도 전에 더 충격적인 소식이 들렸다. 이제부터 매달 1일마다 배달원 개인당 목표 구좌 수를 정해야 한다. 즉 이번 달에는 기존 손님과 판촉을 하여 얻은 신규 손님을 포함하여 나는 몇 명 만큼의 고객을 확보하겠습니다, 하는 약속을 해야 한다는 것이다.

웬만하면 모두들 100구좌를 목표로 하라며 지사장님은 엄숙하게 한 가지 강령을 발표했는데, 배달원 본인 월초에 잡은 목표에 월말 실적이 미달할 경우 그 빈 돈은 앞으로 무조건 모닝 스태프가 자기 돈으로 메꾸기로 했다는 거였다. 요즘 경기가 좋지 않다며 얼굴색이 늘 어둡던 지사장님이 드디어 특단의 조치를 내린 모양이었다. 여러분을 힘들게 하고 싶은 생각은 추호도 없지만 우리 지사의 마이너스 성장이 너무나 심각한 상황이라 이렇게밖에 상황을 개선할 수밖에 없는 자신을 이해해달라는 지사장님의 부연 설명을 듣고 여사님들도 속닥거리기 시작했다. 그럼 우리 다 어떻게 되는 거야?

그중에서도 몇 달 전부터 일하기 시작한 조선족 여사님은 완전히 울상이 되어 있었다. 서툰 한국말로 지사장님에게 자신은 아직 말을 완전히 하지 못하고 고객들이 내 말투를 들으면 아 뭐야 조선족, 하면서 세일즈를 들어주지도 않는데 겨우 일자리를 잡아 좋아했더니 나에게는 너무나 짐이 무겁다, 라고 하소연했다. 지사장님은 동정 어린 표정을 지었지만 이번에는 결심이 아주 견고한 모양이었다. 모두가 공평해야 한다는 말에 조선족 여사님은 낡은 소파에 풀썩 주저앉아 고개를 떨구었다. 100구좌라니, 그리고 목표를 정해서 내가 그 돈을 채워 넣어야 한다니. 이건 완전히 먹이 피라미드의 맨 마지막에 위치한 배달원들을 탈탈 털어서 위쪽 사람들이 배부르고 따뜻하게 살겠다는 게 아닌가.

우리는 눈 쌓이는 겨울에 꽁꽁 얼어붙은 눈을 손톱으로 파 겨우 아이스박스를 열고 배달을 하는 데다, 태풍이 일어 제주도에서 당근을 수확할 수 없었을 때 손님들에게 꼭 우리가 잘못해서 수확을 안 해 온 것처럼 욕을 먹는데. 여사님들은 수군대며 어떻게 해야 할지 머리를 모으고 있었지만, 나는 지사 앞의 배달 자전거들을 멍하니 바라보면서 나도 모르게 생각에 잠겼다. 그렇다. 추석에 설날까지 배달을 하고 제대로 수금을 못 해서 애를 먹으면서도, 나는 이 배달 일을 싫어하면서도 좋아했다. 아마 신문이나 다른 걸 배달했다면 그런 기분을 못 느꼈을 것이다. 신문과 달리 녹즙에는 나쁜 소식이 없었다.

물가가 오르면서 몇 가지 녹즙의 단가가 오르는 것이야 나쁜 소식이었고, 그럴 때마다 내 주머니에 돈 들어오는 것도 아닌데 손님들은 나에게 신경질을 내기도 했고, 눈을 맞추지도 않고 아 이번 달부터 안 먹어요, 하는 손님을 보면 연인에게 차인 듯 마음이 비통했질 때도 있고 뭐 그랬지만 그래도 뭔가 건강한 걸 사람들에게 전하러 가고 있다는 느낌, 몸에 좋은 걸 등에 이고 지고 있다는 느낌, 영업시간 전의 캄캄한 백화점이나 쇼핑몰 안의 벽을 더듬으면서 단단하게 굳어진 어깨는 회사 책상머리에 앉아 '사무실분들'로 먹고살던 때보다 훨씬 더 나는 살고 있다, 살아 있다는 느낌을 주곤 했다. 나는 온통 초상집 같은 풍경이 된 지사에서 벌떡 일어나 일이 있어서 먼저 가봐야 한다고 인사를 한 후 지사를 나왔다. 어떻게 해야 할까. 어떻게 살아야 할까. 민주에게 전화할 힘도, 준희에게 카톡을 보낼 만한 힘도, 혼자서 술잔을 기울일 힘도 남아 있지 않았다. 도대체 어디로, 어디로 가야 하는 걸까.

*

다음 날 녹즙을 배달하러 갈 때 나는 충동적으로 K빌딩 말고 그 옆에 있는 조그마한 건물에 먼저 갔다. 15명 정도의 직원들이 학습지를 만드는 회사인데, 사무실 규모가 작아서 그런지 할머니 한 분이서 청소를 도맡고 계신다. 동글동글한 인상에 늘 미소를 짓고 있는 그분은 다른 청소 여사님처럼 시음 팩을 욕심내지 않았다. 오히려 일찍부터 일하느라 고되지 않으냐며 나를 걱정해주는 유일한 여사님이어서 이분께는 매번 시음 팩을 몇 개라도 드리고 싶은 마음이 들었다. 어쩐지 오늘따라 그 여사님을 꼭 만나고 싶어 사무실을 기웃거렸고, 마침 일찌감치 청소를 끝내놓고 잠시 쉬러 가시는 여사님을 발견할 수 있었다.

안녕하세요, 하고 인사하자 여사님이 인자한 미소를 지었다. 석류즙 샘플을 꺼내 번개같이 빨대를 꽂아 여사님께 내밀자 사람 좋은 표정으로 고마워, 하고 받아 드셨다. 우리는 녹즙 샘플에 빨대를 꽂아 나란히 입에 물고 어스름해지는 창밖을 바라보았다. 할머니는 아 참, 하더니 호주머니에서 주섬주섬 뭔가를 꺼냈다. 사원들이 먹다 남긴 크래커, 쿠키, 감자칩 같은 과자들을 비닐봉지에 따로 싸놓은 거였다.

할머니는 창문을 열고 여차, 하며 과자를 한 움큼 던졌다. 순식간에 비둘기들이 날아와 과자 부스러기를 쪼아댔다. 할머니가 다른 쪽으로 과자를 던지자 아까 못 얻어먹은 놈들이 푸드득 날아갔다.

"맨날 모아서 주시는 거예요?"

"응, 버리면 아깝잖아. 모아뒀다 녀석들 주기 시작하니까 이제 이 시간이 되면 밥 먹는 줄 알고 으레 와."

검게 번들거리는 비둘기 깃털을 보며 나는 괜히 걱정이 됐다.

"사람들 다 비둘기 싫어하지 않아요? 먹이 준다고 막 뭐라 그럴 수도 있는데."

할머니는 한 번 더 과자를 뿌리며 느긋하게 대답했다.

"다 살겠다고 그러는데, 얼마나 이뻐. 살겠다고 하는 것들은 다 이뻐……."

이후로도 나는 사는 게 팍팍하다는 생각이 들 때면 그때 과자를 뿌리던 할머니 모습을 생각했다. 살겠다는 것들은 다 이뻐. 물론 잘 살겠다고 악에 받친 사람들은 무섭지만 그저 살겠다는 것들은 이쁘다. 그리고 이제 함부로 비둘기가 징그럽다고 말하지 않는다. 누가 그럴 자격이 있단 말인가. 살겠다고 하는 것들끼리.

건물을 나오면서 나는 녹즙 배달을 그만두기로 결심했다. 3일만 지나면 그만두리라던 모든 이의 예상을 배반했고, 최소한 6개월에서 1년은 해달라던 지사장님의 부탁을 22개월이나 했으니 충분히 초과 달성한 셈이다. 이젠 녹즙 병장이 되었으니 제대할 때도 되었다. 그날 당장 출고 변경분 체크 전화를 할 때 지사장님께 그만두겠다고 말했다. 지사장님은 난처해하며 사람이 도무지 안 구해지는데 어떡하냐, 하고 한숨을 쉬다가 관두고 뭐 할 거니? 하고 물었다. 나는 공부 좀 하려고요, 하고 아주 거짓말은 아닌 대답을 했다. 공부, 공부…… 그래, 좋지……. 얼마간 말이 없던 지사장님은 내 예상을 깨고 오래 버텨줘서 고맙다고 했다. 이제 지사에 가서 녹즙 장비를 반납하고 내 뒤를 이을 신규 인력과 인수인계를 며칠 하고 나면 녹색의 삶과도 안녕이다. 안녕, 안녕.

너 이거 그만두면 당장 뭐 할래, 하고 머릿속에서 작은 목소리가 나를 괴롭혔다. 그러나 이젠 그만둬야 했다. 그리고 살겠다고 하는 짓을 해야 했다. 지금처럼 마지못해 살아 있는 것 말고. 나 자신을 믿지 못해 어떻게 살아야 할지 언제나 혼란스러웠는데, 할머니 덕분에 목표를 정하게 되었다. 살자, 살자. 그냥 살아 있는 것 말고 살자.

그러나 녹색의 삶은 그리 쉽게 나를 놓아주지 않았다. 나는 후임과 3일간 배달 장소를 함께 돌아다니며 손님들에게 인사를 시키고, 손님을 금방 찾을 수 있도록 붙여놓은 공룡 스티커의 위치를 알려주고, 녹즙을 출고하고 관리하는 법까지 모두 정리해서 정성껏 가르쳐주었다. 기다리고 기다리던 마지막 날이 되자 나는 기대감에 마음이 벅차올랐다. 이제는 드디어 늦잠을 잘 수 있겠구나.

다음 날 새벽, 한참 단잠에 빠져 있을 때 후임자에게 전화가 걸려 왔다. 그는 아주 당당하게 ○○○ 씨 자리가 어디예요? 하고 물었다. 지금 내가 그걸 어떻게 압니까, 알아도 도대체 어떻게 설명하란 말입니까, 하고 쏘아붙이고 싶었지만 최대한 친절하게 대답했다. 아무리 잘 모르고 헷갈리셔도 그걸 찾는 게 여사님의 일이라고, 원래 처음엔 다 모르는 법이고 나도 맨땅에 헤딩하듯 배웠다고. 그리고 다시 꿀잠에 빠져들었다.

그날 오후 지사장님에게서 연락이 왔다. 전화 통화인데도 사람이 하얗게 질린 기색이 느껴졌다.

"네 후임자가 방금 관둬버렸어. 당장 내일부터 녹즙 들어가야 되는데 어떡하면 좋으냐. 정민아, 미안한데 다음 사람 구해질 때까지 조금만 더 수고해줄 순 없겠니?"

"……."

"정민아, 제발 부탁이다……. K빌딩이 그래도 우리 제일 큰 거래처 중 하나잖니. 배달할 사람이 없어서 못 들어가면 손해가 몇백은 족히 나오고도 남아. 제발 부탁 좀 할게."

지사장님의 간곡한 부탁에 어쩐지 마음이 약해진 나는 알겠습니다, 하고 대답을 해버렸다. 그렇게 해서 나는 언제 그만둘 수 있을지 도통 기약이 없는 배달 전선에 다시 뛰어들게 되었다. 대신 이번에는 신나게 툴툴거리면서 일했다. 혼자 아주 잘난 척을 실컷 했다. 아, 요즘 기성세대들이 말이야, 문제야 문제. 참을성 없고 조금만 힘든 일은 하기 싫다고 내빼고. 아니, 어떻게 사람이 저 좋은 것만 하고 살 수가 있냐. 이렇게 나약한 한국의 기성세대들 정말 어떡할 거야. 전부 해병대 캠프 같은 데라도 보내야 돼. 요즘 기성세대들이 이렇게 근성이 없어요. 마음을 굳게 먹으면 사람이 뭘 못 해? 이래가지고 우리나라가 어떻게 발전을 하겠어? 국가를 지탱해줘야 하는 허리가 이 모양인데? 아, 정말 나라의 미래가 걱정된다. 요즘 어른들 정말 문제 많다니까. 온실 속의 꽃이야, 아주. 그렇게 혼잣말을 실컷 하고 나서 히죽, 웃었다. 이왕 땜빵 하게 된 거, 울면서 할 수는 없으니까.

14화
최 보호사의 정체

민주가 전화를 걸었다. 꽉 잠긴 목소리였다.

"좀 만나야겠어. 와줄래?"

누구 말씀인데 당연히 가야지. 어쩐 일인지 낮술을 마실 수 있는 곳이 아니라 유심히 보지 않으면 눈에 띄지 않을 만한 구석진 카페로 나를 호출했다. 도착해보니 손님이라고는 민주 한 사람뿐이었고, 분위기는 가라앉다 못해 을씨년스러울 정도였다. 이게 웬일이지? 먼저 도착한 민주는 쓰디쓴 에스프레소를 더블로 마시고 있었다. 달콤한 카페라테나 (날이 궂을 때는) 따뜻한 뱅쇼만 마시는 민주인데, 심각한 얼굴로 좋아하지도 않는 에스프레소를 마시고 있다니 대단히 심상치가 않다. 민주, 하고 알은체를 한 후 나도

에스프레소와 얼음물을 부탁했다. 곧바로 나온 에스프레소를 한입에 털어 넣고 얼음물로 가셔내니 정신이 확 든다. 그러고 나서야 민주의 외관 역시 평소 같지 않다는 걸 깨달았다. 핑크로 포인트를 준 화사한 옷만 입는 민주가 다 해진 청바지에 목이 늘어난 티셔츠를 입고 칙칙한 야상점퍼를 아무렇게나 걸치고 있었다. 민얼굴이더라도 반드시 바르는 로즈핑크 빛깔의 틴트도 생략한 민주의 모습은 전체적으로 핏기가 없었다. 눈도 많이 부어 있었다. 외로워도 슬퍼도 결코 울지 않는 나의 김민주가 설마 운 것일까. 목이 잠긴 듯 쿨럭쿨럭 기침을 하다 민주가 간신히 입을 뗐다.

"이재희 있잖아."

"어, 네 스토커. 지난번에 얘기 다 끝난 거 아니야?"

"너도 알지. 걔가 계속 한 번만 얼굴 보자고, 잠깐 만나면 된다고 그러길래 내가 무슨 의미가 있는지 모르겠다고 딱 잘라 거절한 거. 근데…… 오늘 우리 집 근처 어디로 잠깐 나오래."

민주가 말을 잇지 못하는 모습에 나는 상황이 정말로 심상치 않음을 깨달았다. 내가 알기로 이재희는 민주를 몹시 좋아하긴 했지만, 민주가 자기를 좋아하는지에 대해서는 전혀 관심이 없는 남자였다. 게다가 자신이 보고 싶은 민주의 모습만을 사랑했을 뿐, 민주가 진짜로 어떤 여자인지는 하나도 몰랐고 알고 싶어 하지도 않았다. 그래서 헤어진 것이고, 정말 헤어지길 잘한 남자다. 그런데 민주가 이제 와서 이재희가 그리워져 운 건 아닐 테고, 대체 무슨 일이지? 괜히 불안한 기분이 들었다. 민주가 붉어진 눈으로 나를 바라보았다.

"오늘 자기가 말한 장소에서 계속 기다릴 거고, 내가 안 나오면 나 몰래 찍었던 사진이고 영상이고 다 인터넷에 올리겠대."

나는 소스라치게 놀랐다. 실로 이건 모든 여자들의 악몽이다. 나도 잠시 사귀던 남자친구가 내가 이불을 돌돌 감고 맨다리를 내놓은 채 자고 있는 모습을 촬영한 적이 있었다. 그는 귀여워서 그랬다며 별게 아니라고 얘기했지만, 나는 머리끝까지 화가 나 사진을 지우고 그를 2층 계단에서 밀어버렸다. 민주는 모험을 좋아하지만, 남자친구와 섹스할 때 촬영을 하는 그따위 모험은 좋아하지 않는다. 나는 알면서도 확인차 물었다.

"촬영한 적 없지?"

"당연히 없지. 근데 이재희라는 인간이 워낙 믿음이 안 가서……."

이재희라면 그럴 만도 하다. 처음에 그의 소탈한 모습이 마음에 든 민주는 데이트 한번 하자는 그의 제안에 기꺼이 응했다. 남자들이 다들 그러듯, 그는 다소곳하고 얌전해 보이는 민주의 외양에 한껏 반해 사귄 지 한 달쯤 되자마자 결혼 결혼 하고 노래를 불렀고, 아이 가지는 데 좋지 않다며 엄중하게 담배를 끊으라고 명령했으며, 민주의 옷차림에도 참견했고, 은근히 민주가 임신하길 바랐는지 자신이 질외사정 타이밍을 기막히게 맞출 수 있다며 콘돔을 거부해 민주의 골치를 썩였다. 민주는 그의 눈에 띄지 않게 혹시 콘돔에 구멍이 뚫려 있지 않은지 검사를 해야 했다.

그뿐만이 아니었다. 이재희는 민주가 자신을 떠날까 무서웠는지 힌디어 스터디 모임까지 방해하려 들었고 자신과 함께 가지 않으면 인도 같은 위험한 곳에 가는 건 절대로 허락할 수 없다고 했다. 돈을 대주는 것도 아니고 민주의 부모님도 아닌 주제에 보내주니 마니 난리를 치는 통에 민주는 결국 헤어짐을 선포했고, 그는 하룻밤 내내 밤이슬을 맞으며 민주네 아파트 입구에서 민주가 나오기만을 기다렸다. 그 모습이 애절하기는커녕 너무나 무서워서, 민주는 그를 붙잡고 이 만남이 끝났음을 몇 번이나 설명해야 했다. 앙심을 품은 상대에게 해코지를 당하지 않도록 안전하게 이별하는 것은 생각보다 훨씬 어려운 일이다. 특히 이재희처럼 격한 성정에 자신에 대한 삐뚤어진 자부심을 지닌 남자는 여자가 고하는 이별 자체를 받아들이려고 하지 않는다. 몇 번을 설명해도 그는 고장 난 녹음기처럼 그래도 오빠는 널 사랑하는데!라는 말만 되풀이했다. 나도 오빠를 사랑하지만, 지금 우리는 서로를 불행하게 하는 것 같다, 사랑하니까 놓아주는 것이니 당신의 이상적인 결혼에 어울리는 좋은 여자를 만나라……. 어린이집에서 다 같이 가지고 놀아야 하는 장난감을 절대로 양보 않고 집착하는 아이 다루듯, 민주의 길고 긴 설득 작업이 있고서야 그는 민주네 아파트에서 장승처럼 우뚝 서 있는 짓을 그만두었다. 그때즈음 헤어진 여자친구의 아파트 입구에서 기다리고 있다가 준비해둔 흉기로 여자친구를 찌른 남자가 검거되는 사건이 있었으므로, 민주는 그토록 저자세로 그를 타이른 거였다.

"이재희가 섹스 동영상 찍자고 한 적 몇 번 있었어. 내 누드사진 촬영하고 싶다고도 엄청 졸랐고. 뭐 나의 가장 아름다운 모습을 영원히 기억하고 싶고, 우리가 서로 사랑한다는 증거를 세상에 남겨두고 싶다나……. 당연히 100프로 거절했는데 요즘은 몰래카메라가 안경테, 생수병 같은 별의별 모양으로 다 나온다고 하니까 자꾸 불안해. 나 모르게 무슨 짓을 했는지 전혀 알 수가 없잖아. 이럴 땐 여자로 태어난 거, 정말 분하고 짜증 나."

불안. 민주의 입에서는 좀처럼 나오지 않는 말이다. 나는 어떻게 해야 좋을지 머리를 굴렸다.

"일단 너희 동네로 가자. 이재희가 무슨 짓 하기 전에 정말로 그런 사진이나 영상이 있는지 알아봐야지. 이거 분명히 공갈 협박에 해당될 것 같은데, 법적으로 그놈이 처벌받았으면 좋겠어?"

민주는 손이 하얘질 정도로 잔을 꽉 쥐었다. 하지만 손이 눈에 띄게 떨리고 있었다.

"무슨 사이트에 내 영상을 올리겠다고 이야기한 것 같아서…… 그걸 찾아봐야 되는데, 찾아보기가 싫어. 너무 무서워. 만일 동영상이 정말로 있다면, 법적 처벌은 일단 둘째 치고…… 일단은 그걸 지우는 것만으로도 마음이 놓일 것 같아."

우리는 왜 이렇게 착해야만 할까. 그냥 지우는 것만으로 만족하다니. 만일 동영상을 인터넷이나 메신저에 유포하기라도 했다면 당장 이놈을 경찰에 신고해서 그에 합당한 죗값을 치르게 해야 마땅하다. 하지만 우린 이미 알고 있다. 수사기관도 사법부도 그다지 우리 편이 아닐 거라는 사실을. 21세기가 시작된 지도 벌써 몇 년인데 강간죄로 남성을 고발한 여성에게 판사가 법정에서 준엄하게 '허리를 돌려 피했으면 강간이 이루어지지 않았을 것 아니냐', '꼭 끼는 청바지를 벗기기 힘들 텐데 여성 쪽의 협조가 있었던 게 아니냐'라고 묻는 코미디가 펼쳐지는 나라에서 우리가 누구를 믿을 수 있겠는가.

우리는 민주의 집 쪽으로 가는 간선버스를 탔다. 나는 혹시 몰라 준희에게 대략의 정황을 적은 톡을 남겨놓고 지금 우리가 가는 곳의 약도를 캡처해 그것도 보내놓았다. 준희가 와줄지는 알 수 없지만, 혹시나 우리 둘 다 이재희에게 해코지라도 당할 경우 사정을 아는 사람이 한 명이라도 있어야 한다는 생각 때문이었다. 생각하기도 끔찍하지만 민주와 나 모두에게 무슨 일이 생기고, 진실을 말할 사람이 없어져 모든 것이 이재희의 세 치 혀에 달리게 된다면. 이런 생각은 그만두자.

"이재희 불러내. 어디 있겠대? 빨리 만나서 빨리 해결하자."

"응, 그러자. 너무 무서운 꿈속에 있는 것 같아. 어서 깨고 싶어."

민주는 창백한 얼굴로 이재희에게 문자를 넣었다. 그는

같은 장소에서 여전히 기다리고 있다고 했다. 우리는 용기를 내어 일반인의 성관계 몰카를 전문으로 제공한다는 사이트에 접속했다. 수많은 여자들이 즐거운지 괴로운지 알 수 없는 섹스를 하고 있었고, 민주처럼 긴 머리카락을 늘어뜨린 새하얀 몸을 지닌 여자는 많고도 많아 우리는 도저히 식별할 수가 없었다. 그러나 만에 하나라도 정말로 이재희가 자기 휴대폰에 민주의 사진이나 영상을 갖고 있을 가능성도 충분했다.

*

민주네 아파트 단지 근처의 으슥한 곳에 이재희가 서 있었다. 민주를 보고는 비굴하면서도 반가운 표정을 지었다가, 나를 보자마자 얼굴에서 미소를 싹 거두었다.

"너 혼자 오라고 했잖아."

"오빠를 어떻게 믿고 혼자 와요?"

"말버릇 봐라, 오빠한테 아주 못 하는 말이 없네. 민주, 너 진짜 변했어. 원래 그런 애 아니었잖아."

"오빠가 싫어하니까 그동안 참은 것뿐이지, 나 원래 이런 애예요. 됐고, 휴대폰이나 보여줘요."

"내 휴대폰은 왜?"

"내 사진이랑 영상 갖고 있다면서요? 남이 내 허락 없이 그런 영상을 찍는 것도 문제고, 갖고 있는 건 더 안 돼요."

"민주 너 진짜 너무한다. 넌 내 마음을 알면서도 그렇게 쌀쌀맞게 날 남이라고 불러?"

"남이 아니면 더더욱 보여줘야죠."

민주의 목소리는 덜덜 떨렸지만 이재희를 향해 턱을 용감하게 치켜든 모습이었다.

"그럼 우리 다시 시작하는 거야?"

이재희의 엉뚱한 소리에 너무 어이가 없는 나머지 핏, 하고 웃음이 터져 나왔다.

"야, 넌 왜 웃어."

나는 웃음기를 지우려고 애쓰며 대답했다.

"그쪽은 지금 내 친구랑 어떻게 다시 잘해보려는 거 같은데. 그러면 다정하게 대해주면서 자기가 얼마나 괜찮은 남자인지 어필해도 모자랄 판에, 몰카 찍고 협박까지 하는 더러운 수작을 쓰면서 어떻게 민주가 돌아오길 바랄 수가 있어요?"

"뭐, 더러운 수작? 너희 지금 나 이상한 사람으로 만든다? 원래 남자가 사랑할 땐 수단과 방법을 가리지 않는 법이야. 그리고 솔직히 민주 네가 나 폰팔이라고 무시하면서 내 마음을 안 받아주니까 이러는 거 아니야. 꼴에 선생 한다 이거야? 무슨 교사 자격증 있는 것도 아니면서 꼴값은. 하여간 우리나라 여자들, 다 지 잘난 줄 아는 김치년들인 거 알아줘야 돼."

얘기가 왜 그쪽으로 이어져? 이재희의 논리는 갈수록 산으로 갔고, 열등감의 계곡은 끝도 없이 깊었다.

"나는 선생 한다고 잘난 척한 적 한 번도 없고, 폰팔이라는 말은 본인이 자격지심에 한 거잖아요. 자기 자신도 사랑하지 못하는 사람이 남한테 사랑 타령 하는 거, 난 믿을 수 없어."

민주가 딱딱한 목소리로 받아치자, 이재희는 특유의 능청스러운 표정을 지으며 말했다.

"예쁜아, 울 애기가 왜 이렇게 화가 난 거야. 오빠는 바라는 거 없어. 그냥 울 애기랑 예전처럼 행복하게 지내면 돼."

순간 그 '애기'가 날카롭게 소리쳤다.

"야, 씨발, 말도 안 되는 소리 제발 좀 집어치워!"

민주의 고함에 이재희는 민주의 어깨에 슬금슬금 올리

려던 손을 얼른 치웠다.

"울 애기 좋아하네. 넌 서른둘 처먹은 애기 봤냐? 내가 왜 너를 도로 만나? 무식하고, 철이라곤 요만큼도 안 들었고, 거기다 손찌검까지 하는 남자를 내가 왜 만나냐고!"

민주가 목에 핏대를 세우며 소리를 질렀다. 손찌검이라니, 머리가 얼얼했다. 김민주에게 감히? 민주는 아무리 화가 나도 침착함을 잃지 않는데, 어깨까지 거친 숨으로 들썩거리는 걸로 봐선 극도의 흥분 상태인 듯했다. 이재희가 억울한 척하며 맞섰다.

"아니, 얘가 지금 무슨 소리 하는 거야? 내가 언제 너한테 손찌검을 했어?"

"지난번 치킨집에서, 맥주 마시면서 얘기하고 있는데 갑자기 내가 남자 우습게 본다면서 나 목 조른 거 기억 안 나!"

민주의 말에 이재희는 별거 아니라는 듯 쿡쿡 웃었다. 두 손을 모아 싹싹 비는 시늉까지 하며.

"아, 그거? 우리 애기가 순진해서 그런 걸 폭력이라고 그러는구나. 남녀 사이에 연애하다 다툴 수도 있지. 그날 우리 애기가 너무 심한 말 하는 거 오빠가 얼마나 참아줬는데. 그런 걸 일일이 폭력이라고 하면 어떻게 연애를 하고 살겠어?"

둘 사이에 있었던 폭력을 지극히 사소하고 흔한 일로 치부하는 그의 뻔뻔스러운 태도에 머리끝까지 화가 치밀었다. 이재희는 키가 185센티미터에 100킬로그램 가까이 되는 큰 덩치를 가진 남자다. 몸집이 그의 반밖에 안 되는 민주한테 장난이라도 손을 대선 절대로 안 된다는 건 어린애도 다 안다. 연애 초반 이재희는 민주의 개인 보디가드를 평생 해주겠다고 한 적이 있다. 민주도 그런 이재희를 듬직하게 여겼다. 하지만 오늘 우리는 알게 되었다. 이재희는 자신의 보디가드 이외에는 아무것도 아니라는 것을.

"또 크게 착각하고 있네, 또. 그게 네 특기지. 이젠 지겨워서 치가 떨린다. 이만큼 말했으면 좀 알아들어. 난 너 싫다고! 역겹다고! 제발 좀 꺼져!"

민주의 말에 이재희는 이해할 수 없다는 표정으로 어깨를 으쓱했다.

"말 함부로 하는 거, 나중에 후회하게 될 건데…… 일단 오늘은 애기가 흥분했으니까 오빠가 참을게."

"아니, 참지 마! 안 참아도 괜찮아. 너 생각하는 것처럼 대단한 놈 아니야. 말이 나와서 하는 얘긴데, 너 네가 되게 섹스 잘하는 줄 알지? 웃기지 마. 너 겁나 못하고, 크기도 둘레도 다 별로야. 만나는 날마다 싸구려 모텔 가려고 수 쓰고, 불쌍해서 가주면 느낌 안 좋으니까 콘돔 좀 빼고 하자, 밖에다 싸는 거 진짜 자신 있다, 그딴 소리 하다가 결국 나한테 피임 시술까지 받으라고 했었잖아! 이런 남자를 대체 누가 만나!"

정곡이 찔리자 이재희는 한동안 말도 없이 씩씩대기만 했다.

"……그러니까, 너 절대로 나한테 안 돌아온다 이거지."

민주는 그를 노려보며 대답했다.

"돌아와? 웃기시네. 내가 죽는 한이 있어도 너 같은 놈한테는 안 가. 그리고 나 다른 남자 생겼어!"

이재희가 부글부글 타는 눈빛으로 민주를 쏘아봤다. 이제 유들유들한 태도를 버리고 본색을 드러내는 것 같았다.

"남자? 하, 하여튼 남자 없이 못 사는 년. 걸핏하면 담배 피우고 술 처마실 때부터 알아봤어. 몸도 함부로 굴리고 다녔겠지. 어디에서 뭐 하는 새끼야?"

"내가 미쳤다고 너한테 그걸 말해주냐? 적어도 너같이 형편없는 새끼는 아니야!"

"김민주, 너 그렇게 나올 거야? 이 휴대폰에 뭐가 있을 줄 알고? 네가 어떻게 처신하는 게 현명할까? 어린이집 선생이 몸 간수도 안 하고 다니는 거 보면 사람들이 널 가만 놔둘 거 같아? 아직까지는 한국이 여자한테 그렇게 만만한 나라 아니다?"

할 말이 있고 안 할 말이 있지, 쓰레기 같은 새끼. 이가 부득부득 갈렸다. 이재희는 자기가 이기는 게임이라 생각했는지 여유로운 미소까지 짓고 있었다. 저 뺀질뺀질한 얼굴을 확 뭉개버렸으면.

"지금 보니까 너 아주 무서운 애였어. 그렇게 욕도 잘하고 남자한테 싸가지 없게 굴 줄 알면서 평소에는 이랬어요 저랬어요, 차분한 척 청순한 척은 혼자 다 하고. 너 같은 년은 세상에 풀어놓으면 안 돼. 나처럼 순진한 남자들이 피해를 입을 거 아냐. 그러니까……."

이재희가 싸늘하게 웃었다. 나는 본능적으로 민주를 내 뒤쪽으로 보내고 이재희와 마주 섰다.

"그러니까 뭐 어쩌라고? 댁 휴대폰이나 빨리 내놓으라고요. 아까 애한테 보낸 문자, 몇 시까지 어디로 안 오면 인터넷에 영상 올리겠다고 쓴 거. 경찰에 신고하면 공갈 협박으로 걸리는 거 알아요?"

그러나 이제 이재희는 말이 통하는 상태가 아니었다.

보는 사람이 돌이 될 것만 같은 섬뜩한 미소를 지으며 우리에게 한 걸음 한 걸음 다가왔다. 나는 민주를 막아선 채 그가 오는 만큼 뒤로 비켜났다. 곧 등이 벽에 닿을 것 같았다. 민주는 떨고 있었다. 그러니 나까지 떨어선 안 되는데 내 몸도 걷잡을 수 없이 떨렸다.

"그런 어려운 얘기 나는 잘 모르겠고, 네가 기어코 나한테 안 오겠다면 그냥 같이 죽는 수밖에 없지."

민주의 몸이 굳어졌다. 나 역시 그랬다. 이재희 혼자만 여유로웠다.

"너희 아파트 워낙 자주 드나들다 보니까 알게 됐는데 CCTV 설치 안 된 데가 있더라. 거기가 바로 여기야. 워낙 외진 데라 아무리 소리 질러도 아무한테도 안 들려. 그러니까 무슨 일이 있었는지 알 방법이 없다고."

이재희의 광기가 분명하게 전해졌다. 나는 본능적으로 뒤쪽으로 몸을 돌려 가냘프게 떨고 있는 민주의 어깨를 꽉 잡았다. 그리고 민주에게 입 모양으로 말했다. **생각해. 계속 생각해. 생각하는 걸 그만두면, 그때부터는 정말 지는 거야.** 민주는 살짝 고개를 끄덕였고, 투명한 갈색 눈동자에 투지가 불타기 시작했다. 나는 무기로 쓸 만한 것이 없나 필사적으로 주위를 살폈다. 마침 구석에서 나뒹굴고 있는 맥주

병 하나를 찾아 병 주둥이를 꽉 붙들고 벽에 힘껏 쳐서 깨뜨렸다. 이재희가 픽, 하고 비웃었다.

"귀엽게 구네. 그걸로 뭐 어쩌게? 나 찌르기라도 하게?"

나는 이를 악물고 대답했다.

"아니, 거기서 잘 보고 있어."

왜 내가 몰랐을까. 내 목숨만큼 소중한 친구 민주. 힘들 때마다 이야기를 들어주며 함께 눈물을 흘리고, 날 위해서라면 사람들 앞에 나서는 것도 창피해하지 않고 늘 같이 싸워주는 민주. 언제 어디서나 예쁘고 당당하고 용감무쌍한 민주. 그런 민주의 상황이 이토록 심각하다는 걸 나는 왜 알아차리지 못했을까. 민주는 왜 나에게 진작 말하지 않았을까. 날 걱정시키는 게 싫었던 걸까. 그렇게 무서워했으면서, 그렇게 불안해했으면서. 내가 그렇게 못 미더웠어? 그런 표정으로 민주를 보니 민주 역시 나에게 표정으로 말하고 있었다. **미안해, 어쩔 수 없었어.**

고개를 돌려 이재희를 똑바로 쳐다보았다. 저 인간쓰레기가 나의 민주를 다치게 하는 꼴을 더 이상 두고 볼 수 없었다. 민주는 너 같은 놈한테는 너무 아까워. 민주는 기약 없는 인도행을 위해 이를 악물고 저축하고, 꾸준히 힌디어를 배우고, 여행작가가 되려고 매일 습작을 한다고. 너 따위와는 비교가 되지 않는, 그래, 좀 간지럽지만, 꿈이 있는 인간이라고. 내 목숨을 걸지언정 너 같은 놈에게 민주를 내줄 줄 알아? 무슨 일이 있어도, 너 같은 쓰레기한텐 물론이고, 그 누구라도 내가 살아 있는 한, 민주에게 손끝 하나 대게 놔두지 않아. 절대로. 그전에 나를 먼저 죽여야 할걸.

"오버 마이 데드 보디다, 이 새끼야."

나는 맥주병의 날카로운 면으로 내 왼팔을 찔렀다. 동맥까지 닿을 정도는 아니었지만 날이 피부를 파고들자 핏방울이 사방으로 튀었고 순식간에 발밑에 작고 동그란 웅덩이가 생겼다. 그 모습을 보고 창백해진 민주에게 말했다.

"지금이야. 빨리 경찰 불러!"

이재희는 예상치 못한 전개에 당황한 것 같았다.

"지, 지금 경찰 불러서 어쩌겠다는 건데? 나는 너한테 손도 안 댔고 네가 혼자 쇼한 거잖아."

"이 멍청아, 네가 조금 전에 좋은 거 가르쳐줬잖아. 여기는 CCTV가 없다며."

나는 잽싸게 옷의 단추를 거칠게 풀어 헤쳤다. 민주가 휴대폰을 꺼내 들었다. 나는 당황해서 입을 쩍 벌리고 있는 이재희에게 뚝뚝 흐르는 피를 보여주며 말했다.

"경찰 오면 이거 다 네가 한 짓이라고 할 거야. 네 말대로 내가 혼자 쇼한 건데, 경찰이 어떻게 알겠냐? 유일한 목격자는 민주뿐인데 너한테 유리한 증언을 할 리가 있냐? 이 맥주병은 지문 안 나오게 다 깨뜨려버리고, 나는 서럽게 울 거야. 아주아주 서럽게. 네가 경찰이면 너랑 나 중에 누구 말을 믿겠냐?"

"저런 미친년……!"

"어, 한국에선 여자가 미친년 안 되면 못 살아. 몰랐지? 그러니까 빨리 휴대폰 내놔."

이재희는 이러지도 저러지도 못하고 당혹스러운 눈빛만 보내고 있었다. 나는 아랑곳 않고 유리병으로 목을 서서히 그어 가느다란 핏줄기가 흘러내리도록 만들었다.

"너 그 휴대폰 안 내놓으면 살인죄로 빵에 들어갈 수도 있어. 나 별로 목숨 아끼는 타입 아니다?"

내 옷이 온통 피로 젖는 것을 본 이재희는 그제야 벌벌 떨며 휴대폰을 내밀었다. 나는 얼른 그걸 받아 민주에게 넘겼다. 민주가 갤러리 메뉴로 들어가자 과연 '민주'라는 이름이 붙여진 폴더가 있었다. 민주는 와들와들 떨며 폴더를 눌렀다. 온통 민주의 사진이었다. 그렇지만 이재희가 말한 것 같은 사진이나 동영상은 없었다. 그저 그와 만나던 시절

햇빛 아래서 반짝반짝 빛나게 웃고 있는 민주, 예쁜 카페에서 카페라테를 마시는 민주, 고즈넉한 한강 공원에서 그와 단둘이 캔 맥주를 기울이고 있는 민주……. 민주의 아름다운 사진뿐이었다.

그때 누군가 나타났다. 순찰 도는 경찰이 왔나 싶었지만 이내 익숙한 실루엣임을 알 수 있었다. 언제나처럼 검은 옷을 입은 준희였다. 놀랍게도 휙 둘러본 것만으로 상황을 재빠르게 파악한 준희는 내 손에서 맥주병을 낚아채 자기 점퍼 소매로 한참을 문질러 닦았다. 그러고는 멍하니 서 있는 이재희의 손에 맥주병을 억지로 쥐여주었다. 이재희는 그제야 상황을 파악하고 몸부림을 쳤지만, 준희는 훨씬 체구가 작은데도 불구하고 솜씨 좋게 이재희의 목을 눌러 꼼짝 못 하게 만들었다. 나는 준희에게서 맥주병을 건네받고, 개구리처럼 바닥에 납작하게 눌린 채 거친 숨을 몰아쉬고 있는 이재희에게 엄숙하게 말했다.

"이거, 증거로 내가 가져간다. 아까 봤지? 여기 내 지문 없어. 다 네 지문이야. 목격자 두 명 있는 것도 보이지? 나 지금 바로 병원 가서 진단서 떼놓을 거니까, 다시 한번 민주 앞에 나타나면 그땐 진짜 구치소야."

나도 법 같은 건 잘 모르지만, 머리에 든 게 하나도 없는 이재희에게 겁을 주기에는 그 정도로 충분했다. 준희가 이재희의 몸통을 누르고 있던 무릎에서 힘을 슬쩍 빼자 이재희는 벌떡 일어나 알아들을 수 없는 욕을 하더니 세차게 뛰어 달아났다. 그의 모습이 점점 멀어져 완전히 사라지자 민주는 떨어뜨리고 있던 고개를 들었다. 웬만하면 울지 않는 민주가 흐느끼는 소리도 없이 눈물을 흘리고 있었다. 민주는 야상점퍼를 벗더니 내가 흘린 피를 닦기 시작했다. 옷에 얼룩이 생겨도 개의치 않았다. 아이보리색 점퍼는 내 피와 뚝뚝 떨어지는 민주의 눈물로 금세 흠뻑 젖었다. 조금 떨어져 우리를 바라보고 있던 준희가 이쪽으로 다가왔다.

"민주 씨, 오늘 많이 놀랐을 텐데 일단 집으로 돌아가서 쉬는 게 어떻겠어요. 그게 좋을 것 같은데요."

민주가 나를 바라보았다. 나도 그게 좋겠다는 뜻으로 고개를 끄덕였다. 민주는 눈물로 얼굴이 엉망이 됐는데도, 넘어져도 울지 않는 씩씩한 아이처럼 미소를 지어 보였다.

그리고, 내가 민주를 다시 만나기까지는 꽤 오랜 시간을 기다려야 했다.

*

그 이후부터는 어떻게 된 건지 잘 기억나지 않는다. 피를 너무 많이 흘려서 생각이 나지 않는다거나, 그런 일들은 아니고 이재희가 달아나고, 피 묻은 야상 점퍼를 입은 민주가 울면서 사라지고, 우리 둘만 남자 준희는 내 상처를 면밀히 살피더니 얼굴이 파래졌다 하얘졌다 하면서 혀를 찼다. 꿰맬 정도는 아니네, 그래도 이거는 만용입니까 우정입니까 깡입니까 뭡니까, 응급실은 안 가도 되겠다, 어떻게 동맥은 잘도 비껴갔군요, 실비보험 같은 거라도 있긴 한 거예요, 하면서 혼자 주절대더니 내 멀쩡한 쪽 팔을 꽉 쥐고는 택시에 태워 인근 외과로 갔다. 평소 과묵한 준희가 자신에게든 타인에게든 그렇게 많이, 심지어 격하게 말을 하는 건 처음 보았다. 어떻게 의사를 만났는지, 무슨 처치를 했는지 그런 것들은 기억이 휘황하다. 내가 비로소 정신을 차린 것은 원무과에 수납까지 끝내고 병원 대기실 소파에 준희가 털썩 주저앉아 이마의 식은땀을 닦던 순간이었다. 그제야 마음의 평정을 되찾았는지 준희는 다시 한번 내 꼴을 찬찬히 살피더니 나지막하게 말했다.

"그래도…… 잘했어요."

나는 쿡쿡 웃었다.

"그 피바다를 보고도요?"

준희는 지금까지 단 한 번도 하지 않았던 질문을 했다.

"술…… 마셔도 될까요?"

이 사람이 웬일이야. 그토록 많은 만남에서 나는 술을 마시고 준희는 안주를 먹었건만 먼저 술을 마시자고 청하는 것은 처음이었다. 나는 도대체 왜 이러나 궁금해서 아무 말 없이 고개를 끄덕였다. 병원을 나와 한참 걷다 준희가 내 손을 잡았다. 말없이 손을 잡은 채 우리는 한참을 더 걸었다. 다리가 지쳐올 때쯤 준희는 테이블이 서너 개뿐인 조용한 카페의 문을 열었다. 음악이 소란스럽지 않은 것이 마음에 들었다. 준희가 맥주 작은 병을 주문했다. 나도 고르려는데 준희가 이분은 포도 주스요, 하고는 종업원에게 메뉴판을 돌려주었다. 나도 모르게 인상을 썼는지 준희가 피식 웃으며 미간을 가리켰다.

"인상 펴요, 인상."

"아니, 술 마신다면서요 술. 이런 날 술 안 마셔주면 언제 술 마셔요?"

"그게 여러분이 날마다 하는 소리 아니에요. 술 마실 이유가 없는 날이 어디 있어. 게다가 피를 그렇게 흘리고."

"그러니까 피를 보충해야 되는 거 아니에요. 게다가 술 마시자며."

"나는 술 마시자고 이야기 안 했어요. 내가 술 마셔도 되냐고 이야기했죠."

"와, 교묘하네. 주어가 없네!"

준희는 다시 평소의 온유한 표정으로 돌아와 포도 주스를 내 쪽으로 밀었다.

"포도당 주스 맞을 때 포도가 이 포도예요. 마시고 기운 좀 차려요."

"진짜예요?"

"믿는 자에게 복이 있나니."

그날, 나는 처음으로 술에 취하지 않은 채 준희의 얼굴을 찬찬히 바라보았다.

"정말 고마워요. 이 은혜 절대 잊지 않을게요. 그런데 아까 진짜 놀랐어요. 보기에는 말랐는데 무슨 힘이 그렇게 세요?"

"힘이 아니고 기술이죠. 직업상 종종 필요할 때가 있어요."

"도대체 뭐 하는 사람이에요? 직업이 뭔데요? 뭐 보디

가드 같은 거예요? 남파 간첩? 비밀 요원? 이 사람 혹시 국정원 소속 아니야?"

준희는 풋, 하고 웃었다.

"정민 씨는 나에 대해서 아무것도 모르죠. 그렇지만 나는 정민 씨를 조금 알아요. 아주 조금."

나는 혼란에 빠졌다. 나를 어떻게 안다는 걸까? 아무리 생각해도 준희와 나의 접점은 요만큼도 없는데.

"내 성 있잖아요."

"네."

"최씨예요."

한국에 최씨가 한둘인가? 영문을 몰라 얼떨떨한 표정을 지었는데 준희가 냅킨으로 얼굴을 가렸다.

"이렇게 해도 모르겠어요? 최 보호사, 하면 알려나?"

나는 반사적으로 외쳤다.

"저승사자?"

당황해서 양손으로 입을 막자 준희가 피식 웃었다.

"맞아요. 저승사자. 힌디어 모임 술자리에서 정민 씨 처음 봤는데 바로 알아봤어요. 우리 병원은 입원환자가 대부분이지 정민 씨 같은 외래환자는 드물거든요. 게다가 젊은 여자가 알코올의존증 치료받으러 제 발로 찾아오는 경우는 정말 드물어서 눈에 띌 수밖에 없었어요."

준희가 최 보호사였다니. 내게 해코지하려던 남자를 순식간에 제압한 것도, 이재희를 순식간에 눕혀버린 것도 모두 저승사자만이 할 수 있는 일이었다. 흩어져 있던 퍼즐이 순식간에 거의 다 맞춰진 것 같은 기분이었다. 그러나 당최 맞지 않는, 퍼즐 한 조각. 저승사자가 어째서 내 곁을 맴도는 거지?

"그런데 왜 자꾸 내 주변에 나타나요? 내가 부를 때마다 나오고, 술 마실 때 같이 있어주고, 위험할 때도 짠 하고 나타나서 도와주는 진짜 이유가 뭐냐고요."

준희는 미소를 지었다.

"나도 중독자거든요."

"무슨 중독이요?"

"글쎄요, 당신 같은 사람에 대한?"

"나 같은 사람이라뇨?"

"얘기가 좀 긴데…… 옛날에 우리나라 노동자들이 사우디 가서 건설 일 많이 했잖아요? 우리 아버지가 그런 건설 노동자였어요. 사우디에서는 낮에 공사 일 하고 나면 저녁에는 할 게 없었대요. 그런데 한국인 주방장이 남는 쌀로 막걸리를 담근 거예요. 밀주죠. 화투도 못 치고 카드놀이도 못 하던 아버지한테는 막걸리 마시는 게 유일한 낙이었대요. 그렇게 자기 전에 계속 술을 마시다 보니, 두어 해 지나 공사가 끝나서 한국에 돌아왔을 때는 아주 훌륭한 중독자가 되어 있었어요."

"알코올중독자가 되셨다고요?"

"그렇죠. 거기서 이미 술맛을 한번 보셨으니까 큰일 난 거였죠. 한국에 술이 좀 다양해요? 퇴근하자마자 새벽까지 소주니 맥주니 양주니 다양하게 마시다가 결국 회사도 안 나가고 하루 종일 안주도 없이 술을 드시더라고요. 그러다가 방 한쪽에 토해놓으시면…… 치우는 건 죄다 내 몫이었죠."

"……."

"당연히 회사는 잘렸고, 내가 고등학생 때 아버지를 병원에 강제로 입원시켰어요. 직계가족 두 명의 동의가 있으면 강제 입원이 가능하잖아요. 그리고 아버지는…… 병원에서 돌아가셨어요. 그런데 시간이 지나자 술이란 놈이 이번엔 어머니를 잡아먹더군요."

준희는 컵에 맺힌 물방울을 한 손으로 매만져 닦아냈다.

"아침에 일어나자마자 술 드시고, 점심쯤에 잠이 들었다가 3, 4시쯤 눈이 떠지면 다시 술 드시고, 그럴 때마다 아버지를 원망하고 세상을 탓하면서 우시고……. 그래도 어머니까지 치료가 필요한 환자라고 생각하고 싶진 않았어요. 그냥 속상하니까 며칠 드실 수는 있다고. 그런데 아르바이트 끝나고 집에 좀 일찍 돌아왔더니, 어머니가 싸구려 양주를 병째 드시고 있더라고요. 너무 화가 나서 지금 뭐 하시는 거냐고 병을 빼앗아서 바닥에 아예 쏟아버렸어요. 그리고 행주로 닦아내면서 잔소리를 하고 있는데 어머니가 아무 말이 없는 거예요. 보통 술을 빼앗으면 욕설을 한참 쏟아 내시는 분이. 가만 보니까 그 행주를 짜서 나오는 술을 입에 넣으려고 애쓰고 계시더라고요. 그래서 결국, 동생하고 상의해서 어머니도 입원이 필요하다고 결정을 내렸어요. 그래서 어머니는 지금 우리 병원에 계세요. 그다음부터…… 뭐랄까, 나는 계속 화가 나 있죠."

그러면서 준희는 참으로 온화한 표정을 지었다.

"나한테서 부모를 빼앗아 간 알코올중독이라는 놈과 싸우고 싶었던 걸까요. 그래서 내가 보호사가 된 것 같아요."

"그럼 날 동정한 건가요? 부모님의 원수랑 가까운 사람이라서?"

"힌디어 모임 때, 굉장히 혼란스러웠어요. 이렇게 신나게 낮술 마시는 사람이 술 끊으려는 의지가 진짜 있긴 있

나. 그러면서 병원은 꼬박꼬박 오고. 그래서 마음이 쓰였고, 정민 씨를 만나면서 알게 됐어요. 사실 이 사람은 굉장히 살고 싶어 하는구나, 알코올과 싸우고 있긴 한데 힘이 별로 없나 보구나. 그래서 돕고 싶었어요. 우리 부모님은 내가 돕지 못했지만, 정민 씨만큼은 내가 할 수 있는 한 도움을 주고 싶었어요."

나는 고개를 끄덕였다. 알코올의존증과 나의 싸움이라면, 내가 일방적으로 지고 있으니까. 술은 싫지만 술자리는 좋아해요, 많이 마시진 않지만 즐겨요, 하고 말하는 사람들이 나는 너무나 부럽다. 수명이 줄어도 좋으니 그렇게 되고 싶다. 하지만 나에게는 적당히가 없다. 필름이 끊길 때마다 수치스러워서 죽고 싶다. 하지만 술이 주는 위로 없이 어떻게 이 세상을 견딜 수 있을까. 맨정신으로 살기엔 하루하루가 너무 버겁다. 그렇게 술은 나를 천천히 죽이고 있고, 나는 마지못해 술의 품에 몸을 맡기고 있다.

"나도 알아요. 이젠 잔을 내려놔야 한다는 걸. 하지만 나는 지금껏 현실이 나에게 덤벼들 때마다 술을 방패 삼아 싸워왔어요. 준희 씨는 아마 이해하지 못하겠지만, 내게 술은 세상과 같이 싸운 전우고, 고락을 함께한 연인이라고 하면…… 절대 이해 못 하겠죠?"

갑자기 손이 차가워졌다. 소맥 한 잔이 간절했다. 준희가 어느새 덜덜 떨고 있는 내 손을 꽉 잡았다.

"술이 정민 씨한테 해준 게 많다는 걸 알아요. 그렇지만 이제 술이 줄 수 있는 건 없어요. 이제 그만 헤어져야 해요."

헤어져야 한다고? 나 홀로 세상에 맞서야 한다고? 말도 안 된다. 나는 그럴 준비가 안 되었다. 언제 눈물이 흘렀는지 얼굴이 엉망진창이었다. 준희는 내 어깨를 살짝 당겨 안았다. 그러고는 차분한 어조로 이야기를 꺼냈다.

"요즘…… 술 마셔도 잘 안 취하지 않아요?"

"네. 그래서 체력이 좋아져서 덩달아 주량도 많아졌나 보다 생각했는데."

"아마 그렇진 않을 거예요. 물론 정민 씨는 아직 젊지만……."

준희가 말끝을 흐리자 나는 하려던 말을 계속하라고 재촉했다. 준희는 결심한 듯 한숨을 푹 내쉬고는 말했다.

"정민 씨, 이러다간 죽어요."

나는 잠깐 당황했다가 웃고 말았다.

"어차피 전 오래 살 생각도 없는데요?"

"한 순간에 깔끔하게 고통 없이 죽을 수 있는 게 아니에요. 아주 천천히 죽어가게 되죠."

"……."

"과음을 하다 보면 술을 아무리 많이 마셔도 취하지 않는 때가 와요. 나 정신이 말짱한데? 술이 좀 늘었구나, 하고 방심하는 게 죽음의 전조예요. 알코올중독자가 금주 치료를 제대로 받지 않으면 빠르든 늦든 결국 자신을 파괴해요. 우리 부모님도 그랬죠. 정민 씨, 이렇게 살다간 당신 곧 죽어요. 알겠어요? 지금 도망치지 않으면 끝이에요. 아직 도망칠 수 있을 때 도망쳐요. 나랑 같이."

*

"그리고…… 하나 더 이야기하고 싶은 게 있었어요. 좀 지나치게 나대는 게 아닌가 싶어서 그동안 많이 망설였는데…… 나한테 그럴 자격도 없고요. 이왕 오늘 건방지게 나온 김에 그냥 해도 될까요?"

나는 고개를 끄덕였다.

"뭐, 하세요, 뭐든. 오늘은 나한테 충고할 수 있는 자격이 있는 사람이 준희 씨밖에 없는 것 같은데요."

"그럼…… 왜 웹툰 안 그려요? 하고 싶어 하잖아요."

준희와 술을 마시다 취기가 오르면 내가 어릴 때 꿈은 말이죠, 어쩌고저쩌고 하면서 웹툰 이야기를 했던 적이 종종 있었다. 준희는 그걸 내내 마음에 두고 있었던 모양이다.

"여러 번 말했지만 그, 그거는……."

"알아요. 그래요. 여러 번 말했었잖아요."

준희는 그답지 않게 내 말을 잘랐다.

"무슨 장대한 스토리가 있는 건 별 관심 없고 어릴 때부터 아기자기하게 보는 맛이 있는 생활툰을 그리고 싶었다. 그런데 내 생활은 뭐가 이 따위인가. 날강도보다 더한 가족과는 인연을 끊은 지 오래, 책상하고 싱글 매트리스 놓으면 꽉 차는 지하방에는 곰팡이가 무슨 바스키아가 그린 그라피티보다 더 현란한 모습을 하고 있다. 이런 걸 만화로 그려서 인터넷에 올려봤자 이런 구질구질한 생활툰을 도대체 그 누가 보겠는가. 그러니 도저히 남에게 보여줄 수가 없다. 그리고 나는 글재주도 없다. 글재주가 없으니 글 작가를 구해야 하는데 내 마음 같은 사람이 잘 구해지지 않는다. 저번에도 한 번 엿을 먹어서 기금 간신히 토해내느라 피 토할 뻔했다. 학습지 아르바이트가 구해지는 것은 다행이지만 이제 나는 호빵처럼 둥글둥글한 그림밖에 그리지 못하고 있다. 그래서, 나는 지금 웹툰을 그릴 수가 없다."

"……."

"너무나 불쌍한 나."

"……."

"그렇죠?"

준희답지 않게 오늘은 송곳 같다. 그저 고개를 끄덕일 수밖에.

"핑계예요."

뭐라고 항의해보고 싶었지만 여전히 준희는 송곳처럼 단호했다.

"나는 솔직히 웹툰에 대해서 잘 모르고, 생활툰이 뭔지도 정민 씨보다 몰라요. 그렇지만 생활툰이란 건, 결국 작가의 인생 이야기가 아닌가요? 어떻게 살고 있는지, 럭셔리하고 남에게 자랑할 만큼 매력적인 인생을 사는 사람들만 남에게 만화로 그걸 선보일 자격이 있나요? 결국 독자들이 이런 사람은 이렇게 살고 있구나, 그런 게 아닌가요?"

준희가 이렇게 긴 말도 할 줄 알았나. 생활툰이 결국 인생툰이라……. 그런 생각은 해본 적이 없었다. 게다가 듣고 보니 구구절절 맞는 말인 것도 같았다. 적어도 뷰가 좋은 복층 오피스텔에 살면서 귀여운 소형 자동차 정도는 끌어야 그 생활을 만화로 보여줄 수 있지 않겠느냐, 하고 그간

단단히 품고 있던 오래된 확신이 계란 껍질처럼 오소소 부서지는 소리가 들리는 듯했다.

"정민 씨가 지금 살고 있는 건 인생이 아닌가요? 그 생활은 아무 가치도 없는 거예요? 모든 사람들이 호화로운 고층 아파트에 살면서 순종 고양이를 기르고, 백화점에서 쇼핑하고, 좋은 차를 몰고, 고급술을 마시는 뭐 그런 생활만 보고 싶어 할 것 같지는 않아요. SNS에서 좋은 차 타고 비싼 음식 먹으면서 화려하게 사는 사람들, 나는 그런 사람들이 주인공으로 나오는 웹툰 별로 보고 싶지 않아요."

나는 애써 항변했다.

"매일 보는 사람들 이야기를 웹툰에서까지 누가 보고 싶어 해요? SNS에서 팔로우 많은 사람들은 다 잘나고 예쁜 사람들이잖아요?"

"그런 사람들한테 별로 흥미가 없어서 아예 SNS 안 하는 나 같은 사람도 있어요. 이제 운동해야지, 하면서 밤에 라면 끓여먹고 후회하는 사람, 아침에 출근하면서 교대역이나 신도림역이나 9호선 급행역에서 오징어처럼 짓뭉개지는 사람, 상사한텐 눌리고 후배한텐 치이고 넘어지고, 실수하고, 그런 사람들을 보면서 힘을 얻고 싶은 나 같은 사람도 많을 거예요. 정민 씨가 왜 글을 못 쓸 거라고 생각해요? 술 마시고 나하고 민주 씨한테 재미나게 이야기 잘 하잖아요. 오늘 녹즙 진상 손님이 어쨌다 저쨌다. 그 이야기들 충분히 웃겨요. 뒤로 자빠져도 코가 깨지는 사람, 분명 있죠. 그렇지만 그런 사람이 아픈 코를 붙잡고 다시 일어나는 걸 보고 싶은 독자, 있어요. 그런 수요가 분명히 있을 거라고요. 왜 그런 독자들은 무시하죠?"

"……."

"당신 그런 사람이잖아요. 모든 싸움에서 이기진 못했다 해도, 지금까지 계속 싸워 왔잖아요. 그걸 그대로 글로 옮겨 봐요. 눈앞에 나나 민주 씨가 듣고 있다고 생각하고 이야기하듯 써 봐요. 바로 지금 여기, 그 반지하 이야기를 그려 보라고요."

"그 반지하 이야기, 한쪽에 재활용 내놓는 날 놓쳐서 궤짝으로 쌓여 있는 술병, 뭐 그런 이야기 말이에요?"

"그래요. 그리고 거기서 벗어나려고 하고 있는 것도 써 봐요. 솔직하게. 누군가는 분명히 공감할 거예요. 오늘 내가 너무 설교를 많이 해서 미안하지만, 조금만 더 이야기할게요. 어차피 정민 씨는 내가 몇 살인지 아무리 이야기해도 까먹어버리지만, 난 정민 씨 생각보다 훨씬 오래 살아왔어요. 그러면서 이런 사람들을 정말 많이 봤어요. 내 진짜 인생은 아직 시작되지 않았어, 하면서 억지로 자기 삶을 외면하는 사람들.”

가슴이 철렁했다.

“…….”

준희는 평소의 한없이 온유한 표정과 달리, 엄격한 얼굴을 하고 있었다. 이건 비난인가, 비판인가, 훈계인가. 순간 남의 일에 무슨 참견이냐며 불쾌함이 치솟아야 마땅할 만큼 아픈 곳을 거의 도검으로 찔린 수준인데도, 그저 슬퍼졌다. 마치 납으로 꽁꽁 싸 두었던 마음을 들킨 기분이었다. 너무 정곡을 찔려 저항할 마음도 나지 않는 것일까. 마치 납으로 꼭꼭 밀봉해둔 마음을 불시에 들킨 기분이었다. 준희 말이, 틀리지 않았다. **나는 아직 인생을 진짜로 시작한 게 아니야. 마음만 먹으면 얼마든지 잘 할 수 있어. 잘 살 수 있어. 아직 마음을 먹지 않을 것뿐이야.**

맨 정신으로, 이런 나를 똑바로 쳐다본 것이 언제였던가. 순간 나는 거의 발작적인 웃음을 터뜨렸다. 몇 안 되는 손님이 흘끔흘끔 쳐다볼 정도로 크게 웃었는데, 웃음이 잘 멈춰지지 않았다. 그러나 준희는 조금도 동요하지 않고 나를 바라보고 있었다. 하도 웃어서 눈물까지 맺히는 바람에 옷소매로 닦아내다 너무 웃어 기침까지 나기 시작했다. 준희는 직원에게 얼음물 한 잔을 부탁해 재빠르게 옆자리에 앉아 등을 두드려주었다. 차가운 물을 마시고 겨우 기침은 진정되었지만 웃음은 여전히 간헐적으로 비식비식 새어나왔다.

"준희 씨 말이 다 맞아요."

나는 물을 한 모금 더 마셨다.

"나는 비겁한 인간이에요."

"……."

"늘 나는 준비 기간을 가지고 있는 것뿐이라고 생각했어요. 지금 내 인생은 진짜가 아니라고, 나는 아직 출발하지 않았다고. 내가 진심으로 마음먹고 출발하면, 금방 뭐든지 해낼 수 있다고. 내가 녹즙배달을 1년 반 넘게 한 것도, 어떤 사람들은 내가 궂은일 해내서 대단하다고 말하지만 전혀 그런 게 아니었어요. 그걸 그만두면, 진짜 인생을 살아야 되니까. 삶에 대한 핑곗거리가 없어지니까."

"출발선에 서지 않을 핑곗거리가 사라진다는 거죠?"

"진짜 '어른'이 되는 걸 미룰 핑계가 사라져버리는 거예요. 스스로에게 더 늘어놓을 거짓말이 없어져요. 아까 준희 씨가 말한 것처럼, 난 정말 웹툰 작가가 되는 게 일생의 꿈이야! 하지만 아직 웹툰을 그릴 수가 없어! 왜냐하면 괜찮은 글 작가를 못 구했거든. 글 작가가 없다고 한탄하고 있는 동안에는 아직 웹툰을 안 그려도 괜찮거든요. 남들이 보기에는 열심히 산 것처럼 보일지 몰라도, 일생을 도망 다니면서 산 거네요. 다른 것도 아니고, 내 인생에서 말이에요."

준희는 부드럽게 내 어깨를 토닥거렸다.

"정민 씨가 자기 삶에서 도망치는 사람이 아니었으면 좋겠어요. 그런 사람들이 도망치는 동안 이미 인생은 시작되어 버렸어요. 지금 둥글둥글한 학습지도 정민 씨 인생이고, 녹즙도 정민 씨 인생이고, 술도 정민 씨 인생이에요. 삶이란 놈이 냉정해서, 유예기간을 주지 않아요. 이미 시작되어버린 지 오래되었어요. 그걸 받아들이지 않으면 안 돼요. 어른이니까요. 정면으로 맞서지 않으면 모래에 닭처럼 고개를 처박고 이건 진짜 내가 아니야, 하고 스스로에게 계속 거짓말하게 돼요. 그러니까 그려요. 뭐든지. 당신 인생에 공감하고 위로 받을 사람들이 있어요. 그리고 아무리 강조해도 모자라지 않아서, 다시 말할게요. 이제 술을 비키게 해요. 대신 그려요. 술은 당신의 친구인 척할 뿐이에요. 그놈한텐, 당신을 죽이려는 생각밖에 없어요. 술한테 무슨 죄가 있냐, 마시는 사람이 문제지, 라는 말 많이 하잖아요? 아니에요. 술은 틈만 보이면 당신을 죽일 거예요."

나는 뭐라 대답할 말이 없어 멍하니 하늘만 쳐다보았다. 준희 역시, 언제까지나 그렇게 있을 것처럼 어느새 내 어깨를 감싸고서 흐린 하늘을 바라보고 있었다.

15화

이제는 헤어질 시간

준희와 헤어지고 집에 돌아온 후, 애지중지 간직하던 술을 모두 버리기로 마음먹었다. 지금 이별하지 않으면 영영 술에 끌려다니다 끝내 죽을 게 분명했다. 나는 평생의 용기를 다 쥐어짜 냉장고에 있는 술병들을 모조리 꺼냈다. 맥주 서너 병을 싱크대에 쏟아버릴 때까진 별 느낌이 없었다. 소주 두어 병도 마찬가지였다. 그러나 찬장을 열었을 땐 마음이 조금 달라졌다. 저마다 추억이 깃든 술병이 옹기종기 모여 있는 모습을 보자 나도 모르게 손이 느려졌다.

서글픔으로 가슴이 미어지던 날, 괴로움을 빨리 잊으려고 벌컥벌컥 들이켰던 75.5도의 바카디 151. 민주가 좋아해 언제나 집에 챙겨뒀던 달달한 바하로사는 딸기우유처럼 달콤했지. 칠면조 그림이 귀여운 와일드터키도 참 좋아했는데. 호밀로 빚은 리미티드에디션이라 숟가락에 살짝 부어서 홀짝홀짝 아껴 먹던 녀석이었지. 술의 빛깔과 이름이 잘 어울리고, 카페인 음료와 섞으면 끝없이 마시게 되는 봄베이사파이어. 작은 벌레가 병 바닥에 가라앉아 있는 메스칼. 이 용설란을 먹고 사는 작은 벌레의 이름은 스페인어로 구사노 로호Gusano rojo인데 행운을 상징한다고 하지. 미신이라며 안 믿는 척했지만 언제 행운을 줄 거니, 아직 멀었니, 하고 죽은 지 오래된 벌레에게 말을 걸었던 기나긴 밤들.

뚜껑을 하나씩 열어 싱크대에 술을 붓자 가슴이 아프다 못해 찢어졌다. 저걸 다 버릴 속셈이야? 너 미쳤어? 하는 작은 목소리가 들렸다. 나중에 마시고 싶어지면 어쩔래? 세상일 모르는 거잖아, 라며 나를 걱정하는 체한다. 이제 네 말따윈 믿지 않아, 난 이게 옳다는 걸 알아, 이게 맞아, 맞는 일이야. 스스로를 타이르며 마지막 술병을 쏟는데 왈칵 눈물이 쏟아지더니 도무지 멈출 기미가 보이지 않았다. 나는 죽은 연인을 대하듯, 바닥에 널브러진 술병을 애달프게 바라보았다. 싱크대에 쏟아버린 술을 도로 주워 담고 싶어 손이 떨렸다. 차라리 저게 내 피였다면 좋을 텐데.

술을 버리긴 했지만, 의존증이 술병과 같이 사라진 건

아니었다. 그날 이후에도 술만 보면 이성을 잃을 것 같았다. 구멍가게 앞에 쌓인 소주병과 맥주병에 홀린 듯이 다가가 냄새라도 맡아보려고 코를 들이밀다가 주인 할머니가 지금 뭣 하는 것이여, 하는 소리에 깜짝 놀라 내뺀 적이 한두 번이 아니었다. 밤이 되면 술 광고를 보지 않으려고 이를 악물어야 했다. 술이 마시고 싶어서 자다 깨고, 그런 내 처지가 서러워 울었던 셀 수도 없는 밤들.

내가 지금 겪고 있는 것이 과연 금단증상이 맞을까. 뭔가 좀 이상했다. 순간 머릿속에 두 글자가 스쳐 지나갔다. 그래, 실연. 바로 그거였다. 내 인생의 유일한 사랑을 잃어버려서. 가정형편이나 회사 생활 때문에 이미 최악의 상황을 상정해두고, 실망하거나 상처받지 않기 위해 미리 모든 것을 단념하는 것이 버릇이 된 나에게는 오직 술뿐이었다. 술만이 에어백처럼 나를 보호해주고, 혹은 자전거 보조바퀴처럼 내가 넘어지지 않게 해주었다. 하지만 이제는 혼자 페달을 밟아야 할 때가 왔다. 본능적으로 느낄 수 있었다. 목숨도 내놓을 만큼 사랑했던 것을, 이젠 완전히 내던져버려야 한다는 것을. 이 사랑에는 적당한 정도라는 게 없고 전부, 혹은 전무만이 있다는 것을.

마지막으로 '응급'이라고 써 붙인 2리터짜리 와인병을

찬장 맨 위에서 꺼내 한참이나 쳐다보았다. 만일을 위해서 남겨둘까. 혹시 진짜 응급 상황에 맞닥뜨릴 수도 있잖아. 재난영화에서 상처를 소독할 때 주로 술을 쓰던데. 겨울에 시나몬 스틱과 말린 과일을 구해다 뱅쇼를 만들 수도 있고. 그러면 잠이 안 올 때 약술로 한두 잔 해도 되고. '프렌치 패러독스'라는 말도 있잖아? 기름진 음식을 즐겨 먹는 프랑스인이 와인 덕분에 심장병에 덜 걸린다던데. 또 폴리페놀, 이 성분 덕에 하루에 와인 한 잔 정도 마시는 건 건강에 진짜 좋다고들 하잖아. 그러니까 얘만은 남겨둬도 괜찮을 거야. 독주도 아니고 고작 와인인데 뭐 어때. 와인 한두 잔에 어떻게 되겠어? 작은 목소리가 꿀처럼 달콤하게 나를 유혹했다. 뚜껑을 따고 싶어 손이 부들부들 떨렸다. 브리트니의 노래가 머릿속에 울렸다. Get it get it, get it get it. 마셔, 마셔. 사랑하잖아. 네 인생에 이보다 더한 사랑이 있었어?

목이 타들어가는 것 같았다. 왜 마시지 않느냐고, 얼른 한잔하고 모든 걸 잊어버리라고 작은 목소리가 다정한 말투로 끈질기게 권했다. 그런데 이어서 다른 목소리가 나를 만류했다. 이대로 가다간, 넌 죽어. 귀를 기울여보니 그건 준희의 목소리였다. 정민 씨, 그렇게 살다간, 분명히 죽어요. 그의 말대로 이젠 헤어질 시간이었다.

너는 나에게 할 만큼 했어. 너는 이 세상 모두에게, 고통을 마비시키고 싶은 모든 이를 돕느라 바쁘다는 것을 알아. 너는 나에게 차고 넘칠 만큼 해줬어. 이제 너 없이 견뎌볼게. 나의 모든 계절이었던, 나의 온 세계였던 너를, 내 인생에서 쫓아낸다, 지금.

나는 무거운 와인병을 붙잡아 그대로 마루에 내리쳤다. 두꺼운 유리가 박살 나면서 얼굴과 몸에 튀었고 붉은 핏줄기가 흘렀다. 내가 밟고 서 있는 달콤한 액체와 비슷한 빛깔이었다. 무엇이 피고 무엇이 술인지 분간할 수 없었다. 나는 곧바로 집을 뛰쳐나왔다. 유리 조각이 발바닥을 파고드는 게 느껴졌다. 안녕, 안녕, 안녕.

*

그날 이후 민주의 전화번호는 없는 국번이라고 나왔다. 답답한 마음에 민주가 근무하던 어린이집과 부모님에게까지 연락해서 얘가 어디 갔냐고 물었지만 아는 사람은 아무도 없었다. 이렇게 감쪽같이 증발하다니. 그러나 이 기다림이 길지 않을 거라고, 분명히 김민주는 곧 나타날 거라고 굳게 믿는 것 말고는 내게 다른 선택이란 존재하지 않았다.

그러나 민주가, 나의 사랑하는 민주가 이재희처럼 쓰레기 같은 인간에게 잠시나마 학대를 당했고, 내 흉터 같은 건 다행히 순조롭게 나았지만 나의 민주가 그 인간 이하의 자식에게 하마터면 죽을 뻔했다는 사실이 상흔으로 남아 틈날 때마다 심장을 이리저리 찌를 때면 당장 황술이 마시고 싶어 손이 떨렸다. 안 돼, 그만.

어쩌면 민주와 잠시 떨어져 있는 것은 술을 끊으려고 용을 쓰고 있는 나를 위해서 차라리 잘된 것인지도 모른다. 민주처럼 맛있게 술을 마시는 사람은 흔치 않기 때문에, 내게는 너무 큰 유혹이다. 준희 역시 전화를 걸거나 톡을 보내도 이상하게 대답이 없었다. 외톨이가 되어버린 기분이 조금 쓸쓸하다가, 그림을 그리기 시작했다. 술을 마시지 않으니 얼마든지 시간이 있었고, 최소한의 생활을 해도 생활비가 모자라지 않았다. 한창 그림을 그리고 있는데, 스마트폰에서 메일 알림 표시가 떴다. 요즘은 취업을 거의 포기하고 최소한의 알바만 하면서 그림을 그려나가고 있는 생활이라 혹시 취업 안내인가 싶어 덜덜 떨면서 받을 필요가 없다. 메일을 열어 보니, 뜻밖에도 그건 민주였다.

사랑하는 정민에게

이재희가 어떤 짓을 했는지 너에게 미리 말하지 못한 것, 정말 미안해. 그 일 빼고는 너와 나 사이에 비밀은 단 하나도 없어. 네 앞에선 언제나 용감무쌍한 사람으로 보이길 바랐어. 네가 나를 자랑스러워할 때마다 나는 정말로 이 세상에 아무것도 무서울 게 없는 여자로 보이고 싶었어. 그래서 내가 한심하게 이재희에게 휘둘린다는 사실을 들키기 싫었어. 너를 실망시킬까 봐 마냥 두려웠던 거야. 하지만 난 누구보다 겁쟁이였지. 부디 비겁한 날 용서해줄래?

더 빨리 연락하지 못해서 미안해. 나는 지금 인도에 와 있어. 그날 이후 나는 모든 게 지긋지긋해졌어. 어디론가 훌쩍 떠나고 싶었지. 너도 알다시피 난 창희 쌤을 너무나 만나고 싶어 했잖아. 그냥 지금 가버리자, 하고 인도행 비행기를 타버린 거야.

중년이 된 쌤은 얼마나 원숙하고 아름다울까, 블레이크와의 결혼 생활은 행복할까, 아기도 낳아 기르고 계실까, 궁금한 게 너무나 많았어. 나는 공항에서 나와 제일 먼저 고급 사리를 취급하는 가게에 갔어. 쌤이 예전에 학교를 떠나면서 주신 기념엽서에 적힌 내용을 하루도 잊지 않고 있었거든. 쌤은 나에게 화려한 핑크색 사리가 잘 어울릴 거라고 하셨지. 나는 가장 멋진 모습으로 쌤을 만나고 싶었어. 그래서 서둘러 옷을 갈아입고 쌤을 찾으러 갔어. 명상 센터가 사라지진 않았을까 걱정했는데, 다행히 그 자리에 있더라.

1층 안내 데스크에서 키가 크고 느끼하게 생긴 남자를 보고 나는 반가운 마음에 당신이 블레이크군요, 라고 말을 걸었어. 그런데 그 사람이 인상을 팍 쓰면서 한때는 그랬지만 지금은 라케시지요, 하고 무뚝뚝하게 대답하는 거야. 저기…… 저는 당신이 인도에서 가장 훌륭한 은행에서 일한다고 들었는데요, 하고 물었더니 그는 여전히 미간을 잔뜩 찌푸린 채로 대답했어.

"지금은 아니에요. 아버지가 돌아가시면서 명상 센터를 이어서 맡을 사람이 없었어요. 나는 장남이고, 장남은 그럴 때 가족에 대한 의무를 다해야 하는 법이니까요. 그래서 나는 이리로 돌아올 수밖에 없었어요. 당신은 여기 왜 왔지요? 수련을 하기 위해서인가요?"

*

민주는 고개를 흔들었다.

"전…… 당신의 아내를 만나려고 왔어요. 만난 지는 오래되었지만 그녀를 굉장히 좋아했거든요. 음…… 우리는 친구였어요."

블레이크, 아니 라케시는 고개를 갸우뚱했다.

"프리야가 당신과 아는 사이라고요? 두 사람이 친구란 말이에요? 나이 차이가 상당히 나는 것 같은데."

민주는 미소를 지었다.

“진정한 우정은 나이를 초월하죠.”

라케시는 흥미로워하는 표정을 짓더니 2층을 향해 큰 소리로 아내를 불렀다.

“프리야! 빨리 1층으로 내려와봐! 빨리빨리 움직여. 굼뜨게 굴지 말라고!”

그의 무례한 태도에는 짜증이 났지만, 민주는 곧 쌤을 만날 생각에 마음이 벅찼다. 프리야라니, 쌤도 인도 이름을 사용하는 모양이었다. 누군가 바쁘게 계단을 뛰어 내려왔다. 옅은 갈색 피부에 자그맣고 날렵한 몸매, 커다란 검정색 눈동자와 잘 어우러지는 오밀조밀한 이목구비, 숱 많은 다갈색 머리카락까지 어디 하나 아름답지 않은 곳이 없는 소녀였다. 창희 쌤이 언제 나타날까 오매불망 계단 쪽을 바라보고 있는 민주에게 라케시가 말했다.

“내 아내를 만나고 싶다고 하지 않았소? 진정한 우정을 나눈 사이라고 하더니, 어째서 그녀를 알아보지 못하는 거요? 이름은 프리야라고 하오.”

민주는 감전이라도 된 듯 놀랐다. 아무리 라케시가 동안이라 해도 마흔은 충분히 넘은 것 같았고, 그에 비해 프리야는 고작 열대여섯으로밖에 보이지 않았다. 민주는 놀라서 일그러진 얼굴을 펴려고 노력하며 라케시의 얼굴을 똑바로 응시했다.

"당신에겐 아내가 한 사람 더 있지 않나요? 검은 머리카락을 가진, 동방에서 온 여신 말이에요. 리버. 그녀를 기억하나요?"

라케시는 어깨를 으쓱했다.

"아아, 리버. 그녀 말이군요. 리버는 고물이 다 됐지. 아무짝에도 쓸모가 없달까."

"어떻게 그녀가 고물이 다 되었다는 거죠? 왜 아무 쓸모가 없다는 거예요?"

민주가 눈동자를 활활 불태우듯 그를 노려보았다. 라케시는 미소를 지으며 그녀를 응시했다.

"당신은 침착할 때보다 불꽃같이 화낼 때가 훨씬 매력적이군요. 마치 죽음과 파괴의 여신 칼리처럼."

그는 프리야에게 그만 올라가라고 손짓했다. 그러고는 한 발자국 다가와 민주의 얼굴을 세세히 살피기 시작했다.

"나는 동방에서 온 여자들의 나이는 도무지 알 수가 없더군요. 하지만 생김새는 다를지언정 모두 저마다 아름답다고 생각하고 있었죠. 우리의 사리를, 그것도 핑크색으로 당당하고도 화려하게 차려입은 당신은 그중에서도 A급이네요. 인도에는 관광을 하러 온 건가요? 아니면 수련을 하러? 어느 쪽이든 당신은 얼마든지 여기 머물러도 좋습니다."

민주는 이를 악물었다. 내가 너한테 잘 보이려고 비싼 돈을 주고 고급 사리를 산 줄 아냐, 이 변태 자식아?

"다시 묻겠어요. 당신의 첫 번째 아내는 어디 있죠?"

라케시는 다시 한 발자국 민주에게 다가왔고, 민주는 더러운 벌레를 보는 듯한 표정을 감추지 않고 한 발자국 뒤로 물러났다.

"가망이 없는 나의 첫 번째 아내 이야기를 하는 것보다는 세 번째 아내 이야기를 해보는 게 어떨까요? 물론 일부다처제는 금지되어 있지만 명목상일 뿐, 능력 있는 남자들은 아름다운 아내를 여럿 두고 그들을 공평하게 사랑해주죠. 당신이 나의 세 번째 아내가 되어준다면 나는 무척 행복할 겁니다. 아무런 부족함 없이 돌봐주죠. 당신의 불타는 듯한 눈동자가 무척 아름다워. 나는 당신 생각보다 꽤 괜찮은 남자일 거요."

민주는 기가 탁 막혀 깔깔 웃었다. 이재희 같은 놈이 인도에 또 있었다니. 쓰레기들은 아주 널리 분포해 있구만.

"긍정적으로 고려해보도록 하죠. 전임자들이 괜찮게

살고 있어야 당신의 과분한 제안이 조금이라도 달콤하게 들리지 않겠어요?"

라케시는 잠깐 불편한 표정이었지만 어떤 한국 남자도 저항할 수 없었던 민주의 매력적인 미소를 흘끔 보고는 선뜻 2층 계단을 향해 외쳤다.

"말리카! 말리카!"

지금 가요, 하는 소리와 함께 라케시와 닮았지만 훨씬 젊은 여성이 뛰어 내려왔다.

"내 동생 말리카요. 말리카가 당신을 그녀에게 데려다 줄 거요."

그리고 그는 말리카에게 명령했다.

"말리카, 이 사람을 리버에게 데려다줘."

말리카는 눈을 동그랗게 떴다.

"오라버니, 진심이세요? 그래도 되겠어요? 리버는 오래전부터 그런 상태인데……."

"죽어도 리버를 만나고 싶다고 하는군. 그래서 인도까지 찾아왔다니 소원대로 해줘야지."

"……알겠어요."

"난 사무실에 있으마."

라케시는 안내 데스크 옆에 딸린 사무실로 순식간에 사

라졌다. 말리카는 커다란 눈동자를 이리저리 굴리고 손을 쥐었다 풀었다 하며 불안한 기색을 감추지 못했다. 그러다 머뭇거리며 민주에게 더듬더듬 말을 걸었다. 원래 자기네 가족은 영어 실력이 그렇게 좋지 않았는데, 라케시가 센터를 물려받자 이제 외국인 관광객을 적극적으로 끌어들여야 한다고 선언했고, 가족들한테도 영어 공부를 하라는 명령을 내렸기 때문에 열심히 노력 중이라고 했다. 그러면서 아버지가 센터를 운영했을 때보다 규모가 커져서 오빠가 자랑스럽다고 했다. 민주는 그런 이야기를 하나도 듣고 싶지 않았기 때문에 말리카의 말을 중간에 끊고 직설적으로 물었다.

"리버가 고물이 되었다는 게 무슨 뜻이죠?"

말리카는 조심스럽게 말했다.

"여기 올 때 리버, 나이 많았어요. 오빠, 많은 아들 원했어요. 인도 남자들 다 그래요. 아들 원해요. 딸 많으면 집안, 망해요. 지참금 준비 못 해요. 오빠, 처음에 리버 사랑했어요. 그런데 리버, 아들을 낳지 못하는 거 아니었어요. 아예 아이, 낳지 못했어요. 인도, 많은 아들 낳아주는 게 아내, 임무예요. 리버, 그거 할 수 없었어요. 그래도 오빠, 3년을 기다렸어요. 태가 열리는, 좋은 약초와 사제가 축복한 약, 많이 먹었어요. 그런데도 아무 일, 일어나지 않았어요. 리버, 많이 미안해했어요. 오빠 앞에서 고개 숙이고 우는 것, 내가 봤어요."

민주는 가슴이 찢어지는 듯했다. 아이를 못 낳아서 미안하다며 울었다고? 창희 쌤이 고물 취급을 받아? 민주는 목이 메어 겨우 다시 물었다.

"그래서 아내를 또 들인 거예요?"

말리카는 침통한 표정으로 말했다.

"인도에, 많이 있는 일이에요. 프리야는 라케시 오빠, 두 번째 부인이에요. 법적으로, 안 되는 일이에요. 그런데 힘 있는 남자들, 첫째 부인한테 질리면 다 그래요. 오빠는, 많은 아들 원했기 때문에…… 프리야, 열다섯 살일 때 결혼식 올렸어요. 젊고 건강한 여자, 아들 많이 낳을 수 있을 거랬어요. 프리야, 열일곱 살인데 아들이 하나 있고, 지금 다시 임신했어요. 이 사실 알면, 리버 많이 슬퍼요. 그래서 우리, 리버 그것 모르도록 많이 조심해요."

말리카는 얼굴이 빨개진 채 바닥을 바라보았다. 이 아이는 개차반 같은 제 오빠와 다르게 적어도 인간성의 흔적이라도 보였다. 말리카는 입술을 꼭 깨문 채 민주를 센터 뒷마당으로 데려갔다. 텃밭을 가꾸고 수행자의 요가복을 빨며 식사를 준비하는 등 온갖 궂은일을 하는 곳이었다. 민주는 대야 앞에 주저앉아 무심하게 빨래를 하는 한 여인의 뒷모습을 보자마자 심장이 쿵쿵 뛰었다. 등만 봐도 알 수 있었다. 민주가 여중생이던 시절, 세파에 굴하지 않고 아이들을 지켜주던 창희 쌤의 듬직한 등. 그런데 그 등이 어쩌다 저렇게 야위고 작아졌단 말인가. 민주는 더 이상 쌤을 지켜보고만 있을 수 없어서, 그녀를 우렁차게 부르며 달려갔다.

"쌤! 창희 쌤!"

창희 쌤은 아주 천천히 뒤돌아보았다. 그러나 민주를 바라보는 눈에는 어떤 빛도 깃들어 있지 않았다. 총기가 넘치던 옛날의 눈빛이 아니었다. 옛날 창희 쌤의 껍질 같았다. 껍질이든 아니든 민주는 창희 쌤을 꼭 껴안았다. 몇십 벌, 아니 몇백 벌은 족히 되어 보이는 요가복을 빠느라 쌤의 두 팔이 온통 비누 거품으로 덮여 있었지만, 민주는 아랑곳하지 않고 쌤을 더 꽉 끌어안았다.

처음에 창희 쌤은 민주를 전혀 알아보지 못했다. 그저 따뜻한 포옹에 기분이 좋았는지 입을 헤벌리고 실없이 웃기만 했다. 하지만 시간이 지날수록 흐리멍덩한 눈동자가 서서히 활력을 되찾았다. 마침내 창희 쌤이 명료한 목소리로 입을 열었다.

"민주, 김민주. 맞지."

예전 창희 쌤의 모습이 드디어 돌아오고 있다는 걸 느낀 민주는 네에, 저 맞아요, 하고 대답하고는 터지는 눈물을 들키지 않으려고 창희 쌤의 어깨에 얼굴을 묻었다. 겨우 얼굴을 들고 창희 쌤의 모습을 살피니, 걸인도 마다할 누더기 차림이었다. 라케시는 한때 사랑했던 여자에게 이런 쓰레기를 입히고 오랜 세월 동안 잘도 부려먹은 것이다. 쌤이 차라리 가정부로 취직했다면 돈이라도 벌었을 텐데. 오빠보단 착하다고 생각했던 말리카와 다른 가족들 모두 한통속이었다. 민주는 분노로 몸을 부르르 떨었다. 창희 쌤은 민주의 마음을 아는지 모르는지 옛 제자의 사리를 만져보며 흐뭇해했다.

"내가 그때 썼던 것처럼…… 정말로 예쁜 핑크색 사리를 입고 왔구나."

"네, 그럼요."

민주는 코끝이 찡했다. 쌤이 고물이라니, 그런 이야기는 다 라케시 혼자만의 생각일 뿐이었다. 창희 쌤은 충분히 제정신이었다. 다만 이따위 집에 갇혀서 10년도 훨씬 넘게 노예처럼 살았으니 총명함을 잃은 것도 당연했다.

"선생님, 가요."

창희 쌤이 눈을 동그랗게 떴다.

"어딜 가?"

"어디든 가요. 여기만 아니면 어디라도 좋아요. 여기서 5분만 더 머물렀다간 역겨워서 토해버릴 것 같아요."

"갈 수 없어. 난 라케시가 시킨 일들을 해야 해. 수련생들 옷도 빨아줘야 하고, 저 밭도 돌봐야 하고…… 식사 준비도 내가 없으면 할 사람이 없는데."

"쌤, 바보 같은 소리 하지 말아요. 그건 저 사람들이 알아서 해야죠. 쌤이 불평 없이 일해주니까 저것들이 농땡이를 피우고 있는 거 아니에요. 쌤은 여기서 노예라고요."

쌤은 정말로 깜짝 놀란 것 같았다.

"노예? 난 남편이 시킨 일을 하고 있는 건데…… 남편에겐 순종해야 하니까……."

"쌤, 제발 좀. 아직도 모르시겠어요? 라케시인지 하는 씹새끼는 쌤 남편 아닌 지 오래됐어요. 쌤보고 가망 없는 고물이래요. 게다가 쌤한테 별의별 잡일 다 시키고 있잖아요. 그딴 새끼가 무슨 남편이에요? 게다가 프리야인지 뭔지 중학생 나이밖에 안 되는 여자애랑 결혼해서 아들 낳았고 앞으로 하나 더 낳는대요. 쌤, 쌤이 항상 이야기하시던 거

잊어버리셨어요? 저희한테 늘 그러셨잖아요. 생각하는 걸 그만두면, 그때부터는 정말 지는 거라고요. 쌤, 생각해요. 생각하라고요!"

민주는 자기도 모르게 쌤의 어깨를 격하게 흔들었다. 쌤은 자기가 어떤 상황에 처해 있는지는 파악한 것 같았지만, 모든 걸 체념한 사람처럼 구슬퍼 보였다.

"내가 공짜 노동력을 제공하고 있는데, 이 사람들이 나를 순순히 놓아줄 리 없어. 난 이곳을 빠져나갈 용기가 없어……."

민주는 쌤의 거친 두 손을 꽉 잡았다.

"저만 믿으세요. 우린 오늘 여길 나가는 거예요. 쌤은 다시 자유로운 몸이 되는 거라고요. 계속 생각해야 해요. 오늘은 우리가 절대로 져서는 안 되는 날이에요. 죽으면 죽었지 절대로 저 망할 인간들에게 질 수는 없어요! 여자는 자기만의 방이 있어야 된다고 하셨잖아요. 여긴 선생님 방이 없어요!"

민주도 실은 아무 대책이 없었지만, 일단 쌤을 일으켜 근처에 있던 수건으로 팔에 묻은 거품을 박박 닦아냈다. 이어서 뒷마당 구석에 있는 창고를 뒤졌다. 총칼이라도 발견했다면 참 좋았겠지만, 단단한 대나무 막대기로 만족해야 했다. 민주는 초등학교를 졸업할 때까지 배웠던 검도를 생각해내려고 무진장 애를 쓰며, 쌤의 어깨를 꼭 끌어안고 정문을 향해 성큼성큼 걸어갔다.

*

그다음엔 뭐 난리 났지. 착한 척하던 말리카가 졸졸 따라와서 어딜 가냐며 우리 앞을 막는 거야. 아무래도 쌤이 없으면 자기네가 궂은일 다 해야 되니까 그러는 것 같더라고. 나중에는 라케시까지 뛰어나와서 쌤보고 너 어딜 가느냐, 너는 분명히 내 아내다, 너는 법적으로 내 소유다, 그딴 소리를 해대는 거야. 그러니까 진짜 열받더라. 이재희는 이놈에 비하면 그냥 유치원생이었어.

창희 쌤 목덜미를 붙잡으려고 그 새끼가 가까이 오길래, 손에 들고 있던 막대기로 흠씬 때려줬어. 검도는 거의 다 잊어버렸는데 뭐랄까, 증오의 힘? 이런 기세로 패기 시작하니까 빗맞는 일도 없이 퍽퍽 잘 맞더라고. 꽤 질이 좋은 대나무였나 봐. 라케시 새끼는 코피도 터지고 앞니도 빠지고 이마도 터졌어. 파괴력이 아주 좋더라고. 나는 땅에 침을 탁 뱉고는 빽 소리를 질렀어.

"야, 너 칼리 좋아한다며? 아까 나보고 칼리 같다며? 그래, 내가 바로 칼리다. 살육과 파괴, 죽음의 여신. 그리고 피 보는 걸 아주 좋아하는 광란의 여신이지. 이거 다 칼리의 심판이야! 대대손손 저주받기 싫거든 다들 가만히 있어!"

돌아서서 쌤과 정문 쪽으로 나가는데, 솔직히 너무 무서웠어. 내가 떨고 있는 거 쌤한테 안 들키려고 속으로 완전 혼났지. 그 집 식구가 한꺼번에 다 달려들어서 우릴 막으면 방법이 없으니까. 그런데 장남이 무지하게 얻어터지니까 다들 놀라서 정신을 못 차리더라고. 걔네들이 고귀하신 장남을 구명하는 사이에 쌤하고 나는 얼른 센터 밖으로 튀었지. 나는 긴장을 풀지 못하고 피 묻은 대나무 연장을 꼭 쥐고 있었어. 그런데 갑자기 창희 쌤이 희미하게 웃으시더라고. 그러더니 내 뺨을 쓰다듬으면서 속삭이셨어.

"민주, 선생님은 네가 행복한 파르바티 여신이 되길 바랬는데, 전사 칼리로 자랐을 줄은 몰랐어."

그런데 갑자기 어떤 인도 아주머니 한 분이 멀리서 나를 보더니 반가워 죽겠다는 얼굴로 다가오는 거야. 내 손을 꼭 붙잡고 서툰 영어로 이렇게 말하더라.

"너 굴라비 갱이구나. 내 말 맞지, 그렇지?"

16화

굴라비 갱

"24개월을 술을 한 방울도 드시지 않았다, 이러면 이건 알코올 완치 판정으로 봅니다. 지난 몇 년간 정말 꾸준히 잘 해오셨어요. 최근에는 5년간 마시지 않은 경우를 완치 판정으로 하는 경우도 있지만 저희는 그 정도로 엄격하게는 안 하려고 해요. 그렇지만 A.A.(익명의 알코올중독자들) 강령 중에 유명한 말이 있죠. 알코올중독자는 피클이 되어버린 오이이고, 다시 오이로 돌아갈 순 없다고. 그렇기 때문에 앞으로는 점검을 위해서 1년에 서너 번 내원하는 걸 빼먹으시면 안 됩니다. 그렇다 해도 잘하셨어요. 솔직히 말씀드리면, 외래 치료만으로 완치되신 분은 처음입니다."

이 병원을 드나든 지 몇 년 만에 드디어 의학적으로 알코올중독 완치 판정이 났다. 한때 어떤 웹툰도 그릴 수가 없어 펜을 집어 던진 적이 있었지만, 이제 더 이상 젊지 않은 나도 뭔가를 그리고, 뭔가 이야기를 만들 수 있다는 것을 안다. 단, 맨정신일 경우에. 이제 이 병원하고도 산뜻하게 안녕을 말할 수 있다. 내가 이 병원에 미련이 단 하나 있다면 내 전화도 받지 않고 톡에도 대답이 없는 준희였다. 민주처럼 준희 역시 뭔가 바쁜가 보다, 생각하긴 했지만 그가 내 애인도 아닌데 연락 안 된다고 뭐라 할 자격이 있는가, 이런저런 생각을 할수록 마음이 복잡해져 그런 채 있다 보니 시간은 순식간에 지나갔다. 나는 침을 꿀꺽 삼키고 그간 얼굴을 익힌 병원 행정 직원에게 다가갔다.

"저, 제가 개인적으로 아는 보호사가 있는데 여기 근무했었거든요. 혹시 지금도 근무하는지 알 수 있을까요?"

나를 몇 년이나 봐온 행정 직원인지라 타인의 개인정보 가지고 허튼짓하지 않는 거 믿어도 되겠느냐 등등 살짝 다짐만 받은 후 고맙게도 직원분은 키보드를 한참 두드려주었다. 그러다 그녀는 인상을 찌푸리고 그 보호사의 이름이 최, 준, 희, 가 맞냐고 되물었다. 내가 알기론 그렇다고 하자 행정 직원은 고개를 설레설레 흔들었다.

"지금 저희 병원에는 최준희 보호사라는 분이 재직하

고 있지 않아요."

환자를 굴비 묶듯 하는 솜씨를 지녔으니 더 좋은 곳에 스카웃되었을 수도 있겠지.

"혹시 어디로 옮겼는지 같은 건 알 수 없겠죠?"

"강정민 님, 어디로 옮기고 그런 문제가 아니고요, 제가 지금 쳐보니까 저희 병원에는 최준희 보호사라는 분이 일했던 기록이 전혀 없어요. 이름이 확실한가요?"

준희가 나에게 이름을 속였을 만한 이유는 전혀 없다. 그럼 준희는 어디로 갔단 말인가. 아니, 어디에서 왔단 말인가. 아무리 기록을 뒤져도 최준희라는 사람이 여기에서 일한 기록이 전혀 없다는 사실을 받아들여야 했다. 그렇다면 준희는 대체 누구란 말인가. 내가 호출할 때마다 옅은 미소를 지으며 늘 내 앞에 마주 앉았던 준희는. 어김없이 남파간첩 같은 복장을 하고 내 연락을 단 한 번도 뿌리치지 않았던 준희는. 그러단 죽는다며 내가 어떻게 죽을지 그 과정까지 차근차근 예언했던 내 죽음의 천사는.

복잡한 마음을 안고 병원을 나서며 문득 뒤를 돌아보았다. 안녕, 나의 감옥. 나는 여전히 한 개의 도넛이고, 큰 구멍이 뚫려 있지만 그 구멍을 알코올로는 절대 채울 수 없다는 것을 이제는 안다. 이젠 그 손을 놓고 혼자 걸어가야만

한다. 그래서, 그 구멍은 구멍인 채 그냥 살며시 놓아두기로 한다. 그러면 때때로 그 구멍 사이로 섬세한 산들바람이 한들한들 지나간다. 그 바람이 불어오면, 나는 그저 눈을 감는 수밖엔 할 수 있는 것이 없다.

나를 그토록 헤아려주었던 사람들. 고마운 그들. 이제 그 광란을 벗어나려고 해요. 버스정류장까지 걷다가 왠지 병원을 다시 한번 뒤돌아보고 싶어졌다. 병원 정문에서 검정색 간호복을 입은 누군가가 이쪽을 향해 손을 흔들고 있다. 검은 간호복. 그리고…… 준희는 미소를 지으며 이쪽을 향해 열렬히 손을 흔든다. 나는 당장이라도 준희에게 달려가 도대체 그동안 어디 있었냐고, 내가 완치 판정 받기까지 얼마나 고생했는지 아냐고 따져대고 싶었지만 뭔가가 내 다리를 꽉 붙들었다. 그래서 나도 미소를 지으며 준희를 향해 손을 흔들어 보였다. 지금 내가 그를 위해 할 수 있는 건 이 정도가 전부니까. 안녕, 안녕.

그리고, 지금까지 당신이 읽어준 이 이야기가 바로 저의 생활툰입니다.

글, 그림, 강정민.

전혀 아름답지 않고, 때로는 역겹고 때로는 비참한, 매력적이지 못한 인물이 등장합니다. 그렇지만 이 또한 인생. 이것도 인생이라고 외치고 싶었던 그 바람이 어떤 독자들에게 가닿았고, 대단한 히트를 하지는 못했지만 결국 이렇게 한 권의 책으로 나왔습니다. 사실 오늘 이 책 한 권을 꼭 끌어안고 병원에 왔고, 원무과에서 어색하게 쵀 보호사를 찾았지만 결국 건네지 못하고 말았어요. 그러나 저에게 그것은 왜 삶이 아니냐, 라고 물었던 준희는 이미 그간 제게 일어난 모든 것을 알고 있을 것 같은 느낌이 듭니다. 어떻게 빚을 갚았는지, 어떻게 다시 취직을 간신히 했는지, 준희와 이야기를 나눈 대로 구질구질한 생활도 생활툰이라 과연 그런 생활도 보고 싶어 하는 사람들이 나타났음을, 이 모든 것들을 그는 알고 있을 것만 같아요. 그러므로 저는 아무런 걱정도 하지 않아요. 만일 제가 그가 필요하게 될 때, 준희는 익숙한 검은 바람막이 차림으로 아무렇지 않은 표정으로 다시 나타날 것 같습니다. 네, 아무 대책 없는 믿음이죠. 그렇지만 어쩐지 그럴 것 같은 생각이 들어요. 바람이 차서 저는 재킷을 여미며 작은 목소리로 계속 불러보았습니다. 준희, 나의 보호사, 준희……

*

민주의 메일을 받은 뒤로 나는 TV나 인터넷에서 인도 관련 뉴스만 나오면 목을 길게 빼고 보았고 틈만 나면 책과 관련 자료도 구해서 읽었다. 그러면서 민주가 용감하게 떠나간 곳이 여성으로 살기 만만한 나라가 아니라는 것을 알게 되었다. 인도. 아내가 가져온 지참금이 너무 적으면 아내에게 싸구려 나일론으로 된 사리만 입힌 뒤 부엌에 가두어 불을 질러 부엌에서 요리하다 아내가 죽고 말았다는 핑계가 아직도 만연하다는 곳. 그래서 아예 결혼한 지 7년 이내 신부가 죽을 경우 지참금 살인으로 판정하는 법이 있다는 곳. 물론 나는 인도 여성들의 삶에 경악했지만 그런 곳에서 민주의 삶이 안전할지, 어쩔 수 없이 이기적인 걱정을 하고 있었다. 하지만 그 걱정만큼, 민주는 괜찮을 것이라는 믿음 또한 강철처럼 단단했다. 나도 왜 그런지 알 수 없었지만 여하튼 그랬다.

그렇게 일과가 되어버린 민주 생각을 하며 새로 연재를 시작하는 웹툰 자료를 얻으려고 이리저리 웹 서핑을 하고 있었는데, 유튜브에서 "인도의 여성 갱단? 진정한 페미는 남자를 때린다!"라는 제목의 영상을 실시간으로 생중

계하는 것을 보았다. 별로 좋지 않은 예감에 정신없이 클릭했다. 지금까지 희한하게도 '페미니스트'를 '패미'라고 쓰는 사람들치고 페미니즘에 호의적인 사람들을 본 적이 없었고, 아니나 다를까, 역시 그랬다. 이 영상을 업로드한 '아름다운청년_KJK_1995'라는 유튜버는 SNS에 통 관심이 없는 나도 들어봤을 정도니 꽤 유명한 인물이었다. 명문대를 졸업했고 투철한 진보 성향을 감추지 않는 젊은 남성으로, 대기업에 입사했다가 회사의 부속으로만 사는 삶이 싫다며 1년간 '갭 이어'를 갖기로 하고, 세계 방방곡곡을 돌아다니며 갈등이 첨예하거나 독특한 사람들이 사는 곳을 성역 없이 인터뷰하는 것으로 정평이 났다. 설사 위구르 같은 위험지역이나 내전이 일어나고 있는 지역이라 하더라도 기어코 잠입해 취재하는—물론 그것도 유창한 영어로—것으로 만인에게 '상남자'라는 감탄을 샀다.

게다가 자신의 유튜브 채널 댓글난에서 소위 '보수'를 자처하는 이들과 불꽃 튀는 논쟁, 나아가 흙탕물 싸움을 벌이는 것도 주저하지 않아 '상남자'라는 칭송은 더욱 높아졌고, 그런 그를 어여삐 여긴 586들이 광고 채널을 클릭하거나 아예 후원 계좌로 여행비를 두둑하게 보태고 있다며 방송이 끝날 때마다 '횽님들'께 장난스럽게 큰절을 올리는 게 습관인 사람이라 당분간은 상남자 여행에 별 애로 사항이 없을 것 같았는데 웬일로 여성을, 그것도 '패미'를 인터뷰 했담? 그간 그의 인터뷰이 중 여성은 단 한 사람도 없었다.

광고가 끝나고 유튜브 영상이 시작되자 역시나, 좋지 않은 예감이 맞아떨어졌다. 늘 인터뷰 대상에 대해 존경의 마음과 깍듯한 예절을 잊지 않아 호감을 사던 그 '아름다운 청년'이, 이번에는 표정과 목소리에서 경멸을 지우려는 별다른 노력조차도 않고 있었다.

아름다운청년: 우리 옛말에 이런 말이 있죠. 다 지나간 말입니다만 여자와 북어는 3일에 한 번씩 패야 한다고요. 그런데 이곳 인도에서, 실제로 남성을 패는 집단이 있다고 해서 아름다운청년이 찾아와봤습니다. 안 그래도 몇 년 전부터 패미라는 분들이 일어나면서 미러링, 이런 이야기 많이 하죠. 말로 미러링을 한다면 모를까, 진짜 몽둥이로 때려주는 건 좀 심하지 않나, 그런 생각이 드는데요. 게다가 이곳 인도는 여성 총리까지 배출한 나라가 아닙니까? 이렇게 남성을 무작위로 팬다는 것은 명백한 남성 혐오가 아닐 수 없습니다. 이 집단을 인도에서는 '굴라비 갱'이라고 부른다고 합니다. 그런데 심지어 이 집단에 한국인 여성이 있다는 이야기를 들었는데 그 여성분의 이야기는 굴라비 갱 내에서 거의 전설이라고 들었습니다.

대나무 막대기 하나로 엉터리 명상 센터의 주인 얼굴을 죽도록 때려서 죄다 못 쓰게 만들고 센터 역시 엉망으로 만든 뒤, 그곳에서 10년이 넘게 노예로 살고 있던 친구를 구출한 동양 여성의 이야기였습니다. 그 기세가 워낙 불길 같았던지라 모두가 그 여성의 본명을 부르지 않고 무서운 여전사 이름을 따 '칼리'라고 부른다더군요. 저도 굴라비 갱들에게 물어물어 그분을 찾아보았는데요. 인도의 관광 명소로 아주 유명한 조드푸르 인근에서 칼리 씨가 자주 나타난다는 소문을 듣고 여러 번 찾아갔다가 지금 이 자리에 계신 굴라비 갱들과 함께 그분을 만날 수 있었습니다. 도대체 이분은 뭣 때문에 이렇게 된 걸까요? 굴라비 갱분들은 다들 핑크색 사리를 입고 계셔서 찾기가 어렵…… 아, 저분이 칼리 씨가 아닌가 싶네요. 칼리 씨, 안녕하세요.

칼리: 네, 칼리입니다.

민주가 틀림없었다. 나는 모니터 안으로 빨려들어갈 듯 화려한 핑크색 사리를 입은 칼리, 그러니까 민주를 바라보았다.

아름다운청년: 도대체 왜 한참 떨어진 나라에서 이런 일을 하고 계신지……. 혹시 연애에 큰 상처를 받으셨다거나, 뭐 그런 이유는

아닐까요? 남자들에 대한 복수심에…….

칼리는 크게 웃었다.

칼리: 아유 뭐, 마음대로 생각하세요.

유튜브 창의 댓글도 수없이 올라왔다. **남성 혐오증치곤 예쁘지 않냐. 혹시 동성애자 아니야. 아냐, 예쁜 애들은 레즈 안 돼. 쿵쾅쿵쾅 돼지도 아닌데 왜 쟤 패미 같은 거 하지. 아직 제대로 된 남자 맛을 못 봐서 그래. 내가 가르쳐주고 싶다.**

아름다운청년: 그럼 왜…….

칼리: 저도 그냥 처음에는 대책 없이 인도, 아름다운 나라, 그렇게 생각했어요. 십수 년 전 이곳에 와서 살고 있는 친구를 찾아왔고, 그 친구와 함께 이 아름다운 나라를 돌아볼 수 있을 줄 알았어요. 그런데 친구는 너무나 고통받으면서 살고 있었고, 그 고통을 본 순간 이 나라가 전혀 아름다워 보이지 않더군요. '굴라비 갱'에 친구와 저를 일단 의탁하고 인도에 살고 있는 여성들의 삶을 알게 되니, 고통받고 있는 여성은 제 친구 하나만이 아니었어요. 일단 조혼 문제. 법적으로 금지되어 있죠. 그렇지만 누가 그걸 따르나요. 장성한 딸을

시집보내려면 지참금 때문에 허리가 휘니까 조혼을 시켜요. 그래서 인도의 하층민 소녀들은 여섯 살에 결혼하고, 열두 살에 임신하고, 20대 초반에 이미 몸이 망가지게 된다고들 해요. 그러면 출산도, 노동도 못 하죠. 그러면 남편들은 이런 아내를 버리고 새장가를 들어요. 지옥 같은 삶 아닌가요?

아름다운청년: 그래서 맞아도 싸다는 겁니까? 그래서 그런 사람들을 때리게 되셨다는 건가요? 어떤 경우에도 폭력은 용인되어선 안 되지 않나요?

댓글창에는 옳소, 맞말, 하는 글들이 쉼 없이 올라왔다. 늘 아름다운청년을 욕하던 극우 성향의 시청자들까지도 처음으로 아름다운청년과 하나 되는 순간이었다.

칼리: 군대 다녀온 한국 남자분들이 맞아야 인간 되는 것들 꼭 있다고 하시는 걸 제가 여러 번 들었는데요……. 뭐 어쨌든, 굴라비 갱의 설립자인 삼파트 팔 데비는 거리에서 어떤 남자가 그의 아내를 구타하는 모습을 보게 돼서 말리려다 같이 맞았다고 해요. 경찰에 신고해도 전혀 개입해주지 않았고요. 하지만 삼파트는 참지 않았고, 다음 날 여성 5명과 몽둥이를 가지고 그 남자를 찾아가 무차별로 구타해서 징벌을 내렸죠. 이 소문이 퍼지자 순식간에 여성 40만 명이 굴

라비 갱에 가입했어요. 40만 명이 말이죠. 그분들이 그저 남자를 때리고 싶었을까요? 살아남고 싶다, 이런 절규는 들리지 않나요? 삼파트는 이렇게 말해요. 아내를 상습적으로 때리는 남편을 경찰에 신고해도 경찰은 그냥 모른 척하고, 계속해서 아내는 맞다가 죽게 됩니다. 하지만 다섯 명이 찾아가 그 남편을 때려준다면? 만 명이 찾아가서 때리면? 40만 명이 찾아가서 때리면 어떨까요? "놈들에게 두려움을 심어줘야 해." 이게 삼파트의 말이에요. 여자를 때리고, 강간하고, 죽였다가는 나에게도 무슨 일이 일어날지 모른다, 그런 불안함이 있어야 범죄가 사라지지 않겠습니까?

아름다운청년: 음…… 그래도, 폭력에 폭력으로 대응하면…… 폭력은 아무것도 낳지 않고…….

칼리: 폭력에 폭력으로 대응하지 않으면 죽음을 낳던데요. 여기 인도에서 그런 여성분 정말 많이 봤어요. 순종하다가 죽은 여성분. 심지어 지참금 살인 중에 그런 게 있어요. 불이 잘 붙는 나일론 사리를 입혀서 아내에게 요리하라고 부엌에 들여보낸 다음 타죽게 하고, 지참금을 꿀꺽한 다음에 다시 결혼하는 거예요. 어쨌든 남자분들은 더 잘 알잖아요? 계속 당해주고 있으면 사람 완전 X밥으로 안다는 거.

아름다운청년: …….

칼리: 그리고 저희가 남자 패기에만 목숨 건 거 아니니까 인도

남자 너무 걱정 안 해주셔도 됩니다(웃음). “지속가능한 생계유지 수단을 통해 여성이 학대로부터 자신을 스스로 지킬 수 있게 여성의 경제적 안정을 도모해야 하며, 여성은 자신감을 가질 수 있어야 한다. 그러기 위해서는 여성이 기본적인 능력을 키울 수 있게 지원과 교육이 제공되어야 한다.” ‘남자 두들겨 패자’가 굴라비 갱 강령이 아니에요. 여자라도 살아남자, 이게 제가 여기서 배운 굴라비 갱의 강령이에요. 조혼으로 학교에 갈 수 없었던 소녀들을 구출하여 학교에 갈 수 있게 하는 것, 여성들의 재능을 이용해 여러 가지 제조업에 진출해서 자기 경제력을 갖게 함으로써 독립 생존할 수 있게 하는 것, 이런 것들이 굴라비 갱의 목표이고요.

칼리의 눈이 빛나는 것이 보였다.

칼리: 아름다운청년 님도 좀 도와주세요. 호연지기가 있는 남자라면 무릇 이런 뜻에 동참하는 것이 옳지 않습니까?

아름다운청년: 에에…… 그러니까 그렇다고 해서 때리는 것이…….

칼리: 아주 준엄하게 우리 꾸짖으려고 오셨구나. 남자 때린다고. 그런데 아무나 때리는 게 아니잖아요? 강간범, 살인범, 그렇지만 국가에서 처벌하지 않는 남자들! 여기 교도소에는 강간 200번 한 남자

도 있대요!

아름다운청년: 그, 그렇다고 그런 자경단 형식으로 정의를 이행하려고 하는 건.

칼리: 뭐, 맞는 말씀이세요. 근데 이상하다, 남자들 배트맨 다 좋아하던데.

아름다운청년: 그, 그건 영화고…… 큼, 여기 이쯤에서 서울 연결해서 지금 댓글들 상태가 어떤지 확인해볼까요? 서울 나와라 서울, 댓글 좀 읽어주세요.

서울 스태프: 네, 여기 서울입니다. 비속어는 뺍니다. 인도 여자인권 생각하기 전에 한국 여자한테나 잘해라, 너희 엄마한테나 먼저 효도해라, 네 엄마한테나 잘해라, 그러고 있을 시간에 네 엄마는 뭐하고 있는지 아냐, 한국 여자나 먼저 챙겨, 거의 다 이런 내용이네요.

아름다운청년은 다소 페이스를 회복한 듯 느긋하게 말했다.

아름다운청년: 그러게요, 칼리 씨. 저도 그런 의혹이 드는데. 한국의 어머니께는 잘하고 계십니까?

칼리는 지금까지의 차분하고 낭랑한 말투를 버리고 싸

늘하게 웃었다.

칼리: 어머니한테 잘하는 게 어떤 거죠? 집안일 같이 하는 거? 싹싹하게 구는 거? 여행 같은 거 같이 가드리는 거? 지금 이런 질문 하시는 남자분 중에 부모님 집에 사시는 분, 본인 양말이라도 스스로 빨아 신으시는 분 계세요?

그 미소의 절대 온도가 0도인 바람에, 기세가 좋던 아름다운청년이 입을 꾹 다물었다.

칼리: 여러분 중에 태어나서 단 한 번도 '여자가' '여자가 어떻게' '여자가 뭐 저러냐' 이런 말 안 해보신 분 계세요? 정말 단 한 번도 안 해본 분 계세요? 아름다운청년 님, 그런 말 해보신 적 정말 없어요?

아름다운청년: 아니, 없진 않지만 그게 지금 왜 나오죠?

칼리: 한국 남자분들은 나는 저런 인도 남자들이랑 달라, 여자 함부로 강간하고 그런 개념 없는 저 사람들하고는 달라, 그런 생각을 하실 거예요. 그런데, 여러분은 생각보다 그 사람들하고 그리 멀지 않아요. 여자가 어떻게, 여자가 감히, 그 말에서 모든 여성 억압, 나아가서 범죄가 시작되거든요. 전 세계적으로 여자가 어디, 여자가, 이 말에서부터 여성을 향한 학대와 범죄가 시작돼요. 그런 갈등이 가장

심한 곳에 있음으로써 한국에 있는 사랑하는 저의 어머니, 자매, 친구들을 위해 싸우고 있다고 저는 생각합니다. 조국의 여성들에게 잘하려고 제가 여기 있다고요. 어휴, 엄청 거창하네요. 잔 다르크 났다 아주 잔 다르크 났어. 그러니까 뭐 그런 질문을 하시고 그래. 성평등, 저도 참 좋아하는 말이에요. 동참 좀 하세요.

아름다운청년은 뒷머리를 긁다가 그냥 방송을 포기했다.

아름다운청년: 그러면 한국의 가족이나 친구분들에게 하고 싶은 이야기라도 있으신가요?

그러자 칼리, 아니 민주가 음, 큼큼, 하며 목청을 다듬었다. 그러더니 카메라를 똑바로 바라보며 고래고래 소리치기 시작했다.

칼리: 야, 강정민! 조만간 언니가 서울 들어가면 너도 이거 같이 하자! 그때까지 몽둥이 실한 놈으로 구해놔~ 알겠지? 사랑해! 아 그리고 순댓국 완전 먹고 싶어! 그래서 부탁이 있는데, 나 대신 지금 당장 나주집 가서 한 그릇 먹어주라!

나는 웃고 웃고 또 웃다가 의자에서 굴러떨어질 정도로 웃었다. 떨어져서도 한참 웃었다. 역시 민주는 약속을 기억하고 있었구나. 그래, 나도 기억하고 있었어. 네가 뭔가로 엄청나게 바쁠 거라 믿고 있었어. 네 옆에 있던 여자분, 그분 창희 쌤 맞지. 네가 천 번쯤 얘기한 바람에 딱 보니까 알겠더라. 인도는 아예 술 생각도 못 하는 곳이라고 하던데 넌 어떠니. 난 술을 끊어서 우리가 늘 말하던 '재미없는 사람'이 되었어. 우린 한때 술 안 마시는 사람하고는 같이 놀지도 않았잖아. 재미없는 친구가 됐지만 언제든 돌아와. 여기도 맞을 놈 천지인 거 알지? 나는 일하다가 심심할 때면 실한 몽둥이나 잘 깎아둘 테니까, 빨리 와. 하지만 제일 중요한 건, 어디건 네가 가장 행복한 곳에 있어달라는 거야. 거기 내가 없더라도.

에필로그

나는 민주의 부탁을 이행하기 위해 나주집에 가서 뜨끈뜨끈한 순댓국을 청해 국물도 남기지 않고 싹 비웠다. 이제 더 이상 내가 술을 마시지 않는다는 것을 아는 할머니나 이모는 늘 궁금한 표정이었지만 왜 안 마시는지는 묻지 않았다. 양껏 배를 채우고 가마솥에서 연신 다정하게 김을 뿜으며 보글보글 끓어오르는 국물을 보니 이걸 꼭 먹이고 싶은 두 사람이 떠올라 가슴이 뭉클했다. 한 사람은 물론 민주, 그리고 나머지 한 사람은…… 브리트니 스피어스.

내가 절대로 술을 끊지 못하리라 체념하고 있던 시절, 만약 내가 알코올중독을 이기고 살아남는다면 반드시 브리트니에게 나주 순댓국을 한 뚝배기 대접하리라 결심한 적이 있었다. 그때는 브리트니 역시 한창 망가진 삶을 살고 있었다. 그리고 지금의 브리트니는, 프린세스 오브 팝은, 혼자 힘으로 다시 일어났다. 마돈나의 영향으로 카발라다 뭐다 여러 종교를 전전하다가 결국 자신이 태어난 조용한 남부 시골에서 어릴 적 믿던 남침례교로 돌아가 하루에 한 시간 성서를 읽는다는 브리트니는 물론 믿음, 소망, 사랑, 그중에 제일은 사랑이라, 라는 구절로 널리 알려진 고린도전서 13장을 알 것이다. 그중 별로 알려지지 않은 구절에 이런 게 있다. **사랑은 모든 것을 믿으며, 모든 것을 바라며, 모든 것을 견디느니라.** 재기한 브리트니를 볼 때마다 그 구절을 떠올린다. 당신은 당신을 속이려 한 사람들까지 모든 것을 믿었고, 한 치 앞이 안 보이는 상황에서도 모든 것을 바랐고, 그래서 겪게 된 그 모든 것을 견뎠기 때문에 다시 일어났어요. 그러니까, 당신은 사랑을 찾아다닐 필요가 없었어요. 브리트니, 당신이 바로 사랑이었으니까.

내가 가마솥을 멍하니 보고 있으니 할머니가 왜 그러냐고 물었다. 아, 왜 해외에 있는 친구들에게 맛 좀 보여주고 싶은데 아무래도 어렵겠죠? 하고 묻자 할머니가 의외의 대답을 했다. 그게 왜 어렵냐, 아가? 다 진공포장 하면 되는 거 아녀? 그래서 우체국 EMS로 보내면 되는 거 아니냐? 하셔서 기절초풍했다. 역시 40년 전통…….

"어, 우리가 한두 번 보내본 게 아니여, 어디로 보내려 그래?"

"어…… 인도하고, 미국이요."

"아 그려, 다 보내봤어. 주소 알아?"

"어…… 알아 올게요."

"깍두기 국물도 다 포장이 되니까, 여기서 먹는 거랑 맛이 다르지 않게 먹을 수가 있어."

"정……말요? 주소 꼭 알아 올게요."

그러면, 기다리시오. 내가 가장 사랑한 여자들이여. 푹 푹 끓여서 마음까지 닿는 국물을 구해 올 테니까요.

작가의 말

이게 얼마나 고독한 길인지도 모른 채 열일곱 살 때부터 깨작깨작 글쓰기를 시작해 벌써 열아홉 권째 책이다. 팔린 책 없는 채 나무를 참 많이도 죽였다. 그간 열여덟 권을 쓰면서도 몰랐던 글쓰기의 고통과 행복을 지금에 와서야 절절히 체험했다. 어서 이 원고가 끝나기를 간절히 바랐고 한편으로는 영원히 끝나지 않기를 바랐으나 결국 끝이 났다. 그럴 동안 기꺼이 방 한 칸 내어주고 돌보아주신 담양 '글을 낳는 집'과 울산 '장생포 아트스테이' 여러분, 글을 보아준 현종희 작가와 장수미 님, 그리고 처음과 끝을 지탱해주신 한겨레출판 문학팀 김준섭, 하상민 님께 감사의 마음을 전한다.

하지만 언제나 그렇듯, 가장 고마운 것은 바로 당신. 이 책을 집어 들어준 독자 여러분. 게다가 역병이 도는 바람에 다들 먹고살기 어려워 책 한 권 사는 것이 사치가 되어버린 세상에 굳이 이 책을 사준 당신. 당신이야말로 나를 늘 살아 있게 해준, 살아 있어도 된다고 해준, 계속 살라고 해준, 바로 그 사람이다. 당신 덕분에 계속 살고, 웃고, 쓸 것이다.

2021, 봄

김현진

추천의 글

한(恨) 처먹은 사람이 되지 않으려고 노력한다. 사실 이미 한 많이 처먹은 사람이지만 티는 내지 않으려고 노력한다. 그러다 가끔 주르르 흘러나온다. 분명히 사람들이 싫어할 텐데, 하면서도 주체할 수가 없다. 한두 명이 이런 게 아니고 수많은 사람이 같은 증상을 보인다면 그건 심각한 사회문제다. 그건 그렇다 쳐도 이미 한을 먹어버린 사람들은 어떻게 살아가야 하나? 길모퉁이마다 괴물을 만나는 기분이라면 어떻게 해야 하나? 나는 종종 무기력에 빠지는데 김현진의 글에는 엄청난 에너지가 있어서 나도 녹즙 한 포 들이켜고 다 덤비라고 말하고 싶어진다. 깨진 맥주병, 분홍색 사리, 책을 읽고 나서도 이게 뭘 의미하는지 어떤 사람들은 이해하지 못하겠지만, 나는 종종 떠올리게 될 것 같다.

오지은(뮤지션, 작가)

녹즙 배달원 강정민

초판 1쇄 발행 2021년 4월 28일
초판 5쇄 발행 2023년 8월 25일

지은이 김현진
펴낸이 이상훈
문학팀 하상민 최해경 김다인
마케팅 김한성 조재성 박신영 김효진 김애린 오민정

펴낸곳 (주)한겨레엔 www.hanibook.co.kr
등록 2006년 1월 4일 제313-2006-00003호
주소 서울시 마포구 창전로 70 (신수동) 화수목빌딩 5층
전화 02-6383-1602~3 **팩스** 02-6383-1610
대표메일 munhak@hanien.co.kr

ISBN 979-11-6040-471-5 03810

• 값은 뒤표지에 있습니다.
• 파본은 구입하신 서점에서 바꾸어 드립니다.